Wo immer

FBI: Houston

Jessica Westin

ISBN:
9781549952883

Entgeistert blickte Taylor auf das Chaos, das sich ihm bot, als er die Tür aufschob: umgefallene Stühle, eine auf dem Boden liegende Lampe, Porzellanscherben. Ein eiskalter Schrecken fuhr ihm durch die Glieder.
„Catherine?“, rief er laut.

PROLOG

Unbeweglich saß er neben ihr und betrachtete ihr Gesicht im flackernden Schein der Kerzen.

Ihre Haut war makellos und ihr Teint erschien ihm fast durchsichtig. So wie die beiden Teetassen, die in der gläsernen Wohnzimmervitrine seiner Mutter gestanden hatten. Niemand hatte sie jemals anfassen dürfen. Nur anschauen war erlaubt gewesen.

Mit zitternden Fingern berührte er ihre Wange, bevor er ihre Augenbrauen nachfuhr und seinen Zeigefinger über ihren Nasenrücken streichen ließ. Zärtlich glitt seine Fingerkuppe über die Konturen ihrer vollmundigen Lippen. Sie waren weich. So wie er sie in Erinnerung hatte.

Sein Blick blieb an ihrem schulterlangen Haar hängen. Seidig glänzte es und er konnte der Verlockung nicht widerstehen, es zu berühren. Er liebte es, wenn die weichen glatten Strähnen durch seine gespreizten Finger glitten.

Sie war wunderschön. Sie war perfekt. Sie war tot.

KAPITEL 1

Catherines Schritte hallten in dem steinernen Treppenhaus des FBI-Bürogebäudes wider, als sie die Stufen zum dritten Stock hinaufeilte. Dabei fragte sie sich zum wiederholten Male, welch dringender Fall sie oben erwartete, der ihre Anwesenheit ausgerechnet an dem heutigen Tage erforderlich machte.

Dass es dringend sein musste, stand für sie außer Frage. Ansonsten hätte ihr Chef, Joseph Apleton, sie niemals heute Mittag angerufen und gebeten, nach Houston zurückzukehren. Schließlich wusste er, dass sie erst gestern Abend zu ihren Eltern nach Dallas gefahren war und heute Vormittag ihren Bruder beerdigen musste.

Noch immer konnte sie nicht fassen, dass Chayce tot war und sie ihn niemals wieder sehen oder auch nur mit ihm telefonieren würde. Krampfartig zog sich ihr Herz bei diesem Gedanken zusammen, doch zum Trauern blieb im Moment keine Zeit.

In wenigen Minuten wurde von ihr höchste Konzentration erwartet. Ganz gleich welche dramatischen Ereignisse sich gerade in ihrem privaten Umfeld ereignet hatten, denn Mörder nahmen keine Rücksicht auf das Privatleben von Agenten.

Wenn Catherine jedoch ehrlich zu sich war, musste sie zugeben, dass der Anruf ihres Chefs am Morgen für sie mehr als gelegen gekommen war. Er hatte ihr einen guten Grund gegeben, Dallas vorzeitig zu verlassen. Keinen Moment länger hatte sie es dort aushalten wollen. Seit drei Jahren war sie nicht mehr zu Hause gewesen, hatte ihre Eltern weder gesehen noch gesprochen und was sie betraf, gab es keinen Grund zukünftig daran etwas zu ändern.

Einen kurzen Moment fühlte Catherine, wie sich eine unendliche Leere in ihr ausbreitete. Wie sehr hatte sie sich immer nach liebevollen Eltern gesehnt, die sie in ihren Träumen und Zielen unterstützten. Doch solche Menschen waren ihre Eltern nicht und wenn sie an das gestrige Gespräch mit ihrem Vater dachte, wusste sie, dass sich seine Einstellung weder in den letzten Jahren noch mit Chayce' Tod geändert hatte.

Verärgert darüber, solche Gedanken überhaupt zuzulassen, steckte sie sich im Laufen eine Haarsträhne hinter ihr Ohr und schob das wehmütige Gefühl beiseite. Sie hatte keinen Grund sich selbst zu bemitleiden. In ihren Augen hatte es wenig Sinn, bittersüßen Sehnsüchten nachzutrauern. Ihrer Erfahrung nach war es besser, die Realität im Auge zu behalten. Auf diese Weise blieben einem zumindest harte Enttäuschungen erspart. Außerdem hatte sie es am Ende auch alleine geschafft. Der Weg war vielleicht etwas länger und härter gewesen, aber sie hatte ihn gemeistert.

Auf der letzten Stufe der Treppe angekommen blieb Catherine kurz stehen. Noch einmal versuchte sie mit einer Hand ihren Rock glatt zu streichen, der durch die vierstündige Autofahrt mehr als eine Falte aufwies. Doch wie es aussah, ließ sich daran im Moment nichts ändern.

Catherine zuckte mit den Schultern und atmete tief durch, bevor sie sich nach links wandte und die doppelflügelige Glastür in das Großraumbüro der Etage öffnete. Zielstrebig ging sie nach links, wo das Büro des Chiefs lag.

„Hallo, Jil", grüßte Catherine die Sekretärin.

Sie mochte die immer fröhliche Rothaarige, die sich um alles und jeden in der Abteilung kümmerte. Die Frau war bereits in den Endfünfzigern, was sie aber keinesfalls daran hinderte jeden neuen Modetrend mitzumachen. Heute trug sie einen langen, tiefausgeschnittenen orange- und rosafarbenen Ringelpullover über engen schwarzen Leggins und orangefarbenen Chucks. Dabei schien es ihr völlig egal, dass etwas weiter geschnittene Kleidung ihrer Figur durchaus schmeicheln würde.

Jil war eben Jil und Jil war eine herzensgute Seele. Im Grunde genommen war sie die Mutter aller Agenten, die hier unter Joseph Apleton arbeiteten. Nach vier Ehen, die alle kinderlos geblieben waren, hatte sie in den letzten dreißig Jahren, die sie hinter diesem Schreibtisch verbracht hatte, einfach jeden in der Abteilung adoptiert. Dabei gab es wohl mehr als einen Agenten, der ihr regelmäßig sein Herz ausschüttete.

Jil kannte fast jeden Schmerz und jeden Liebeskummer ihrer Kinder. Was sie dabei auszeichnete war, dass sie verschwiegen war wie ein Grab. Eine Eigenschaft, die für eine Sekretärin mehr als eine Seltenheit war.

„Hallo Cat. Geh gleich rein. Sie warten schon auf dich", grüßte Jil fröhlich zurück und zeigte auf die angrenzende graue Tür, die ins heilige Büro von Joseph Apleton führte.

Sie?, dachte Catherine verwundert, während sie an die Tür klopfte und eintrat, sobald sie das „Herein!" ihres Chefs hörte.

Catherine hatte die Tür noch nicht richtig geöffnet, als sie vor Schreck innerlich erstarrte. Ihr Blut schien zu Eis zu gefrieren, ihr Zwerchfell verharrte in einem zusammengezogenen Zustand und ihr Herz schien das Pumpen vorübergehend eingestellt zu haben. Keine Luft gelang mehr in ihre Lungen, während ihr Verstand auf der Suche nach einem Anlass für die Reaktion ihres Körpers eine Hundertstelsekunde hinterherhing.

Ihr Unterbewusstsein hatte jedoch bereits den zweiten Mann im Raum erkannt, bevor ihre Augen ihn auch nur fokussiert hatten. Da Catherine in diesem Moment völlig unvorbereitet auf ein Zusammentreffen mit ihrem Kollegen war, traf sie der Schreck mit voller Wucht. Entsetzt starrte sie ihn an.

Vor dem Schreibtisch des Chiefs erhob sich Taylor Travis aus seinem Stuhl. Travis, der bestaussehende, anziehendste, attraktivste und gleichzeitig charakterloseste FBI-Agent des ganzen Departments.

Wäre Catherine ihrem Reflex gefolgt, hätte sie auf dem Absatz kehrtgemacht, doch dies kam gleich aus mehreren Gründen nicht in Frage. Dementsprechend unterdrückte sie den Impuls zu fliehen und schloss stattdessen die Tür hinter sich. Höflich lächelnd ging sie auf den großen Schreibtisch zu. Dabei betete sie, dass keiner der beiden Herren ihre Schrecksekunde registriert hatte.

Taylor Travis jedoch war die Bestürzung in ihren Augen nicht entgangen. Wie gebannt hatte er auf die Tür geblickt, als Catherines Klopfen sein Gespräch mit Joseph Apleton unterbrochen hatte. Daher war ihm sofort aufgefallen, dass sich ihre Schultern angespannt und ihre Augen sich verdunkelt hatten, als sie ihn im Raum wahrgenommen hatte. Auch das leichte Zittern ihrer Hand, während sie die Tür hinter sich geschlossen hatte, war ihm nicht verborgen geblieben.

Nur mit Mühe konnte er den Schmerz beiseite schieben, der daraufhin von ihm Besitz ergriff. Schließlich wünschte sich Travis nichts sehnlicher, als derjenige zu sein, der Catherines Augen zum Leuchten brachte. Er wollte derjenige sein, der sie glücklich machte. Doch das genaue Gegenteil war der Fall.

Sie ist erschöpft, war das Erste, was ihm durch den Kopf fuhr, als er sie in ihrem schmalgeschnittenen Kostüm durch den Raum schreiten sah. Ganz in schwarz wirkte Catherine noch blasser, als sie ohnehin schon war. Erst vor einigen Minuten hatte Taylor erfahren, dass sie heute Vormittag ihren Bruder beerdigt hatte und sein Herz schmerzte unter dem Leid und der Trauer, die sie fühlen musste.

Eigentlich sollte sie jetzt bei ihrer Familie sein und nicht hier in diesem Büro, durchfuhr es ihn. Wie gern hätte er sie in seine Arme gezogen und ihr den Trost gespendet, den sie in diesen schweren Stunden brauchte. Doch Taylor wusste leider nur zu genau, dass seine Nähe das Letzte war, was Catherine wollte.

„Agent Klaymore. Vielen Dank, dass Sie so schnell gekommen sind. Glauben Sie mir, es tut mir wirklich leid, dass ich Sie ausgerechnet heute bitten musste, ihren Kurzurlaub abzubrechen und zurückzukommen. Aber unter den gegebenen Umständen blieb mir leider keine andere Wahl", bekundete Joseph Apleton, während er seine Agentin mit einer einladenden Geste aufforderte, auf dem zweiten Stuhl vor seinem Schreibtisch Platz zu nehmen.

„Kein Problem, Sir", erwiderte Catherine und meinte es ehrlich. Inwiefern sich jedoch Taylor Travis zu einem Problem entwickeln würde, konnte sie noch nicht absehen. Eines war jedoch sicher. Gleich würde sie mehr über den Grund seiner Anwesenheit erfahren.

„Hallo, Catherine", grüßte Taylor freundlich mit seiner angenehm sonoren Stimme, die Catherines Herz gegen ihren Willen und wider besseren Wissens immer noch auf der Stelle schneller schlagen ließ.

„Hallo, Taylor", grüßte sie kühl zurück. Um nichts in der Welt war sie bereit, Taylor ihre wahren Gefühle ihm gegenüber zu zeigen. Was hieß hier überhaupt Gefühle? Im Grunde genommen empfand sie überhaupt nichts für ihn. Der Mann war ihr vollkommen gleichgültig.

Taylor Travis war es nicht wert, dass sie auch nur einen weiteren Gedanken an ihn verschwendete. Ihr Verstand wusste das auch ganz genau. Allein ihr Herz wollte es einfach nicht begreifen, obwohl sie seit Monaten nichts anderes tat, als sich dies immer wieder und wieder zu versichern. Doch eines Tages würde auch ihr Herz dies endlich begreifen und aufhören, jedes Mal hart gegen ihre Rippen zu schlagen, wenn sie Taylor begegnete oder auch nur an ihn dachte.

„Also, worum geht es?“, erkundigte sich Catherine in einem geschäftigen Ton, nachdem sie Platz genommen hatte. Dabei versuchte sie sich auf ihren Chef zu konzentrieren und Taylors Anwesenheit zu ignorieren.

Mit einer Hand fuhr sich Joseph Apleton durch sein Haar, das natürlicherweise vollständig nach hinten zu fallen schien.

„Es ist eine wirklich scheußliche Sache”, seufzte er. „Im Eliteinternat von Galveston wurden in den letzten zwei Wochen drei Mädchen vergewaltigt und getötet. Die letzte Leiche wurde heute Morgen von einem Mitschüler gefunden. Die zuständige Bezirkspolizei steckt in ihren Ermittlungen fest und hat uns angefordert, da sie mittlerweile zweifelsfrei von einem Serienmörder ausgeht.“

Catherine schluckte. Das war übel.

„Wie alt waren die Mädchen?“, erkundigte sie sich und zwang ihre Augen dazu, auf ihrem Chef zu verweilen.

Trotz seiner fast sechzig Jahre war Joseph Apleton ein attraktiver Mann. Auch wenn er in den letzten Jahren an Gewicht zugelegt hatte, konnte man ihn doch nicht als dick bezeichnen. Seine mittlerweile ergrauten Haare waren immer noch voll und verliehen ihm ein großväterliches Aussehen.

Im Moment blickten seine Augen jedoch weder gütig noch freundlich. Vielmehr war in ihnen eine Mischung aus Entsetzen und Wut zu sehen. Es waren Augen, die die Herausforderung der Jagd auf einen kaltblütigen Mörder annahmen und nicht ruhen würden, bis der Schuldige gefasst war. Im Laufe seiner fast vierzig Dienstjahre hatte Apleton schon viele grausame Verbrechen gesehen, doch noch immer erschütterte ihn jedes einzelne Opfer.

„Sechzehn und siebzehn Jahre”, erläuterte er. „Alle hatten schulterlanges blondes Haar, blaue Augen und eine schmale Figur.“

Wie Catherine, dachte Taylor, wobei er unauffällig zu ihr hinüber sah. In diesem Moment fühlte er den Schmerz in seinem Herzen noch heftiger als sonst, wenn er ihr begegnete.

Seit jener Nacht, die sie vor gut einem Jahr gemeinsam verbracht hatten, ging ihm diese Frau nicht mehr aus dem Kopf. Einmal mehr bedauerte er den großen Fehler, den er damals begangen hatte. Wie hatte er sich nur jemals auf dieses blödsinnige Spiel einlassen können?

Seit Monaten versuchte er verzweifelt einen Weg zu finden, sich bei Catherine zu entschuldigen. Er wollte ihr erklären, wie es jemals soweit hatte kommen können. Bisher war sie jedoch nicht bereit gewesen, ihm hierzu eine Gelegenheit einzuräumen. Die tiefe Stimme seines Chefs riss ihn aus seinen Gedanken.

„Die Frau des Hausmeisters erwartet ihr erstes Kind. Daher hat ihr Mann letzte Woche, als das zweite tote Mädchen aufgefunden wurde, gebeten, seinen Arbeitsvertrag mit sofortiger Wirkung aufzulösen. Die Ereignisse belasteten seine Frau und damit auch das Ungeborene. Verständlicherweise hat Schuldirektor Grothenberg der Bitte zugestimmt und das Ehepaar ist bereits vor einigen Tagen ausgezogen."

Bei diesen Worten begann sich Catherines Magen langsam, aber stetig, enger zusammenzuziehen. Ganz plötzlich hatte sie eine schreckliche Ahnung, worauf dieses Briefing hinauslaufen würde, als die befürchteten Worte auch bereits an ihr Ohr drangen.

„Sheriff Hatcher und ich haben entschieden, dass wir die Gelegenheit nutzen werden und zwei Agenten in das Angestelltenteam der Schule einschleusen. Da das gesamte Personal auf dem Campus lebt, sind wir auf diese Weise Tag und Nacht vor Ort, ohne aufzufallen. Kurzum, Sie beide werden in diesem Fall gemeinsam Undercover arbeiten und die freie Stelle des Hausmeisterpaares besetzen."

Augenscheinlich war Joseph Apleton mehr als zufrieden mit diesem Beschluss, denn er strahlte beide Agenten vor ihm an.

„Sie wollen, dass Agent Travis und ich ...", stotterte Catherine und fühlte wie das Blut in ihren Adern zu Eis gefror. Ungläubig sah sie von ihrem Chef zu Taylor, der ganz offensichtlich mit dieser Vorstellung weitaus weniger Probleme zu haben schien als sie.

„Genau", stimmte Joseph Apleton ihr zu und erklärte weiter: „Seitdem sich Agent Miller im Erziehungsurlaub befindet, sind Sie, Agent Klaymore, derzeit meine einzige weibliche Agentin und Agent Travis ist der einzige freie Kollege, der altersmäßig zu Ihnen passt."

Krampfhaft hielt sich Catherine an der Sitzfläche ihres Stuhls fest und hoffte damit, den emotionalen Sturz in bodenlose Tiefen abfangen zu können. Blankes Entsetzen stand in ihren Augen, als sie zu ihrem männlichen Kollegen hinübersah. Von allen Agenten im Department war er der Einzige, mit dem ihr ein enges Zusammenarbeiten unmöglich war.

Seit jener Nacht vor einem Jahr hatten sie genau einmal zusammengearbeitet. Dabei waren sie Teil einer zwanzigköpfigen Task Force gewesen, bei der Catherine kein Problem gehabt hatte, Taylor aus dem Weg zu gehen. Außer den morgendlichen Meetings hatte es so gut wie keine Berührungspunkte zwischen ihnen gegeben, und das war bereits schwer genug für sie gewesen.

Das heutige Szenario war jedoch etwas völlig anderes. Nicht nur, dass sie Taylor jeden Tag sehen würde und sie ständig miteinander Informationen austauschen und auswerten mussten, nein, sie würden auch noch zusammen in einem Haus leben müssen. Eine Eiseskälte erfasste sie, die sie am ganzen Körper frösteln ließ.

Mittlerweile hatte sich ein bedrückendes Schweigen im Raum ausgebreitet, während Joseph Apleton seine Agentin aufmerksam beobachtete.

Im selben Moment, in dem Catherine den scharfen Blick des Chiefs auf sich spürte, realisierte sie ihre angespannte Körperhaltung. Sofort zwang sie sich dazu, ihre Hände locker in den Schoß zu legen und wieder eine natürliche Sitzposition einzunehmen, sodass sie zumindest nach außen ein souveränes Bild abgab.

„Ich weiß, Agent Klaymore, dass diese Tage für Sie nicht einfach sind", sprach Apleton sie direkt an. Dabei entging ihm keine ihrer Regungen. „Ich versichere Ihnen, wenn ich eine andere Möglichkeit hätte, würde ich Ihnen die notwendigen Trauertage zur Verarbeitung des Verlusts Ihres Bruders geben. Aber leider habe ich sie nicht. Im Moment müssen wir davon ausgehen, dass unser Psychopath weiter morden wird. Es ist unsere Pflicht, alles in unserer Macht Stehende zu tun, um das nächste Opfer zu verhindern. Die Gelegenheit, Sie beide als Hausmeisterehepaar einzuschleusen, ist geradezu ideal. Damit haben Sie Zugang zu allen Bereichen des Internats. Sie können das Vertrauen von Lehrerschaft und Schülern gewinnen, wodurch Sie eine ideale Ausgangsbasis für Ihre Ermittlungen haben."

Ohne die Augen von Catherine abzuwenden, legte Apleton eine kurze Pause ein, bevor er ruhig weitersprach. „Wenn Sie jedoch glauben, dass Sie dieser Aufgabe aufgrund der tragischen Ereignisse in Ihrer Familie im Moment psychisch nicht gewachsen sind ..."

„Nein, nein, Sir", unterbrach Catherine ihren Chef sofort und versicherte mit fester Stimme: „Ich schaffe das. Ganz im Gegenteil. Es ist gut, wenn ich mich ablenken kann."

Wenn es nur nicht Taylor Travis wäre, mit dem ich zusammenarbeiten müsste, fügte sie in Gedanken hinzu, war aber professionell genug, diesen Gedanken nicht laut auszusprechen. Wahrscheinlich sollte sie eher dankbar sein, dass Ihr Chef keine Ahnung hatte, worauf ihre Abwehrreaktion wirklich zurückzuführen war.

„Wunderbar", bemerkte Joseph Apleton selbstzufrieden, als ob er nichts anderes von ihr erwartet hätte. „Dann fahren Sie beide morgen früh los. Ich habe Sie gegen neun Uhr bei Direktor Grothenberg angemeldet. Er und Sheriff Hatcher sind die einzigen Personen, die Ihre wahre Identität kennen. Alle weiteren Einzelheiten habe ich Ihnen hier in diesen Mappen zusammenstellen lassen. Nutzen Sie den Abend um sich mit dem Fall vertraut zu machen."

Während er zwei dicke Arbeitsmappen über den Tisch reichte, erhob sich Apleton. „Ihre Ausweispapiere müsste Jil mittlerweile fertig haben. Passen Sie auf sich auf und viel Erfolg."

„Danke, Sir", antworte Taylor.

Catherine reichte Apleton zum Abschied die Hand, dann folgte sie Taylor hinaus ins Sekretariat, wo Jill sie beide anstrahlte. „Das wird sicherlich spannend für euch Zwei."

Spannend?, dachte Catherine, *Wohl kaum. Wenn Jill wüsste ...*

Obwohl sie die Frau mochte, vermied Catherine jeden intensiveren persönlichen Austausch im Department. Sie bevorzugte eine strikte Trennung zwischen Berufs- und Privatleben. Privatleben?

Welches Privatleben?, dachte Catherine verächtlich. *Was hatte sie schon von sich zu erzählen? Ihr Privatleben war quasi nicht existent.*

Ohne Rücksicht auf offizielle Feierabendzeiten und Wochenenden arbeitete sie praktisch ohne Unterlass. Zwischendurch ging sie zum Sport. Hin und wieder telefonierte sie mit ihren Freundinnen aus alten Studienzeiten. Mittlerweile waren diese jedoch alle verheiratet, hatten Babys oder bekamen in den nächsten Monaten welche, sodass sie nicht einmal mehr den gleichen Tagesrhythmus wie Catherine hatten, was persönliche Verabredungen erschwerte oder fast unmöglich machte.

Doch Catherine war nicht traurig darüber. Sie akzeptierte die Dinge, wie sie waren. Sicher, früher hatte sie ebenso wie ihre Freundinnen von einem Mann geträumt, der sie von ganzem Herzen liebte und mit dem sie die Tage und Nächte ihres Lebens teilen würde. Einem Mann, mit dem sie zusammen eine Familie gründen und mit dem sie Kinder haben würde.

In ihren Träumen war es ein emotional starker Mann gewesen, der sie vor allem und jedem schützte, der zu ihr stand wie ein Fels in der Brandung, vor allem gegenüber ihren Eltern. Doch diesen Traum hatte sie in der Zwischenzeit begraben. Einen solchen Mann schien es auf dieser Welt für sie nicht zu geben und sie hatte definitiv keine Lust mehr auf weitere Verletzungen. Zu schmerzhaft waren ihre Erfahrungen in der Vergangenheit diesbezüglich gewesen. Daher hatte sie beschlossen, lieber für immer alleine zu bleiben, als sich noch einmal der Gefahr auszusetzen, derart verletzt zu werden.

„Deine Papiere habe ich schon fertig, Taylor. Bitte sehr. Catherine, deine brauchen noch zehn Minuten", drang Jills fröhliche Stimme wieder in ihr Bewusstsein.

„Danke, Jill. Taylor Smith?“, grinste Taylor nach einem Blick in seinen neuen Führerschein. „Da waren wir ja mal wieder sehr kreativ.“

„Beschwer dich nicht. Smith ist ein typisch amerikanischer Nachname und durch seine Häufigkeit wie gemacht für eine gute Deckung", verteidigte sich Jill.

„Schon gut. Ich beschwer mich ja gar nicht", lachte Taylor. „Bekommen wir einen Wagen?“

„Selbstverständlich. Ich habe einen dunkelblauen Dodge Avenger für euch. Solider Mittelklassewagen, den du dir bei deinem Hausmeistergehalt gerade so leisten kannst. Die Papiere müssten im Handschuhfach liegen.“ Schmunzelnd reichte ihm Jill den Schlüssel über den Tisch.

„Soll ich? Oder möchtest du lieber den Schlüssel einstecken?“, erkundigte sich Taylor, während er Catherine den Autoschlüssel entgegenhielt.

Mit einer einfachen Handbewegung und einem Achselzucken zeigte ihm Catherine, dass es ihr egal war. Lässig ließ Taylor daraufhin den Schlüssel in seine Hosentasche gleiten.

„Sprechen wir die Sache in meinem Büro noch schnell durch", schlug Taylor vor. Dabei ließ er den Satz mehr wie eine Feststellung als eine Frage klingen.

„Ehrlich gesagt möchte ich lieber zuerst die Akte lesen, um mir einen Überblick zu verschaffen. Bei unserem derzeit geringen Kenntnisstand wüsste ich im Moment nicht, was wir besprechen sollten. Außerdem sitzen wir morgen früh ohnehin eine halbe Stunde im Auto. Die Zeit bietet sich geradezu an, um alles Weitere zu diskutieren", gab Catherine zurück, wobei sie ihn ausdruckslos anblickte.

Auf keinen Fall konnte sie sich jetzt direkt mit Taylor Travis an einen Schreibtisch setzen. Erst einmal brauchte sie Zeit, um diesen Schock zu verdauen. Anschließend würde sie sich einen Plan zurechtlegen, wie sie den engen Kontakt zu Taylor Travis in den nächsten Tagen möglichst unbeschadet überstehen konnte. Ihre Füße hatten das Gefühl, als hätte man gerade den Boden unter ihnen weggezogen und ihr Herz flatterte so hektisch wie die Flügel eines Schmetterlings. Wahrscheinlich versuchte es den fehlenden Untergrund auszubalancieren. In diesem Zustand würde sie keinesfalls arbeiten können.

„In Ordnung. Dann hole ich dich morgen früh kurz nach acht ab", entgegnete er freundlich und verließ das Sekretariat, ohne sich seine Enttäuschung anmerken zu lassen. Innerlich war er jedoch zutiefst deprimiert.

Das fängt ja gut an, stöhnte Taylor. Doch was hatte er auch anderes erwartet? Dass sich Catherine freuen würde, mit ihm zu arbeiten? Wohl kaum.

Ganz offensichtlich hatte Catherine vor, ihren Kontakt so gering wie möglich zu halten. Für heute Abend war er bereit, dies zu akzeptieren. Ab morgen würde es ihr jedoch schwerfallen, ihm aus dem Weg zu gehen. Ab morgen würden sie beide viel Zeit miteinander verbringen müssen, ob ihr das gefiel oder nicht. Spontan beschloss Taylor, die unerwartete Chance, die darin lag, zu seinem Vorteil zu nutzen.

Seit einem Jahr hatte Catherine ihn so gut wie keines Blickes gewürdigt, geschweige denn einen seiner anfänglichen Anrufe entgegengenommen. Gerade genug, dass sie ihn mit einem völlig ausdruckslosen ‚Hallo' grüßte, wenn sie sich zufällig auf einem der Flure im Bürogebäude begegneten. Jedes Mal klang ihre Stimme dabei, als grüße sie jemanden, den sie nur vom Sehen kannte und nicht jemanden, mit dem sie eine leidenschaftlich intime Nacht verbracht hatte. Jemanden, den sie geliebt hatte, als gäbe es kein Morgen.

Doch es hat einen nächsten Morgen gegeben, erinnerte sich Taylor traurig.Wie jedes Mal, wenn sich Taylors Gedanken um Catherine drehten, breitete sich auch jetzt ein brennender Schmerz in seiner Brust aus. Innerhalb der letzten zwölf Monate war er zu einem guten alten Bekannten geworden. Schließlich verging kein Tag, an dem er nicht an sie dachte.

Obwohl sein Verstand es besser wusste, verließ Taylor jeden Morgen sein Haus in der Hoffnung, dass sich heute etwas an ihrem Verhältnis zueinander ändern würde. Allerdings verließ er sein Büro auch jeden Abend mit der gleichen Schwere im Brustkorb, weil er entweder Catherine überhaupt nicht gesehen hatte oder weil er sie gesehen und sie ihm nur erneut ihr gleichgültiges ‚Hallo' entgegengeworfen hatte.

Dabei war es nicht so, dass Taylor nicht versucht hätte, Catherine zu vergessen. Nachdem ihm klar geworden war, dass Catherine ihm niemals vergeben würde, hatte er mehrfach versucht, sich mit anderen Frauen abzulenken, doch keine war auch nur annähernd an Catherine herangekommen.

Mit Taylors Aussehen und seinem Charme war es ihm nie schwer gefallen, hübsche Frauen kennenzulernen. Neben einer sympathischen Ausstrahlung hatte er auch einen Körper, um den ihn die meisten Männer beneideten. Allerdings arbeitete er daran auch mindestens drei- bis viermal die Woche, seitdem er sechzehn Jahre alt war. Der Dank dafür waren ein ausgeprägter Sixpack, breite Schultern und eine schmale Taille.

Seine harmonischen Gesichtszüge, die er von seiner Mutter geerbt hatte, taten ihr Übriges. Von seiner Mutter hatte er auch die blauen Augen sowie die dichten schwarzen Haare, die sich in leichten Wellen um sein Gesicht legten und die ihm ein spitzbübisches Aussehen verliehen.

Bereits früh hatte Taylor die Erfahrung gemacht, dass ihm die Mädchenherzen scharenweise zu Füße lagen. Später hatte er seine Chancen genutzt und jede Frau im Sturm erobert, die ihn angezogen hatte. Doch jetzt mit zweiunddreißig Jahren, wo er im besten Alter war eine Familie zu gründen, ausgerechnet jetzt, hatte ihm eine Frau sein Herz gestohlen, die nichts, aber auch rein gar nichts von ihm wissen wollte. Eine Frau, die ihn verachtete und die ihm deutlich signalisierte, dass er sie niemals würde haben können.

Dies war jedoch noch nicht einmal das Schlimmste an der Situation. Das Allerschlimmste war, dass er an diesem Umstand nicht unschuldig war. Bis heute konnte er nicht mehr sagen, was ihn dazu veranlasst hatte, sich auf dieses völlig absurde Spiel mit seinen Kollegen einzulassen. Er musste an jenem Abend so betrunken gewesen sein wie seit seiner Abschlussnacht nicht mehr. Anders war sein Verhalten jedenfalls nicht zu erklären, denn es entsprach in keiner Weise seinem Charakter.

Zu seiner Verteidigung konnte er lediglich hervorbringen, dass er die ganze Sache damals nicht ernst genommen hatte. Im Grunde genommen hatte er die Wette bereits am folgenden Tag wieder vergessen gehabt. Wer weiß, ob er überhaupt jemals wieder daran gedacht hätte, wenn Nico ihn und Catherine am Morgen vor gut einem Jahr nicht brutal damit konfrontiert hätte.

Doch mit dieser Undercoveraktion bot sich Taylor zumindest die Chance, Catherine eine Erklärung zu geben. Eine Erklärung und eine Entschuldigung, für die sie bislang nicht bereit gewesen war, ihm auch nur eine Minute ihrer Zeit einzuräumen. Auch wenn sich Taylor keine Hoffnung machte, dass sich ihre gemeinsame Nacht jemals wiederholen würde, so hoffte er doch, dass sie ihn nicht weiterhin mit dieser schmerzhaften Gleichgültigkeit behandeln würde.

Vielleicht, ja vielleicht, konnten sie in Zukunft zumindest Freunde werden, redete sich Taylor ein, obwohl er ganz genau wusste, dass ihm Catherines Freundschaft alleine niemals genügen würde.

KAPITEL 2

„Vielen Dank und bis bald", verabschiedete sich Catherine, nachdem Jil ihr die nötigen Papiere überreicht hatte.

„Viel Glück und sei vorsichtig", mahnte die Sekretärin.

„Immer. Das weißt du doch", lächelte Catherine und verließ das Büro. Innerlich aufgewühlt wandte sie sich nach links und stieß geradewegs mit Mitch Decker zusammen.

„Vorsicht, Schönheit!", lachte er, während er sie an den Schultern hielt bis sie ihr Gleichgewicht wiedergefunden hatte.

„Entschuldige, Mitch, ich war gerade in Gedanken."

„Das habe ich gemerkt." Aufmerksam musterte der Kollege sie. „Was machst du überhaupt hier? War heute nicht die Beerdigung deines Bruders?"

„Ich bin schon wieder zurück. Der Chief hat mich für einen Fall zurückgerufen."

„Und der konnte nicht wenigstens bis morgen warten?"

„Offensichtlich nicht", seufzte Catherine und erzählte dem Kollegen in wenigen Sätzen, worum es ging.

„Oh, Mann. Ich hoffe, ihr findet den Mistkerl schnell."

„Das hoffe ich auch. Wie geht es Shaleena?"

„Gut, außer dass wir uns zu wenig sehen. Sie ist für die nächsten zwei Wochen in Amarillo und von dort dauert eine Fahrt nach Houston gut neun Stunden. Das ist für ein Wochenende einfach zu weit, abgesehen davon, dass ich Samstag arbeiten darf."

„Das tut mir leid für euch." Catherine erinnerte sich, dass sich die beiden vor einem Jahr kennengelernt hatten. Shaleena war Inspektorin bei der internen Finanz- und Ressourcenrevision des FBI und hatte damals Chief Apletons Team untersucht.

Es war in der Woche, als ich mit Taylor auf Fortbildung war, erinnerte sich Catherine traurig.

Sofort nahm Mitchs aufmerksamer Blick die Veränderung in ihrem Gesicht wahr.

„Oh, es tut mir leid, Cat. Ich bin manchmal wirklich unsensibel. Da jammere ich, weil ich meine Frau ein paar Tage nicht sehe, während du dich für immer von Chayce hast verabschieden müssen." Freundschaftlich zog er Catherine in seine Arme, und für einen Moment genoss Cat den Zuspruch.

Sie war erleichtert, dass Mitch ihren melancholischen Blick der Trauer und nicht dem wahren Grund zugeordnet hatte. Dabei trauerte sie wirklich um ihren Bruder. Sie hatten immer ein inniges Verhältnis gehabt und er war der einzige Mensch, der sie wirklich gekannt hatte. Catherine spürte Mitchs Finger unter ihrem Kinn und sie sah zu ihm auf.

Besorgt blickte er ihr in die Augen. „Kommst du zurecht? Du weißt, dass du den Fall ablehnen kannst. Wir mögen derzeit zwar unterbesetzt sein, aber Apleton kann jederzeit eine Kollegin von einem anderen Department abordnen lassen."

„Das ist nicht nötig. Die Ablenkung wird mir gut tun, zumal wir in Galveston arbeiten. Du weißt, dass jede Verzögerung nur dem Serienmörder in die Hände spielt und das hätte Chayce niemals gewollt."

Verständnisvoll nickte Mitch. Er hätte an ihrer Stelle genauso gehandelt. „Ist das der gleiche Fall, an dem Taylor arbeitet?"

Schluckend nickte Catherine und räusperte sich, um sicherzugehen, dass ihre Stimme normal klingen würde, wenn sie sprach. „Wir ermitteln verdeckt."

Erstaunt zog Mitch eine Augenbraue in die Höhe, während er sie aufmerksam musterte. „Als Ehepaar?"

Wieder nickte Catherine. Dieses Mal traute sie ihrer Stimme jedoch nicht, und es vergingen einige lange Sekunden, bis Mitch schließlich wieder das Wort ergriff.

„Wenn es etwas gibt, womit ich helfen kann, lass es mich wissen."

„Das mache ich. Danke, Mitch."

„Kein Thema." Er trat einen Schritt zurück, doch seine Haltung wirkte plötzlich zögerlich.

„Cat?", rief er dann auch gleich, nachdem sie sich gerade zum Gehen gewandt hatte.

„Ja?", drehte sie sich noch einmal zu ihm um.

„Gib ihm eine Chance, Cat. Taylor ist nicht nur ein hervorragender Agent, er ist auch ein guter Mann. Er hat das Herz am rechten Fleck, und am Ende macht jeder von uns mal einen Fehler."

Zutiefst erschrocken über Mitchs ernsten Blick und die Worte, die sie nicht erwartet hatte, wandte sich Catherine schnell mit einem einfachen Kopfnicken ab und lief mit klopfendem Herzen die Treppen ins Erdgeschoss hinunter.

Was wusste Mitch? Hatte Taylor etwa mit ihm über sie gesprochen? Offensichtlich! Dabei hatte sie ihn nicht als Plaudertasche eingeschätzt. Allerdings hatte sie ihn auch nicht für so charakterlos gehalten wie er zweifelsohne war, dachte sie grimmig. Besser, sie sah der Tatsache ins Auge. So gut sich Catherine in Massenmörder und Serienkiller hineinversetzen konnte, so schlecht war ihr Urteilsvermögen in Bezug auf Männer, sobald es sie selbst betraf.

Während Catherine die Treppe hinuntereilte, ließ sie ihre Gedanken zurück zu Mitchs Bemerkung schweifen. Vielleicht tat sie Taylor in diesem Punkt aber auch Unrecht. Vielleicht hatte der Kollege die ganze Geschichte von einem der anderen Jungs erfahren. Das Department glich schließlich der Basis einer Regenbogenpresse. Innerhalb kürzester Zeit wusste jeder alles und es war kein Wunder, wenn die Geschichte ihren Weg von Taylors ehemaliger Abteilung in der vierten Etage den Weg in das darunterliegende Stockwerk zu Apletons Team gefunden hatte. Im Grunde war es aber auch egal, wer wann was erzählt hatte. Tatsache war, dass Taylor seine Rolle meisterhaft gespielt hatte und sie auf ihn reingefallen war.

Wütend über sich selbst, stieg Catherine in ihr Auto und fuhr nach Hause, wo sie sich als Erstes unter die heiße Dusche stellte, um all die schlechten Ereignisse des Tages von sich abzuwaschen.

Wenn sich die Erinnerungen doch nur auch so einfach wegspülen lassen würden, dachte sie, während der harte Wasserstrahl auf ihre verspannten Schultern traf.

Zweifelsohne gehörte dieser Tag zu den schwärzesten Tagen ihres Lebens. Erst das Zusammentreffen mit ihren Eltern, dann die Beisetzung ihres Bruders und schlussendlich die Bildung eines Zweierteams mit Taylor Travis. Es blieb nur zu hoffen, dass sie den Fall schnell würden lösen können. Die Vorstellung mit diesem Mann eine Wohnung zu teilen, war ein Albtraum.

Ach was, allein die Vorstellung mit ihm eine halbe Stunde in einem Auto zu sitzen, rief größtes Entsetzen in ihr hervor. Panik packte Catherine und mit geschlossenen Augen lehnte sie sich an ihre Duschwand.

Taylor Travis. Wie hatte sie nur so entsetzlich dumm sein und ihm ihr Vertrauen schenken können? Wie ein dummer, erfahrungsloser Teenager hatte sie sich von seinen liebevollen Blicken, seiner sanften Stimme und seinem Charme einlullen lassen. Dabei war es nicht so, dass sie ein naives, kleines, unerfahrenes Mädchen vom Lande gewesen war.

Im Grunde hätte sie auf genügend Erfahrungen zurückgreifen können müssen, um Taylors Spiel zu durchschauen. Doch die Wahrheit war, dass sie nichts gemerkt hatte. Nicht das Geringste. Sie hatte ihm schlichtweg jedes seiner Worte geglaubt und gedacht, dass er tatsächlich anders war als all die anderen Männer, denen sie in ihrem bisherigen Leben begegnet war.

Mit seiner verständnisvollen, einfühlsamen Art war es Taylor gelungen, sie aus der Reserve zu locken. Völlig unbemerkt von ihr hatte er den Schlüssel zu ihrem Herzen gefunden und sie hatte sich ihm geöffnet. Das war wirklich das Allerdümmste, was sie bislang in ihrem Leben getan hatte und sie hatte durchaus schon einige Dummheiten gemacht.

Natürlich war sie damals nicht so naiv gewesen, sich einzubilden, sie würden von Liebe sprechen. Das nicht. Obwohl, wenn sie ganz ehrlich zu sich selbst war, vielleicht doch ein ganz kleines winziges bisschen.

Während sie Abend für Abend in ihrem Bett die Gespräche des Tages mit Taylor hatte Revue passieren lassen, war sie immer mehr zu der Überzeugung gelangt, dass es zwischen ihnen eine besondere Verbindung gäbe. Entgegen jeden besseren Wissens hatte sie sich eingebildet, eine Basis zu spüren, auf der sich tiefe Freundschaft gründet und aus der Liebe wachsen kann. Keinen Moment hatte sie daran gezweifelt, dass sie Taylor als Mensch etwas bedeutete.

Catherine lächelte bitter. *Träume*, dachte sie verächtlich. Träume, die so weit von der Realität entfernt gelegen hatten wie Los Angeles und Delhi auseinander. Doch Catherine konnte niemanden für ihre Träume verantwortlich machen außer sich selbst. Dabei hätte sie es wirklich besser wissen sollen. Abrupt stellte sie das Wasser ab. Schluss mit dem Ausflug in die Vergangenheit und Schluss mit dem ganzen Selbstmitleid.

Drei tote Mädchen warteten auf sie und es gab keine Zeit zu verschenken, den Spuren des Killers zu folgen. Zu groß war die Gefahr, dass er ein viertes Mal zuschlagen würde, bevor sie ihn gefasst hatten. Das jedoch wollte Catherine in jedem Fall verhindern, denn drei Opfer waren bereits drei zu viel. Dafür würde sie auch ein paar Tage mit Taylor Travis überstehen.

Inständig betete sie nur, dass dies auch für ihr Herz galt.

Das erste Mädchen wurde vor genau zwölf Tagen getötet: Jane Lantern, siebzehn Jahre. Freitag vor einer Woche war sie von ihrer Tennistrainerstunde auf dem Schulgelände nicht in das Wohngebäude der Mädchen zurückgekehrt.

Der Trainer hatte ausgesagt, er habe pünktlich um sieben Uhr Schluss gemacht, da sich für ihn noch eine weitere Trainerstunde angeschlossen hatte. Soviel er wusste, hatte Jane direkt in ihr Zimmer zurückkehren wollen, da sie noch für eine Klausur am nächsten Tag lernen wollte.

Nachdem Jane um zehn immer noch nicht zu Hause gewesen war und jeder Anrufversuch auf ihrem Handy direkt auf die Mailbox umgeleitet worden war, hatte ihre Zimmergenossin die Hausmutter informiert. Um 0:15 Uhr hatte die Internatsleitung die Polizei verständigt, die Jane am nächsten Morgen unter einem Busch auf dem Schulgelände erdrosselt aufgefunden hatte.

Die Untersuchung ihrer Leiche hatte eine bereits vermutete Vergewaltigung bestätigt. Allerdings hatte der Täter keine Spur von sich hinterlassen. Kein Haar, keine DNA, keinen Fingerabdruck.

Taylor seufzte, als er den Bericht des Sheriffs las. Das Mädchen sowie ihre Eltern taten ihm leid. Hoffentlich hatte der Killer Jane wenigstens nicht allzu sehr leiden lassen. Da jedoch zwischen dem Verschwinden des Mädchens und dem Todeszeitpunkt mehr als acht Stunden lagen, wusste er, dass diese Hoffnung wahrscheinlich vergebens war.

Ein Blick in die Kopien der nachfolgenden Interviews, zeigte ihm, dass Sheriff Hatcher mit seinen Deputies zunächst sauber recherchiert hatte. Er hatte mit allen Leuten gesprochen, die Jane näher gekannt hatten, hatte ihre Alibis überprüft und war doch überall ins Nichts gelaufen.

Nach genau sechs Tagen wurde das zweite Opfer, Geraldine Frank, gefunden, ebenfalls vergewaltigt und stranguliert. Der Täter musste sie auf dem Rückweg von ihrer Klavierstunde gefasst haben. Dieses Mal hatte der Mörder sogar das Seil am Fundort zurückgelassen. Locker hatte es um den Hals des Mädchens gelegen. Interessanterweise war Geraldine die Zimmergenossin von Jane gewesen.

Den ersten Interviews nach zu urteilen, hatte der Sheriff offensichtlich ein persönliches Motiv des Täters im direkten Umfeld der beiden Jugendlichen vermutet. Gewissenhaft hatte er alle gemeinsamen Aktivitäten von Jane und Geraldine überprüft.

Er hatte sich nach einer unglücklichen Liebe erkundigt sowie nach einem Jungen, mit dessen Gefühlen die beiden Teenager vielleicht gespielt hatten. Er hatte nach Streitereien unter den Schülern im privaten und sportlichen Umfeld gesucht und auch bei gemeinsamen schulischen Gruppenarbeiten nachgeforscht. Doch weder fand sich irgendwo eine Spur noch blieben lose Enden, die der Mann hätte weiterverfolgen können.

Der dritte Mord passierte fünf Tage später. Das Opfer war die sechzehnjährige Lydia Cameron, die sich auf dem Rückweg von der Bibliothek zu ihrem Schlafzimmer befunden hatte, als sie verschwand. Der Weg betrug gerade einmal eine Länge von einhundert Metern, doch dem Killer hatte es gereicht, das Mädchen zu fassen und zu vergewaltigen. Mit durchgeschnittener Kehle hatte man Lydia heute Morgen auf den Stufen des Bibliotheksgebäudes gefunden.

Per Fax hatte Sheriff Hatcher am Nachmittag eine kurze Zusammenfassung der ersten Ermittlungsergebnisse geschickt, die Taylor jedoch nicht weiterhalf. Er verstand aber zumindest, dass es keine offensichtliche Verbindung zwischen Lydia und den anderen beiden Mädchen gab.

Lydia besuchte eine andere Schulklasse, hatte einen anderen Freundeskreis und auch sonst gab es keine gemeinsamen Aktivitäten am Nachmittag. Das Einzige, das die drei Mädchen gemeinsam hatten, war ihr Äußeres: ihre Haare, ihre Augen, ihre Figur.

Doch warum hatte der Täter dieses Mal seine Tötungsart geändert? Warum hatte er das Seil gegen ein Messer getauscht? Wollte der Täter damit zeigen, wie vielseitig er war? Oder war er vielmehr auf ein blutigeres Instrument umgestiegen, weil ihm dies einen stärkeren Kick verlieh?

Taylor seufzte erneut. Der Fall würde nicht einfach werden. Bisher gab es keinerlei Verdächtige und darüber hinaus hatten der Sheriff und seine Leute noch nicht einmal den oder die Tatorte gefunden. Es war lediglich klar, dass der Mörder die Mädchen nicht dort getötet hatte, wo man ihre Körper gefunden hatte. Auch sein schwieriges Verhältnis zu Catherine Klaymore würde die Ermittlungen ganz sicher nicht vereinfachen.

Müde vom vielen Lesen schloss Taylor die Augen. Wehmütig erinnerte er sich an den Moment, als er Catherine vor fast zwei Jahren zum ersten Mal gesehen hatte. Joseph Apleton hatte sie in einer der üblichen Montagmorgen-Teambesprechungen als ihre neue Kollegin vorgestellt.

Bereits beim ersten Anblick hatte Taylor sie äußerst attraktiv gefunden. Ihre glänzenden Augen waren ihm dabei zuerst aufgefallen. Sie leuchteten in einem dunklen Saphirblau und wurden von endlos langen schwarzen Wimpern eingerahmt. Ihre Augenbrauen spannten sich in einem perfekten Bogen darüber. Interessiert und offen hatte sie in die Runde geschaut.

Hohe Wangenknochen unterstrichen die Zartheit ihrer Züge ebenso wie ihre Lippen, die, wenngleich nicht schmal, doch auch nicht als voluminös bezeichnet werden konnten. Taylor kannte genügend Frauen, die sich ihre Lippen aufspritzten und es war eine Handlung, die er noch nie verstanden hatte. Er fand die Natürlichkeit von Catherines Ausdruck um so vieles attraktiver. Ganz abgesehen von ihrem wunderschönen Lächeln, das augenblicklich eine angenehme Wärme in ihm auslöste.

Automatisch war sein Blick über Catherines Figur geglitten. Sie war ungefähr 1,70 Meter groß, besaß lange schlanke Beine, eine schmale Taille und Brüste, die sich perfekt ihrer schmalen Silhouette anpassten.

Taylor musste unwillkürlich lächeln, als er sich an seinen Gedanken erinnerte, dass diese genau in seine Hände passen würden. Wie recht er doch gehabt hatte!

Ihre schulterlangen blonden Haare hatten in der Morgensonne geglänzt, die an jenem Tag durchs Fenster gefallen war und als Catherine ihm die Hand zur persönlichen Begrüßung gereicht und ihm dabei in die Augen geblickt hatte, war es um ihn geschehen gewesen.

Damals hatte er das Ausmaß seiner emotionalen Reaktion noch nicht wahrhaben wollen. Allerdings war es Tatsache gewesen, dass sein Herz für einen Schlag ausgesetzt hatte. Außerdem hatte sein Gehirn innerhalb weniger Millisekunden der Gedanke durchfahren: *Das ist sie! Auf sie hast du gewartet!*

Noch heute konnte Taylor nicht sagen, welches Körperteil genau diesen Gedanken auf die Reise geschickt hatte. Sein Großhirn, sein Herz, sein Bauch? Vielleicht war es sogar ein tiefer gelegenes Körperteil gewesen? Egal, heute war er schlauer und wusste, dass dieser Gedanke die absolute und einzige Wahrheit gewesen war. Doch nun war es zu spät.

Schmerzvoll erinnerte er sich an Catherines Reaktion, als sie ihn am Morgen in Apletons Büro hatte sitzen sehen. Sie verachtete ihn, denn sie hielt ihn für charakterlos, verantwortungslos, unreif und an den ganzen Rest mochte er gar nicht erst denken.

Taylors Gedanken kehrten in die Vergangenheit zurück. Es hatte nicht lange gedauert bis Catherine sich im Team einen guten Ruf erarbeitet hatte. Innerhalb weniger Wochen war sie von allen geschätzt worden.

Sie war intelligent, konnte schnell logische Schlüsse ziehen und sich, genau wie er, in den Kopf des Täters versetzen. Nicht selten lieferten die Gedanken von ihnen beiden die Steilvorlage, die letztendlich zur Ergreifung eines Täters führte. Durch ihre zurückhaltende, bescheidene Art wurde Catherine jedoch nicht nur fachlich als Kollegin akzeptiert, sondern war auch bei allen sehr beliebt. Jeder arbeitete gerne mit ihr zusammen. Allerdings hatte sich Catherine von Anfang an von fast allen privaten Teamevents ferngehalten.

So weit sich Taylor erinnerte, war sie nur einmal zum Geburtstag einer weiteren weiblichen Kollegin, Cynthia Miller, sowie zur offiziellen Weihnachtsfeier gekommen. Beide Events hatte sie jedoch bereits nach kurzer Zeit wieder verlassen. Es war nicht zu übersehen gewesen, dass nahezu jeder männliche Agent des Departments versucht hatte, mit Catherine zu flirten, möglicherweise gar ein Date zu ergattern. Charmant, aber bestimmt hatte sie jedoch solange jeden Kollegen selbstsicher abgewiesen, bis auch der letzte Agent verstanden hatte, dass bei ihr nichts zu holen war.

Das Interesse an ihr als Frau war offiziell zurückgegangen. Man hatte akzeptiert, dass sie sich außerhalb der Arbeitszeiten von allem abschottete. Inoffiziell sprachen die Jungs allerdings weiterhin von Catherine. Ihre Unnahbarkeit fachte vor allem den Ehrgeiz der alleinstehenden Kollegen aus den anderen Abteilungen an. Catherine war einfach zu heiß, als dass eine Gruppe junger männlicher Heißsporne ihre Absagen einfach hinnehmen konnte. Immer wieder versuchte einer sein Glück, doch wie schon zu Beginn ließ Catherine auch weiterhin jeden freundlich, aber unmissverständlich abblitzen.

Wann immer Taylor die Avancen mitbekommen hatte, hatte es ihm einen eifersüchtigen Stich versetzt. Trotzdem hatte er das Geschehen aus der Ferne beobachtet, ohne selbst auch nur einen einzigen Versuch zu unternehmen, Catherine in ein persönliches Gespräch zu verwickeln. Ausgerechnet er, der noch nie ein Problem damit gehabt hatte, mit einer Frau ins Gespräch zu kommen, fühlte sich unsicher, wenn er in Catherines Nähe war und es war Cynthias Geburtstagsparty gewesen, als er zum ersten Mal die sich bietende Gelegenheit für eine persönliche Unterhaltung mit ihr genutzt hatte.

Wie an Geburtstagen üblich hatte sich das Team nach Feierabend im ‚Cop's Heaven' auf Bier und Chicken Wings getroffen. Denn abgesehen davon, dass das Bistro direkt auf der anderen Straßenseite des Dezernats lag, gab es dort auch die besten Chicken Wings und Burger von ganz Houston.

Vor Taylors geistigem Auge erschien der Abend in seinen Einzelheiten.

Vor sechzehn Monaten

Catherine stand mit Roscoe, Harold und Max an der langen Theke, während sich Taylor einige Meter weiter mit Mitch und Brian unterhielt. Sein Blick wanderte jedoch immer wieder zu der attraktiven Kollegin hinüber. Sie trug noch immer ihr dunkelblaues Kostüm, das sie bereits den ganzen Tag im Büro angehabt hatte und das ihre modelgleiche Figur perfekt zur Geltung brachte. Gleichzeitig wirkte sie darin jedoch reserviert und eine Aura von eleganter Distanziertheit umgab sie.

Taylor vermutete, dass dies ein bewusst gewählter Effekt war. Catherine war aufgeschlossen, jederzeit ansprechbar, warmherzig und grundsätzlich gut gelaunt. Dennoch würde sie niemand als kumpelhaft bezeichnen. Jeder kannte Agent Klaymore, doch niemand kannte Catherine, die Privatperson.

In diesem Moment beobachtete Taylor, wie Roscoe seinen Arm um Catherines Schultern legte. Er bemerkte, wie sich ihr Körper versteifte und sofort zogen sich seine Augenbrauen missbilligend zusammen. Er mochte den Kollegen, allerdings wusste er auch, dass Roscoe in angetrunkenem Zustand durchaus die eine oder andere Grenze überschreiten konnte.

Noch während er überlegte, ob er hinüber zur Theke gehen sollte, sah er wie Catherine freundlich, aber entschieden die Hand des Kollegen nahm und sie lächelnd zurück auf den Tresen legte. Anscheinend war sie darum bemüht, der Situation keine allzu große Aufmerksamkeit zu schenken, obwohl ihr die Berührung offensichtlich unangenehm gewesen war.

Taylor bedauerte, als er sah, wie sie sich zum Gehen wandte. Auch wenn er noch immer nicht die richtige Gelegenheit gefunden hatte, Catherine privat anzusprechen, so freute es ihn doch, sie hier zu sehen. Seufzend hob er sein Bierglas zu seinem Mund, doch plötzlich verharrte seine Hand mitten in der Bewegung.

Um Catherine aufzuhalten, hatte Roscoe seine Hände auf ihre Schultern gelegt und beugte sich nun zu ihr herab.

Einem spontanen Bauchgefühl folgend stellte Taylor sein Glas auf den Tisch und ging mit großen Schritten zu ihr hinüber.

„Entschuldige, Roscoe", sprach er den jungen Kollegen an, während er ihn kameradschaftlich zur Seite schob. „Aber ich würde gerne etwas mit Catherine besprechen. Kommst du kurz?" Ohne ihre Antwort abzuwarten, nahm er ihre Hand und führte Catherine an einen etwas abseitsstehenden Tisch.

Taylor erinnerte sich an die Zartheit ihrer Haut und wie weich sich ihre Hand in seiner angefühlt hatte. Am liebsten hätte er sie nie wieder losgelassen, doch Catherine entzog ihm ihre Hand, sobald sie alleine an dem kleinen runden Bistrotisch standen.

Fest blickte Taylor ihr in die Augen. Gleichzeitig fragte er sich, warum sein Herz plötzlich so raste.

„Roscoe ist ein netter Kerl. Er hat nur ein paar Drinks zu viel", erklärte er, obwohl er viel lieber über etwas anderes mit ihr gesprochen hätte.

„Ich weiß", antwortete Catherine, während sie seinen Blick hielt. „Du hättest nicht eingreifen müssen. Ich wäre schon mit ihm fertig geworden, ohne ihn gleich zu kompromittieren. Aber trotzdem danke für die Unterstützung."

Taylor glaubte in ihren blauen Augen versinken zu müssen. Sie waren so tiefblau, wie der Atlantische Ozean an einem strahlend hellen Sommertag.

„Es ist schön, dass du heute gekommen bist", sagte er leise.

„Danke", gab sie ebenso leise zurück. Dabei blitzten ihre Augen geheimnisvoll auf.

Die Geräuschkulisse der Bar versank im Hintergrund und für einen Moment gab es für Taylor nur ihn und Catherine. Dabei spürte er zwischen ihnen eine solch starke Verbindung, dass er augenblicklich wusste, Catherine fühlte sie ebenso. Ein Gefühl dieser Intensität war einfach nicht möglich, wenn es nur von einer Seite kam. Es brauchte eine entsprechende Reflektion und die sah er in Catherines Augen.

„Warum kommst du nicht öfter mit, wenn wir alle zusammen essen gehen?", rutschte es ihm flüsternd heraus. „Oder wartet jemand zu Hause auf dich?"

Sein Herzschlag schien auf einmal davon zu reiten, als ob der Teufel höchstpersönlich hinter ihm her wäre und er hätte sich ohrfeigen können. Wie hatte er Catherine bei dieser ersten Unterhaltung unter vier Augen nur eine solch persönliche Frage stellen können? Schließlich wusste er, wie strikt Catherine ihr Privatleben von ihrem beruflichen Umfeld trennte. Hatte er darum nicht in Gedanken Hunderte von Gesprächsanfängen geübt?

Warum hatte er nicht einfach ein oberflächliches Smalltalkthema wählen können, wie beispielsweise das Wetter? Oder einen aktuellen Kinofilm? Oder Musik? Oder den neu eröffneten Zoo? Irgendetwas Neutrales! Doch dafür war es jetzt zu spät. Er konnte nur hoffen, dass sie sich nicht sofort abwandte.

„Nein, es wartet niemand", entgegnete Catherine lächelnd und gab ihm mit dem nächsten Satz die Erklärung, die er bereits kannte. „Aber ich halte nichts davon Privates und Berufliches zu vermischen."

„Für viele von uns ist das Team die Familie", stellte Taylor fest, ohne dass seiner Stimme zu entnehmen war, wie er darüber dachte.

„Das habe ich schon gemerkt", gestand Catherine und sah ihn mit einem fragenden Blick an.

Die Luft zwischen ihnen schien sich plötzlich aufzuladen und Taylor spürte das aufregende Knistern der emotionalen Spannung durch seine Nervenbahnen fahren. Es kribbelte in seinen Fingerspitzen und er wünschte, er könne Catherines Haut unter ihnen fühlen.

Er wollte seine Hand an ihre Wange legen, wollte seine Finger durch ihre Haare gleiten lassen, wollte ihr Dekolleté spüren, ihren Busen fühlen. Aber all das war pure Fantasie. Himmel, er durfte nicht einmal seine Hand auf ihre legen.

Wenn Catherine auch nur die geringste Ahnung hätte, woran er gerade dachte, würde sie sich auf der Stelle umdrehen und gehen, mahnte er sich selbst. Innerlich seufzend zwang sich Taylor dazu, in die Realität zurückzukehren. Dabei bemerkte er, dass Catherine noch immer auf eine Reaktion von ihm wartete.

Unwillkürlich fragte er sich, ob er eine Frage verpasst hatte? War er so tief in seinen Träumen versunken gewesen, dass er nicht einmal ihre Stimme gehört hatte? Das konnte nicht sein. Er war schließlich ein erwachsener Mann und kein blindverliebter Teenager.

„Für dich auch?“, formulierte Catherine in diesem Moment ihre Frage, als sich das Schweigen zwischen ihnen immer länger ausdehnte und sie erkannte, dass er ihren Blick nicht deuten konnte.

Für mich auch was?, fragte sich Taylor automatisch, während er gleichzeitig bereits versuchte sich zu erinnern, wovon sie gesprochen hatten. Ah ja, das Team und die Familie!

„Nein. Meine Familie ist zu Hause“, entgegnete er, erleichtert, dass er den Anschluss an ihr Gespräch gefunden hatte.

Unmerklich straffte sich Catherines Rücken. Gleichzeitig verdunkelten sich ihre Augen und Taylor begriff, dass sie seine Aussage offenbar missinterpretierte. Schnell setzte er zu einer Erklärung an.

„Ich meine, zu Hause in New Orleans. Meine Eltern, mein Bruder und meine Schwester mit ihrer Familie. Das hier sind meine Freunde geworden.“ Mit einer Handbewegung zeigte er auf die Kollegen, die um sie herumstanden. „Einige der Kollegen sind allerdings im Laufe der Zeit meine Freunde geworden. Es ist eine gute Truppe.“

Catherine lächelte und auch ihre Haltung entspannte sich wieder. „Wie lange bist du schon im Team?“

„Fast drei Jahre. Bevor ich nach Houston kam, war ich zwei Jahre in Miami und hier im Department habe ich zuerst zwanzig

Monate für Chief Sears gearbeitet. Beides waren gute Erfahrungen, aber in diesem Team gefällt es mir am besten. Was ist mit dir? Gefällt es dir bei uns?"

„Ja, die Arbeit macht Spaß. Ich habe zwar keinen Vergleich, da es meine erste Stelle ist, aber ich fühle mich wohl. Alle sind sehr nett und aufgeschlossen."

„Trotzdem möchtest du uns nicht näher kennenlernen?", zwinkerte Taylor ihr herausfordernd zu. Dabei ließ er sie sein charmantestes Lächeln sehen, dem bisher noch keine Frau hatte widerstehen können.

Catherine öffnete den Mund für eine Antwort, doch ganz plötzlich änderte sie ihre Meinung. Statt einer Gegenbemerkung warf sie einen Blick auf ihre Armbanduhr.

„Ich habe gar nicht gemerkt, wie spät es schon ist. Bitte entschuldige mich, aber ich sollte wirklich gehen." Mit einem letzten Blick in sein verdutztes Gesicht ließ sie ihn stehen.

Verwundert folgte Taylor ihr mit den Augen, als sie sich hastig von Cynthia verabschiedete und dann zielstrebig das Bistro verließ, ohne sich noch einmal umzudrehen.

Er hätte schwören können, dass Catherine eine schlagfertige, kokettierende Antwort auf den Lippen gehabt hatte. In ihren Augen war kurz zuvor ein schelmisches Lächeln aufgeflackert. Doch ganz offensichtlich war sie nicht für einen kleinen Flirt bereit gewesen.

In der Gegenwart

Auch heute erinnerte sich Taylor noch an die bedrückende Schwere, die er damals in seinem Brustkorb gefühlt hatte. Er hätte sich nur zu gerne noch länger mit Catherine unterhalten. Damals war er zu seinem Team zurückgekehrt, doch seine ausgelassene Stimmung von zuvor war verflogen gewesen. Wer hatte geahnt, dass dieses traurige Verlustgefühl nur wenige Monate später zu einem dauerhaften Gefährten werden würde? Er jedenfalls nicht.

Entschieden schüttelte Taylor kurz den Kopf, was seine Gedanken zurück auf den aktuellen Fall brachte. Er wollte noch einmal alle Protokolle durchlesen, um sicherzugehen, dass er beim ersten Mal nichts übersehen hatte.

Eine halbe Stunde später klappte er die Akte jedoch zu. Er war bereit sich seiner Müdigkeit zu ergeben. Es hatte heute keinen Sinn mehr. Lieber würde er morgen eine Stunde früher aufstehen und sich die restlichen Berichte bei einer starken Tasse Kaffee ansehen.

KAPITEL 3

Von der gegenüberliegenden Straßenseite aus beobachtete er, wie die beiden das Café verließen. Der Junge interessierte ihn nicht. Das Mädchen hingegen schon.

Offensichtlich hatte der Junge gerade eine lustige Bemerkung gemacht, denn sie lachte plötzlich laut auf. Kokettierend warf sie dabei ihre langen blonden Haare nach hinten, nur um sie dann mit einer typisch weiblichen Handbewegung alle wieder über ihre linke Schulter nach vorne zu legen. Sie war groß, schlank und hatte eine sportliche Figur. Letzte Woche war sie ihm zum ersten Mal aufgefallen. Damals war sie in Begleitung eines anderen Jungen gewesen.

Er spürte die wachsende Wut in sich. Doch heute war nicht der richtige Zeitpunkt, um sich ihr hinzugeben. Heute würde er seine Gefühle im Zaum halten müssen. Auch wenn es ihm noch so schwer fiel.

Unauffällig folgte er den beiden im Schatten der Bäume. Er musste wissen, wo sie wohnte, wer sie war. Seiner Vermutung nach war sie eine der Internatsschülerinnen, doch er war sich nicht ganz sicher. Heute Abend würde er jedoch herausfinden, wo sie herkam, sodass er sie ohne großen Aufwand wiederfand, wenn die Zeit gekommen war. Denn ein Wiedersehen würde es geben. Ein hautnahes Wiedersehen sogar!

KAPITEL 4

Alle drei Mädchen sind in der Nähe des Ortes gefunden worden, an dem sie verschwunden sind. Doch keiner dieser Orte entspricht dem Tatort, überlegte Catherine.

Wo brachte der Täter sie also hin und vor allem, wie brachte er sie dorthin? Unmöglich konnte er mit einem betäubten Mädchen auf dem Arm quer über den Campus laufen. Die Gefahr, jemandem zu begegnen, war zu groß. Vor allem wenn man die Uhrzeiten bedachte, zu denen die Schülerinnen verschwunden waren.

Eifrig blätterte Catherine in den Unterlagen, doch leider konnte sie keinen Plan des Internatsgeländes finden. Sie würde also warten müssen, bis sie sich morgen selbst ein Bild von dem Gelände und seiner Umgebung würde machen können.

Entschlossen legte sie die Papiere zur Seite und begann ihre Reisetasche zu packen. Doch für wie viele Tage sollte sie planen? Zwei? Drei? Eine ganze Woche? Oder gar zwei? Gott behüte. Zwei Wochen mit Taylor Travis mochte sie sich nicht einmal vorstellen.

Letztendlich entschied sie sich, zunächst Kleidung für eine Woche einzupacken. Das sollte mehr als genug sein. Im Grunde genommen hatte sie vor, den Fall spätestens am dritten Tag gelöst zu haben. Allerdings musste Catherine zugeben, dass dies bei den dürftigen Ergebnissen, die der Sheriff und sein Team bisher zusammengetragen hatten, mehr als optimistisch geplant war.

Wenn es doch nur nicht Taylor wäre, mit dem sie so eng zusammenarbeiten musste. Warum nur konnte es niemand von den anderen Kollegen sein?

Bei allen persönlichen Ressentiments musste Catherine allerdings zugeben, dass Taylor ein hervorragender Agent war. Wenn sie es schaffen würde, alle Emotionen ihm gegenüber auszuschalten und ihm professionell gegenübertrat, dann konnten sie vielleicht ein wirklich gutes Team sein und den Mörder von Jane, Geraldine und Lydia schnell entlarven.

Problemlos konnte Catherine zugeben, dass Taylor zu Apletons besten Leuten zählte. Das wusste sie aus erster Hand. Schließlich hatten sie gemeinsam den verhängnisvollen vierwöchigen Lehrgang absolviert. Das Department hatte alle Kosten dafür übernommen und Catherine hatte gewusst, dass es eine große Auszeichnung von Joseph Apleton gewesen war, sie als jüngstes Teammitglied für diese intensive Fortbildung ausgewählt zu haben.

Gemeinsam mit Nico und Hendrik, zwei Kollegen aus dem Team von Patrick Sears, das im Stockwerk über ihnen seine Basis hatte, waren Taylor und Catherine vor einem Jahr in ein spezielles FBI-Ausbildungscamp gereist, um sich jeden Tag sieben Stunden mit soziologischen Studien und psychologischen Profilen von Massen- und Serienmördern zu beschäftigen. Anschließend hatten sie weitere zwei Stunden auf der Matte trainiert, um ihre motorischen Fähigkeiten im Allgemeinen sowie ihre Kampfsporttechnik im Besonderen weiterzuentwickeln. Dreimal die Woche gab es weitere Übungseinheiten in Verfolgung und Überwältigung von Verdächtigen, Befreiung von Geiseln, Schusstraining sowie theoretische Vorträge über diverse neu entwickelte Kommunikationstechniken.

Für Catherine waren insbesondere die praktischen Einheiten relevant, da sie davon während ihrer Studienzeit zu wenig mitbekommen hatte. Bereits im Vorfeld ihrer Bewerbung beim FBI war Catherine bewusst gewesen, dass Selbstverteidigung ihre größte persönliche Schwachstelle war.

Erst ein Jahr bevor sie ihren Abschluss in Kriminologie abgelegt hatte, hatte sie mit Karate angefangen. Zuvor war einfach keine Zeit dafür gewesen. Es war ohnehin schwierig genug gewesen, alle Termine umeinander zu jonglieren und dabei genügend Zeit zum Lernen einzuplanen. Ihre Studientage hatten bereits achtzehn Stunden gehabt und zu Prüfungszeiten waren es auch schon mal zwanzig gewesen.

Hätte Catherine damals gewusst, dass sie eines Tages tatsächlich zum FBI gehen und die Inhalte des Kriminologiestudiums professionell nutzen würde, hätte sie die Prioritäten anders gesetzt. Doch in jenen jungen Jahren war sie in ihrer Persönlichkeit noch nicht so weit gefestigt gewesen, als dass sie ihre eigenen Interessen unter allen Umständen und mit allen Konsequenzen durchgesetzt hatte.

Es lohnte sich jedoch nicht, über die Vergangenheit zu sinnieren. Was vorbei war, war vorbei und nachdem sie die Entscheidung getroffen hatte, sich nach ihrem Abschluss beim FBI zu bewerben, hatte sie sich sogleich in einer Karateschule angemeldet und alles daran gesetzt, die Technik so schnell wie möglich zu erlernen.

In jeder freien Minute hatte sie unerbittlich trainiert und es auf diese Weise in eineinhalb Jahren zu einem blau-violetten Gürtel gebracht. Das war eine Leistung, die in Anbetracht der Kürze der Zeit durchaus bemerkenswert gewesen war. Doch Catherine war ehrgeizig und hatte niemals daran gedacht, mit diesem Farbengurt aufzuhören. Daher hatte sie während der Fortbildung alle Möglichkeiten des Trainingsraumes genutzt.

Jeden Abend hatte sie eine weitere Stunde für sich trainiert. Egal wie spät es gewesen war. Egal wie müde sie gewesen war und egal wie sehr Knochen und Muskeln von der Anstrengung der vorherigen Tage bereits geschmerzt hatten.

Es war am Anfang der zweiten Woche gewesen, als Taylor den Trainingsraum betreten hatte, während sie für sich neue Bewegungsabläufe geübt hatte.

Vor einem Jahr

Fasziniert beobachtete er Catherine bei ihrem Training. Ihre Bewegungen waren harmonisch und er kam nicht umhin sie für ihren Einsatz zu bewundern. Ihr musste alles wehtun. Selbst er, der wirklich überdurchschnittlich gut durchtrainiert war, spürte in der Zwischenzeit jeden einzelnen Muskel seines Körpers.

„Lust auf einen Trainingspartner?“, fragte Taylor, während er an die Matte trat.

Erschrocken zuckte Catherine zusammen.

„Verzeihung, ich wollte dich nicht erschrecken”, entschuldigte sich Taylor sofort.

„Nein, schon gut. Ich habe dich nur nicht kommen hören.“

Ein wenig nervös fuhr sich Catherine durch die Haare, während Taylor sie erwartungsvoll ansah. Schließlich hob er fragend eine Augenbraue.

„Wenn du nicht magst, ist es in Ordnung", sagte er schließlich, als er nach einiger Zeit immer noch keine Antwort erhalten hatte.

„Doch, doch. Gerne. Allerdings werde ich kaum eine würdige Gegnerin für dich sein", erwiderte Catherine mit einem Blick auf seinen schwarzen Gürtel, der fest um seine Taille gebunden war.

Doch Taylor lächelte nur aufmunternd. „Wir werden sehen." Dann trat er auf die Matte und sie verbeugten sich voreinander.

Eine ganze Stunde trainierten sie, wobei Taylor Catherine viele wertvolle Tipps gab. Er war ein fantastischer Trainer, der in gleichem Maße fordern und motivieren konnte und Catherine musste zugeben, noch nie so viel Freude beim Training gehabt zu haben wie in der letzten dreiviertel Stunde.

„Wir sollten Schluss machen. Deine Konzentration lässt nach, was nach diesem anstrengenden Tag auch kein Wunder ist", meinte Taylor schließlich und reichte ihr die Hand, um ihr aufzuhelfen.

„Danke", antwortete Catherine, als sie wieder auf ihren Beinen stand. „Es tut mir leid für dich, aber ich hatte ja schon zu Beginn gesagt, dass ich kein wirklicher Trainingspartner für dich sein kann."

„Unsinn", winkte Taylor ab. „Ich hatte selten so viel Spaß wie eben und selten eine solch eifrige Schülerin, der es gelingt, alles so schnell umzusetzen wie dir."

Dabei lachte er sie so offen und ehrlich an, dass Catherine ihm fast glaubte. „Du gibst Trainerstunden?"

„Ja, freitagsabends. Um sechs trainiere ich Kinder im Alter von zehn bis zwölf, anschließend sind die Zwölf- bis Vierzehnjährigen dran und danach kommen die Jugendlichen."

Zum ersten Mal sah Catherine ihn mit offenem Interesse an.

„Du magst also Kinder", stellte sie fest.

„Ich liebe Kinder, und ich genieße es, mit ihnen zu arbeiten. Im Gegensatz zu den Erwachsenen äußern sie ihre Meinung frei heraus. Selten bekommt man ein offeneres Feedback als von ihnen. Selten aber auch ein härteres", gab er zu, wobei er sie mit leicht geneigtem Kopf ansah. „Verwundert dich das?"

„Ich weiß nicht", antwortete Catherine ehrlich, bevor sie vorsichtig ergänzte: „Ja, ich glaube schon."

Prüfend sah Taylor sie mit seinen blauen Augen an und sofort lud sich die Luft zwischen ihnen wieder auf. Genauso wie damals im Pub. Intuitiv spürte er, wie sich Catherine innerlich anspannte. Sie hatte das Pulsieren also auch wahrgenommen. Da Taylor die lockere Atmosphäre zwischen ihnen auf keinen Fall verlieren wollte, wandte er den Blick ab. Wie beiläufig fragte er auf dem Weg in die Dusche:

„Hast du noch Lust auf einen gemeinsamen Gute-Nacht-Drink?"

Während er auf Catherines Antwort wartete, redete sich Taylor ein, dass es keine Rolle spielte, wie sie sich entscheiden würde. Doch als Catherine schließlich bejahend nickte und ihm ein Stein so groß wie ein Felsbrocken vom Herzen fiel, wusste er, dass er sich selbst belogen hatte.

Eine Viertelstunde später betrat Catherine frisch geduscht in Jeans und T-Shirt die Bar im Haus. Obwohl es erst kurz nach zehn war, hielten sich heute nicht mehr viele Kollegen darin auf. Die Anstrengungen der letzten Trainingstage forderten langsam ihren Tribut und so hatten sich bereits die meisten Seminarteilnehmer auf ihre Zimmer zurückgezogen.

Sofort erhob sich Taylor, als er Catherine hereinkommen sah. Sie sah bezaubernd aus mit ihren vom Training immer noch leicht geröteten Wangen. Ihre Augen funkelten lebendig und mit einem Mal fühlte sich Taylor so unsicher wie bei seinem allerersten Rendezvous. Gemeinsam setzten sie sich an die Bar.

„Was magst du trinken?", erkundigte sich Taylor, als der Barkeeper auf sie zukam.

„Ein Tonicwasser, bitte", bestellte Catherine

Taylor schmunzelte. „Das trinke ich nach dem Training auch am liebsten."

Catherine lachte und dieses Lachen traf Taylor direkt in der Mitte seines Herzens.

„Seit wann machst du Karate?", wollte er wissen und bemühte sich um einen normalen Tonfall, der nichts davon verriet, wie sehr ihn Catherine in ihren Bann zog.

„Seit eineinhalb Jahren."

Erstaunt zog er die Augenbrauen hoch. „Wow! Ehrlich? Das ist unglaublich."

„Was ist daran unglaublich?"

„Ich kenne niemanden, der nach einer solch kurzen Zeit so gut ist. In ein paar Wochen machst du locker deinen braunen Gürtel."

„Ich gebe mir Mühe. Leider habe ich erst am Ende meines Studiums angefangen zu trainieren."

Catherine biss sich auf die Lippe. Mist! Warum hatte sie ihm das erzählt? Sie musste besser aufpassen, mahnte sie sich selbst zu mehr Konzentration. Durch seine natürlich charmante Art erzeugte Taylor eine solch zwanglos lockere Atmosphäre, dass sie jede Vorsicht vergaß und einfach drauflos plauderte.

„Warum so spät? Wolltest du nicht von Anfang an zum FBI?“, wunderte er sich denn auch sofort.

„Meine Eltern wollten, dass ich Wirtschaft studiere”, entgegnete Catherine ein wenig kurz. Sie wollte dieses Thema möglichst schnell wieder beenden.

„Aber du wolltest das nicht”, entnahm Taylor ihrer Aussage, nicht bereit die Sache so schnell fallen zu lassen.

Abschätzend sah Catherine ihm in die Augen.

Fast schien es Taylor, als überlege sie, wie viel sie ihm erzählen sollte. Geduldig wartete er und hielt dabei ihrem prüfenden Blick stand.

Seine Körperhaltung war offen und Catherine las ehrliches Interesse in seinem Gesicht.

„Nein, nicht wirklich“, gab sie schließlich zu. „Aber es ist grundsätzlich nicht einfach, sich gegenüber meinem Vater durchzusetzen und direkt nach der Schule war sein Einfluss auf mich noch sehr groß. Ich war einfach noch zu jung.“

Gedankenverloren nahm sie einen Schluck ihres Tonic-Wassers, dann sah sie Taylor wieder an. „Wie dem auch sei, zumindest suchte ich mir damals eine Universität, die neben Wirtschaft auch Kriminologie anbot.“

„Du hast ein Doppelstudium absolviert?“, staunte Taylor beeindruckt.

„Es blieb mir nichts anderes übrig”, lächelte Catherine zurückhaltend.

„Das war sicherlich hart.“

„Es war nicht einfach”, gab Catherine zu. „Aber es hat geklappt. Den Abschluss in Wirtschaft habe ich dann auch schon etwas früher gemacht, sodass ich mich am Ende ganz auf die Kriminologie konzentrieren konnte. Das war dann nicht mehr wirklich schwer. Doch für Karate fehlte leider immer die Zeit.“

„Verständlich. Aber bei deinem Ehrgeiz und deiner natürlichen Begabung hast du hier schnell aufgeholt.“

„Du musst mir keine Komplimente machen. Ich kenne meine Defizite sehr genau. Es gibt noch eine Menge Dinge, an denen ich arbeiten muss.“

„Nein, ich meine es ehrlich. Ich weiß, wovon ich spreche. Ich kämpfe seit zwanzig Jahren und gebe seit mehr als zehn Jahren Trainerstunden. Du bist wirklich gut.“

Spontan legte er seine Hand auf ihre, um sein Lob zu verstärken. Allerdings hatte er nicht mit der darauffolgenden Reaktion gerechnet. Die Luft zwischen ihnen pulsierte plötzlich stärker als zuvor im Bewegungsraum und Taylor empfand die Temperatur in der Bar mit einem Mal als viel zu heiß.

Auch Catherine spürte die Veränderung. Ihre Augen hatten sich bei der unerwarteten Berührung geweitet, und sie hatte das Gefühl, dass ihre Finger in Flammen standen. Sie wusste, dass sie Taylor ihre Hand besser jetzt als später entziehen sollte. Auch sollte sie den Blickkontakt abbrechen. Doch sie tat nichts dergleichen. Stattdessen ließ sie ihre Hand liegen und sah ihm weiter in die Augen.

Das ist gefährlich, durchfuhr es sie. Dieser Mann zog sie in einer Art und Weise in seinen Bann wie sie es zuvor noch nicht erlebt hatte. Aber es war ein angenehmes Kribbeln, dass sich in ihrem Bauch ausbreitete und sie wollte den Körperkontakt noch nicht abbrechen.

Letztendlich war es Taylor, der seine Hand zurückzog. Dabei schlug sein Herz so fest gegen seinen Brustkorb, dass er glaubte, es würde gleich herausspringen. Wie war so etwas möglich?

Sicher, sein Herz hatte in der Vergangenheit schon mal an Tempo zugelegt, wenn er einer schönen Frau in die Augen geblickt hatte. Hauptsächlich war dies jedoch in seiner Jugend vorgekommen und niemals in solchem Ausmaß. Diese Frau berührte ihn wie kein weibliches Wesen es jemals zuvor getan hatte.

Verlegen räusperte er sich, um seiner Stimme wieder einen normalen Klang zu verleihen. „Jetzt ist dein Vater wahrscheinlich stolz, dass du eine erfolgreiche Agentin bist und die Menschen in diesem Land vor allem Bösen beschützt”, schlussfolgerte er in einem scherzhaften Ton, womit er das Thema gleichzeitig auf ein sichereres Terrain zurückführte.

Überrascht stellte Taylor jedoch fest, dass sich Catherines Blick bei seinen Worten sofort verschloss. Unwillkürlich fragte er sich, was das zu bedeuten hatte.

„Keine Ahnung", antwortete sie und um zu verhindern, dass er an dieser Stelle weiter nachhakte, schoss sie schnell eine eigene Frage hinterher. „Wie war das bei dir? Wolltest du immer zum FBI?"

Taylor wunderte sich über Catherines rätselhafte Antwort, doch Ihre Körpersprache war unmissverständlich. Sie wollte nicht weiter über sich reden. Um die Zeit mit ihr so lange wie möglich auszudehnen, beschloss er, ihren Wunsch für den Augenblick zu respektieren. Schließlich wollte er, dass sich Catherine in seiner Gegenwart wohl fühlte.

Die Tatsache, dass er sich darüber überhaupt Gedanken machen musste, war etwas Neues für ihn. Bisher hatten sich alle Frauen liebend gern mit ihm unterhalten und in der Regel war er es, der den Kontakt irgendwann beendete. Doch Catherine war anders als jede Frau, der er bisher in seinem Leben begegnet war und wenn sie etwas über ihn erfahren wollte, dann hatte er damit kein Problem. Im Gegenteil.

„Ja, das FBI war immer mein Traum", antwortete er daher wahrheitsgemäß. „Schon als kleiner Junge wollte ich allzeit die bösen Buben jagen. Räuber und Gendarm war mein absolutes Lieblingsspiel und natürlich war ich immer auf der Seite der Guten."

Catherine lachte laut auf, und Taylor war dankbar, dass sich die Atmosphäre wieder entspannt hatte. In leichtem Ton fuhr er fort.

„Ich glaube, meine Eltern sind anfangs davon ausgegangen, dass es nur eine Phase ist, die früher oder später wieder vorübergeht. Als sie aber merkten, dass ich es tatsächlich ernst meinte, haben sie mich auf ganzer Linie unterstützt. Du musst wissen, meine Eltern sind einfache, aber herzliche Menschen. Sie führen einen kleinen Lebensmittelladen. Nichts Großes und vor allem nichts, mit dem man viel Geld verdient. Aber sie haben alles getan, damit wir drei Kinder unsere beruflichen Träume verwirklichen konnten. Erst ganz am Ende meines Studiums habe ich erfahren, dass mein Vater jahrelang Nachtschichten in einer Autofabrik geschoben hat, um mir mein Studium zu finanzieren."

„Das ist schön und außerdem sehr wertvoll", erklärte Catherine leise.

Dabei lag in ihrer Stimme eine Sehnsucht, die Taylor davon überzeugte, dass sie selbst eine solch aufopfernde Liebe in ihrer Familie nicht erfahren hatte. Das tat ihm leid, doch noch bevor er reagieren konnte, fragte Catherine weiter und der intime Moment war vorbei.

„Was machen deine Geschwister?“

„Meine Schwester hat eine Ausbildung im Hotelfach gemacht und dann geheiratet. Jetzt ist sie seit zwei Jahren Mama eines kleinen süßen Mädchens, das uns Männer in der Familie schon heute um ihren kleinen Finger wickelt”, lachte er. „Mein Bruder ist der Gelehrte unter uns. Er hat Chemie studiert und promoviert gerade.“

„Arbeitet dein Vater immer noch jede Nacht?“

„Nein. Er hatte vor drei Jahren einen Herzinfarkt.“

Taylors Augen wurden traurig. „Zum Glück hat er sich mittlerweile wieder gut erholt und kann seinen kleinen Laden selbständig weiterführen. Aber ansonsten muss er langsam machen. Zweifellos hat er sich das nach einem harten Arbeitsleben mit vierundsechzig Jahren auch verdient. Zwei Kindern eine solide Ausbildung zu finanzieren, war schwierig genug für ihn. Nachdem ich angefangen habe zu arbeiten und somit endlich selbst Geld verdient habe, wurde es Zeit für mich, etwas von dem zurückzugeben, was ich jahrelang erfahren habe. Glücklicherweise ist mein Bruder fünf Jahre jünger, sodass ich ihn während seines Studiums finanziell unterstützen konnte.“

Während Taylor erzählte, nahm er Catherines veränderten Blick wahr. Anerkennung und Respekt lagen nun darin. Es schien, als ob er gerade in ihrer Achtung einige Stockwerke nach oben gestiegen wäre.

„Es ist schön eine Familie zu haben, auf die man sich verlassen kann”, äußerte Catherine und erneut schwang eine sehnsuchtsvolle Nuance in ihrer Stimme mit.

„Hast du Geschwister?“, wagte er einen weiteren Vorstoß.

„Einen Bruder, aber es ist spät geworden. Ich denke, wir sollten langsam schlafen gehen. Der morgige Tag wird anstrengend werden.“ Entschlossen erhob sich Catherine und beendete damit ihr gemeinsames Gespräch. Ganz offensichtlich war ihre Familie kein Thema, über das sie gerne sprach.

Traurig, dass ihre gemeinsame Zeit für heute vorbei war, stand auch Taylor auf. Wenn es nach ihm gegangen wäre, hätten sie die ganze Nacht an der Bar verbringen und sich unterhalten können. Er wäre jederzeit bereit gewesen, seinen Schlaf dafür zu opfern, zumal er sicher war, in den nächsten Stunden ohnehin nicht schlafen zu können. Catherine würde seine Gedanken noch eine ganze Weile lang beschäftigen und wahrscheinlich auch seine männliche Fantasie.

Während des Trainings hatte er ihren zarten Körper, der für seine Konstitution an einigen Stellen erstaunlich harte Muskeln aufwies, gleich mehrfach gespürt und er wünschte sich nicht zum ersten Mal die Gelegenheit herbei, Catherines verführerische Rundungen mit seinen Fingern in aller Ruhe nachfahren und erkunden zu können. Idealerweise auch nicht ausschließlich mit seinen Händen. Schließlich wollte er diese Frau mit all seinen Sinnen kennenlernen. Er wollte sie fühlen, riechen, schmecken.

Schweigend liefen sie nebeneinander die Treppe in den ersten Stock hinauf, in dem ihre Zimmer nicht weit voneinander entfernt lagen.

„Gute Nacht, Catherine. Es war ein schöner Abend."

Mit einem tiefen Blick sah Taylor ihr in die Augen, als er sich vor ihrer Tür von Catherine verabschiedete. Am liebsten hätte er sich zu ihr hinabgebeugt und sie geküsst. Doch ein Gefühl, dass er damit das zarte Band, das sich gerade zwischen ihnen gebildet hatte, wieder durchtrennen würde, hielt ihn zurück.

„Gute Nacht, Taylor", flüsterte Catherine und verschwand in ihrem Zimmer.

In den darauffolgenden Tagen verbrachten Catherine und Taylor immer mehr Zeit miteinander. Gemeinsam liefen sie vor dem Frühstück ihre Runden im angrenzenden Waldgebiet, arbeiteten während des Tages zusammen psychologische Profile aus und trainierten am Abend regelmäßig auf der Matte. Dabei lachten sie viel und jeder von ihnen stellte für sich fest, dass er die Gesellschaft des anderen genoss.

Sie führten interessante politische Gespräche und sprachen viel über tiefsinnige Themen wie Freundschaft, Ehre und Moral. Immer wieder stellten sie dabei fest, wie ähnlich ihre Einstellungen diesbezüglich doch waren. Lediglich wenn das Thema auf Catherine selbst und ihre Familie kam, wich sie jedes Mal mit oberflächlichen Antworten aus.

An ihrem letzten gemeinsamen Abend standen sie sich wieder auf der Matte im Trainingsraum gegenüber.

„Was ist los mit dir heute? Du bist überhaupt nicht bei der Sache", schimpfte Taylor nach einer halben Stunde. Er war völlig unzufrieden mit ihrer Leistung.

„Bin ich nicht?", gab Catherine provozierend zurück.

„Nein, Cat, bist du nicht und das weißt du selbst auch ganz genau."

„Vielleicht bin ich einfach nicht besser."

„Unsinn. Du machst Leichtsinns- und Konzentrationsfehler."

Um ihr seine Worte zu bestätigen, legte Taylor sie spontan mit einem einfachen Überraschungsangriff, den sie leicht hätte abwehren können, auf die Matte. Seine Hände umfassten ihre Handgelenke und pressten sie seitlich neben ihrem Kopf auf den Boden. Sein linkes Bein drückte auf ihre Oberschenkel und sein Kopf befand sich gefährlich nah über ihrem.

„Vielleicht bin ich einfach nur müde", flüsterte sie ergeben und entspannte ihre Muskeln, während ihr Herz heftig pochte, was definitiv nicht an der sportlichen Betätigung lag.

„Vielleicht", stimmte Taylor zu, aber es war zu hören, dass er daran nicht glaubte. Allerdings war er in diesem Moment auch nicht in der Lage mehr Worte auszusprechen, denn er versank gerade wieder einmal in Catherines blauen Augen, die so ruhig glitzerten wie das Wasser eines kristallklaren tiefen Bergsees in der untergehenden Sonne.

Taylors Puls war auf mindestens hundertachtzig und er spürte, wie sich sein Glied langsam härtete. Dies geschah in letzter Zeit häufig, wenn er Catherine sah. Sie ging ihm eindeutig zu nah. Für einen kurzen Moment schloss er die Augen. Sofort spürte er, dass dies ein Fehler gewesen war.

Im Bruchteil einer Sekunde hatte Catherine den Spieß umgedreht und ihn auf den Rücken gelegt. Völlig perplex sah er sie von unten mit großen Augen an.

„Sag Taylor, wer von uns beiden ist jetzt nicht bei der Sache gewesen?", wollte Catherine wissen. Dabei blitzten ihre Augen ihn herausfordernd an.

Taylor schluckte angestrengt, während sich feine Schweißperlen auf seiner Stirn bildeten. Es wurde zweifelsfrei Zeit, dass sie nach Hause zurückkehrten. Es war ein Spiel mit dem Feuer. Allerdings konnte er nicht leugnen, dass es ihm gefiel.

Bereits seit Tagen brachte ihn die Nähe dieser Frau um den Verstand und es fiel Taylor von Mal zu Mal schwerer, sie nicht zu umarmen. Seine Finger verzehrten sich geradezu danach über ihre Kurven zu gleiten, und sein eigener Körper schrie vor Verlangen, von ihr berührt zu werden.

Allein in diesem Augenblick kostete es ihn seine ganze Selbstdisziplin, sie nicht in seine Arme zu ziehen und sie leidenschaftlich zu küssen.

Gott, hoffentlich spürte sie nicht seine harte Erektion, flehte Taylor innerlich, obwohl er genau wusste, dass sie ihr in dieser Position unmöglich entgehen konnte. Ohne ihren Blick loszulassen, beantwortete er ihre Frage.

„Das war wohl ich", gab er bereitwillig zu.

Catherine nickte zufrieden und erhob sich schnell. Schmunzelnd sagte sie anschließend die Worte, die normalerweise er sprach:

„Deine Konzentration lässt nach. Ich denke, es ist besser, wenn wir Schluss machen."

Grinsend stand Taylor auf. „Sehen wir uns noch auf ein Tonic?"

Catherine musste nicht lange überlegen.

„Klar", antwortete sie und eilte in die Dusche.

Während das Wasser auf ihre Muskeln prasselte, regte sich ihr schlechtes Gewissen. Was sie gerade getan hatte, war nicht fair gewesen. Im Grunde war es sogar fast unsportlich zu nennen. Schließlich hatte sie zuvor ganz genau gespürt, dass Taylor sexuell erregt gewesen war. Außerdem hatte er absolut recht gehabt. Sie war in der Tat nicht konzentriert gewesen. Doch den Grund dafür hätte sie ihm unmöglich nennen können, denn dieser war er selbst, Taylor Travis.

In den letzten Wochen hatte Catherine seine Gesellschaft von Tag zu Tag mehr genossen und sie bedauerte, dass die gemeinsame Zeit morgen zu Ende ging. Vor allem, da sie nicht wusste, wie sie mit ihren Gefühlen umgehen sollte. Heimlich, still und leise hatte sich Taylor in ihr Herz geschlichen und forderte nun seinen Platz darin so vehement, dass Catherine es nicht länger vor sich selbst leugnen konnte. Sie hatte sich verliebt. Verliebt wie noch nie zuvor in ihrem Leben.

Sie freute sich auf jede einzelne Minute, die sie mit diesem Mann verbringen konnte. Ihr Leben schien auf einmal um so vieles einfacher geworden zu sein. Die Leichtigkeit der Schmetterlinge, die in ihrem Bauch tanzten, übertrug sich auf ihre Motivation, auf ihre Lebenseinstellung. Und wenn Taylor sie mit seinen liebevollen Augen zärtlich ansah, glaubte sie in bodenlose Tiefen zu fallen.

In der Gegenwart

Liebevoll? Zärtlich? Meine Güte, wach endlich auf. Wie lange willst du noch diesen Traumbildern nachjagen, schimpfte Catherine mit sich selbst und warf wütend die Kleidung, die sie sich vor ihrer Tagträumerei auf dem Bett zurechtgelegt hatte, in ihre Reisetasche.

Taylor Travis war nicht der nette, freundliche, charmante Mann mit den hohen moralischen Grundsätzen, der er zu sein vorgegeben hatte. Er war einfach nur ein sehr guter Schauspieler. Das war alles. Ansonsten unterschied er sich in nichts von all den anderen Männern, denen sie in ihrem Leben bislang begegnet war.

Der einzige Unterschied bestand darin, dass sie niemand anderem zuvor solch intensive Gefühle entgegengebracht hatte und für diese Naivität zahlte sie jetzt einen verdammt hohen Preis. Denn trotz aller Anstrengung ihrerseits war Taylor nicht bereit, den Platz, den er sich in ihrem Herzen gestohlen hatte, zu räumen.

Jeden Morgen, wenn Catherine aufwachte, war er ihr erster Gedanke und jeden Abend, wenn sie einschlief, war er ihr letzter. Es spielte keine Rolle, wie sehr sie Taylor in ihrem Kopf beschimpfte. Ihr Herz ließ ihn einfach nicht gehen.

Erschwerend kam noch hinzu, dass es mehr als eine Nacht gab, in der sie von seinen weichen Lippen auf ihrem Mund träumte. Die Bilder in ihrem Schlaf waren derart real, dass sie glaubte, Taylors zärtliche Hände auf ihrer erregten Haut zu spüren. Sie fühlte, wie seine Lippen ihre Brustwarzen umschlossen und seine Zunge mit ihnen spielte.

Wenig später wachte sie jedes Mal frustriert auf. Fieberhaft erwartete ihr Körper die nächste Stufe des sexuellen Spiels, die natürlicherweise ausblieb. Es war eben nur ein Traum gewesen. Ein Wunsch. Eine Sehnsucht.

In diesen Momenten fühlte Catherine wieder den ganzen Schmerz, der sie an jenem Morgen durchfahren hatte. Es war, als wären in der Zwischenzeit keine zwölf Monate vergangen. Feine Nadelstiche durchlöcherten ihr Herz und der stechende Schmerz vermischte sich mit dem beklemmenden Gefühl in ihrem Magen.

Ihr Brustkorb war zu eng und sie bekam zu wenig Luft. Nichts hatte sich geändert.

Es hieß, die Zeit heile alle Wunden. Doch für Catherine war offensichtlich noch nicht genügend Zeit vergangen. Wie lang würde es dauern, bis auch ihr Körper und allen voran ihr Herz verstand, dass Taylor nichts anderes war als ein begnadeter Lügner. Während all der gemeinsamen Tage war es ihm zu keinem Zeitpunkt um sie gegangen. Sie war lediglich eine weitere Beute auf seiner Liste gewesen.

Mit einem lauten Geräusch zog Catherine verstimmt den Reißverschluss der Reisetasche zu und seufzte tief. Nur allzu gut wusste sie, dass sie heute Nacht keinen ruhigen Schlaf finden würde, ebenso wenig wie in den nächsten Nächten.

KAPITEL 5

Pünktlich um acht am nächsten Morgen hörte Catherine ein Auto vorfahren. Ein kurzer Blick aus dem Fenster bestätigte ihr, dass es Taylor war. Hastig eilte sie hinaus, bevor er klingeln konnte.

Hilfsbereit nahm er ihr die Tasche ab und verstaute sie im Kofferraum des Dodge, während Catherine ihre Haustür absperrte. Entschlossen straffte sie die Schultern. Die Show hatte begonnen.

Zuvorkommend hielt Taylor ihr die Beifahrertür auf und beobachtete dabei aufmerksam, wie Catherine festen Schrittes den Bürgersteig überquerte.

Sie sieht müde aus, dachte er und es tat ihm leid, dass sie heute Nacht nicht den erholsamen Schlaf gefunden hatte, den sie verdient gehabt hätte.

Nachdem er selbst auf der Fahrerseite eingestiegen war, reichte er Catherine einen großen Becher heißen Kaffees. „Ich hoffe, du trinkst deinen Kaffee noch mit Milch."

Erstaunt sah sie ihn an. Doch dann ermahnte sie sich im Stillen. *Über was wunderst du dich? Dass er sich noch daran erinnert, wie du deinen Kaffee trinkst? Oder darüber, dass er bei Starbucks angehalten hat und dir einen Kaffee mitgebracht hat?* Beides passte zu Taylor Travis und der Charade um seine Persönlichkeit. Zuvorkommend und hilfsbereit war er immer gewesen.

Laut hingegen antwortete sie lediglich: „Ja, danke."

„Gern geschehen", erwiderte er lächelnd, doch Catherine lächelte nicht zurück. Stattdessen sah sie zu ihrem Seitenfenster hinaus, während sie versuchte, ihren schnellen Herzschlag zu beruhigen.

„Hast du dir die Akten angesehen?", begann Taylor das Gespräch, sobald sie das Wohngebiet hinter sich gelassen hatten.

„Selbstverständlich", antwortete Catherine. Dabei klang ihre Stimme härter als sie ursprünglich beabsichtigt hatte.

Taylor warf ihr einen kurzen Seitenblick zu. Das hier würde wirklich schwierig werden.

Unauffällig atmete Catherine langsam aus. *Du musst dich beruhigen. Sei reserviert, aber freundlich. Alles andere bringt nichts*, sprach sie zu sich selbst. Schließlich mussten sie die nächsten Tage zusammenarbeiten. Um die Atmosphäre nicht noch schwieriger zu machen als sie ohnehin schon war, wiederholte sie ihre Antwort noch einmal in einer etwas verbindlicheren Form.

„Ja, das habe ich. Soweit ich es bis jetzt beurteilen kann, hat der Sheriff mit seinem Team keine groben Fehler gemacht und auch nichts Wesentliches vergessen."

„Das sehe ich auch so. Mich wundert allerdings, dass der Täter seine Mordwaffe bei seinem dritten Opfer geändert hat", ließ sich Taylor auf das Gespräch ein.

„Ja, darüber habe ich mir auch Gedanken gemacht. Wahrscheinlich würde es uns helfen, wenn wir den Tatort fänden. Da er die Mädchen zunächst sexuell missbraucht hat, muss er sie an einen abgeschiedenen Ort gebracht haben, an dem er für einige Stunden ungestört war. Schließlich konnte er sie kaum mitten auf dem Campus vergewaltigen."

„Bisher haben wir kaum Informationen über das dritte Opfer. Ich hoffe, wir erfahren heute etwas mehr über Lydia."

„Bestimmt gibt es im Laufe des Tages erste Erkenntnisse aus der Pathologie. Ich wüsste gerne, ob er ihre Kehle direkt am Fundort durchgeschnitten hat."

„Sicherlich kann uns Sheriff Hatcher darüber etwas sagen. Wir treffen ihn heute Abend in einem Restaurant in Hitchcock auf dem Festland."

Galveston war eine kleine Insel und wenn sie ihre Undercoveridentität nicht gefährden wollten, war es besser, wenn ihr Treffen mit dem Ordnungshüter fernab der Augen der Inselbewohner stattfand. Das Eiland war über eine Brücke mit dem Festland verbunden und somit war es kein Problem, schnell hinüber in die Anonymität der großen unzähligen Restaurants zu flüchten.

„Es wird wohl niemanden verwundern, wenn wir an unserem ersten Abend essen gehen statt selbst zu kochen", grinste Taylor.

„Wahrscheinlich nicht", gab Catherine zurück und sah Taylor zum ersten Mal für diesen Morgen aufmerksam an. Zweifelsohne gehörte Taylor Travis zu den attraktivsten Männern, denen sie je begegnet war. Hinzu kam, dass er eine Ausstrahlung besaß, die ihn auf die meisten Frauen unwiderstehlich wirken ließ.

Es erstaunte Catherine immer wieder, dass diese äußere Anziehungskraft auch auf sie nichts an Intensität eingebüßt hatte, obwohl sie doch Taylors wahres Ich mittlerweile kannte.

Wie sie es gewohnt war, beschleunigte sich auch jetzt ihr Herzschlag wieder. Was sie jedoch überraschte war das stechende Gefühl von Eifersucht, das der Gedanke an Taylor in Kombination mit anderen Frauen plötzlich und unerwartet in ihr ausgelöst hatte.

Verärgert strich sie sich eine Haarsträhne aus dem Gesicht. „Apropos, einziehen." Catherine machte eine kurze Pause, während der sie ihn wieder argwöhnisch beobachtete.

„Ja?", forderte er sie zum Weitersprechen auf.

„Ich habe mir überlegt, warum wir mitten im Schuljahr plötzlich von heute auf morgen umziehen. Das ist doch eher ungewöhnlich und wir brauchen eine gute Erklärung für unseren kurzfristigen Ortswechsel. Am besten etwas, das sich unter der Hand, also quasi als Gerücht, verbreitet."

„Das ist gut. Es verhindert, dass jemand dumme Fragen stellt", stimmte Taylor nickend zu. Warum hatte er nicht selbst daran gedacht? „Wie lautet die Story?"

„Coverstories funktionieren am besten, wenn sie einfach sind und jeder sie sofort nachvollziehen kann", führte Catherine aus, was Taylor abermals zustimmend nicken ließ. „Daher dachte ich, wir machen es ganz realistisch. Um es kurz und bündig auf den Punkt zu bringen: Du hast mich betrogen, und nun versuchen wir einen Neuanfang an einem neuen Ort."

Nervös blickte Catherine ihn an. Ihre Hände lagen ruhig in ihrem Schoß, doch sie waren nass geschwitzt. Allerdings würde sie um nichts auf der Welt Taylor ihre Aufregung merken lassen. Daher widerstand sie auch dem Drang, sie an ihrer Hose abzuwischen. Nervös wartete sie auf seine Reaktion.

Taylors Muskeln wirkten angespannt und in seinem Gesicht zeigte sich keine Regung. Starr blickte er geradeaus auf die Straße, die ohne viel Verkehr vor ihnen lag. Kein Wunder, denn am Morgen fuhren die meisten Autos nach Houston hinein und nicht hinaus.

Unruhig fuhr Catherine fort. „Auf diese Weise wirkt es auch nicht verdächtig, wenn wir nicht händchenhaltend spazieren gehen, uns nicht ständig verliebt ansehen und niemand uns jemals küssen sieht.“

Noch immer zeigte Taylor keine Reaktion. Fest hielten seine Hände das Lenkrad umspannt, sodass sich seine Knöchel bereits weiß gegen die Haut drückten. Das Einzige, das sich bewegte war sein krampfendes Herz, doch das konnte Catherine nicht sehen.

Seit Taylor von dem Auftrag erfahren hatte, hatte er im Geheimen gehofft, Catherines Hand halten zu können sowie sie hin und wieder in den Arm nehmen zu dürfen. Damit einhergegangen war die Zuversicht, dass sie sich mit der Zeit ihm gegenüber öffnen würde. Zumindest so weit, dass er ihr würde erklären können, was sich damals genau ereignet hatte. Wenn er ehrlich war, hatte eine ganz kleine, geheime Ecke seines Herzens sogar gehofft, sie würde ihm verzeihen und in seine Arme zurückkehren.

Doch die Geschichte, die Catherine ihm gerade darlegte, holte ihn nur allzu schnell in die Realität zurück. Für sie spielte es keine Rolle, ob sie offiziell miteinander verheiratet waren, oder nicht. Catherine war nicht bereit, auch nur die kleinste private Berührung von ihm zuzulassen.

Taylor kannte Catherine gut genug, um zu wissen, welch hohen Anspruch sie an sich selbst stellte. Sie war ein Profi, und sie würde diese Ermittlungen mit ihm durchziehen. Nicht weniger durften Joseph Apleton, die toten Mädchen, ihre Familien und nicht zuletzt auch er selbst von ihr erwarten. Allerdings auch nicht mehr.

„Einverstanden”, presste Taylor schließlich hervor.

„Gut, dann rufe ich Jil an und bitte sie, die Geschichte in unser Facebookprofil einzubauen”, antwortete Catherine offensichtlich erleichtert. Im tiefsten Innern ihres Herzens fühlte sie sich jedoch alles andere als das.

Sie sehnte sich so sehr nach einer Berührung von Taylor, dass es schon fast schmerzte. Sie sehnte sich nach seinem liebevollen Blick, und vor allem sehnte sie sich nach der Sicherheit, die sie eine Nacht lang in seinen Armen gespürt hatte. Eine Sicherheit, die sie zum allerersten Mal in ihrem Leben gefühlt hatte und die sie niemals freiwillig wieder hergegeben hätte.

Doch all das war nur eine Illusion gewesen. Eine Illusion, von der ihr nur die Erinnerung geblieben war sowie das Wissen, dieses Gefühl nie wieder zu erleben.

Mit gemischten Gefühlen sah sich Catherine in dem kleinen Cottage um, das für die nächsten Tage ihr Zuhause sein würde.

Zugegeben, es war recht gemütlich eingerichtet. Wenn man zur Tür hereinkam war man sofort mitten im Wohnzimmer, in dem ein weißes Alcantarasofa mit einem hölzernen Beistelltisch stand. Darauf befand sich eine kleine Lampe mit einem crèmefarbenen Schirm, die aussah, als würde sie am Abend ein gemütliches Licht abgeben.

An der Wand gegenüber dem Sofa hing ein Fernseher, darunter stand ein CD-Spieler. Auf den ersten Blick waren dies die einzigen elektronischen Geräte im Raum. In einem niedrigen Regal hatten die früheren Bewohner einige Bücher zurückgelassen, sodass es nicht ganz so leer wirkte. Darüber hingen Fotos, die ganz offensichtlich Motive der Umgebung zeigten.

Catherines Blick wanderte hinüber zum Fenster, unter dem ein massiver Esstisch aus Holz mit vier Stühlen stand. Direkt daneben ging es in eine funktional eingerichtete kleine Küche.

Auf der anderen Seite führte eine Tür in ein einfaches weiß gefliestes Bad mit Dusche. So weit war alles gut. Doch dann kam das Problem. Es gab nur noch eine weitere Tür. Wie vermutet lag hinter ihr ein Schlafzimmer, in dem ein großer Kleiderschrank sowie ein frisch bezogenes Doppelbett standen.

Bei all ihren Gedanken bezüglich der Nähe, die ihre Arbeit hier in Galveston zu Taylor Travis mit sich brachte, war Catherine doch nie die Vorstellung gekommen, dass es nur ein Schlafzimmer geben könnte. Ihr Entsetzen musste in ihren Augen gestanden haben, denn Taylor sah sie, ganz offensichtlich von ihrer Körpersprache getroffen, verletzt an.

„Keine Sorge, Catherine. Ich nehme das Sofa“, verkündete er kühl und verließ das Cottage.

Emotional aufgewühlt fuhr sich Taylor durch die Haare, während er tief die salzhaltige Meeresluft einatmete. Wie gelang es seinem Herzen nur ständig, einen kleinen Funken Hoffnung zu einem ganzen Feuer zu entfachen, obwohl sein Verstand im Grunde ganz genau wusste, dass er keine zweite Chance erhalten würde?

Was hatte er sich eingebildet? Dass Catherine ihn direkt in ihr Bett einladen würde? Nein, das ganz bestimmt nicht. Allerdings war er auch nicht davon ausgegangen, dass sie ihm zutrauen würde, am Abend einfach neben ihr in dasselbe Bett zu steigen. Zumindest hatte er gegen jede Vernunft geglaubt, sie würde ihm etwas mehr Anstand und Ehre zutrauen. Dabei waren Anstand und Ehre mit Sicherheit die beiden letzten Eigenschaften, die Catherine seiner Person zuordnen würde.

Die Ironie daran war, dass er selbst wusste, beides zu besitzen. Lediglich an einem einzigen fatalen Abend in seinem Leben hatte sein Charakter ihn diesbezüglich im Stich gelassen. Ein einziges Mal hatte der Alkohol ihn besiegt.

Als Catherine aus dem Haus trat, sah sie Taylor einige Meter entfernt stehen. Er stand mit dem Rücken zu ihr und hatte seine Hände in den Hosentaschen. Dabei schaute er hinüber zum Hauptgebäude der Schule.

Es tat ihr leid, dass sie ihn verletzt hatte. Es war nicht ihre Absicht gewesen, auch wenn sie in Gedanken mehr als einmal gewünscht hatte, dass er den gleichen Schmerz fühlen könne wie sie. Vielleicht würde er dann zumindest begreifen, was er mit seinem selbstherrlichen und oberflächlichen Verhalten angerichtet hatte. Was für ihn ein lustiges Spiel gewesen war, hatte sie zutiefst verletzt. Sein Scherz hatte auf ihrer Seite Wunden hinterlassen, die niemals ganz verheilen würden.

Trotzdem hatte sie nie an Vergeltung gedacht, denn Catherine war kein rachsüchtiger Mensch. Sie wollte Gerechtigkeit. Deshalb war sie letztendlich beim FBI gelandet und was Taylor betraf, so hoffte sie, dass er eines Tages begreifen würde, dass man mit den Gefühlen anderer Menschen nicht spielen durfte. Doch es war nicht ihre Aufgabe, ihn dies zu lehren.

Sie wollte lediglich den größtmöglichen Abstand zu diesem Mann. Es reichte ihr gerade, dass er noch immer einen Großteil ihrer Gedanken einnahm. Die derzeitige Situation machte allerdings eben dieses Bedürfnis nach Abstand zu einem Problem.

Die Tatsache, dass es in dem Haus nur ein Schlafzimmer gab, hatte sie völlig unvorbereitet getroffen und in der Stresssituation hatte sie ihre Mimik nicht vollständig unter Kontrolle gehabt. Doch Catherine nahm sich fest vor, von nun an ihre ganze Professionalität an den Tag zu legen. Sie waren beide erwachsen genug, um ein paar Tage zusammenarbeiten zu können.

„Wie wäre es mit einem Erkundungsgang über das Gelände?“, schlug sie daher in einem verbindlichen Ton vor.

Ohne sich umzudrehen, nickte Taylor zustimmend und schritt langsam über den kleinen Kiesweg auf das Schulgebäude des Internats zu. Mühelos schloss Catherine zu ihm auf und passte sich seinem Schritt an.

„Es gibt zwei Wohngebäude. Das rechte Haus muss das der Jungen sein. In dem Gebäude daneben wohnen die Mädchen”, erklärte Catherine, die einen Plan des Campusgeländes in Händen hielt, den sie auf dem Esstisch in dem Cottage gefunden hatte.

„Zwischen dem Schulgebäude und den Schlafzimmern der Mädchen liegt die Bibliothek, richtig?“, versicherte sich Taylor, obwohl er sich das Gelände bereits gestern Abend im Internet angesehen hatte.

„Richtig”, bestätigte Catherine. Zielstrebig steuerte sie auf den Weg zu, der die beiden Häuser miteinander verband. Dabei nahm sie die Umgebung in sich auf, die eher einem kunstvoll angelegten Park als einem Schulgelände glich.

Eine überdimensional große, gepflegte Wiese, auf der hin und wieder einige alte Bäume in kleinen Gruppen standen, dominierte die Landschaft. In der Nähe der angelegten Kieswege, die die Häuser und die dahinter gelegene Sportanlage verbanden, waren vor Jahren einige Büsche gepflanzt worden, von denen die meisten mittlerweile eine schöne Größe und Dichte erreicht hatten.

„Im Großen und Ganzen ist das Gelände recht übersichtlich gehalten. In diesen Büschen könnte sich jedoch mühelos jemand verstecken. Allerdings würde schon eine Menge Risikobereitschaft dazu gehören, den Mädchen hier aufzulauern und sie zu überwältigen. Die Gefahr, dass jemand gerade in jenem Moment aus einem der Gebäude tritt, ist relativ hoch“, fasste Catherine zusammen und Taylor musste ihr recht geben.

„Das bedeutet allerdings, dass die Kinder freiwillig mit ihrem Mörder mitgegangen sein müssen”, schlussfolgerte er. „Was wiederum bedeutet, dass die Schülerinnen ihren Mörder kannten.“

„Höchstwahrscheinlich. Mit einem Fremden hätten sie das Gelände sicherlich nicht verlassen. Dort drüben ist der Busch, unter dem Janes Leichnam gefunden wurde“, erklärte Catherine und deutete auf einen blühenden Holunderbusch, der einige Meter von ihnen entfernt stand.

Gemeinsam gingen sie hinüber und warfen einen Blick unter die bis zum Boden hängenden Äste.

„Hier hat kein Kampf stattgefunden“, sprach Taylor laut aus, was sie aus dem Bericht bereits wussten.

„Nein. Offensichtlich hat der Täter die Leiche hier nur abgelegt. Auf jeden Fall sollten wir den Sheriff aber fragen, wie gründlich er bei den anderen Pflanzen nach Spuren gesucht hat. Möglicherweise hat der Täter die Mädchen zunächst nur betäubt und sie hier versteckt, bis er sie später im Schutz der Dunkelheit fortbringen konnte. Es ist vielleicht kein wahrscheinliches Szenario, aber wir sollten die Möglichkeit auch nicht vorzeitig verwerfen.“

„In Ordnung. Wir fragen den Sheriff heute Abend. Wo liegen die Tennisplätze?“

„In der anderen Richtung”, erläuterte Catherine und deutete zum Schulgebäude hinüber.

Schweigend gingen sie weiter. Als sie am Hauptgebäude abbogen, hielten beide gleichzeitig die Luft an. Der Ausblick, der sich ihnen von hier aus bot, war schlichtweg überwältigend.

Märchenhaft hob sich der englisch geschnittene grüne Rasen von dem blauen Meer im Hintergrund ab. Kein von Menschenhand gebautes Gebäude, kein Schornstein, kein Schiff unterbrach die Idylle der Natur. Die Landschaft, die sich vor ihnen ausbreitete, strahlte eine Ruhe aus, die sich augenblicklich auf jeden Betrachter übertrug.

Beeindruckt schlenderte Taylor über die Wiese bis er am Rand der Klippe stand.

„Das ist atemberaubend schön”, hauchte Catherine.

„Ja”, flüsterte Taylor zurück.

Einen Moment lang standen beide regungslos nebeneinander und jede Anstrengung um eine emotional neutrale Stimmung zwischen ihnen war verschwunden. Die Stille, die in diesem Moment zwischen ihnen herrschte, tat zum ersten Mal nicht weh und keiner wollte sie unterbrechen.

Doch sie waren hier, um zu arbeiten und nicht, um die Aussicht zu genießen. Mochte es in diesem Moment auch noch so unvorstellbar sein, dass hier drei Mädchen grausam ermordet worden waren, so war es doch die nackte Realität.

Daher wandte sich Catherine ab und drehte sich um. „Lass uns zu den Tennisplätzen hinübergehen.“

Ergeben folgte ihr Taylor. Wenn es nach ihm gegangen wäre, hätten sie den ganzen Vormittag einfach nur hier stehenbleiben können. Aber Catherine hatte recht. Sie mussten arbeiten und idealerweise sollten sie das Außengelände bis zur Mittagspause inspiziert haben.

KAPITEL 6

„Liebes Kollegium, ich möchte euch unseren neuen Hausmeister Taylor Smith und seine Frau Catherine vorstellen. Wir haben wirklich Glück, dass wir mitten im Schuljahr die Stelle so schnell neu besetzen konnten", stellte Internatsdirektor Grothenberg Catherine und Taylor der Lehrerschaft vor.

Alle grüßten freundlich, wobei Taylor nicht die lüsternen Blicke des Mathematiklehrers Blake Johnson entgingen, die dieser über Catherines Körper wandern ließ.mSofort breitete sich ein Gefühl der Eifersucht in ihm aus, das ihn in höchstem Maße irritierte. Schließlich hatte er auf diese Emotion kein Recht.

„Hat sich der Sheriff heute schon gemeldet?", erkundigte sich die Englischlehrerin, wobei sie Grothenberg ansah.

„Ja, aber nur um mir mitzuteilen, dass es immer noch keine Spur gibt", gab der Direktor bereitwillig Auskunft.

„Hatcher sollte den Fall abgeben. Das ist eine Nummer zu groß für ihn", forderte Pine, der Physiklehrer.

„Soweit ich weiß hat er schon Unterstützung angefordert. Aber es dauert bis die vom Festland jemanden rüberschicken. Alle Polizeibehörden sind chronisch unterbesetzt. Das ist beim FBI nicht anders", verteidigte der Rektor den Sheriff.

Dabei sah er hilfesuchend zu Taylor hinüber, der sich daraufhin schnell umdrehte. Glücklicherweise interpretierte die Englischlehrerin den Blick falsch.

„Mr und Mrs Smith wissen doch Bescheid, oder?", erkundigte sie sich.

„Selbstverständlich", beeilte sich Grothenberg zu versichern.

„Die Morde hier in der Schule sind wirklich schrecklich", mischte sich Catherine ein. „Ich hoffe, dass der Täter bald gefunden wird."

„Das hoffen wir alle, Mrs Smith. Bis dahin sagen wir den Mädchen, dass sie sich grundsätzlich nicht alleine auf dem Gelände bewegen sollen. Wenn sie nicht mindestens zu zweit sind, sollen sie einen Lehrer rufen, der sie begleitet", erklärte Johnson, der Mathematiklehrer.

„Ist heute Ihr erster Arbeitstag, Mr Smith? In meinem Klassenzimmer ist eine Lampe ausgefallen. Vielleicht können Sie das gleich reparieren?", erkundigte sich Pine.

„Eigentlich fange ich erst Montag an. Aber natürlich kann ich eine solche Kleinigkeit gern für Sie am Nachmittag erledigen", nickte Taylor.

„Heute ist doch erst Mittwoch. Da sind Sie aber früh angereist", fand Fanny Rington, die für Musik und Religion zuständig war.

Taylor schenkte ihr eines seiner charmanten Lächeln. „Das stimmt. Da das Haus allerdings frei war, wollten wir die Gelegenheit nutzen und uns vorab in aller Ruhe mit den Örtlichkeiten vertraut machen und vielleicht auch schon erste Bekanntschaften schließen. Wenn Sie aber schon etwas Dringendes haben, erledige ich das selbstverständlich gerne. Wenn ich schon da bin, kann ich mich auch nützlich machen."

„Wie an jedem ersten Freitag eines Monats steigt auch übermorgen im Saal unter der Bibliothek unsere monatliche Schülerparty. Trotz der tragischen Umstände möchten wir die Veranstaltung nicht absagen", erklärte Grothenberg. „Vielleicht könnten Sie am Abend das Gelände etwas im Auge behalten und gegebenenfalls die Schüler zu ihren Zimmern zurückbringen? Ich werde auch den Sheriff bitten, vorbeizuschauen, aber je mehr Augen ich habe, desto lieber ist es mir."

„Selbstverständlich. Das ist kein Problem", versprach Taylor auch das und beobachtete die einzelnen Lehrer, während Direktor Grothenberg mit diversen anderen Themen fortfuhr.

War einer von ihnen der Mörder? Die Schülerinnen kannten die Lehrer und würden mit jedem von ihnen vertrauensvoll mitgehen. Es wäre ein Leichtes gewesen, Jane, Lydia und Geraldine zu bitten, kurz mit zum Parkplatz zu kommen, um ein Buch oder eine Tasche zu holen.

Taylor erinnerte sich, dass der Sheriff die gesamte Lehrerschaft gebeten hatte, ihm aufzuschreiben, wo sich jeder an den entsprechenden Abenden aufgehalten hatte. Der Hintergrund der Befragung hatte allerdings weniger auf einem Verdacht beruht als auf der leisen Hoffnung, dadurch das Gebiet eingrenzen zu können, auf dem der Täter den Mädchen aufgelauert hatte.

In Gedanken beschloss Taylor, sich die Liste der Lehrer noch einmal genauer anzusehen und sie im Detail zu überprüfen. Ebenso würde er die einzelnen Lebensläufe durchgehen, denn nicht selten zog ein Serienmörder nach einigen Taten weiter und wechselte dabei den Bundesstaat, bevor er sich weitere Opfer suchte.

Kurz vor sechs kam Catherine frisch geduscht aus dem Badezimmer. Sie trug enggeschnittene Bluejeans, die sexy auf ihren schmalen Hüften saßen, eine weiße Bluse und dazu eine cognacfarbene Lederjacke, sowie Gürtel und Schuhe in der gleichen Farbe.

„Ist das passend für das Restaurant, in dem du uns mit Sheriff Hatcher verabredet hast?“, vergewisserte sie sich.

„Du siehst hinreißend aus”, äußerte Taylor spontan. „Niemand wird verstehen, wie ich dich jemals habe betrügen können.“

„Lass das, Taylor”, erwiderte Catherine kalt und sah ihn ausdruckslos an.

„Was?“, gab er unschuldig zurück.

„Du weißt genau, was ich meine.“

„Entschuldige bitte, aber wenn ich mich recht erinnere, war diese Geschichte deine Idee und nicht meine”, gab er zurück und öffnete die Haustür. „Nach dir.“

Während der zwanzigminütigen Fahrt sprach keiner von ihnen ein Wort. Mit allen Mitteln bemühte sich Taylor seine Emotionen in den Griff zu bekommen. Catherine sah einfach unglaublich sexy aus. Ihre blonden Haare fielen ihr sanft auf die Schultern, und es kostete ihn einen ungeheuren Kraftaufwand, sie nicht zu berühren. Automatisch erinnerte er sich daran, wie sie damals an ihrem letzten Abend vor seinem Zimmer gestanden hatten.

Damals hatte er ihr zärtlich eine Haarsträhne hinter ihr Ohr geschoben. Dabei hatte er in ihren Augen das gleiche Verlangen gelesen wie er es in seinem Körper gespürt hatte. Vorsichtig hatte er eine Hand unter ihr Haar geschoben, ihren Hinterkopf in seine Handfläche gelegt und sich langsam zu ihr nach unten gebeugt. Unendlich zärtlich hatte er sie geküsst. Dabei hatten seine Lippen kaum gewagt ihren Mund zu berühren, aus Angst, sie könnte sich bei der kleinsten Berührung in Luft auflösen. Doch Catherine hatte sich nicht aufgelöst.

Einladend hatte sie ihre Lippen geöffnet und aus dem anfänglich zarten hatte sich ein wilder, leidenschaftlicher Kuss entwickelt, der beiden am Ende nicht mehr genügt hatte.

Mit klopfendem Herzen hatte Taylor seine Zimmertür aufgeschlossen, ihre Hand in seine genommen und sie in sein Zimmer gezogen.

Geflissentlich sah Catherine aus dem Beifahrerfenster.

Er benutzt immer noch das gleiche Eau de Toilette, schoss es ihr durch den Kopf, während ihr der Duft in dem begrenzten Raum des Wagens mit jedem Atemzug intensiver in die Nase stieg. Automatisch versetzte er sie in Gedanken an ihren letzten gemeinsamen Abend zurück. Ursprünglich hatte sie damals vorgehabt nach einem letzten Drink allein schlafen zu gehen. Doch dann war alles ganz anders gekommen.

Mit warmen weichen Lippen hatte Taylor sie auf dem Flur geküsst und damit eine Sehnsucht ausgelöst, der sie nichts entgegenzusetzen gehabt hatte. Ohne an mögliche Folgen zu denken, hatte sie ihre Gefühle die Oberhand gewinnen und sich von ihm in sein Zimmer ziehen lassen. In jenem Moment war ihr alles vollkommen richtig vorgekommen.

Im Nachhinein konnte sie Taylor nicht vorwerfen, dass er irgendetwas getan hatte, das sie nicht gewollt hatte. Im Gegenteil. In seinem Zimmer hatte er sie noch leidenschaftlicher geküsst als kurz zuvor vor seiner Tür, und sie hatte den Kuss mit der gleichen Begierde erwidert.

Seine Lippen waren unendlich weich gewesen und seine Zunge hatte sehnsuchtsvoll mit ihrer gespielt. Taylor hatte sie so fest an sich gedrückt, dass Catherine jeden Muskel seines perfekten Körpers hatte spüren können. Sie hatte das Gefühl gehabt, ihr Herz würde jeden Moment aufhören zu schlagen, doch ihrem Körper war das egal gewesen.

Er hatte mehr verlangt. Und mehr. Und mehr. Und immer mehr. Keine von Taylors Berührungen waren genug gewesen. Es war, als ob ihr Bedürfnis nach seiner Nähe nie gesättigt werden könne. Jede Zärtlichkeit seiner Hände weckte eine neue Begierde.

Zweimal hatte Taylor während ihres Liebesspiels innegehalten und sie mit einer Ernsthaftigkeit angesehen, die ihre Seele bis auf den Boden berührt hatte.

„Bist du dir sicher, Cat?“, hatte er flüsternd gefragt. „Wir machen nur weiter, wenn du das hier genauso sehr willst wie ich.“

Beide Male hatte sie genickt. Sie konnte ihm also wirklich keinen Vorwurf machen. Die Verantwortung für ihr Handeln hatte ganz allein sie zu tragen.

„Wir sind da”, unterbrach Taylors angenehme Stimme ihre Erinnerungen.

Hastig stieg Catherine aus und hoffte, dass er nicht die leichte Rötung bemerkte, die sich in den letzten Minuten über ihre Wangen gelegt hatte.

Doch darüber hätte sie sich keine Gedanken machen müssen. Taylor war viel zu sehr damit beschäftigt, seine eigenen Erinnerungen zu verdrängen und seine Konzentration auf das kommende Gespräch zu lenken.

In dem Restaurant wartete Sheriff Hatcher bereits an einem eingedeckten Tisch auf sie. Nachdem sie sich begrüßt und vorgestellt hatten, kam er direkt zur Sache.

„Der Bericht aus der Pathologie ist heute Nachmittag eingetroffen. Lydia Cameron wurde ebenso wie Jane und Geraldine vor ihrem Tod vergewaltigt.“ Bevor er fortfuhr, wischte sich der Sheriff mit seinem Ärmel einige Schweißtropfen von der Stirn. Drei vergewaltigte, tote Mädchen belasteten ihn über alle Maßen.

„Soviel wir wissen hat Lydia die Bibliothek gegen fünf verlassen. Vermisst wurde das Mädchen jedoch erst, als sie gegen sieben nicht zum Abendessen erschien. Auf Grund der beiden anderen Morde haben wir sofort begonnen, das gesamte Gelände zu durchforsten.“

„Haben Sie auch in den Gebäuden selbst gesucht?“, unterbrach ihn Catherine.

Der Sheriff sah sie verstört an. „In den Gebäuden?“

„Ja. Der Täter muss die Mädchen schließlich irgendwohin mitgenommen haben.“

„Nein”, musste der Gesetzeshüter zugeben. „In den Häuern haben wir nicht nachgesehen. Das Schulgebäude wird nachmittags abgeschlossen und die beiden Wohntrakte sind zu diesen Uhrzeiten recht belebt. “

„Was ist mit der Bibliothek?“, hakte Taylor nach, sichtlich verärgert über das Vorgehen der örtlichen Polizisten.

Müde sah ihn der Sheriff an und schüttelte schließlich seinen Kopf.

„Aber Sie haben den Parkplatz unter die Lupe genommen?“, erkundigte sich Catherine, bevor Taylor etwas sagen konnte.

„Ja, aber wir haben keine auffälligen Reifenspuren oder Ähnliches gefunden, wenn Sie darauf hinauswollen.“

„Was ist mit den dichten Büschen auf dem Schulgelände? Haben Sie dort nach Spuren gesucht?“, wollte Catherine wissen.

„Als Jane vermisst gemeldet wurde, sind wir zunächst nicht von einem Gewaltverbrechen ausgegangen. Trotzdem sind wir noch einmal über den gesamten Campus gelaufen, obwohl Direktor Grothenberg uns versichert hat, dass seine Lehrer bereits alles abgesucht hatten. Nachdem ihre Leiche dann am nächsten Morgen unter dem Busch gefunden worden war, haben wir versucht, eine gründliche Spurensuche durchzuführen. Allerdings mussten wir feststellen, dass das ein Unterfangen der Unmöglichkeit ist. Die Schüler nutzen die herunterhängenden Äste der Pflanzen als Verstecke für geheime Treffen. Die jüngeren Schüler nutzen die Orte als Räuberhöhlen und spielen Detektivgeschichten nach, während die Jugendlichen sich dort ausschließlich zu zweit treffen. Sie verstehen schon, was ich meine.“

Catherine nickte und der Sheriff war sichtlich erleichtert, dass er das Thema nicht vertiefen musste.

„Dementsprechend gibt es unzählige Fuß- und Handabdrücke“, fuhr der Mann frustriert fort, „von denen kein einziger auch nur ansatzweise zu gebrauchen ist.“

„Lydia wurde gestern morgen gegen sechs Uhr von einem Mitschüler gefunden, richtig?“, rekapitulierte Catherine.

„Von Paul, ja.“

„Ist das nicht eine ungewöhnliche Uhrzeit?“

„Paul ist in der Footballmannschaft. Er läuft jeden Morgen vor dem Unterricht seine zehn Kilometer. Die Lehrer haben das bestätigt. Als er an der Bibliothek vorbeikam, sah er, dass eine Person auf der Treppe lag. Er lief hin und fand Lydia.“

„Wurde Lydia auf der Treppe erstochen?“

„Bei der Menge an Blut, die auf den Stufen war, können wir davon ausgehen.“

„Als wir heute Mittag dort waren, waren die Stufen sauber”, wunderte sich Taylor.

„Rektor Grothenberg hat darum gebeten, den Tatort so schnell wie möglich säubern zu dürfen. Die Eltern seiner Schüler zahlen jeden Monat dreitausend Dollar Schulgeld. Da macht sich Blut nicht so gut auf den Stufen seiner Bibliothek“, erklärte der Sheriff.

„Selbstverständlich nicht”, äußerte Taylor sarkastisch und fügte noch einen Ton ironischer hinzu: „Ich bin sicher, Lydia würde sich dafür entschuldigen, wenn sie noch etwas sagen könnte.“

Beruhigend legte sich Catherines Hand auf seinen Arm.

Überrascht sah Taylor auf und fast unmerklich schüttelte Catherine ihren Kopf. Doch in ihren Augen stand die gleiche Aufgebrachtheit, die auch er empfand. Nach außen hin wirkte sie hingegen völlig ruhig. Allerdings hatte Catherine recht, musste Taylor zugeben. Es war weder der richtige Ort noch der richtige Zeitpunkt, um sich aufzuregen.

„Verzeihen Sie, Sheriff. Drei tote Mädchen zerren einfach an den Nerven“, entschuldigte er sich für seinen Ausbruch.

„Das kann ich Ihnen sagen”, nickte der Sheriff verständnisvoll. „Ich bin froh, dass Sie beide zur Verstärkung da sind.“

Und die Verantwortung für die Ermittlung übernehmen, fügte Taylor in Gedanken hinzu, denn Sheriff Hatchers Erleichterung darüber war ihm deutlich anzumerken.

Während Taylor versuchte, seine ganze Konzentration auf das Gespräch mit dem Sheriff zurückzulenken, tobte in ihm ein Sturm wilder Emotionen. Nicht genug, dass sein Arm von Catherines Berührung wie Feuer brannte, auch sein Herz polterte wild in seiner Brust. Dabei hatte Catherine ihre Hand längst wieder zurückgezogen. Er wollte einen Blick in ihre blauen Augen werfen, doch er wusste, dass dies ein fataler Fehler wäre. Er durfte sich nicht anmerken lassen, was ihr Hautkontakt in ihm ausgelöst hatte. Vor allem aber musste er sich auf die Fakten des Falls konzentrieren. Sie mussten einen Serienmörder fassen.

„Wann haben Sie die Suche nach dem Mädchen abgebrochen?“, forschte Taylor weiter.

„Gegen zwei Uhr in der Früh.“

„Wann ist Lydia gestorben?“, mischte sich Catherine wieder ein.

„Zwischen halb drei und halb vier nachts”, erklärte der Sheriff seufzend.

Erstaunt sahen sich Catherine und Taylor an.

„Was ist?“, wollte der Sheriff wissen.

„Sheriff, wie war das genau bei Geraldine? Haben Sie das Campusgelände nach ihr ebenfalls noch in der gleichen Nacht abgesucht?“, hakte Taylor nach, plötzlich hellhörig geworden.

„Ja, natürlich haben wir das. Die Meldung ging gegen zehn ein, woraufhin wir sofort losgefahren sind. Mit Suchscheinwerfen sind wir über den gesamten Campus gelaufen. Allerdings sind wir auch hier nur das Außengelände abgegangen”, bedauerte der Mann.

„Schon gut, Sheriff”, beruhigte ihn Catherine. „Wann haben Sie die Suche beendet?“

„Genau weiß ich es nicht mehr, aber es war zwischen eins und halb zwei.“

„Der Todeszeitpunkt wurde auf 2:30 Uhr bestimmt”, murmelte Taylor.

Sheriff Hatchers Handy klingelte und nach einem kurzen Gespräch erhob er sich umständlich.

„Ich muss mich leider verabschieden. Es wurde ein Einbruch gemeldet und wir sind leider nicht genug Leute auf der Insel. Es tut mir leid, aber ich muss zurück.“

„Gehen Sie nur. Allerdings haben wir noch eine Frage. Haben Sie regelmäßige Patrouillen auf dem Gelände?“, erkundigte sich Taylor.

„Bisher nicht. Wir haben gestern kurz darüber nachgedacht, aber jetzt sind Sie ja da.“ Seiner Stimme war die Erleichterung, die er darüber verspürte, deutlich anzuhören.

„Sheriff Hatcher, wir sind das neue Hausmeisterehepaar. Um unsere Identität zu wahren, wäre es sinnvoll, Sie würden Ihre Arbeit weiterhin so verrichten, als gäbe es uns nicht”, erklärte ihm Taylor.

„Ich verstehe”, nickte der Sheriff, wobei sein Ton sagte, wie wenig ihm das gefiel. Allerdings wusste er, dass Taylor recht hatte. Er konnte sich nicht aus dem Fall zurückziehen. Was sollte die Öffentlichkeit von ihm denken? Sich geschlagen gebend setzte er seinen Hut auf, nickte und verließ das Restaurant.

Catherine seufzte. „Wenn er und seine Deputies ein wenig gründlicher gearbeitet hätten, wäre Lydia vielleicht noch am Leben.“

Taylor nickte bedrückt. „Der Täter muss das Absuchen des Geländes beobachtet haben.“

Catherine sagte nichts. Sie schien mit ihren Gedanken woanders zu sein.

„Catherine?“, sprach Taylor sie schließlich an.

„Hm?“, zuckte sie zusammen.

„Woran hast du gedacht?“

„Ich habe über das nachgedacht, was du gesagt hast.“

„Worüber genau? Die Vermutung, dass er den Sheriff und seine Mannschaft beobachtet haben muss?“

„Ja, aber du weißt, dass es noch eine andere Möglichkeit gibt.“

Taylor legte seine Stirn in Falten und innerlich musste Catherine lächeln. Das hatte er früher auch immer getan, wenn er scharf nachgedacht hatte.

Geduldig wartete sie, bis er seine Augen weit aufriss. „Du meinst ...“

Catherine nickte. „Ich weiß, dass diese Möglichkeit am liebsten niemand hören will, am wenigsten der Sheriff. Aber die Erfahrung hat gezeigt, dass wir nicht ausschließen dürfen, dass einer der Guten plötzlich die Seiten gewechselt hat.“

Im Geiste ging Taylor alle Protokolle durch, die er zu dem Fall gelesen hatte. „Ich kann mich nicht erinnern, dass der Sheriff seine Deputies befragt hat.“

„Natürlich hat er das nicht”, seufzte Catherine. „Da erwartest du wohl wirklich etwas zu viel. Die Insel ist klein. Die meisten Leuten werden sich seit ihrer Geburt kennen. Die Väter werden gemeinsam zum Football gehen und die Großmütter treffen sich regelmäßig zum Bingospielen.“

„Dann werden wir das im Laufe der nächsten Tage tun müssen. Da wir neu sind, wird es nicht auffallen, wenn wir einige Fragen über die Leute und die Schule an sich stellen werden. Vielleicht gelingt es uns aber auch schon im Vorfeld ein wenig zu recherchieren und herauszufinden, ob einer von Hatchers Männern Verbindungen zu den drei Mädchen hatte.“

„Darüber hinaus sollten wir versuchen, den Ort zu finden, an dem der Täter die Mädchen vergewaltigt. Wo immer er sie hinbringt, er hat dafür zwei Möglichkeiten. Entweder transportiert er sie mit seinem Auto an einen abseits gelegenen Ort und kehrt dann später mit ihnen zum Gelände zurück, oder aber er versteckt sie auf dem Campus.“

„Mein Gefühl sagt mir, es ist das Letztere.“

„Meines auch”, bestätigte Catherine.

Während des Essens spekulierten Catherine und Taylor weiter über verschiedene Theorien und legten dabei gleichzeitig ihr weiteres Vorgehen fest.

Nach einer Weile registrierte Catherine überrascht, wie einfach die Konversation zwischen ihnen floss. Es erinnerte sie an ihre Fortbildung, während der sie gemeinsam soziologische Studien ausgewertet und psychologische Täterprofile erstellt hatten. Damals hatten sie gut zusammenarbeiten können. Gegenseitig hatten sie sich entscheidende Bälle zugespielt.

Heute Abend war es nicht anders gewesen. Für Sheriff Hatcher hatte sich mit Sicherheit nichts anderes als ein Bild zweier routinierter Agenten dargeboten, die souverän ihre Arbeit machten. Tatsächlich hatten sie es für eine Weile geschafft, ihre persönlichen Spannungen unter der Oberfläche zu halten.

Plötzlich spürte Catherine Taylors intensiven Blick auf sich ruhen. Die professionelle Arbeitsatmosphäre zwischen ihnen veränderte sich mit einem Schlag.

„Der Tod deines Bruders tut mir leid", bekannte er unvermittelt und in seinen Augen stand ehrliche Anteilnahme.

Alle Alarmglocken in Catherines Körper schrillten auf.

Sei auf der Hut, schienen sie zu läuten. *Vor dir sitzt nicht mehr Agent Travis, sondern der Schauspieler Travis, der dir schon einmal glaubhaft vorgespielt hat, dass du und deine Gefühle ihm etwas bedeuten.*

„Danke", sagte sie daher einfach nur und aß weiter, ohne wirklich etwas zu schmecken. Sie war jedoch heilfroh, dass sie zumindest das Zittern ihrer Hände unter Kontrolle hatte. Fieberhaft versuchte sie, die entstandene private Atmosphäre nicht an sich herankommen zu lassen.

„Was ist passiert?", erkundigte sich Taylor nach einer Weile, woraufhin Catherine ergeben mit den Achseln zuckte.

„Das, was jeden Tag mehrfach auf unseren Straßen passiert. Er hatte einen Autounfall. Zwei Achtzehnjährige haben sich auf regennasser Straße mit Slicks ein Rennen geliefert. Mein Bruder kam ihnen entgegen, einer von den beiden hat die Kontrolle über seinen Wagen verloren und peng. Chayce war sofort tot."

Verärgert stellte sie fest, wie sich ihre Augen mit Tränen füllten. Zum ersten Mal realisierte Catherine, dass sie bisher noch nicht einmal um Chayce geweint hatte.

Mitfühlend legte Taylor seine Hand auf ihre. „Es tut mir leid, Catherine."

Schnell zog Catherine ihre Hand unter seiner hervor. Hier und jetzt war ebenfalls nicht der richtige Zeitpunkt zum Trauern. Mühevoll schluckte sie den Kloß in ihrem Hals herunter und blinzelte zweimal mit den Augen. Zu ihrer großen Erleichterung spürte sie, dass es ihr gelang, die Tränen zurückzudrängen.

„Hatte Chayce Familie?“

„Er war verlobt. Für Brit ist es keine einfache Zeit.“

„Das kann ich mir vorstellen. Für dich sicherlich auch nicht. Habt ihr euch häufig gesehen?“ Taylor hatte versucht, sich an ihre Familienverhältnisse zu erinnern, doch Catherine hatte damals nicht viel über sich erzählt. Wann immer er sich nach ihrer Familie erkundigt hatte, war sie ihm ausgewichen. Im Grunde genommen wusste er nichts über ihre Eltern, außer dass der Vater eine sehr dominante Persönlichkeit besaß.

Wie es ihre Gewohnheit war, wenn Fragen zu privat wurden, wollte Catherine auch jetzt eine kurze oberflächliche Antwort geben und dann zügig zu einem unpersönlicheren Thema überleiten. Merkwürdigerweise verspürte sie jedoch in diesem Moment das Bedürfnis von Chayce zu erzählen. Langsam legte sie ihr Besteck zur Seite.

„In den letzten drei Jahren haben wir uns nicht häufig getroffen. Chayce hat mich zwei-, dreimal in Houston besucht, aber die Zeit war immer zu knapp. Jeder von uns hatte so viel zu tun. Irgendwie sind wir immer davon ausgegangen, dass es eines Tages besser werden würde. Niemand von uns hat jemals gedacht, dass unsere Zeit so unendlich kurz sein würde und wir sie besser nutzen sollten.“

Catherine machte eine kurze Pause und schluckte, bevor sie fortfuhr. „Aber wir haben jede Woche miteinander telefoniert. Da wir nur ein Jahr auseinander waren, haben wir in jeder Entwicklungsphase viel gemeinsam gemacht. Zu unserer Schulzeit hatten wir sogar über viele Jahre hinweg den gleichen Freundeskreis.“

„Das ist selten. Seid ihr euch dabei nicht auf die Nerven gegangen?“, wunderte sich Taylor, der sich an einige Streitereien mit seinen Geschwistern in früheren Jahren erinnerte. Es waren nie wichtige Dinge gewesen, über die sie aneinandergeraten waren, aber es hatte durchaus regelmäßig den ein oder anderen üblichen geschwisterlichen Alltagszoff gegeben.

„Wir waren nie das typische Geschwisterpaar, das sich ständig gestritten hat. Vielleicht lag es daran, dass er ein Junge und ich ein Mädchen war. Keine Ahnung. In vielen Dingen waren wir grundverschieden, in anderen jedoch wieder völlig gleich. Es spielte allerdings nie eine Rolle, ob wir uns einig waren oder nicht. Zu jedem Zeitpunkt haben wir die Meinungen und Entscheidungen des anderen respektiert und uns gegenseitig unterstützt, soweit es uns möglich war. Er wird mir schrecklich fehlen."

Absichtlich verschwieg sie, dass sie im Grunde schon als Kinder nur sich selbst hatten. Für ihre Eltern war immer nur das ausschlaggebend gewesen, was ihr Vater als wichtig erachtet hatte. Alles andere hatte schlichtweg nicht existiert und war dementsprechend auch nicht gefördert worden. Hatte einer von ihnen einen Wunsch gehabt, so hatte es immer die Hilfe und den Schutz des anderen bedurft, um ihn zu realisieren.

Catherine erinnerte sich, als ihr Bruder eines Tages unbedingt Eislaufen lernen wollte. Er war acht Jahre alt gewesen, als im Untergeschoss eines großen Einkaufszentrums eine Eisbahn gebaut worden war. Damals war es Chayce' sehnlichster Wunsch gewesen, den Sport zu erlernen.

Ihr Vater hatte einmal laut gelacht und es dann nicht nur abgelehnt, sondern direkt untersagt. Kein richtiger Mann tanzte in seinen Augen auf dem Eis. Stattdessen hatte er seinem Sohn vorgeschlagen, einem Eishockeyverein beizutreten, aber Chayce wollte nicht Eishockey spielen. Er wollte Schlittschuhlaufen.

Anschließend hatte Catherine ihre Mutter bearbeitet, dass sie sie zum wöchentlichen Training anmeldete, was sie dann auch getan hatte. Schließlich war sie ein Mädchen.

Von da an waren die beiden Kinder jeden Mittwochnachmittag mit ihrem Kindermädchen in das Zentrum gefahren und Chayce hatte Schlittschuhlaufen gelernt. Während des Unterrichts hatte das Kindermädchen grundsätzlich andere Besorgungen für ihre Mutter zu erledigen gehabt und die junge Frau war jedes Mal froh gewesen, dass Chayce angeboten hatte, seiner Schwester zuzuschauen und bei der Eisbahn auf ihre Rückkehr zu warten.

Im Nachhinein war Catherine froh, dass sich ihr Bruder nie ernsthaft verletzt hatte. Es war nicht auszudenken, was passiert wäre, wenn ihr Vater jemals von dieser Episode erfahren hätte. Als Kinder hatten sie jedoch nicht so weit gedacht. Sie wussten nur, dass sich ihre Eltern grundsätzlich nicht für ihre Aktivitäten interessierten und niemals nachfragen würden. Tatsächlich war es auch nie aufgefallen, dass Catherine keine drei Meter auf Eis laufen konnte, ohne hinzufallen.

„Für deine Eltern muss es eine grauenhafte Zeit sein. Ein Kind zu verlieren ist das Furchtbarste, was einem als Vater oder Mutter passieren kann.“

Traurig spiegelten Taylors Augen die Emotion seiner Worte wider, während Catherine sich auf ihrem Stuhl aufrichtete.

„Vor allem mit der Gewissheit, dass deine Tochter zuvor noch brutal vergewaltigt worden ist, bevor der Täter sie auf grausame Weise ermordet hat. Ich glaube, das verarbeitest du nie.“

Taylors Lider flackerten einen kurzen Moment, bis sein Verstand den Gedankensprung in Catherines Worten nachvollzogen hatte. Wie früher hatte Catherine das persönliche Thema auch dieses Mal abrupt abgebrochen. Zwar hatte sie länger als üblich über ihre Familie gesprochen, doch war sie ihm urplötzlich ausgewichen. Geschickt hatte sie das Thema von ihren eigenen Eltern auf die Familien der toten Mädchen gelenkt.

Für den Moment aber beschloss Taylor, es gut sein zu lassen und den Wechsel zu akzeptieren. Er hatte es geschafft, einige Minuten mit Catherine eine private Unterhaltung zu führen. Das war mehr als er zu Beginn des Abends zu hoffen gewagt hatte. Ganz sicher war es besser, wenn er sein Glück nicht überstrapazierte.

„Lass uns zurückfahren. Morgen wird ein anstrengender Tag werden”, sagte er daher, zahlte und half ihr in die Jacke.

Dabei genoss er den kurzen Moment, ihren Duft noch einmal ganz bewusst aufnehmen zu können. Er wusste, dass sie noch immer das gleiche Parfum benutzte. Schließlich nahm er diesen Duft jedes Mal wahr, wenn sie sich im Büro begegneten.

Doch als er jetzt dicht hinter ihr stand, stellte er fest, dass auch ihr Haar noch immer nach demselben Kokosshampoo roch wie vor einem Jahr.

Mit eisernem Willen widerstand er dem innerlichen Drang, sie in seine Arme zu ziehen. Stattdessen öffnete er die Restauranttür und hielt diese galant für sie auf. „Bitte sehr.“

„Trinken wir noch etwas?“, schlug Taylor zwanzig Minuten später vor, als er die Tür ihres Cottage hinter ihnen schloss.

„Nein, danke. Ich denke, ich gehe besser schlafen. Gute Nacht“, lehnte Catherine nicht unhöflich, aber doch unmissverständlich ab.

„Catherine?“, hielt er sie noch einmal auf, als ihre Hand bereits auf der Schlafzimmertürklinke lag.

Noch immer traute sich Taylor nicht, sie mit ihrem verkürzten Namen Cat anzusprechen, wie er es früher so oft getan hatte. Eine innere Stimme sagte ihm, dass ihr das nicht gefallen würde. Es würde eine vertraute Atmosphäre zwischen ihnen schaffen. Etwas, das Catherine unter allen Umständen vermeiden wollte.

„Ja?“, gab sie argwöhnisch zurück.

„Irgendwann müssen wir über die Sache reden. Du kannst einem Gespräch nicht ewig aus dem Weg gehen.“

Catherine wusste sofort, wovon Taylor sprach. Bereits bei den ersten Worten, die er gesprochen hatte, hatte sich ihr Körper versteift und ihre Augen hatten sich mit einem Schlag verdunkelt. Mit grenzenloser Körperbeherrschung schaffte sie es dennoch, ihre Stimme ruhig und emotionslos klingen zu lassen.

„Ich wüsste nicht, worüber wir reden sollten, Taylor. Die Sache ist schließlich völlig klar. Wir hatten eine gemeinsame Nacht. Der Sex war gut und schön gewesen, aber es war nichts, dass wir wiederholen müssten.“ Mit diesen Worten drehte Catherine den Knauf der Schlafzimmertür nach rechts und verschwand mit einem einfachen: „Gute Nacht.“

Entsetzen breitete sich in Taylors Inneren aus. Das konnte nicht wirklich ihr Ernst sein. Gut? Schön? Sex? Sprachen sie beide wirklich von derselben Nacht? Was immer Catherine gehabt hatte. Er hatte keinen Sex gehabt. Er hatte Liebe gemacht. Dabei war er sich ziemlich sicher, dass es damals von Catherines Seite aus nicht anders gewesen war. Sie hatten sich mit einer Leidenschaft und Hingabe geliebt, von der er nicht einmal gewusst hatte, dass er zu solch intensiven Gefühlen überhaupt fähig war. Diese Nacht war die Schönste seines Lebens gewesen.

Instinktiv hatte Taylor gewusst, dass Catherine die Frau war, auf die er sein ganzes Leben lang gewartet hatte. Wenn er zurückdachte, konnte er sich nicht erinnern, überhaupt jemals so lange gewartet zu haben, eine Frau zu lieben, geschweige denn, sie auch nur zu küssen. Doch Catherine war für ihn von Anfang etwas Besonderes gewesen. Das hatte er bereits im ersten Moment ihrer Begegnung erfasst. Sie war von einer unnahbaren Aura umgeben gewesen, die ihn magisch zu ihr hingezogen hatte, während Catherine alles getan hatte, um ihn nicht zu nah an sich herankommen zu lassen.

Im Verlauf ihrer gemeinsamen Trainingswochen hatte er erkannt, dass sie ein vorsichtiger Mensch war, der sich niemandem gegenüber schnell öffnete. Zwar konnte man sich leicht mit ihr unterhalten, schnell einen ersten Kontakt schließen, doch Catherine öffnete sich dabei nicht. Sie war nicht der Typ für schnelle Freundschaften. Hart und lange hatte sich Taylor ihr Vertrauen erarbeiten müssen, nur um alles in weniger als einer Minute wieder zu verlieren.

Mit der bekannten Schwere im Herzen, die ihn seit zwölf Monaten jede Nacht ins Bett begleitete, legte er sich auf das Sofa. Hoffentlich würde er zumindest für ein paar Stunden Schlaf finden.

Erschöpft ließ sich Catherine auf das große Doppelbett gleiten. So ruhig und gleichgültig wie sie gerade nach außen gewirkt hatte, war sie in Wirklichkeit nicht gewesen. Vor lauter Schreck hatte ihr Herz bei Taylors Worten vergessen, weiterzuschlagen. Ihre Lungen hatten nicht mehr gewusst, wie man atmete und noch immer tobte ein Sturm in ihrem Innern, der sie zu zerreißen drohte. Seine Winde zogen sie in alle Richtungen.

Während ein Teil von ihr nichts lieber wollte, als sich an Taylors starke Brust zu lehnen und von seinen Armen gehalten zu werden, erinnerte der andere Teil sie jedes Mal wieder an Taylor Travis wahren Charakter. Warum musste sie immer noch ständig gegen die Vorstellung ankämpfen, dass Taylor wirklich der nette Kerl war, den er zu sein vorgab? Warum nur konnte ihr Herz nicht endlich das glauben, was ihr Verstand schon lange wusste?

Es liegt an seinen Augen, dachte Catherine. Auch heute Abend waren Taylors Augen voller Mitgefühl gewesen, als sie von ihrem Bruder erzählt hatte. Chayce.

Er war der einzige Mensch, der sie je in dem unterstützt hatte, was sie wirklich hatte tun wollen. Er hatte ihr zugehört und, was noch wichtiger war, er hatte sie verstanden. Chayce hatte ihr mit seiner ruhigen und analytischen Art geholfen, die richtigen Entscheidungen zu treffen, und er hatte immer auf ihrer Seite gestanden.

In ihrer Jugend hatte Catherine befürchtet, dass Chayce eines Tages so werden würde wie ihr Vater, vor allem nachdem er gemeinsam mit ihm gearbeitet hatte. Glücklicherweise war dies jedoch nicht eingetroffen. Vielmehr hatte Chayce seine eigene Persönlichkeit entwickelt.

Im Gegensatz zu ihr war ihr Bruder in der Lage gewesen, ihren Vater differenziert zu sehen. Zwar hatte Chayce die menschliche Seite seines Charakters ebenso verurteilt wie Catherine, doch hatte er respektiert, was sich ihr Vater im Laufe der Jahre beruflich aufgebaut hatte. Letztlich ließ sich nicht leugnen, dass Mr. Klaymore ein erfolgreicher Geschäftsmann war.

Chayce hatte von ihm gelernt und dabei seinen Weg gefunden. Allerdings hatte er erst bei ihrem letzten Treffen gegenüber Catherine zugegeben, dass er es auch wesentlich einfacher gehabt hatte, denn die Betriebswirtschaft war seine Leidenschaft. Er mochte nicht die Art und Weise ihres Vaters geteilt haben, wie man Geschäfte machte, aber er hatte den väterlichen Traum weitergelebt.

Catherine hingegen hatte eine andere Vorstellung ihres Lebens gehabt und das war für ihren Vater nicht nur undenkbar, sondern auch inakzeptabel gewesen. Daher hatte er alles unternommen, um seine Tochter auf den in seinen Augen richtigen Weg zu lenken.

Plötzlich liefen die Tränen, die sie so lange zurückgehalten hatte, an ihren Wangen hinunter. Todunglücklich krabbelte Catherine unter die Bettdecke und zog sie sich über den Kopf. Hemmungslos weinte sie zunächst um ihren Bruder und all seine Träume, die er nun nie würde verwirklichen können. Dann weinte sie um seine Verlobte, die sie zwar nur zweimal gesehen hatte, die ihr jedoch auf Anhieb sympathisch gewesen war. Auch sie würde ihr Leben in den kommenden Monaten neu ausrichten müssen. Und schlussendlich weinte Catherine um sich selbst, denn nun war sie wirklich ganz alleine auf der Welt und es gab keine Hoffnung, dass sich dies jemals ändern würde.

KAPITEL 7

Als der Wecker am nächsten Morgen um sieben klingelte, fühlte sich Catherine wie erschlagen. Sie hatte keine Ahnung, wann sie letztendlich eingeschlafen war. Doch es war in jedem Fall erst in den frühen Morgenstunden gewesen und selbst dann war es kein erholsamer Schlaf gewesen.

Träume von schreienden Mädchen, die panisch über den Schulcampus rannten, während ihr Bruder in einem Autowrack bei vollem Bewusstsein verbrannte, hatten sie gleich mehrfach heimgesucht. Im Grunde genommen war sie froh, dass der Wecker die Bilder in ihrem Kopf beendet hatte.

Sie ergriff die Kleidung, die sie heute anziehen wollte und schlüpfte vom Schlafzimmer in das nebenanliegende Bad. Erleichtert stellte sie dabei fest, dass das Wohnzimmer leer und Taylor nicht zu sehen war.

Als sie eine halbe Stunde später aus dem Bad trat, hatte Taylor bereits den Frühstückstisch gedeckt. In einer Schublade hatte er eine Tischdecke gefunden, die er aufgelegt hatte, dazu Teller, Besteck und Servietten. Auf dem Tisch standen Butter, Marmelade, etwas Wurst und Käse sowie ein Frühstücksei auf jedem Teller. Gerade brachte Taylor zwei große Kaffeetassen mit heißem Milchkaffee herein.

Zunächst lächelte er, als er Catherine im Wohnzimmer stehen sah. Dann wechselte sein Blick und er betrachtete sie genauer.

„Geht es dir gut?“, erkundigte er sich besorgt.

„Sicher. Und dir?“

Ohne auf ihre Gegenfrage zu antworten, legte er seinen Kopf schief. „Schlecht geschlafen?“

Catherine seufzte. „Sieht man es so deutlich?“

„Ich sehe es”, sagte Taylor einfach.

Sofort verdunkelten sich Catherines Augen. Diese Bemerkung war ihr schon wieder viel zu persönlich. Wieso musste er ständig so tun, als sei er ein netter Kerl?

Taylor hingegen tat so, als hätte er ihr Unbehagen nicht bemerkt und wechselte in einen fröhlichen Plauderton. „Ich war nicht sicher, was du gerne frühstücken möchtest. Daher habe ich einfach von allem etwas auf den Tisch gestellt."

„Wow! Warst du schon einkaufen?", staunte Catherine.

„Ich habe nur schnell Brötchen und Croissants aus der Dorfbäckerei besorgt. Den Rest habe ich mitgebracht."

„Woran du alles gedacht hast", wunderte sich Catherine.

„Ich hungere eben nicht gerne", lachte Taylor. „Jetzt trink deinen Kaffee. Dann geht es dir besser."

„Wie hast du geschlafen?", erkundigte sich Catherine.

Sie hatte sich fest vorgenommen, verbindlich gegenüber Taylor zu sein. Alles andere war für die Ermittlungen kontraproduktiv und schließlich wollte sie diesen Fall so schnell wie möglich beenden. Sowohl für die Mädchen und ihre Familien als auch für sich selbst.

„Ganz okay."

„Die Couch sieht nicht wahnsinnig bequem aus", bemerkte Catherine mit einem skeptischen Blick auf das Möbelstück.

„Ist sie auch nicht. Daher habe ich irgendwann den Fußboden genommen."

„Den Fußboden?", wiederholte Catherine entgeistert.

„Jetzt sieh mich nicht so entsetzt an. Es ist nicht die erste Nacht, die ich auf dem Boden geschlafen habe."

„Wir können heute Nacht tauschen", schlug Catherine vor.

„Auf keinen Fall", lehnte Taylor entschieden ab und lenkte das Thema auf die Dinge, die sie seines Erachtens am Vormittag angehen sollten.

Eine Stunde später standen sie in Direktor Grothenbergs Büro und baten um den Generalschlüssel der Schule.

„Wir würden uns gerne alle Gebäude ansehen, angefangen bei den Kellerräumen bis hin zu den Dachstühlen. Am Vormittag gehen wir in die Wohngebäude, anschließend in die Bibliothek und die Sportstätten. Sobald die Schüler das Schulgebäude verlassen haben, machen wir einen Rundgang durch das Hauptgebäude", erläuterte Taylor.

„Brauchen Sie für die Wohnräume nicht eine offizielle Genehmigung?“, wollte der Direktor wissen.

„Die Schlafzimmer interessieren uns heute nicht”, erklärte Catherine mit geduldiger Stimme. „Diese Räume nehmen wir uns erst vor, wenn es einen oder mehrere Verdächtige gibt. Im Moment möchten wir uns erst einmal einen Überblick über die öffentlichen Räumlichkeiten, die Wege und mögliche Verstecke verschaffen. Hierfür brauchen wir jedoch Ihr Einverständnis.“

„Selbstverständlich, selbstverständlich. Ich unterstütze Sie, wo immer es mir möglich ist. Hauptsache, Sie fassen diesen Irren endlich. Die Eltern sind schon überaus nervös und die ersten überlegen bereits, ihre Töchter von der Schule zu nehmen.“ Auf der Stirn des Mannes bildeten sich feine Schweißperlen.

Es war Taylor durchaus bewusst, dass die toten Mädchen für den Direktor auch ein wirtschaftliches Problem darstellten. Es war schließlich nicht zu leugnen, dass die Morde dem Ruf der Schule auf lange Zeit schaden konnten. Dennoch fehlte Taylor der menschliche Faktor in der Stimme des Mannes.

„Wir versichern Ihnen, dass wir uns die größte Mühe geben werden, den Täter so schnell wie möglich zu fassen”, versprach Taylor in kühlem Ton, während er den Generalschlüssel entgegennahm, den ihm Grothenberg über den Tisch hinweg reichte.

„Haben Sie zufällig auch die Architektenpläne der Schule zur Hand?“, wollte Catherine wissen.

„Nein, zur Hand habe ich sie leider nicht. Sie müssten aber im Archiv liegen. Wenn Sie möchten, kann ich sie Ihnen gerne raussuchen lassen.“

„Ja, das wäre gut. Vielen Dank. Lassen Sie sie dann bitte gleich ins Cottage bringen. Es spricht doch für die Motivation des Hausmeisters, wenn er sich mit der Elektroverteilung des Hauses von Grund auf vertraut macht, nicht wahr?”, grinste Catherine.

„Gewiss“, murmelte der Direktor, wobei ihm anzusehen war, dass er nicht verstand, was die Baupläne der Schule mit der Suche nach einem Mörder zu tun hatten.

„Haben Sie in der letzten Zeit Handwerker auf dem Gelände gehabt?“, erkundigte sich Taylor.

„Nein“, schüttelte Grothenberg den Kopf. „Warum fragen Sie danach?“

„Reine Routine“, antwortete Taylor. „Es war also kein Heizungsmonteur, kein Elektriker, kein Gärtner da?“

„Unser Gärtner ist ein Mann von der Insel, der bereits seit zwanzig Jahren die Außenanlagen pflegt und für alle handwerklichen Dinge haben wir einen Hausmeister.“ Bei den letzten Worten verzog der Mann seine Mundwinkel zu einem sarkastischen Grinsen. „Normalerweise zumindest.“

„Es haben sich in der letzten Zeit also keine fremden Personen auf dem Gelände aufgehalten?“

„Wie ich bereits sagte: Nein!“

„Wenn ich es richtig verstanden habe, wohnen die Lehrer alle in einem gemeinsamen Gebäude auf der anderen Seite des Campus'?“, wechselte Catherine das Thema.

„Das ist richtig. Das Gebäude steht ganz am anderen Ende und umfasst zehn Zwei-Zimmer-Apartments mit jeweils einem Bad und einer kleinen Küchenzeile. Sie sind nicht sehr groß, aber dafür fallen keine Mietkosten an. Die Wohnung kommt sozusagen auf das monatliche Gehalt noch oben drauf.“

„Sind die Lehrer verpflichtet auf dem Gelände zu wohnen?“

„Nein, aber bisher hat noch niemand das Angebot ausgeschlagen. Alle Wohnungen sind möbliert und die Fenster sind zum Meer hin ausgerichtet. Der Blick ist dementsprechend fantastisch. Darüber hinaus kann jeder entscheiden, ob er selbst kochen möchte oder sich das Essen aus der Schulküche kommen lässt. Warum sollte also jemand Geld für Miete ausgeben, wenn er hier kostenlos leben kann?“

Der Direktor warf einen Blick auf die Uhr. „Ich habe gleich Unterricht. Wenn Sie also keine weiteren Fragen mehr haben ...?“

„Im Moment nicht“, erklärte Catherine nachdem sie sich durch einen kurzen Blick mit Taylor verständigt hatte und verabschiedete sich. „Wir sehen uns sicher später.“

Gemeinsam schritten Catherine und Taylor wenig später durch die öffentlichen Räume des Mädchenschlaftraktes. Anschließend gingen sie zu dem Gebäude der Jungen hinüber. Die beiden Häuser waren in ihrer Aufteilung identisch. Vor einem der Kellerverschläge im Untergeschoss blieb Taylor jedoch stehen und sah sich aufmerksam um.

„Was ist los?“, wollte Catherine wissen.

„Ich weiß nicht, aber irgendetwas stört mich hier.“

Catherine stellte sich neben ihn, um den gleichen Blickwinkel zu haben. Durch helle Holzlattenstäbe sah sie in einen drei mal drei Meter großen Raum.

„Die Räume sind nicht abgeschlossen. Sehen wir mal nach", schlug sie vor, nachdem sie nichts Ungewöhnliches feststellen konnte.

Vorsichtig öffnete Taylor die Tür. Der Griff war deutlich abgenutzter als die Griffe der anderen Türen, doch das Scharnier öffnete leicht und geräuschlos. Sofort kam Taylor der Verdacht, dass es erst in letzter Zeit geölt worden war.

Konzentriert ließ er seinen Blick schweifen. In dem kleinen Raum befand sich ein Regal mit Helmen, Knie- und Armschützern, Inlinern sowie Skateboarden. Auch Catherine betrachtete die einzelnen Teile genauer.

Nach einer Weile resignierte Taylor. „Komm, lass uns gehen. Es ist kalt hier unten und ich habe keine Ahnung, was mich irritiert hat. Wahrscheinlich war es gar nichts."

„Nein, warte! Nicht so schnell", hielt Catherine ihn am Arm zurück. „Es gibt immer einen Grund für ein Bauchgefühl, und normalerweise ist deine Intuition gut. Gib uns noch ein paar Minuten."

Unbewusst legte Taylor seine rechte Hand auf die Stelle seines linken Arms, die Catherine soeben berührt hatte. Wie bereits im Restaurant am Abend zuvor schien sein ganzer Arm in Flammen zu stehen.

War er sich jedoch gestern fast sicher gewesen, dass Catherine bei ihrem Hautkontakt ähnliche Gefühle gehabt hatte wie er, so war Taylor in diesem Moment davon überzeugt, dass er als Mann gerade überhaupt keine Rolle in ihrer Gedankenwelt spielte. Sie war ganz Agentin. Hochkonzentriert betrachtete sie die einzig freie Wand in diesem Kellerraum.

Wieder einmal fiel ihm auf, wie gerne er mit Catherine zusammenarbeitete und er konnte verstehen, dass es den anderen Kollegen ähnlich ging. Niemals spielte sie sich in den Vordergrund. Immer ging es einzig und allein darum, Ergebnisse zu schaffen. Jedes gefundene Puzzlestück, das sie der Ergreifung eines Täters näher brachte, betrachtete sie als Erfolg des gesamten Teams. Dabei respektierte sie andere Meinungen vorbehaltlos.

In ihren Augen war jede Ansicht wichtig. Selbst wenn sie anfangs noch so absurd klang, nahm sich Catherine die Zeit, die

Sache in Gedanken logisch durchzuspielen. Dabei berücksichtigte sie sowohl eine logische Argumentationskette als auch Intuition. Letzteres war etwas, das viele Agenten, vor allem die ganz Jungen unter ihnen, als Humbug abtaten. Catherine jedoch nicht. Sie akzeptierte, dass es Dinge gab, die das Unterbewusstsein registrierte, bevor der Verstand eine logische Erklärung dafür gefunden hatte und bezog sie in ihre Überlegungen mit ein.

Zweifellos schätzte Taylor Catherine als Kollegin und offensichtlich brachte sie ihm die gleiche professionelle Wertschätzung entgegen. Ihn in diesem Moment in seinem Bauchgefühl zu bestärken, obwohl er sicher war, dass sie lieber früher als später seiner Nähe entfliehen wollte, bewies wahre menschliche Größe. Allerdings wäre die Zusammenarbeit auch für ihn um ein Vielfaches einfacher, wenn sie ihn darüber hinaus nicht auch auf einer anderen, sehr persönlichen Ebene ansprechen würde.

Plötzlich drehte sich Catherine zu ihm um. Von einem Ohr zum anderen grinste sie ihn an.

„Was ist?“, fragte er und trat neben sie.

„Sieh mal genau hin. Hier!“ Dabei zeigte sie mit ihrem Finger auf den Rand eines Mauersteins.

„Nicht schlecht”, lobte Taylor anerkennend, als er die lose Fuge sah. „Dann lass uns doch mal sehen, wer hier was dahinter versteckt.“

Mit einem Schlüsselbart und zwei Handgriffen nahm er den schweren Backstein aus der Wand und griff in das so entstandene Loch. Laut pfiff er durch die Zähne.

„Wenn das mal nicht interessant ist”, kommentierte er kurz darauf die acht kleinen Tütchen, die mit feinem weißen Pulver gefüllt in seiner Hand lagen.

„Ist es das, was ich glaube?“, erkundigte sich Catherine.

Vorsichtig öffnete Taylor einen der Beutel und roch daran, wobei er angewidert das Gesicht verzog. „Wenn du denkst, dass es sich hierbei um Speed handelt, dann ja. Offensichtlich hält sich selbst bei Eliteschülern der Aberglaube, dass es nur ordentlicher Stoff ist, wenn er riecht.“

„Meinst du, Grothenberg weiß, dass an seiner Schule gedealt wird?“

„Er wäre naiv, wenn er davon ausgehen würde, dass sein Internat drogenfrei ist. Aber ich kann mir nicht vorstellen, dass er konkrete Beweise hat”, vermutete Taylor.

„Was machen wir jetzt damit?“

„Ich schlage vor, wir legen es zurück und schicken die Kollegen von der Drogenfahndung rein, sobald wir mit unseren Ermittlungen fertig sind. Die beiden Fälle müssen nicht unbedingt zusammenhängen, und wir sollten unsere Ermittlungen nicht schwerer machen, als sie ohnehin schon sind. Falls wir während unserer Untersuchung etwas Genaueres hierüber in Erfahrung bringen, ist es immer noch früh genug, die Kollegen zu informieren und gegebenenfalls können wir selbst Beweise sicherstellen. Auch wenn wir zum jetzigen Zeitpunkt noch nicht vollständig ausschließen können, dass die Drogen etwas mit den toten Mädchen zu tun haben, sollten wir nicht unbedingt eine parallele polizeiliche Untersuchung starten”, schlug Taylor vor. „Einverstanden?“

Catherine nickte. „Das ist in meinen Augen okay. Die Serienmorde haben im Augenblick zweifellos die höchste Priorität. Allerdings sollten wir darauf achten, dass das Zeug Freitagabend nicht in Umlauf kommt. Ich kann mir gut vorstellen, dass das Pulver üblicherweise auf der Schülerparty angeboten wird.“

„Da hast du recht und ich weiß auch schon, wie wir das anstellen.“

„Nämlich?“

„Ich tausche einfach das Schloss oben an der Kellertür aus und sperre anschließend ab. Damit sind wir die einzigen, die einen Schlüssel für den Treppenabgang haben und über das Wochenende kommt erst einmal niemand hier rein.“

„Du bist aber ein böser Hausmeister”, feixte Catherine und Taylors Herz begann erneut schneller zu schlagen.

Wenn sie ihn doch nur immer so anlächeln würde, wünschte sich Taylor sehnsuchtsvoll. Doch er wusste, dass es ein Lächeln war, das Catherine ihm niemals bewusst schenken würde. Diese Zeiten waren vorbei und er sollte lernen, diese Tatsache zu akzeptieren.

KAPITEL 8

Am Nachmittag ging Taylor hinüber zum Wohngebäude der Jungen, um das Kellerschloss auszutauschen. Catherine hingegen wollte die Zeit nutzen, um mit dem Tennistrainer zu sprechen, der Jane als Letztes gesehen hatte.

Entspannt setzte sie sich auf die Besucherbank vor dem Platz, auf dem Jim Hooster zwei kleine Mädchen trainierte. Catherine schätzte die Kinder auf elf oder zwölf Jahre und ganz offensichtlich spielten die beiden nicht ganz freiwillig Tennis. Als ihre Stunde zehn Minuten später zu Ende war, beeilten sie sich die Bälle einzusammeln, um möglichst schnell von der Anlage verschwinden zu können.

„Hallo, Jim", rief eine helle Mädchenstimme.

„Hallo, Ayreen. Mach dich schon mal warm, ich bin gleich da", rief der gutaussehende Trainer seiner nächsten Schülerin zu, während er strahlend auf Catherine zukam.

„Hallo. Ich bin Jim Hooster, aber alle nennen mich Jim", stellte er sich vor.

„Hallo. Catherine Smith."

„Ah, die Frau des neuen Hausmeisters", grinste er. „Herzlich Willkommen."

„Danke. Kein einfacher Job manchmal, oder?", stellte Catherine mit einem Blick auf die beiden Mädchen fest, die gerade ihre Schläger einpackten.

Jim Hooster lachte. „Nein, nicht immer. Eigentlich ist es eine Schande, wenn Eltern ihre Kinder zu einer Sportart zwingen, an der sie absolut kein Interesse haben."

„Dabei haben Sie sich soviel Mühe gegeben, die Kinder zu motivieren", lobte Catherine.

„Danke. Ich gebe zumindest mein Bestes. Manchmal reicht es, aber wenn jemand absolut keine Lust an dem Spiel hat, kann ich leider nicht viel machen. Spielen Sie Tennis?“

„Ich habe früher in der Schule gespielt.“

„Haben Sie keine Lust, wieder anzufangen? Idealere Bedingungen als hier, wo sich die Plätze direkt vor der Haustür befinden, gibt es nicht.“

„Ich weiß nicht. Vielleicht”, wich Catherine unentschlossen aus.

„Denken Sie darüber nach. Ich warte auf Sie”, zwinkerte er ihr zu, bevor er auf den Platz zurückkehrte.

Catherine blieb noch einen Moment sitzen und beobachtete den Mann. Jim Hooster sah wirklich gut aus. Er war braungebrannt, hatte blonde Locken und erwartungsgemäß eine sportliche Figur. Es bedurfte nicht viel Fantasie, sich vorzustellen, dass das ein oder andere Mädchen nur wegen Jim zum Tennisplatz kam.

Auch Ayreen schien ihn anzuhimmeln. Allerdings ging der Mann auf keinen der unbeholfenen Flirtversuche der Jugendlichen ein. Er war freundlich, lobte sie und brachte das Mädchen auf spielerische Weise immer wieder dazu, ihr sportliches Limit zu überschreiten. Doch mit keinem Wort und keinem Blick überschritt er die unsichtbare Lehrer-Schüler-Grenze. Sein Verhalten war durch und durch professionell.

Konnte es sein, dass der Trainer etwas mit den Morden zu tun hatte? Auch wenn er ein Alibi für die Zeit hatte, zu der Jane verschwunden war, musste das nicht unbedingt bedeuten, dass er unschuldig war. Schließlich konnte der Täter auch einen Helfer haben.

Im Grunde jedoch bezweifelte Catherine dieses Szenario. Jim brauchte kein Mädchen zu vergewaltigen. Er würde sie auch alleine mit seinem Aussehen und seinem Charme in seine Arme bekommen, wenn er das denn wollte.

So wie Taylor, schoss es ihr durch den Kopf, doch sie verdrängte den Gedanken sofort. Sie durfte diesen negativen Gefühlen nicht zu viel Raum gewähren. Zumindest nicht in den nächsten Tagen.

Was immer sie privat über Taylor Travis dachte, spielte im Moment keine Rolle. In den nächsten Tagen war er einzig und allein ihr Partner. Dabei musste sie fairerweise zugeben, dass der Vormittag zwischen ihnen wirklich gut gelaufen war.

Noch immer wunderte sie sich selbst darüber, wie leicht es ihr gefallen war, mit ihm gemeinsam die Schulgebäude zu inspizieren. Wenn sie ehrlich war, hatte sie es sogar fast genossen, mit ihm zu arbeiten. Sie würde aufpassen müssen. Der Mann war schon wieder auf bestem Wege, ihr Warnradar zu unterlaufen. Doch das würde sie nicht noch einmal zulassen. Allerdings hatte sie keine Lust mehr, ständigen Gedanken über Taylor nachzuhängen.

Entschieden stand Catherine auf und schlenderte langsam den gleichen Weg zurück, den sie vor einer halben Stunde gekommen war. Etwa in der Mitte der Strecke zwischen Tennisplatz und Schulgebäude blieb sie plötzlich stehen.

„Ich habe nicht mehr dabei. Wirklich nicht, Maxwell", hörte Catherine eine dünne verängstigte Mädchenstimme beteuern.

„Lüg mich nicht an", herrschte eine männliche Stimme, doch sie klang noch jung.

„Ich lüge nicht. Wirklich nicht. Meine Eltern haben mir nicht mehr Geld geschickt."

„Ich gebe dir bis Montag Zeit. Wenn du das Geld bis dahin nicht hast, ..." Der Rest des Satzes blieb unausgesprochen in der Luft hängen.

Mit gerunzelter Stirn ging Catherine um den großen Holunderbusch herum und blickte direkt auf die beiden Mädchen, deren Tennisspiel sie noch vor wenigen Minuten beobachtet hatte. Drei ältere Jungen hatten sich drohend vor ihnen aufgebaut. Ihre Körpersprache sprach Bände.

„Gibt es Probleme?", mischte sich Catherine ein.

Erschrocken drehten sich die Kinder zu ihr um. Die Angst in den Gesichtern der Mädchen war deutlich zu erkennen.

„Nein, nein", beeilten sie sich dementsprechend auch gleich zu versichern. „Es ist alles in Ordnung."

Die drei Jungen hatten sie anfangs erstaunt angesehen. Jetzt grinsten sie Catherine jedoch frech an.

„Sieh mal an, unser neues Hausmütterchen", feixte der Junge, der in der Mitte stand.

Ganz offensichtlich war er der Anführer der kleinen Truppe. Catherine vermutete, dass er Maxwell war.

„Wem gehört das Geld?", fragte Catherine ruhig. Dabei deutete sie auf die Scheine, die der Junge in Händen hielt.

„Mir", antwortete dieser selbstsicher und grinste noch ein wenig breiter.

„Stimmt das?“, wandte sie sich an die Mädchen, die sich beeilten zu nicken.

„So, so. Dann schlage ich vor, ihr macht, dass ihr nach Hause kommt”, sagte Catherine freundlich und beschloss mit den beiden später noch einmal zu reden.

Dann wandte sie sich wieder den Jugendlichen zu. „Wenn das noch einmal vorkommt, sehen wir uns beim Rektor.“

Maxwell hob seine Hände in einer ahnungslosen Geste in die Luft. „Was meinen Sie mit, ‚Wenn das noch einmal vorkommt’? Wir haben doch gar nichts gemacht.“

„Halt mich nicht für dumm, Maxwell. Erpresst ihr noch von anderen Schülern Geld?“

Kopfschüttelnd drehte sich Maxwell zu seinen Freunden um. „Wisst ihr, wovon sie spricht?“

Artig schüttelten auch die beiden anderen Jungen die Köpfe und zuckten mit den Achseln.

„Nein, keine Ahnung”, antworteten sie unisono.

„Möchtest du mich gleich zu Direktor Grothenberg begleiten?“, schlug Catherine verärgert vor.

„Das würde ich wirklich gern tun, aber leider müssen wir los”, erklärte der Junge mit gespieltem Bedauern, bevor sein Ton eine kleine Nuance härter wurde. „An Ihrer Stelle wäre ich auch etwas zurückhaltender. Das, was hier läuft, geht Sie nämlich gar nichts an. Viel lieber sollten Sie sich um ihre eigenen Sachen kümmern. Ansonsten ist Ärger vorprogrammiert und davon haben Sie doch selbst genug in der Familie.“

Maxwells Stimme wurde etwas leiser, als er sich verschwörerisch zu ihr nach vorne beugte. „Wir haben gehört, Ihr Alter hat ’ne andere flach gelegt.“

Das hat sich ja schnell rumgesprochen, dachte Catherine, während ihre Augen den Schüler kalt anblickten „Drohst du mir?“

„Ich? Ihnen drohen? Aber nein!“, rief der Junge mit gespieltem Entsetzen aus. „Wissen Sie, ich denke, es ist nur gut, wenn wir alle wissen, woran wir sind. Mein Vater sagt immer, ‚Je mehr Informationen man über seine Mitmenschen hat, desto größer ist der Vorteil’. Dem stimmen Sie mir doch ganz sicher zu, oder?“ Ohne ihre Antwort abzuwarten, wandte er sich an seine Freunde. „Kommt, Jungs! Es wird Zeit für uns.“

Ungläubig starrte Catherine den Jugendlichen nach. Mit solch einem respektlosen Benehmen von Siebzehnjährigen gegenüber einer Erwachsenen rechnete sie in bestimmten Vierteln der Großstädte, aber ganz gewiss nicht in der Umgebung eines Eliteinternats. Anscheinend herrschte hier im Hintergrund nicht ganz die Idylle, die die Landschaft vorgab.

Catherine beschloss den Direktor bei ihrem nächsten Zusammentreffen auf Maxwell anzusprechen, während sie nachdenklich ihren Weg zum Cottage fortsetzte und dabei das Gespräch noch einmal in Gedanken durchging.

Vor dem Schulgebäude traf Catherine auf die Musiklehrerin Fanny Rington, die sofort fröhlich grüßend stehenblieb. Ihr Kleidungsstil erinnerte Catherine an Jil. Anscheinend war sie auch eine ebensolche Frohnatur wie die Sekretärin des Chiefs.

„Hallo, Catherine. Schön, Sie zu sehen. Haben Sie sich schon eingelebt?“

„Wir sind gerade dabei, vielen Dank. Die Landschaft ist wirklich ein Traum.“

„Das stimmt. Sie entschädigt für vieles.“

„Es ist bestimmt nicht immer einfach, die heutigen Kids zu unterrichten”, nickte Catherine verständnisvoll.

„Nein, das ist es wirklich nicht. Wenn ihre Eltern dafür zusätzlich noch viel Geld bezahlen, kann es manchmal sogar die Hölle sein”, stöhnte die Lehrerin, lachte aber dabei.

Kurz entschlossen entschied Catherine einen Vorstoß zu wagen. „Ich bin gerade Maxwell begegnet.“

Sofort verschwand das Lachen der Lehrerin. „Oh, du meine Güte. Passen Sie bloß auf. Maxwell Blair ist der Schlimmste von allen. Wenn Sie die Möglichkeit haben, dann gehen Sie ihm aus dem Weg.“

„Ich habe beobachtet, wie er gerade eben mit zwei Freunden Geld von zwei kleinen Mädchen erpresst hat.“

Fanny Rington nickte bedauernd. „Ich weiß. Wir alle wissen es, aber wir können nichts machen. Es ist traurig, aber das Beste ist, wenn Sie sich von ihm fernhalten. Es sind schließlich nur noch sechs Monate, dann ist er weg.“

Ungläubig starrte Catherine die Frau an. Sollte das bedeuten, dass alle hier von Maxwells Erpressungen wussten, ohne etwas dagegen zu unternehmen? Wie war das möglich? Und warum griff niemand ein? Wie konnte eine ganze Lehrerschaft sich vor einem siebzehnjährigen Schüler fürchten?

„Sie wissen von der Sache?“, stieß Catherine aus. „Warum um alles auf der Welt unternimmt dann niemand etwas?“

„Was glauben Sie, warum wir eine so tolle Schulbibliothek haben? Und fünf Tennisplätze? Und einen perfekt ausgestatteten Musiksaal?“

Entgeistert starrte Catherine die Frau an. Sie konnte nicht glauben, was sie gerade hörte. „Sie meinen, seine Eltern zahlen dafür, dass Direktor Grothenberg die Augen zumacht?“, hakte sie nach, um jedes Missverständnis auszuschließen.

Doch die Lehrerin nickte nur. „Kindchen, wenn ich Ihnen einen Rat geben darf: Machen Sie einen großen Bogen um Maxwell und seine zwei Kameraden. Ich bin jetzt seit zehn Jahren an dieser Schule und ich versichere Ihnen, in den nächsten sechs Monaten wird sich hier nichts mehr ändern.“

Fanny Rington setzte wieder ihr sorglos lächelndes Gesicht auf, dann verabschiedete sie sich. „Ich hoffe, Sie fühlen sich schnell wohl bei uns. Außerdem drücke ich Ihnen die Daumen, dass Ihnen und Ihrem Mann ein Neuanfang gelingt. Aus Erfahrung weiß ich, dass diese Dinge nicht einfach sind. Aber wenn Sie beide es wirklich wollen, bin ich sicher, dass Sie es schaffen werden.“

„Danke”, stotterte Catherine und war erneut erstaunt darüber, wie schnell sich ihre Geschichte verbreitetet hatte. Anscheinend wusste bereits jeder im Internat über ihre Ehe Bescheid.

Sie hatte also den richtigen Riecher gehabt, als sie gestern im Anschluss an die Lehrerkonferenz Direktor Grothenbergs Sekretärin im Vertrauen den wahren Grund ihres Ortswechsel verraten hatte, während Taylor dem Kollegen Pine in sein Klassenzimmer gefolgt war, um die kaputte Birne auszutauschen.

Eigentlich hätte Catherine erleichtert darüber sein müssen. Je schneller sich die Geschichte herumsprach, desto weniger würde darüber spekuliert werden, warum sie und Taylor sich nicht wie ein typisches Ehepaar benahmen. Doch warum hatte sie dann plötzlich das Gefühl, dass ihr Herz das Gewicht von zehn Kilogramm Blei angenommen hatte?

Als Taylor kurz nach ihr in das kleine Cottage zurückkehrte, erkannte Catherine mit einem Blick, dass seine Laune nicht die Beste war. Ein kurzes mürrisches „Hallo“ war alles, was sie zu hören bekam, während er schroff sein Werkzeug in eine Schublade warf.

Catherine beschloss, ihm etwas Zeit für sich allein zu geben und verschwand in der Küche.

Nach einer Viertelstunde kam Taylor herein. Wortlos stellte er Wasser auf, holte eine Teetasse aus einem der Schränke und hängte einen Teebeutel hinein.

„Du auch?", erkundigte er sich in grobem Ton.

„Nein, danke", erwiderte Catherine betont freundlich, während sie sich fragte, welche Laus ihm über die Leber gelaufen war. In einer solch miesgelaunten Stimmung hatte sie Taylor bisher noch nicht erlebt. Stumm beobachtete sie, wie er das kochende Wasser in die Tasse goss und den Raum verließ.

Nach einer Weile folgte sie ihm und setzte sich ihm gegenüber an den Esstisch.

„Möchtest du darüber reden?", erkundigte sie sich.

„Worüber?", herrschte er sie an.

„Über den Grund deiner schlechten Laune", erklärte Catherine, immer noch freundlich.

„Nein."

Einen Moment lang wartete Catherine, ob er es sich vielleicht anders überlegte. Als er jedoch weiter schwieg, stand sie auf, denn eigentlich konnte es ihr egal sein.

„Gut. Dann gehe ich jetzt einkaufen", kündigte sie an.

„Ich weiß nicht, wie du es finden würdest, aber ich kann dir sagen, es ist nicht gerade angenehm, wenn jeder davon ausgeht, dass du deine hübsche, junge Ehefrau betrogen hast und ein charakterloses Schwein bist", stieß er da plötzlich hervor.

Aha, das war es also. Catherine atmete tief ein. Doch noch bevor sie etwas sagen konnte, fuhr Taylor fort.

„Ich bin sicher, du wurdest ebenso darauf angesprochen wie ich. Nur mit dem klitzekleinen Unterschied, dass dich alle für einen Engel halten und dafür bewundern, mir eine zweite Chance zu geben."

„Dein Ego ist also etwas angekratzt", stellte Catherine nüchtern fest.

Taylors Augen fingen gefährlich an zu funkeln. „Allerdings. Ich gebe zu, es fällt mir nicht leicht, die Rolle eines verachtungswürdigen Ehebrechers zu spielen. Ich hasse Menschen, die unehrlich sind und ihre Karten nicht offen auf den Tisch legen."

„Ah ja?“, gab Catherine mit einer hochgezogenen Braue zurück und ohne zu überlegen, huschte ein weiterer Satz über ihre Lippen. „Das ist in der Tat etwas ganz Neues.“

Aus dem Augenwinkel bemerkte sie, wie sich seine Hände kurz zu Fäusten ballten, bevor er sie langsam in seine Hosentasche steckte. So wütend hatte sie Taylor ebenfalls noch nicht gesehen.

„Wie gesagt, ich bin einkaufen”, verabschiedete sie sich hastig und ließ die Tür hinter sich ins Schloss fallen.

Wütend schlug Taylor mit der Faust gegen die Wand. Das war ja wunderbar gelaufen. Doch wieso regte er sich über Catherines Bemerkung überhaupt auf? Schließlich wusste er ganz genau, für wen oder was sie ihn hielt. Wie hatte er es nur vergessen können?

Vergessen? Verdrängen, war wohl eher das richtige Wort. Wieder flog seine Faust gegen die Wand. Autsch! Das hatte weh getan. Mit zusammengekniffenen Lippen rieb Taylor seine Hand. Verdammte Wette! Verdammter Nico! Hatte der Kollege wirklich damals die ganze Nacht vor seiner Tür sitzen und am Morgen einfach alles ausposaunen müssen?

Es war nicht so, dass er Catherine die Sache nicht irgendwann erzählt hätte. Aber er hätte gerne selbst den Zeitpunkt dafür bestimmt. Einen Zeitpunkt, zu dem sie beide darüber hätten lachen können. Vielleicht hätte er es sogar noch an dem Abend angesprochen, wenn er denn dann an die ganze Sache noch gedacht hätte. Allerdings, musste sich Taylor im Geheimen eingestehen, hätte er höchstwahrscheinlich eben das nicht getan. Er hatte die Wette einfach vergessen gehabt. Schließlich hatte sie für ihn niemals eine Rolle gespielt.

Doch alles lamentieren half nichts. Die Geschichte war nun einmal passiert. Darüber hinaus hatte er freiwillig entschieden, Catherines untreuen Ehemann zu spielen. Die Reaktionen des Umfelds waren damit schlichtweg sein Problem, mit dem er alleine fertig werden musste. Seine Laune darüber durfte er nicht an Catherine auslassen. Es war nicht fair.

Abgesehen davon, dass ein solches Verhalten die Ermittlungen beeinträchtigen würde, half es ihm auch kein bisschen weiter, Catherine wieder näherzukommen. Und in eben diesem Wunsch lag sein Problem überhaupt erst begründet.

Normalerweise hätte er keine Schwierigkeiten mit der Situation und dem, was die Leute über ihn dachten oder redeten. Es war einfach Teil einer Coverstory und damit Teil seiner Rolle. Das

Problem in diesem Fall bestand jedoch darin, dass Catherine seinen Charakter ohnehin schon mit allen negativen Eigenschaften belegt hatte und ihn als Schauspieler und Betrüger abgestempelt hatte. Doch wie sollte er sie von dem Gegenteil überzeugen, wenn ihre Annahmen in den nächsten Tagen von allen Seiten Unterstützung fanden?

Taylor wusste, dass er für seine Entschuldigung nur die gemeinsamen Tage hier in Galveston zur Verfügung hatte. Waren er und Catherine erst einmal wieder in Houston, würde Catherine jedes Gespräch mit ihm vermeiden. Dementsprechend musste er die nächsten Tage sinnvoll nutzen. Irgendwie musste es ihm gelingen, sie davon zu überzeugen, dass er ganz genau der Mann war, den sie kennengelernt hatte und dem sie sich vor zwölf Monaten geöffnet hatte.

Sehnsüchtig dachte Taylor an das Funkeln ihrer Augen, die ihn vor einem Jahr voller Liebe und Vertrauen angesehen hatten. Gleichzeitig hatte eine Leidenschaft darin gestanden, die seinen männlichen Stolz in unbekannte Höhen katapultiert hatte, denn es war in jener Nacht nicht einzig und allein um die Befriedigung körperlicher Bedürfnisse gegangen. Es war die Vorfreude und die Spannung auf die Verschmelzung zweier Seelen gewesen, die er in ihren Augen gelesen hatte und er wusste, dass die gleiche Emotion auch in seinem Gesicht gestanden hatte.

Taylor war sich der Verantwortung in jenem Moment bewusst gewesen, und er hatte keinen Moment gezögert, sie anzunehmen. Keine Sekunde hatte er daran gedacht, dass er dieses Vertrauen enttäuschen könnte. Doch genau das hatte er getan. Was würde er darum geben, die Zeit zurückdrehen zu können und diesen Blick noch einmal zu sehen?

Als sich Taylors Brustkorb bei diesen Erinnerungen immer enger zusammenzog, schob er die Bilder kurzerhand beiseite. Er durfte nicht zurückblicken. Er musste nach vorne schauen. Spontan entschied er, unter die Dusche zu gehen. Vielleicht würde er sich danach besser fühlen.

Als Catherine im Auto saß, atmete sie erst einmal tief aus. Bislang war ihr nicht aufgefallen, dass sie während ihrer Unterredung mit Taylor die Luft angehalten hatte, doch jetzt brauchte sie dringend Sauerstoff. Ihre letzte Bemerkung tat ihr leid. Selbstredend hatte Taylor in dieser Situation den schwierigeren Part. Eigentlich hätte er ihrer Geschichte nicht einmal zustimmen müssen. Es war mehr als kollegial von ihm gewesen, ihr an dieser Stelle entgegenzukommen und bisher hatte er sich ihr gegenüber zweifelsfrei korrekt verhalten.

Zu jeder Zeit hatte er ihre abgesteckten Grenzen akzeptiert. Dabei war er höflich, respektvoll, aber auch hilfsbereit und sensibel gewesen, obwohl sie mehr als einmal gespürt hatte, dass die Situation auch für ihn nicht einfach war. Selbst wenn sie sich dies bislang nicht hatte eingestehen wollen.

„Mist!“, ärgerte sie sich über sich selbst, als sie merkte, dass sie Taylor schon wieder in Schutz nahm und ihn mit lauter positiven Eigenschaften belegte. Dabei hatte er ihr eben erst ins Gesicht gelogen.

Was hatte er gesagt? Er hasse Menschen, die nicht mit offenen Karten spielen? Dass sie nicht lachte. Was hatte er vor einem Jahr mit ihr getan? Ehrlich war anders. Zumindest in Catherines Definition des Wortes.

KAPITEL 9

Mit einem Blick auf die Uhr trat er aus dem Friseurladen. Guiseppe hatte länger für seinen Haarschnitt gebraucht, als er eingeplant hatte, was jedoch nicht an der neuen Frisur selbst, sondern an der Leidenschaft des Mannes für Klatsch und Tratsch gelegen hatte.

Giuseppe war durch und durch Italiener, auch wenn er schon in der dritten Generation in den USA lebte. Dabei liebte er es mindestens ebenso sehr zu reden wie Haare zu frisieren. Er hätte damit rechnen sollen, dass die toten Schülerinnen auch im Friseursalon Thema sein würden.

Wenn er jetzt nicht zu spät zur Arbeit kommen wollte, musste er seinen Kaffee im Bistro streichen. Dabei hätte er so gerne noch einmal Ausschau nach dem Mädchen von vorgestern Abend gehalten. Sein Instinkt hatte ihn nicht getrogen. Sie war tatsächlich eine der Internatsschülerinnen. Er kannte zwar ihren Namen nicht, aber der spielte auch keine Rolle für ihn. Er wusste alles, was er wissen musste. Jetzt musste er nur noch den richtigen Zeitpunkt abwarten.

Er eilte gerade die Straße zu dem kleinen Parkplatz hinauf, auf dem er seinen Wagen geparkt hatte, als er plötzlich mitten im Schritt stoppte. Ungläubig starrte er auf die schmale Silhouette einer blonden Frau, die gerade ihren Dodge Avenger bestieg.

Sein Herz hörte auf zu schlagen. Sein Herz raste. Das konnte nicht sein. Es war nicht möglich. Schließlich war sie tot, oder nicht?

Natürlich ist sie tot! Du hast sie schließlich eigenhändig umgebracht!, erinnerte ihn seine eigene Stimme. *Aber sie sieht aus wie ...*

Er rannte über die Straße, um ein Blick auf ihr Gesicht zu erhaschen. Er musste sie von vorne sehen.

Doch es war zu spät. In dem Moment, in dem er den Parkplatz erreichte, bog Catherine auf die Hauptstraße ab und er sah nur noch das Nummernschild.

KAPITEL 10

Als Catherine vor dem Cottage parkte, kam Taylor hinaus, um ihr den Einkaufskorb abzunehmen. Etwas unsicher lächelte er sie an, nachdem sich die Haustür wieder hinter ihnen geschlossen hatte.

„Es tut mir leid, Catherine. Ich hatte kein Recht, meine schlechte Laune an dir auszulassen. Schließlich habe ich der ganzen Geschichte zugestimmt. Ich schätze, ich habe einfach nicht damit gerechnet, dass es sich so schnell herumsprechen würde, geschweige denn, dass mir eine solche Verachtung entgegenschlagen würde."

Verständnisvoll sah Catherine ihn an. „Schon in Ordnung, Taylor. Um ehrlich zu sein, habe ich damit auch nicht gerechnet. Es tut mir leid für dich. Möchtest du, dass die Leute hier sehen, dass wir auf einem guten Weg sind? Dass unsere Ehe wieder funktioniert?"

Erschrocken riss Catherine die Augen auf. Hatte sie das eben wirklich gesagt? Das durfte ja wohl nicht wahr sein. In welch eine Situation hatte sie sich jetzt wieder hineinmanövriert? Unmöglich konnte sie Taylor noch näherkommen. Bereits jetzt brachte seine körperliche Nähe ihre ganze Gefühlswelt durcheinander. Warum hatte sie nur nicht nachgedacht, bevor sie die Worte ausgesprochen hatte. Wie sollte sie da jemals wieder rauskommen? Ihr Herz raste in einem Tempo davon, dass sie sich darüber wunderte, wie es immer noch an der gleichen Stelle in ihrem Brustkorb liegen konnte.

Taylor war anscheinend ebenso erstaunt über ihre Worte wie sie, denn er zog vor Verblüffung eine Augenbraue in die Höhe.

„Du meinst, du willst mich in der Öffentlichkeit umarmen? Oder mich küssen? Hast du dir das in der Art vorgestellt?"

„Na ja, nicht direkt küssen, aber ... vielleicht ... händchenhaltend spazieren gehen", stotterte Catherine, ging jedoch bei ihren Worten automatisch einen Schritt nach hinten.

Taylor verstand ihre Körpersprache nur allzu deutlich. Traurig lächelnd verzog er seinen Mund.

„Nein, vielen Dank", lehnte er freundlich ab, wobei er sich die größte Mühe gab, sich die Enttäuschung und den damit verbundenen Schmerz nicht anmerken zu lassen. Wie konnten stumme Signale eines Gegenübers nur so wehtun? „Letztendlich haben wir die Story doch konstruiert, um genau das nicht tun zu müssen, nicht wahr? Mach dir keine Gedanken, ich stehe das schon durch. Doch jetzt lass uns etwas kochen. Ich sterbe vor Hunger."

Entschlossen nahm er den Einkaufskorb vom Boden auf und trug ihn in die Küche. Dabei hoffte er, dass der Druck in seinem Brustkorb möglichst schnell wieder nachlassen würde. Doch falls das nicht der Fall sein sollte, dann würde er auch das ertragen, denn eines war für ihn zu jedem Zeitpunkt immer völlig klar gewesen und daran hatte sich auch jetzt nichts geändert. Wenn er mit Catherine jemals wieder Zärtlichkeiten austauschen würde, egal ob es sich dabei um Händchenhalten, Küssen oder noch intimere Dinge handelte, so würde dies in gegenseitigem Einvernehmen geschehen. Niemals würde er Catherine anfassen, wenn er die Aufforderung dazu nicht aus ihrem Mund hören und gleichzeitig in ihren Augen sehen würde.

Wie angewurzelt stand Catherine noch immer im Wohnzimmer. Sie wusste nicht, ob sie nun erleichtert war oder nicht. Es wäre ein Einfaches für Taylor gewesen, die Situation auszunutzen. Aber das hatte er nicht getan. Er war ganz der ehrenhafte Ritter gewesen, für den er sich so gerne ausgab.

Immer noch fragte sie sich, wie ihr diese Worte überhaupt über die Lippen hatten rutschen können. War ihre Sehnsucht nach ihm wirklich so groß?

In einem Moment absoluter Ehrlichkeit, beantwortete sie sich die Frage mit einem einfachen und simplen ‚Ja.' Doch ihr Gehirn schränkte dieses ‚Ja' sofort ein, denn ihr war klar, dass es nicht die Sehnsucht nach Taylor war, die sie verspürte, sondern die Sehnsucht nach einem Mann, der so war, wie Taylor ihr vorgespielt hatte zu sein.

„Macht es dir etwas aus, wenn ich kurz unter die Dusche springe?“, erkundigte sie sich, wobei sie sich um einen leichten Ton bemühte. Auf keinen Fall wollte sie Taylor merken lassen, wie groß sein Einfluss auf ihre Gefühlswelt war. Allerdings konnte sie im Moment auch unmöglich mit ihm gemeinsam in der kleinen Küche stehen und das Essen vorbereiten.

„Ich räume anschließend gerne dafür auf“, bot sie an.

„Kein Problem. Geh nur. Ich komme schon zurecht“, erwiderte Taylor, ohne sich dabei umzudrehen. Er war erleichtert, die nächsten Minuten für sich zu haben. Auch wenn er Catherine nicht gehört hatte, als sie Küche betreten hatte, so hatte er dennoch ihre Anwesenheit und ihren Blick in seinem Rücken gespürt.

Für einige Sekunden schloss er die Augen und atmete tief durch. Dann schob er alle wehmütigen Erinnerungen zur Seite und begann zu kochen.

„Kann ich noch etwas helfen?“, bot Catherine eine halbe Stunde später an, als sie frisch geduscht zurückkehrte.

„Nein, danke. Es ist alles fertig. Wenn ich deine Einkäufe richtig interpretiert und mich meine kombinatorischen Fähigkeiten nicht im Stich gelassen haben, wolltest du Spaghetti Carbonara und Salat essen.“ Verschmitzt sah er sie an.

„Ich dachte, das ist einfach und geht schnell“, rechtfertigte sich Catherine.

„Es ist perfekt.“ Taylor füllte die Nudeln in eine Schüssel und trug sie hinüber zum Esstisch, den er in der Zwischenzeit gedeckt hatte.

„Ich habe mich heute Mittag mit dem Tennistrainer, Jim Hooster, unterhalten“, begann Catherine die Unterhaltung.

„Was hast du für einen Eindruck?“

„Er ist ein Sonnyboy, der das perfekte Image seines Berufsstandes verkörpert: gutaussehend, braungebrannt, charmant.“

„Casanova?“, ergänzte Taylor fragend.

„Gegenüber den Schülerinnen habe ich nichts beobachtet, was darauf hindeutet“, antwortete Catherine nachdenklich.

Augenblicklich schnellten Taylors Brauen in die Höhe. „Heißt dass, er hat mit dir geflirtet?“

Langsam schüttelte Catherine den Kopf. „Nein, nicht direkt. Er war freundlich und hat mich ein wenig kokett herausgefordert, doch wieder mit dem Tennisspiel anzufangen, aber es war alles im Rahmen. Er war weder aufdringlich noch aufreizend. Allerdings besteht kein Zweifel, dass die ein oder andere seiner Schülerinnen von ihm schwärmt."

„Du meinst, sie würden ihm ohne zu überlegen überallhin folgen?"

„Ganz bestimmt", nickte Catherine, „aber das würden sie auch jedem ungeliebten Lehrer. Schließlich ist jedes Mitglied der Lehrerschaft eine vertrauenswürdige Person für sie."

„Das ist richtig."

„Jim passt meines Erachtens nicht in das Profil unseres Täters. Er gehört zu dem Typ Mann, der einmal mit den Augen zwinkert und schon liegen ihm die Herzen der Frauen zu Füßen. Selbst wenn er auf junge Mädchen stehen sollte, braucht er keine Gewalt, um seine körperlichen Bedürfnisse zu befriedigen."

Krampfhaft krallte Taylor seine linken Fingernägel in die Handfläche. Bereits seit Catherine das Thema auf diesen Schönling gebracht hatte, hatten sich all seine Muskeln versteift. Nur unter hohem Kraftaufwand war es ihm gelungen, seinen Körper in einer natürlich wirkenden Position zu halten und seiner Stimme einen natürlichen Klang zu verleihen.

Er wusste, dass er weder einen Grund noch ein Recht auf die Gefühle hatte, die an seinen Nervenenden zerrten. Dennoch konnte er weder die Eifersucht verhindern, die ihn durchströmte, wenn Catherine den Mann als attraktiv und sympathisch beschrieb noch den Neid, wenn er sich vorstellte, wie ungezwungen die beiden am Nachmittag miteinander geplaudert hatten.

„Er dürfte allerdings ein Problem bekommen, wenn er mit seinen Schülerinnen schläft."

Nachdenklich neigte Catherine den Kopf auf ihre rechte Schulter. „Du meinst, dass er einem inneren Trieb folgt, dem er nicht widerstehen kann und anschließend muss er seine Opfer töten, damit sie ihn nicht verraten?"

„Wenn es stimmt, dass die Kinder ihn anhimmeln, wäre das möglich", zuckte Taylor mit den Schultern. „Du weißt wie raffiniert diese jungen Mädchen heutzutage sind. Sie wissen ihre Reize schon sehr früh ganz genau einzusetzen."

„Hm", dachte sie zweifelnd über diese Theorie nach. „Möglich wäre es natürlich. Allerdings hätte er Jane, Geraldine und Lydia dann nicht vergewaltigt. Sie hätten freiwillig mit ihm geschlafen."

„Vielleicht haben sie plötzlich kalte Füße bekommen und haben es sich anders überlegt."

Noch immer war Catherine nicht restlos überzeugt

„Ich weiß nicht, Taylor", schüttelte sie ihren Kopf. „Das erscheint mir sehr weit hergeholt, zumal er auch während mindestens zwei der Zeiten, zu denen die Mädchen verschwunden sind, noch gearbeitet hat. Das würde bedeuten, dass er einen Komplizen gehabt haben muss und das wiederum ergibt keinen Sinn."

„Es sei denn, die Mädchen sind gar nicht mit jemandem mitgegangen, sondern sind alleine zu einem zuvor vereinbarten Treffpunkt gegangen."

„Aber dann hätten sie doch bestimmt einer Freundin gesagt, dass sie nicht direkt nach der Tennis- oder Klavierstunde zurückkehren würden. Zumindest hätten sie jemanden informiert, dass sie nicht zum gemeinsamen Abendessen kommen würden. Niemals hätten sie riskiert, dass ihr Verschwinden offiziell auffällt."

„Stimmt", gab Taylor seufzend zu. „Die Theorie ist nicht schlüssig. Also streichen wir den Trainer von der Verdächtigenliste."

„Vielleicht solltest du erst noch einmal mit ihm sprechen."

„Warum? Dein Bauchgefühl ist so gut wie meines und ganz unabhängig davon sind wir gerade zu dem Ergebnis gekommen, dass er nicht unser Täter sein kann." Fragend sah er ihr in die Augen, wobei sich sein Blick unbewusst änderte und weich wurde. Ungewollt versank er in den dunklen Pupillen, die von einem leuchtenden Saphirblau umrahmt wurden. Sein Herz begann schneller zu schlagen, als er bemerkte, wie sich auch Catherines Blick änderte.

Mit einem Schlag war die Atmosphäre zwischen ihnen nicht mehr kühl und kollegial, sondern heiß und voll atemloser Spannung.

Ungläubig verharrte Taylor reglos auf seinem Platz. In seinem Körper kribbelte es vor Aufregung, und in seinem Kopf dröhnte ein ohrenbetäubendes Summen, sodass er keinen klaren Gedanken fassen konnte. Dabei sollte er besser anfangen zu denken, denn er konnte nicht glauben, was er gerade in Catherines Blick las.

Seit einem Jahr zeigte sie ihm die kalte Schulter und das Maximale, was er erwarten konnte, war eine oberflächlich professionelle Freundlichkeit, die von neutraler Gleichgültigkeit geprägt war. In diesem Moment jedoch war nichts oberflächlich an ihrem Blick und gleichgültig traf es schon gar nicht. In ihren Augen stand vielmehr die gleiche Begierde, die er ihr gegenüber empfand.

Doch das war ganz und gar unmöglich, erinnerte er sich selbst. Irgendetwas musste er gerade verpassen. Etwas Wichtiges. Oder nicht?

Cat, wollte er gerade flüstern, während seine Hand bereits zuckte, um sich kontaktsuchend auf ihre zu legen, als Catherine sich plötzlich erhob. Ihr Stuhl wackelte, weil sie ihn zu hastig nach hinten geschoben hatte und nur ein Griff an die Lehne verhinderte, dass er lautstark zu Boden fiel.

„Ich mache die Küche“, erklärte sie hastig, bevor sie die beiden Teller ergriff und in die Küche flüchtete.

Sprachlos starrte Taylor ihr hinterher. Was war gerade passiert? Noch während er überlegte, wie er sich am besten verhalten sollte, klingelte es an der Haustür.

„Ich geh schon”, rief Taylor in Richtung Küche und öffnete die Tür.

„Guten Abend, Mr Smith.“

„Und ihr seid?“ Erwartungsvoll sah Taylor die drei jungen Männer auf seiner Türschwelle an.

„Ich bin Maxwell Blair und das sind Ed Bauer und Clive Stuart”, stellte Max sie vor.

„Was kann ich für euch tun?“

„Wir wollten noch etwas bladen und bräuchten dafür drei Helme. Die Hausordnung verbietet nämlich Inlinern ohne Kopfschutz.“

„Das ist auch richtig”, bekräftigte Taylor die Regel. Seine Augen ruhten auf dem Sprecher und somit entging ihm nicht die Diskrepanz zwischen Maxwells kalten Augen und seiner freundlichen Stimme. „Worin besteht das Problem?“

„Die Helme liegen unten im Keller unseres Wohnhauses und der ist abgeschlossen. Wir haben gehört, dass Sie das Schloss ausgetauscht haben. Könnten Sie uns bitte kurz den Schlüssel dafür geben, damit wir die Helme holen können? Wir bringen ihn auch gewiss wieder zurück, sobald wir fertig sind.“

„Tja, Jungs, das tut mir leid, aber im Moment darf dort niemand runter. Die alte Treppe ist morsch und es besteht Einsturzgefahr. Am Montag kommt ein Schreiner, der sich die Sache anschaut, aber bis dahin ist nichts zu machen.“

„Mr Smith, ich bitte Sie. Wir müssen nur einmal kurz hinunter. Es wird niemand erfahren. Wir können sagen, dass wir die Helme vom letzten Fahren noch in unseren Zimmern gehabt haben." Maxwells Ton wurde dabei etwas härter.

„Tut mir leid. Das Risiko ist einfach zu groß und Vorschrift ist Vorschrift", blieb Taylor eisern.

„Sind Sie sicher, dass Sie keine Ausnahme machen wollen?", hakte Maxwell noch einmal nach. Seine Körperhaltung hatte sich mittlerweile geändert, und er warf Taylor nun einen drohenden Blick zu.

Nicht im geringsten eingeschüchtert änderte auch Taylor seine Körpersprache und sein Ton klang einige Nuancen kühler, als er antwortete: „Ich bin ganz sicher. Wenn ihr keine Helme habt, müsst ihr euch bis Montag eine andere sportliche Betätigung suchen."

Maxwells Augen blitzten gefährlich. „Ich glaube, dass Sie diese Entscheidung noch bereuen werden."

„Und ich glaube, du vergreifst dich im Ton, Maxwell Blair. Gute Nacht."

Irritiert über das Gebaren des Jugendlichen beobachtete Taylor, wie sich die drei Jungen wütend entfernten, bevor er die Türe schloss.

„Das war Maxwell Blair, nicht?", erkundigte sich Catherine, als Taylor in die Küche zurückkehrte.

„Ja. Möchtest du auch einen Kaffee?" Fragend sah er zu ihr hinüber.

Catherine wusste, dass sie Taylors Gesellschaft besser meiden sollte, doch sie hatte keine Lust, den Rest des Abends in dem kleinen Schlafzimmer zu verbringen. Außerdem sollte er nicht denken, dass sie vor ihm flüchtete. Sie war stärker als ihre Gefühle. Die kleine Episode nach dem Essen war eine Ausnahme gewesen. Sie hatte nicht einen kurzen Moment nicht aufgepasst. Doch das würde sich nicht wiederholen. Zukünftig würde sie aufmerksamer sein.

„Gerne", antwortete sie daher mit sicherer Stimme.

„Woher kennst du Maxwell?", erkundigte sich Taylor, während er den Kaffee einschenkte. Kommentarlos reichte er Catherine anschließend eine der beiden Kaffeetassen und nahm selbst die andere. Anschließend folgte er ihr hinüber ins Wohnzimmer, wo Catherine es sich bereits auf dem Sofa bequem machte.

„Wir hatten heute Nachmittag das Vergnügen uns kennenzulernen", erklärte sie in einem ironischen Tonfall und gab Taylor in wenigen Worten einen Abriss ihres Zusammentreffens.

„Nettes Bürschchen", kommentierte Taylor.

„Allerdings. Sein Besuch heute Abend lässt vermuten, dass er derjenige ist, der hier die Drogen verteilt. Oder glaubst du an die Inlinergeschichte?"

„Kaum", meinte Taylor trocken.

„Denkst du, er könnte unser Täter sein?"

Abwägend zuckte Taylor mit den Achseln. „Erpressung und Drogenverkauf sind nicht dasselbe wie Mord. Aber wir sollten ihn in jedem Fall im Auge behalten und den Sheriff bitten, Maxwell und seinen Freunden einige Fragen zu stellen."

„Es ist eigentlich unvorstellbar, dass ein halbstarker Teenager eine ganze Lehrerschaft beherrschen kann. Ich verstehe nicht, warum die anderen Eltern nicht einschreiten", echauffierte sich Catherine.

„Wahrscheinlich tun sie das hin und wieder. Wenn die Stimmen dann gar zu laut werden, macht Papa Blair eine großzügige Spende, von der alle Schüler profitieren und womit die Sache aus der Welt ist."

„Wie schön es doch ist, so viel Geld zu haben", stellte Catherine sarkastisch fest. Dabei dachte sie an ihren eigenen Vater und seine Millionen von Dollar, von denen er glaubte, sich alles und jeden kaufen zu können. Gerechterweise musste sie jedoch zugeben, dass grundsätzlich zwei Seiten zu einem Geschäft gehörten. Einer, der zahlte und einer, der die Scheine entgegennahm.

Zum wiederholten Male in ihrem Leben fragte sie sich, was Geld an sich hatte, dass die Menschen bereit waren, ihre Moral, ihre Prinzipien, ihre Werte und manchmal sogar ihre Seele dafür zu verkaufen.

„Catherine?", hörte sie Taylors Stimme, die sie sanft ansprach.

Erschrocken zuckte sie zusammen.

„Ist alles in Ordnung?" Aufmerksam musterte Taylor sie. Worüber hatte sie gerade nachgedacht? Dem fernen, glanzlosen Blick ihrer Augen nach zu urteilen, war es nichts Schönes gewesen.

„Ja. Ja, natürlich“, antwortete sie hastig. „Ich war nur gerade in Gedanken.“ Um zu verhindern, dass Taylor weiter bohrte, formulierte sie schnell die erstbeste Frage, die ihr in den Sinn kam. „Was macht eigentlich dein Bruder? Hat er seine Promotion beendet?“

Verdutzt blinzelte Taylor einmal. Er hatte nicht damit gerechnet, dass Catherine von sich aus ein privates Thema anschneiden würde.

„Ja, das hat er“, antwortete er. „Eigentlich wollte Rob nach seinem Studium immer in die Industrie gehen, aber nun hat er einen Lehrauftrag an der Uni angenommen.“

„Deine Eltern müssen furchtbar stolz auf ihn sein.“

„Das sind sie. Vor einem halben Jahr haben sie ihr Lebensmittelgeschäft verkauft und jetzt können sie ihr Alter in vollen Zügen genießen.“

„Die Ruhe haben sie sich wirklich verdient”, sagte Catherine, denn sie erinnerte sich daran, wie viel sie gearbeitet hatten, um ihren Kindern eine gute Ausbildung zu ermöglichen.

„Von Ruhe kann kaum die Rede sein”, lachte Taylor. „Liz, die Kleine meiner Schwester, ist ein ziemlicher Wirbelwind. Sie lässt ihnen keine ruhige Minute, wenn sie bei ihnen ist und sie ist ziemlich oft dort, seitdem sie vor vier Monaten mit einem Schlag gleich zwei Brüder bekommen hat.“

„Zwillinge? Da hat deine Schwester bestimmt alle Hände voll zu tun.“

„Allerdings. Aber sie sind super süß. Es ist unvorstellbar, dass wir auch alle einmal so klein waren.“

Catherine wusste, dass Taylor Kinder über alles liebte. „Schade, dass du so weit von ihnen entfernt wohnst.“

„Das stimmt, aber ich versuche, sie wenigstens alle zwei Monate einmal zu besuchen. Ich möchte nicht, dass sie irgendwann groß sind und keinen Bezug zu ihrem Onkel haben.“

Das Gespräch stockte für einen Moment.

„Ich hätte auch gern einen solchen Onkel gehabt”, sagte Catherine leise.

Einmal mehr bedauerte Taylor, dass sie nicht die schöne Erfahrung eines engen Familiennetzes gemacht hatte, das einen jedes Mal sicher auffing, wenn man hinfiel.

„Mein Bruder wäre bestimmt auch ein liebevoller Onkel geworden”, flüsterte Catherine.

Wobei, Onkel wäre er wohl nie geworden, schoss es ihr im selben Augenblick durch den Kopf, denn für Kinder brauchte man einen Mann und Catherine würde niemals Kinder bekommen, wenn sie nicht in einer Partnerschaft lebte, von der sie vollkommen überzeugt wäre, dass sie ein Leben lang halten würde. Diesen Traum jedoch hatte sie schon lange beerdigt.

Statt der Bitterkeit, die sie sonst empfand, wenn ihr bewusst wurde, dass Mutter zu werden nicht in ihrem Buch des Lebens stand, fühlte sie in diesem Moment jedoch nur eine unendliche Traurigkeit und Einsamkeit. Zu spät spürte sie, wie eine einzelne Träne ihre Wange hinunterkullerte.

Taylors Herz zog sich bei Catherines Anblick zusammen. Sie wirkte so allein. So verletzlich. Ohne zu überlegen, ob es richtig oder falsch war, zog er sie spontan an seine Schulter und schloss sie in seine Arme. Wundersamerweise wehrte sich Catherine nicht, sondern ließ sich von ihm regungslos an seinen Körper ziehen.

Unwillkürlich fragte sich Taylor, ob sie die Umarmung überhaupt wahrnahm. Doch war es ein Wunder, dass der Kraftaufwand, den sie in den letzten Tagen hatte leisten müssen, langsam ihren Tribut forderte?

Aus ihren Karate-Trainingseinheiten wusste er, dass Catherine körperlich einiges einzusetzen hatte. Ganz sicher war sie kein leichter Gegner. Sie kannte entsprechende Hebeltechniken, mit denen sie ein ungleiches Kraftverhältnis bis zu einem gewissen Grad ausgleichen konnte. In den letzten Tagen hatte sie jedoch bewiesen, dass sie auch mental äußerst stark war.

Taylor mochte sich nicht einmal vorstellen, eines seiner Geschwister beerdigen zu müssen, geschweige denn am gleichen Tag wieder ins Department zurückgerufen zu werden, um sofort eine neue Ermittlung aufzunehmen. Die Stärke, die Catherine an den Tag gelegt hatte, war schlichtweg bewundernswert.

Plötzlich wurden seine Gedanken jedoch von einer anderen Wahrnehmung verdrängt. Überraschend nahm seine Nase auf einmal Catherines ganz eigenen Köpergeruch, gemischt mit Kokosshampoo und Parfum auf und seinem Körper wurde die zarte weibliche Figur bewusst, die sich in seinen Armen befand.

Bewusst konzentrierte sich Taylor darauf langsam und gleichmäßig zu atmen. Um nichts auf der Welt wollte er, dass Catherine seine körperliche Reaktion bemerkte. Wie konnte er überhaupt sexuell erregt sein, wenn die Frau seines Herzens sein Verständnis und seine Freundschaft brauchte?

Er strich zärtlich über ihr weiches Haar und hoffte, ihr zumindest etwas Trost spenden zu können, während er selbst die wertvollen Sekunden der körperlichen Nähe genoss. Nur allzu gut wusste er, dass dieser persönliche Moment sehr schnell vorbei sein würde.

Er ist so stark, dachte Catherine, während ihr Kopf an seiner Schulter lag und seine Arme sie hielten. *Man hat das Gefühl, dass ihn nichts umwerfen und niemand ihm etwas anhaben kann.*

Für einen Moment vergaß sie, dass es Taylor war, in dessen Armen sie lag. Als er sie an sich gezogen hatte, hatte sich ihr Körper in einer ersten Abwehrreaktion zunächst versteift, doch in jenem Moment hatte sie nicht die nötige Kraft gefunden, sich der Umarmung zu widersetzen. Als sie dann seine beschützenden Arme und seine harte Brustmuskulatur gespürt hatte, war es vorbei gewesen. Sie hatte sich ergeben.

Warum auch nicht? Es tat schließlich niemandem weh. Es war nur eine Umarmung unter Kollegen und für einen Moment musste sie sich nicht so entsetzlich einsam fühlen.

Langsam übertrug sich Taylors Körperwärme auf Catherine und erst da merkte sie, wie kalt ihr die ganze Zeit gewesen war. Sie nahm den herben Duft seines Eau de Cologne auf und fühlte sein Herz, das kräftig und gleichmäßig in seiner Brust schlug. Vielleicht ein bisschen zu schnell? Leise seufzte sie. Warum nur konnte er nicht der Mann sein, der zu sein er vorgab?

Diese Frage brachte sie zurück in die Realität. Sie durfte sich nicht ihrer Fantasie hingeben. Das würde nur unglücklich enden. Schnell befreite sie sich aus seinen Armen. „Entschuldige. Ich wollte nicht sentimental sein."

„Unsinn. Catherine, ich ..."

„Ich denke, ich sollte schlafen gehen. Die letzten Nächte waren ziemlich kurz", unterbrach sie ihn sofort, doch sie erhob sich nicht. Regungslos saß sie noch immer vor ihm und sah sie ihn einfach nur stumm an.

Zum ersten Mal konnte Taylor ihre Augen nicht lesen. Sie waren gefüllt mit unendlicher Traurigkeit, aber auch mit einer Sehnsucht, die er nicht deuten konnte. Was er jedoch verstand war sein Herz, das seit mehr als einem Jahr ausschließlich für Catherine schlug und mit einem Mal konnte er nicht widerstehen. Einem Impuls folgend nahm er ihr Gesicht liebevoll in seine Hände, beugte sich langsam zu ihr vor und küsste sie zärtlich.

Der Funken löste ein Feuerwerk in Catherines Körper aus, das sie nicht mehr kontrollieren konnte. Viele hundert Nächte hatte sie von Taylors Lippen geträumt, hatte im Schlaf noch einmal durchlebt, wie sie ihren Körper zum Leben erweckt hatten. Dabei waren ihre Träume derart real gewesen, dass ihr Herz ebenso schnell geschlagen hatte wie in jener Nacht, als sie in seinen Armen gelegen und sie sich geliebt hatten. Ein verrückter Gedanke durchfuhr sie.

Wen störte es, wenn sie sich noch einmal liebten? Dieses Mal wusste sie, wer der Mann war, dem sie sich hingab. Dieses Mal würde es kein böses Erwachen aufgrund falscher Einschätzungen geben. Sie wusste, was sie erwartete und sie wusste, wen sie küsste. Sie küsste einen Mann, dem Geld mehr als Gefühle bedeutete. Dieses Mal waren ihre Augen weit geöffnet und es war ihr bewusst, dass es keine gemeinsame Zukunft geben würde, von der sie noch vor einem Jahr, naiv wie sie gewesen war, geträumt hatte.

Auch wenn sie niemals darüber gesprochen hatten, so hatte Catherine damals doch ein solch starkes Gefühl der Verbundenheit empfunden, dass sie absolut sicher gewesen war, sie und Taylor würden zusammengehören. Niemals wäre sie auf die Idee gekommen, dass diese Freundschaft, die sich in den Seminarwochen entwickelt hatte und die in jener letzten Seminarnacht ihren Höhepunkt gefunden hatte, nicht in eine feste Beziehung übergehen würde.

Catherine spürte, wie Taylors Hände über der Bluse ihren Rücken hinunterfuhren und sie konnte einen erregenden Schauer nicht unterdrücken. Ihre Haut prickelte und genau wie damals, sehnte sich ihr Körper nach mehr. Er lechzte nach intensiveren Berührungen.

In ihrem Leben gab es niemanden und soweit sie wusste, hatte auch Taylor keine feste Beziehung. Warum sollte sie also nicht zumindest für heute Nacht ein wenig Spaß mit ihm haben? Noch bevor sie die Frage in ihrem Kopf zu Ende formuliert hatte, kannte sie bereits die Antwort.

Weil es nicht das ist, was du willst, Catherine, erinnerte sie ihre innere Stimme und Catherine wusste, dass die Stimme recht hatte.

Sie wollte keinen Sex. Sie wollte Liebe. Sie wollte einen Mann lieben, der mit ihr durchs Leben ging. Einen Mann, der zu ihr hielt, egal welche materielle Verlockungen ihm begegneten. Sie wollte den einen Mann lieben, der sie genauso sehr liebte wie sie ihn, nämlich bedingungslos. Wenn sie das nicht würde haben können, so würde sie für den Rest ihres Lebens alleine bleiben.

Auf keinen Fall war Sex in ihren Augen ein ausreichender Grund, um mit einem Mann zu schlafen. Schließlich würde sie sich hinterher genauso alleine fühlen wie zuvor. Es wäre nur eine kurzfristige Ablenkung. Eine Täuschung. Atemlos befreite sich Catherine aus Taylors Armen und stand hastig auf.

Fragend sah er sie mit großen Augen an, woraufhin Catherine erneute Zweifel kamen. Oh, es war ungerecht, dass der Mann vor ihr so unverschämt gut und sexy aussah. Vielleicht sollte sie ihre Entscheidung noch einmal überdenken? Vielleicht war sie doch ein Typ für guten Sex ohne Verbindlichkeiten. Wer konnte das schon wissen? Sie hatte es schließlich noch nie ausprobiert. Außerdem, was war schon dabei, wenn jeder von ihnen beiden wusste, worauf er sich einließ?

Gerade hatte sie entschieden, all ihre Bedenken über Bord zu werfen und einfach den Moment zu genießen, wohin er sie auch immer führen mochte, als ihr plötzlich ein entsetzlicher Gedanke durch den Kopf schoss. Mit einem Schlag wich alle Wärme aus ihrem Körper und ihr Blut gefror zu Eis. Mit jedem Schlag sandte ihr Herz einen stechenden Schmerz durch ihren Brustkorb. Entgeistert starrte sie Taylor an.

Konnte das wahr sein, was sie gerade dachte? War Taylor dazu fähig? Es gab nur einen Weg, um es herauszufinden. Sie musste ihn fragen. Zu ihrer eigenen Verwunderung klang ihre Stimme fest und klar, obwohl sie innerlich zitterte wie Espenlaub.

„Bevor wir an dieser Stelle weitermachen, Taylor, schlage ich vor, dass jeder von uns seine Karten offen auf den Tisch legt. Dieses Mal möchte ich gerne vorher wissen, um wie viel es geht? Die Jungs haben doch sicher noch etwas drauf gelegt, wenn du es schaffst, mich ein zweites Mal in dein Bett zu bekommen, oder?“

Schlagartig verlor Taylor all seine Gesichtsfarbe. Leichenblass und unfähig sich zu bewegen, starrte er Catherine an. Er hatte das Gefühl, als hätte sie ihm gerade mit ihrer Hand mitten ins Gesicht geschlagen und gleichzeitig mit ihrem Fuß in seinen Magen getreten. Eine Welle der Übelkeit überrollte ihn und er war sich nicht sicher, wie lange er sein Abendessen noch behalten würde.

Langsam erhob er sich und hielt sich dabei an der Rückenlehne des Sofas fest. Zum ersten Mal in seinem Leben war er sich nicht sicher, ob seine Beine ihn tragen würden. Doch er musste raus aus diesem Haus und zwar dringend. Sofort. Hier drinnen bekam er keine Luft. Von einem Moment auf den anderen schien jemand alle Luft aus dem Raum gesaugt zu haben und Taylor hatte den Eindruck, als befände er sich in einem Vakuum.

Mit feinen Schweißperlen auf der Stirn konzentrierte er sich darauf, einen Fuß vor den anderen zu setzen. Langsam schritt er an Catherine vorbei zur Haustür. Dort verharrte er einen Moment, bevor er sich schließlich zu ihr umdrehte. Seine Stimme, die die nächsten Worte sprach, war ihm selbst fremd.

„Es ist einfach zu urteilen, ohne sich die ganze Geschichte angehört zu haben, nicht wahr, Catherine?"

Eine lange Sekunde sah er sie an. Dann verließ er das Haus.

Bestürzt sank Catherine zu Boden. Was hatte sie getan? Taylor war regelrecht geschockt gewesen. Noch nie hatte sie ihn so blass gesehen. Seine Hände hatten gezittert, seine Schritte waren unsicher gewesen. Am Schlimmsten war jedoch der Blick seiner Augen gewesen.

Als sein Gehirn die Bedeutung ihrer Worte erfasst hatte, hatte er sie zuerst ungläubig, dann fassungslos angesehen, bevor schließlich alles Leben aus ihnen gewichen war. Es war, als hätten Taylors Augen den Sinn des Lebens verloren. Doch wie war das möglich?

Ganz offensichtlich war sie zu weit gegangen. Oder nicht?

Doch, das war sie, erkannte Catherine, wenngleich sie nicht verstand, wieso. Sie hatte schließlich nur die Wahrheit wissen wollen. War das nicht ihr gutes Recht?

Ihrer Ansicht nach waren ihre Worte längst nicht so schwer zu verarbeiten, wie das, was Taylor ihr angetan hatte. Allerdings entsprach es nicht ihrem Charakter, Gleiches mit Gleichem zu vergelten. Mochte Taylor ihr vor einem Jahr auch noch so wehgetan haben, es war nicht ihre Absicht gewesen, ihn derart zu verletzen, wie sie es heute Abend getan hatte.

Erneut liefen dicke Tränen ihre Wangen hinunter. Was war nur mit ihr los? Langsam begann sie, sich selbst zu hassen. Sie hatte den Schmerz in ihrem Herzen so satt. Sie hatte keine Lust mehr auf Nächte, in denen sie keinen Schlaf fand, weil Taylor Travis in ihrem Kopf und ihrem Herz herumgeisterte. Sie wollte nicht mehr irgendwelchen Träumen nachtrauern, die niemals Wirklichkeit werden würden und sie wollte auch keine Dinge mehr aussprechen, die sie nicht hatte sagen wollen.

Was hatte Taylor ihr eben vorgeworfen? Sie hätte geurteilt, ohne die Geschichte zu verstehen? Was um alles in der Welt gab es da zu verstehen? Catherine hatte alles sehr genau verstanden.

Als sie an jenem Morgen in Taylors Armen aufgewacht war, war sie zunächst unendlich glücklich gewesen. Das konnte sie zugeben. Es war kein Geheimnis für sie. Sie hatte diesen Mann geliebt, wie niemand anderen zuvor und was für sie noch wichtiger war, sie hatte ihm vollkommen vertraut.

In jener Nacht hatte sie ihm alles von sich geschenkt und sie hatte alles von ihm zurückbekommen. Ihr Gefühl hatte ihr deutlich gesagt, dass sie und Taylor sich nicht nur körperlich geliebt hatten. Vielmehr hatte jeder dem anderen seine Seele geschenkt. Zumindest hatte sie das ohne den geringsten Zweifel gedacht. Niemals in ihrem Leben war sich Catherine einer Sache sicherer gewesen und niemals hatte sie sich so sehr geirrt.

Jene Nacht sowie der Morgen danach waren unauslöschlich in ihrem Gedächtnis eingebrannt. Niemals würde sie auch nur ein Wort davon vergessen.

Vor einem Jahr.

„Wir müssen aufstehen", flüsterte Catherine.

„Gleich, Liebes", antwortete Taylor und küsste weiter ihren Hals.

„Taylor, wir müssen auschecken", lachte sie.

„Na gut. Aber nur, wenn du mir versprichst, dass wir heute Abend da weitermachen, wo wir jetzt aufhören."

„Ich verspreche es", schmunzelte Catherine. Sie konnte es kaum erwarten, bis sie am Abend zu Hause sein würden.

Überglücklich schlüpfte sie in ihre Jeans und in ihr T-Shirt, die auf dem Boden verstreut lagen, während sich Taylor ein Handtuch um die Hüften band und sie abermals küsste. Ohne Catherine loszulassen, öffnete er die Zimmertür.

Ein Pfiff, der durch seine Tonfolge uneingeschränkte Anerkennung ausdrückte, unterbrach die beiden Liebenden.

„Nico? Warum sitzt du hier auf dem Flur?“, fragte Taylor überrascht.

Mit steifen Beinen stand der Kollege auf. „Na hör mal, Junge, wenn neunhundert Dollar im Topf sind, dann wirst du wohl verstehen, dass wir wissen wollen, ob du sie dir auch wirklich verdient hast.“

Kreidebleich ließ Catherine Taylor los.

„Neunhundert Dollar?“, stieß sie mühevoll hervor und sah ungläubig zwischen den beiden Männern hin und her.

Außer totaler Bestürzung zeigte Taylors Gesicht jedoch keine Regung. Doch das war auch nicht notwendig, denn Nico plauderte derweil munter weiter.

„Weißt du, Catherine, du bist so unnahbar und wie selbst die Jungs aus deinem Team bestätigen, flirtest du nie auch nur das kleinste bisschen. Das war schon eine Herausforderung für uns vom Searsteam. Wir wollten alle gerne sehen, was unser Sonnyboy Taylor so drauf hat, denn auch wenn er jetzt offiziell für euch arbeitet, gehört er doch immer auch noch irgendwie zu unserer Truppe.“

Anerkennend klopfte Nico seinem Kumpel auf die Schulter, bevor er Richtung Treppe marschierte. „Ich seh’ euch zwei dann später”, winkte er ihnen fröhlich zu, bevor er um die Ecke verschwand.

Unfähig auch nur ein Wort hervorzubringen hielt Taylor immer noch Catherines Blick fest. Ihre Augen waren wie Fensterglas für ihn. Fensterglas, dem er zusah, wie es langsam zu Bruch ging.

Er erkannte den ersten Sprung in ihren Augen, und er sah die Verzweigungen, die der Riss bildete. Erst langsam, dann immer schneller, bis am Ende tausend Glasscherben in Zeitlupentempo zu Boden fielen und dort reglos liegen blieben. Ein Schmerz von solch immensem Ausmaß hatte Taylor bisher noch in keinen Augen der Welt gesehen.

„Catherine, bitte lass mich ...”, flüsterte Taylor und legte seine Hände auf ihre Schultern.

Aber Catherine brachte ihn zum Schweigen, indem sie abwehrend eine ihrer Hände hob. Dann trat sie einen Schritt zurück, schloss die Augen und schüttelte kurz ihren Kopf.

Als sie ihre Augen wieder öffnete, hatte sich jedoch nichts geändert. Es war kein Traum gewesen. Taylor hatte für neunhundert Dollar mit ihr geschlafen!

Langsam ließ das dumpfe Taubheitsgefühl nach. Sich der Realität stellend streckte Catherine ihren Rücken durch und ging ohne ein weiteres Wort hocherhobenen Hauptes in ihr Zimmer, das sich drei Türen weiter befand. Tränen füllten ihre Augen, doch Catherine drängte sie zurück. Bevor sie anfing zu weinen, musste sie weg.

Nicht denken, befahl sie sich und packte, so schnell sie konnte, ihre Sachen in die Reisetasche. Ohne sich noch einmal umzuziehen, verließ sie fünf Minuten später schnellen Schrittes das Haus. Glücklicherweise hatte sie ihre Rechnung bereits am Abend zuvor beglichen. Dadurch konnte sie unverzüglich in ein Taxi steigen, von denen heute gleich mehrere vor der Tür warteten.

Gemeinsam mit Taylor, Nico und Hendrik war sie vor vier Wochen zu dem Fortbildungstraining in einem Auto angereist. Unmöglich konnte sie jedoch heute mit den Kollegen nach Hause fahren und sechs oder sieben Stunden mit ihnen zusammen in einem Auto sitzen. Nicht, nachdem gerade ihre ganze Welt wie ein Kartenhaus in sich zusammengebrochen war.

Immer noch völlig benommen, ließ sich Catherine zur nächsten Mietwagenstation fahren, wo sie sich einen Wagen nahm. Erst nachdem sie die Stadt verlassen hatte, fuhr sie auf einen Parkplatz und weinte bitterlich.

Nachdem sie einige Stunden später die erste Hälfte der Strecke nach Houston zurückgelegt hatte, erkannte Catherine, dass ihr Reaktionsvermögen für den Straßenverkehr nicht mehr ausreichte. Seit Stunden liefen ihr die Tränen unaufhaltsam die Wangen hinunter und beeinträchtigten mittlerweile ihre Sicht erheblich. Auch das Stechen in ihrem Herzen wurde immer stärker anstatt schwächer. Catherine entschied, die nächste Abfahrt zu nehmen, die ein Motel in der Nähe ankündigte. Dort nahm sie sich ein billiges Zimmer und legte sich aufs Bett.

Unfähig am nächsten Tag auch nur aufzustehen, blieb sie noch eine weitere Nacht und verbrachte den Sonntag damit, sich zu überlegen, was die neue Situation für ihr Leben bedeutete und wie sie damit umgehen wollte.

Auch wenn sie noch zu keiner endgültigen Entscheidung gekommen war, wusste sie doch, dass sie nicht einfach aus

Houston weglaufen konnte. Selbst wenn sie das am allerliebsten getan hätte. Sie hatte jedoch zu lange für diese berufliche Chance gekämpft, als dass sie sie einfach wegwerfen würde. Sie arbeitete noch nicht lange genug unter Apleton, um eine Versetzung beantragen zu können. Damit würde sie noch mindestens ein, besser zwei Jahre warten müssen.

Im Grunde genommen war das Team auch groß genug. Sie würde nicht notwendigerweise mit Taylor Travis arbeiten müssen. Bislang hatten sie auch nur wenige berufliche Berührungspunkte miteinander gehabt. Auf keinen Fall würde sie sich von ihm ihre Chance auf eine Karriere beim FBI kaputtmachen lassen, und auf keinen Fall würde sie ihm zeigen, wie sehr er sie verletzt hatte.

Immer wieder redete sich Catherine ein, dass sie mit Taylor einfach nur eine gemeinsame Nacht verbracht hatte. So wie es tausend andere Frauen und Männer jede Nacht ebenfalls taten.

Sicher, sie war davon ausgegangen, dass sie und Taylor sich weiterhin sehen und eine feste Beziehung führen würden. Doch Catherine wusste nur zu genau, dass es nicht diese enttäuschte Erwartung war, die so entsetzlich wehtat. Es war nicht einmal die Tatsache, dass es ihm nur darum gegangen war, sie einmal in sein Bett zu bekommen. Nein, es war die Gewissheit, dass er für diese Nacht mit ihr Geld bekam.

Waren neunhundert Dollar wirklich eine so große Summe für Taylor, dass er dafür wochenlang jede freie Minute mit ihr verbracht hatte?

Offensichtlich ja, gestand sich Catherine ein und erinnerte sich, dass er jeden Monat seinen noch studierenden Bruder mit einer größeren Summe unterstützte. Das hatte er ihr selbst erzählt. Da waren neunhundert Dollar bar auf die Hand sicherlich ein netter zusätzlicher Betrag. Allerdings war es wiederum auch nicht so viel, als dass es den ganzen Zeitaufwand und die Mühe wert gewesen wäre, die Taylor in den letzten Wochen in ihre Freundschaft investiert hatte, oder doch?

Jede freie Minute hatte er ihr seine ganze Aufmerksamkeit geschenkt und hatte sich mit jedem seiner Worte sowie unzähligen kleinen Gesten ihr Vertrauen erschlichen. War alles, was er gesagt hatte, gelogen gewesen? Hatte er in den entscheidenden Momenten immer nur das gesagt, was sie hatte hören wollen? Nichts an seiner Haltung oder in seinem Blick hatte darauf hingedeutet, dass für ihn alles nur ein Spiel war.

Doch genauso muss es gewesen sein, erkannte Catherine und entschied, dass es an der Zeit war, endlich mit dem Träumen aufzuhören. Stattdessen würde sie besser der Realität ins Auge blicken. Auch wenn sie es bislang nicht hatte wahrhaben wollen: Ihr Vater hatte uneingeschränkt recht: Jeder und alles im Leben hatte seinen Preis.

KAPITEL 11

Taylor Smith, wiederholte er im Kopf den Namen, auf den der Dodge, den er am Nachmittag gesehen hatte, zugelassen war. Laut seiner Recherchen war der Mann mit einer Catherine Smith verheiratet. War sie die Frau gewesen, die den Wagen gefahren hatte?

Spannungsgeladen gab er den Namen im Internet ein. Sofort erschienen einige tausend Treffer, von denen mehrere auf Facebookseiten verwiesen. Er klickte auf den ersten Link und das Profilbild dieser Catherine Smith zeigte eine mindestens fünfzigjährige Brünette.

Kopfschüttelnd kehrte er auf die Seite der Suchmaschine zurück und wählte den nächsten Link. Dieses Mal erschien eine kleine rothaarige Frau auf seinem Bildschirm. Abermals kehrte er auf die Übersichtsseite zurück und wechselte zur Bilderansicht von Google. Rasch scannte sein Auge die einzelnen Fotos. Bereits am zwölften Bild blieb er hängen. Treffer! Das war sie!

Er hielt den Atem an. Die Ähnlichkeit war verblüffend. Kein Wunder, dass er sie auf die Entfernung hin verwechselt hatte. Mit zitternder Hand klickte er das Bild an und landete direkt auf der Facebookseite der Frau. Catherine Smith, zweiunddreißig Jahre, verheiratet, stand in ihrem Profil.

Aufgeregt beugte er sich dem Bildschirm ein wenig weiter entgegen und las ihre letzten Posts. Offensichtlich war sie gerade erst nach Galveston gezogen. Das erklärte, warum er sie bisher noch nie gesehen hatte. Ihr Mann hatte die freie Hausmeisterstelle im Internat angenommen, las er weiter, bevor er sich den letzten Eintrag von heute Mittag ansah.

Sie hatte ein Bild veröffentlicht, das einen Teil des Schulgeländes mit dem eindrucksvollen alten Hauptgebäude zeigte.

Im Hintergrund lag das Meer und Catherine hatte darunter geschrieben:

‚Wir freuen uns auf die neue Aufgabe. Alle sind hier super nett und haben uns herzlich willkommen geheißen. Es ist einfach paradiesisch hier!'

Paradiesisch? Dass er nicht lachte. Paradiesisch war es vielleicht einmal gewesen. Damals, als er klein gewesen war. Das ist richtig. Damals war die Welt in Galveston noch in Ordnung gewesen. Aber heute? Heute war das Paradies woanders.

Sein Blick glitt zurück zu Catherines Profilbild. Kritisch musterte er sie genauer. Sie war zu alt. Außerdem war sie verheiratet. Aber sie war schön. Wunderschön. Und sie sah ihr ähnlich. Frappierend ähnlich. Im Licht der Kerzen würde er die kleinen Unterschiede ganz sicher vergessen können.

Verträumt fuhr sein Zeigefinger über das Haar auf ihrem Foto, dann über ihren Wangenknochen. Er würde eine Haarspange brauchen, fuhr es ihm durch den Kopf. Mit hochgesteckten Haaren würde sie bezaubernd aussehen.

Aber nein, er würde sie nicht anrühren, schüttelte er entschlossen den Kopf. Sie war verheiratet. Sie gehörte ihm nicht.

Mit einem letzten wehmütigen Blick auf ihr Foto, schloss er das Fenster und löschte den Verlauf seines Browsers. Dann ging er ins Bett.

KAPITEL 12

Es war weit nach Mitternacht, als Taylor endlich in das kleine Cottage auf dem Campusgelände zurückkehrte. Leise schloss er die Tür auf und war überrascht, Catherine noch immer auf der Couch vorzufinden.

Für einen kurzen Moment blieb er auf der Türschwelle stehen und atmete einige Male tief durch, bevor er weiter ins Zimmer trat. Unwillkürlich war er davon ausgegangen, dass sie bereits schlief oder sich zumindest in das Schlafzimmer zurückgezogen hatte. Keine Minute hatte er damit gerechnet, sie heute noch einmal zu sehen. Himmel, er hatte keine Kraft mehr für eine weitere Konfrontation. Er hatte kaum noch genügend Kraft, um sich auf den Beinen zu halten.

„Taylor, es tut ...", fing Catherine an, doch er unterbrach sie sofort.

„Catherine, bitte, tu mir das jetzt nicht an. Ich kann nicht mehr reden und um ehrlich zu sein, ich will auch nicht mehr reden. Bitte", flehte er sie an.

Bleich und erschöpft stand er einen Moment regungslos im Licht der kleinen Leselampe. Dann legte er die Autoschlüssel auf den kleinen Beistelltisch und blickte zu ihr hinüber, um zu sehen, ob sie seinen Wunsch respektierte.

„In Ordnung", flüsterte Catherine.

Sie war geschockt. Noch nie hatte sie Taylor derart am Boden zerstört gesehen, und sein Anblick vergrößerte den Schmerz in ihrer Brust noch mehr. Bis ins kleinste Detail wusste sie, was er fühlte und die Vorstellung, dass sie diejenige gewesen war, die diesen Schmerz verursachte hatte, machte die Sache noch schlimmer.

Zum ersten Mal in ihrem Leben stand Catherine nicht auf der Empfängerseite. Zum ersten Mal musste sie die Verantwortung für eine Handlung übernehmen, die einen Menschen im Innersten erschüttert hatte und zum ersten Mal erkannte Catherine, dass ihr diese Rolle noch weniger gefiel als die des Opfers.

Verzweifelt hatte sie die letzten Stunden auf Taylors Rückkehr gewartet, denn sie wusste, dass sie mit ihm reden musste. Es waren die bisher längsten Stunden ihres Lebens gewesen, aber sie wollte ihre Worte vom Abend nicht einfach im Raum stehen lassen. Sie musste sich zumindest dafür entschuldigen. Doch Taylor wollte nicht mehr mit ihr reden.

Das musste sie akzeptieren, ermahnte sich Catherine selbst. Sie hatte keine andere Wahl. Egal wie weh es tat. Oh, und es tat weh.

Ihr Wort haltend erhob sie sich schließlich schweren Herzens. Sie würde hinüber in das kleine Schlafzimmer gehen, auch wenn sie heute Nacht mit Sicherheit kein Auge zumachen würde. Vielleicht würde Taylor morgen für ein Gespräch mit ihr bereit sein. Hoffentlich.

Auf halbem Wege durchfuhr Catherine jedoch ein neuer Gedanke. Ein furchtbarer Gedanke. Was genau hatte Taylor mit seinen Worten ‚Ich will auch nicht mehr reden' gerade gemeint? Hatte er ihr sagen wollen, dass er heute nicht mehr reden mochte oder bedeutete es vielmehr, dass er niemals darüber reden wollte?

Mehrfach hatte er in den letzten Monaten versucht, mit ihr über jene verhängnisvolle Nacht zu sprechen, doch immer hatte sie ihn abgewiesen. Hatte er das Interesse daran mit einem Mal verloren? Verdenken konnte sie ihm das kaum. Doch die Vorstellung, dass dem so sein sollte, raubte ihr jegliche Kraft.

Auf einmal fing Catherines ganzer Körper an zu zittern. Mit aller Anstrengung versuchte sie, es zu unterdrücken und weiterzugehen. Doch ihr Körper gehorchte ihr nicht mehr. Sie war so weiß wie die Wand und unter ihren Augen lagen tiefe Ringe. Stumme Tränen rannten ihre Wangen hinunter, die sie nicht aufhalten konnte.

Mit einem Blick erkannte Taylor die Situation. Nicht nur er litt offensichtlich Höllenqualen. Catherine war ebenfalls am Ende ihrer Kräfte. Sie brauchte dieses Gespräch mit ihm. Wie egoistisch war es gewesen, sie einfach abzuweisen, obwohl sie die letzten Stunden auf ihn gewartet hatte? Gerade er sollte eigentlich wissen, wie schmerzvoll es war, nicht reden zu können.

Taylor liebte diese Frau, und er wusste, dass er alles tun würde, damit sie glücklich war. Auch wenn es bedeutete, dass er sich dazu völlig aus ihrem Leben zurückziehen musste. Auf keinen Fall konnte er es ertragen, sie zusammenbrechen zu sehen. Spontan ging er auf sie zu und griff nach ihren Händen.

„Schon gut", hauchte Catherine. „Es ist gleich vorbei."

„Nichts ist gut. Komm her." In seiner Stimme lag eine solche Sanftheit, dass Catherine es wagte, ihm in die Augen zu sehen.

„Komm", wiederholte er und zog sie hinüber zum Sofa, wo er sie auf den Schoß nahm.

Wie schon einmal an diesem Abend, saß er hier und hielt sie einfach nur fest. Dabei strich er über ihren Rücken und wiegte sie wie ein kleines Kind hin und her.

„Scht", flüsterte er ihr ins Ohr und beruhigte damit auch gleichzeitig sich selbst.

Es dauerte jedoch lange, bis Catherines Körper zur Ruhe kam. Erschöpft löste sie sich aus Taylors Armen und setzte sich neben ihn. Erstaunt stellte sie fest, dass er ebenfalls geweint hatte.

Fest nahm Taylor ihre Hände in seine und hielt ihren Blick. „Catherine, ich möchte, dass du mir eines glaubst. Ich wollte dir niemals wehtun. Niemals."

„Ich dir auch nicht. Es tut mir leid, was ich heute Abend gesagt habe", flüsterte sie zurück, doch Taylor schüttelte langsam seinen Kopf.

„Es muss dir nicht leid tun. Es ist in Ordnung und wenn wir ehrlich sind, habe ich es wahrscheinlich auch verdient. Entscheidend ist viel mehr, dass mir deine Worte die Augen geöffnet haben. Sie haben mir sehr deutlich gezeigt, dass ich unterschätzt habe, wie tief ich dich verletzt habe. Mit dem Blick in deine Augen an jenem Morgen auf dem Flur war mir klar, dass ich dir sehr wehgetan hatte. Aber all die vergangenen Monate dachte ich, wenn ich nur lange genug warten würde, dann würdest du eines Tages bereit sein, mich anzuhören und vielleicht würdest du mir sogar vergeben können."

Nach einer kurzen Pause sprach Taylor weiter. „Ganz tief in meinem Inneren gab es einen Funken Hoffnung, der einfach nicht erlöschen wollte. Es war die Hoffnung, dass wir noch einmal von vorne anfangen können. Denn Catherine, ich kann dich nicht vergessen. Das, was ich für dich empfinde, geht so tief, dass keine andere Frau jemals auch nur den Hauch einer Chance hat, mein Herz für sich zu gewinnen."

Taylor schluckte angestrengt, doch er zwang sich fortzufahren. „Während des letzten Jahres hast du mir immer die kalte Schulter gezeigt. In den letzten Monaten hatte es für mich dabei immer mehr den Anschein, als sei ich dir gleichgültig und gleichgültig bedeutete in meinen Augen, dass du mich nicht mehr hasst. Aus irgendeinem Grund habe ich mir eingebildet, wenn du keine Emotionen mehr für mich empfindest, dann sind wir wieder auf Null. Darauf hätte ich aufbauen können."

Taylor ließ ihre Hände los. „Heute Abend hast du mir gezeigt, dass der Schmerz, den ich dir zugefügt habe, noch genauso tief sitzt wie am ersten Tag. Ich schätze, darauf war ich einfach nicht vorbereitet. Zu lange habe ich mir selbst etwas vorgemacht. Dabei habe ich mich von den Wellen der Hoffnung in eine Traumwelt abtreiben lassen."

Taylor blickte hinüber zum Fenster und doch ins Leere. „Ich habe heute Abend lange nachgedacht, Catherine, und mir ist klar geworden, dass sich etwas ändern muss. Dabei bin ich für mich zu dem Entschluss gekommen, dass wir diesen Fall beenden sollten. Natürlich nur, wenn es für dich in Ordnung ist. Aber du bist in den letzten Tagen so stark gewesen, dass ich weiß, wir werden auch die restlichen Tage gemeinsam durchstehen. Egal was heute zwischen uns vorgefallen ist."

Sein Blick kehrte zu Catherine zurück. Fest sah er ihr in die Augen. „Sobald wir allerdings zurück in Houston sind, werde ich Direktor Apleton um meine Versetzung bitten."

Vor Entsetzen weiteten sich Catherines Augen. *Nein!,* schrie alles in ihr auf. Der Gedanke Taylor überhaupt nicht mehr zu sehen, wurde ganz plötzlich zu einer Horrorvorstellung.

Überrascht hoben sich Taylors Augenbrauen. Was bedeutete dieser Blick jetzt wieder? Als er sah, wie sich eine weitere Träne aus ihrem rechten Auge löste, nahm er seinen Zeigefinger und fing sie liebevoll auf.

„Nicht mehr weinen. Bitte!", flüsterte er, bevor er in einem normalen Ton weitersprach.

„Ich denke, das ist die beste Lösung für uns beide. Seit mehr als einem Jahr bist du mein erster Gedanke am Morgen und mein letzter in der Nacht, bevor ich einschlafe."

„Wenn ich denn einschlafe", fügte er hinzu. „Ein blöder Dummer-Jungen-Streich hat mich das Glück meines Lebens gekostet und nachdem ich jetzt von der Endgültigkeit weiß, es niemals wieder gut machen zu können, ist jedes Kämpfen darum sinnlos geworden."

Tränen standen in Taylors Augen, doch wischte er sie schnell mit seinem Handrücken weg. „Ich hätte mir nur gewünscht, dass du mir wenigstens einmal die Chance gegeben hättest, dir zu erklären, wie es dazu gekommen ist."

Catherine seufzte. „Du hast recht", sagte sie so leise, dass er sie kaum verstehen konnte. „Ich wollte das alles nur nicht noch einmal hören. Aber das ist keine Entschuldigung. Es tut mir leid."

Verwirrt zogen sich seine Augenbrauen zusammen. *Noch einmal?*

Doch bevor er nachhaken konnte, bat Catherine: „Bitte erzählt mir deine Version der Geschichte?"

„Ich denke, dafür ist es jetzt zu spät."

Enttäuscht kniff Catherine die Lippen zusammen und nickte. Doch dann legte sie plötzlich ihre Hand auf seine und straffte ihre Schultern. „Nein, das ist es nicht. Es ist nie zu spät. Ich habe lange gebraucht und das tut mir leid, aber jetzt bin ich bereit, dir zuzuhören. Bitte, Taylor, mach nicht den gleichen Fehler wie ich. Bitte lass uns reden."

Geduldig wartete Catherine auf seine Entscheidung. Dabei klopfte ihr Herz hart in einem Körper, der sich wie eine leere Hülle anfühlte. Eine schwere leere Hülle

Unbeholfen lächelte Taylor. Er blickte auf seine Hand, die unter Catherines Fingern prickelte. Es war unfassbar, dass er trotz all der Traurigkeit selbst in diesem Augenblick noch auf sie reagierte.

Er seufzte leise. Was hatte er schon zu verlieren? Im Grunde hatte er auf diesen Moment seit Monaten gewartet. Wenn er ihn jetzt nicht nutzte, würde er es ewig bereuen.

Schließlich nickte er unmerklich und Catherine atmete erleichtert aus. Taylor hingegen atmete tief ein.

„Es war an einem Abend nach Dienstschluss, ungefähr eine Woche vor unserem Lehrgang", begann er mit ruhiger Stimme. „Ich habe mich mit den Jungs aus meinem alten Team getroffen, das jede Menge zu feiern hatte. Nico hatte Geburtstag, ein anderer Kollege hat seinen Ausstand gegeben und ein dritter war gerade Vater geworden. Es gab also gleich drei gute Gründe für eine kleine Party im Cop's Heaven. All das spielt aber eigentlich keine Rolle.

Es ist lediglich eine Erklärung für die Tatsache, das jeder von uns an jenem Abend viel zu viel getrunken hat. Irgendwann ist das Thema dann auf dich gekommen und zu jenem Zeitpunkt war keiner von uns mehr nüchtern.“

„Auf mich? Wieso?“ Irritiert runzelte Catherine die Stirn.

„Es ist kein Geheimnis, dass dich alle im Department total heiß finden”, erklärte Taylor, woraufhin Catherine errötete, was ihm wiederum ein kleines Lächeln entlockte. Er war sich sicher, dass sie keine Ahnung hatte, wie begehrenswert sie war. Aber das würde er ihr ganz bestimmt nicht sagen. Nicht heute Abend.

„Von Anfang an hast du mehr als deutlich gemacht, dass keiner von uns auch nur den Hauch einer Chance bei dir hat und trotzdem alle das Flirten mit dir aufgegeben haben, gab es mit Sicherheit keinen der unverheirateten Männer, die nicht weiterhin von einem Date mit dir geträumt haben.“

„Du übertreibst”, kommentierte Catherine leise.

Mit ernster Miene sah er sie an. „Negativ. Kein winziges bisschen.“

Nervös fuhr sich Taylor durch die Haare. Bisher war er immer davon ausgegangen, dass er nur die Gelegenheit brauchen würde, um seine Version der Geschichte zu erzählen. Er hatte geglaubt, dass Catherine ihm dann ganz sicher verzeihen würde. Doch jetzt, wo der Moment gekommen war, war er sich seiner Sache bei weitem nicht mehr so sicher.

Doch es war seine einzige Chance. Seine letzte Karte. Für einen kurzen Moment schloss er die Augen und versuchte das Zittern seiner Unterlippe zu unterdrücken. Dann sprach er weiter.

„Wie gesagt, wir hatten alle schon zu viel getrunken und ein Wort ergab das andere. Lange Rede, kurzer Sinn. Die Jungs meinten, wenn es einer schaffen könne, dich zu erobern, dann sei ich das. Ich selbst habe das ganz ehrlich nicht geglaubt. Auch wenn wir uns damals schon ein paar Mal sehr nett unterhalten hatten, so hast du mir doch nie Anlass dazu gegeben anzunehmen, dass du in mir mehr siehst als einen netten Kollegen, geschweige denn, dass ich irgendwelche Chancen bei dir hätte.“

Taylor machte eine kurze Pause, bevor er fortfuhr. „Wie dem auch sei, irgendwann lagen an jenem Abend neunhundert Dollar auf dem Tisch, die mir gehören sollten, wenn ...”, Taylor schluckte mit Mühe, „wenn wir eine gemeinsame Nacht verbringen.“

Für einige Sekunden hing eine bedrückende Stille über ihnen. Dann fragte Catherine mit angehaltenem Atem: „Hast du eingeschlagen?“

Taylor sah ihr in die Augen, während er langsam nickte.

Hörbar atmete Catherine aus und der Schmerz kehrte in ihren Blick zurück. „Wenigstens bist du ehrlich”, flüsterte sie.

„Ich bin immer ehrlich zu dir gewesen”, sagte Taylor und nahm ihre Hände in seine. „Jedes einzelne Wort, das ich zu dir gesagt habe, war mein Ernst gewesen. Jede Geste, jede Berührung, jeder Blick. Ich habe dich niemals angelogen.“

Catherine verzog ihren Mund zu einem kleinen Lächeln, das die Traurigkeit in ihren Augen jedoch nicht aufhob.

Sofort wusste Taylor, dass sie ihm nicht glaubte. Dabei wollte Catherine nichts lieber als das. Es war nur nicht so einfach.

„Ich versichere dir, dass ich die ganze Sache bereits vergessen hatte, als ich eine halbe Stunde später zu Hause in meinem Bett lag“, fuhr er fort. „Als ich am nächsten Morgen aufgewacht bin, hatte ich den fürchterlichsten Kater meines Lebens und alles, was am Abend zuvor gesagt worden war, war für mich bestenfalls ein schlechter Scherz gewesen. Selbst als ich Nico an jenem Morgen nach unserer Liebesnacht auf dem Flur sitzen gesehen habe, hat es bei mir noch nicht geklingelt.“

Tief sah er ihr in die Augen. „Catherine, traust du mir wirklich zu, alles nur gespielt zu haben? Die Zeit, die wir gemeinsam verbracht hatten, war so wunderschön. Noch nie habe ich jemanden so langsam kennengelernt wie dich. Mit keiner Frau habe ich jemals solche Gespräche geführt wie mit dir und noch keine Frau habe ich so geliebt wie dich. Du hast dich leise in mein Herz geschlichen und in jener Nacht habe ich dir alles gegeben, was ich habe: meinen Körper, mein Herz, meine Seele. Mich selbst. In meinem Leben hatte ich mit vielen Frauen Sex. Aber in jener Nacht habe ich den Unterschied zur Liebe kennengelernt. Durch dich.“

Taylor legte eine zitternde Hand an ihren Kopf und strich mit seinem Daumen über ihre Wange.

In seinen Augen konnte Catherine lesen, dass es die Wahrheit war. Es war also nicht alles gelogen gewesen und er hatte zumindest nicht die ganze Zeit an das Geld gedacht, während er sich mit ihr unterhalten hatte. Die bedrückende Schwere begann sich in kleinen Zügen in ihrem Magen aufzulösen. An ihrer Statt trat eine angenehme Erleichterung, die sich durch einen zart flatternden Herzschlag auch langsam in ihrem Brustkorb ausbreitete.

„Ich bin nicht stolz auf mein Verhalten an jenem Abend im Pub. Im Gegenteil“, gestand Taylor. „Wäre ich nüchtern gewesen, hätte ich dem Ganzen rechtzeitig Einhalt geboten und es wäre niemals so weit gekommen. Niemals hätte ich etwas so Respektloses und Verletzendes zugelassen und noch weniger hätte ich mich aktiv daran beteiligt.“

Noch immer hielt er ihren Blick. „Doch alles ‚Was-wäre-wenn’ ist sinnlos. Ich kann die Vergangenheit nicht rückgängig machen, auch wenn ich es noch so sehr möchte. Ich habe einen riesengroßen Fehler gemacht. Einen Fehler, den ich in nüchternem Zustand niemals gemacht hätte und aus dem ich meine Konsequenzen gezogen habe. Ich schwöre dir, dass ich seitdem niemals wieder mehr als zwei Bier an einem Abend getrunken habe, geschweige denn etwas Härteres. Aber, Catherine, eines musst du noch wissen und das ist für mich ganz entscheidend. Ich habe dieses Geld nicht genommen.“

Verblüfft starrte sie ihn an. „Hast du nicht?“

„Nein. Erinnerst du dich an jenen Tag im Sommer, an dem alle, einschließlich der Sears-Jungs, zum Segeln und Grillen an den Strand gefahren sind? Zumindest alle außer dir und mir.“

Catherine nickte.

„Das haben die Jungs von dem Geld bezahlt.“

Catherines Herz begann plötzlich schneller zu schlagen. „Du hast es nicht genommen”, wiederholte sie leise. „Warum nicht?“

„Das fragst du wirklich?“ Erstaunt sah er sie an. Kannte sie ihn wirklich so wenig?

Catherine nickte. Egal was sie glaubte, sie musste die Worte von ihm hören.

„Es wäre falsch gewesen. Ebenso falsch wie mich von dem Geld mit den anderen zu amüsieren. Es wäre mir wie ein Verrat an uns vorgekommen. Es hätte alles, was zwischen uns je passiert ist, kaputt gemacht und auf etwas reduziert, das nicht einmal ansatzweise Bestandteil dessen war, was uns verbunden hatte.“

„Aber ich hatte es abgelehnt, überhaupt noch mit dir zu reden. Es wäre für dich egal gewesen, ob du das Geld nimmst oder nicht. Bestimmt hättest du es gut für deinen Bruder gebrauchen können.“

„Das denkst du nicht wirklich von mir”, rief Taylor entsetzt aus.

„Nein", beeilte sich Catherine leise zu sagen. Verlegen schlug sie ihre Augen für einen kurzen Moment nieder, bevor sie ihn wieder fest ansah. „Aber ich möchte, dass du mir sagst, warum du das Geld nicht genommen hast, trotzdem dir klar gewesen sein muss, dass wir keine Zukunft haben."

„Catherine, ich hätte mir niemals wieder in die Augen sehen können. Liebe ist nicht käuflich. Ich bin nicht käuflich. Das, was ich für dich empfinde, ist mit keinem Geld der Welt zu bezahlen."

Catherines Augen füllten sich mit Tränen.

„Scht, komm her." Tröstend zog Taylor sie in seine Arme und für einen kurzen Moment schmiegte sie sich an ihn.

Er hat das Geld nicht genommen, wiederholte Catherine stumm in ihrem Kopf. Er hat es nicht genommen!

„Taylor?", sprach sie plötzlich.

„Ja?"

Sie setzte sich auf und sah ihn ernst an. „Ich möchte nicht, dass du Houston verlässt."

Taylors Herz begann mit einem Mal wild zu hüpfen, doch noch wagte er nicht, die volle Bedeutung dieser Worte zu erhoffen.

„Warum nicht?", flüsterte er.

„Ich weiß nicht. Es ist ...", stotterte Catherine.

„Du weißt es nicht?", fragte er in einem schmunzelnden Tonfall. Dabei strich er ihr eine Haarsträhne aus dem Gesicht.

„Ich ... ich würde dich gerne öfter sehen", brachte sie schließlich hervor. „Und sehen, wo uns das Ganze hinführt. Das heißt, natürlich nur, wenn du das auch möchtest."

Sanft küsste er ihre Stirn. „Nichts lieber als das", antwortete er leise und zog ihren Kopf an seine Brust, damit sie seine Tränen der Freude nicht sehen konnte.

KAPITEL 13

Nachdem Catherine und Taylor für die restlichen zwei Stunden, die die Nacht noch für sie bereitgehalten hatte, auf dem Sofa sitzengeblieben waren, fühlten sie sich am nächsten Morgen erschöpft. Keiner von ihnen verlor jedoch ein Wort darüber. Die Atmosphäre zwischen ihnen wirkte so fragil, dass jeder glaubte, sie könne jeden Moment wieder auseinanderbrechen. Unsicher, wie sie plötzlich miteinander umgehen sollten, bewegten sie sich umeinander.

Liebend gern hätte Taylor Catherine in den Arm genommen und zärtlich geküsst, doch er wagte es nicht. Er hatte Angst, dass sie sich augenblicklich zurückziehen würde, weil ihr alles zu schnell ging.

Mehr oder weniger schweigend tranken sie ihren Kaffee in der Küche, denn keiner von beiden verspürte Appetit. Daher hatten sie beschlossen, erst gar keinen Frühstückstisch zu decken.

„Ich würde gerne noch einmal mit Sheriff Hatcher sprechen", begann Taylor schließlich ein Gespräch.

„Das sollten wir unbedingt. Wahrscheinlich ist es am unauffälligsten, wenn du ihm einfach zufällig irgendwo begegnest", stimmte Catherine sofort zu.

„Zum Beispiel?"

„Zum Beispiel in einem Baumarkt. Das ist ein typischer Einkaufsort für Hausmeister und ich bin sicher, dass niemand Verdacht schöpft, wenn auch der Sheriff dort zwischendurch mal schnell reinspringt, um ein paar Nägel zu kaufen, mit denen er seinen Schreibtisch reparieren kann."

Taylor grinste. „Raffiniert. Was machst du in der Zwischenzeit?"

„Ich schlendere ein bisschen durch die Schule und rede mit all denjenigen, die mir über den Weg laufen. Vielleicht haben wir Glück und wir erfahren etwas Interessantes."

„Glaubst du daran?", zweifelte Taylor.

„Überleg mal, Taylor, wenn innerhalb eines Tages alle auf dem Campus von den Lehrern bis hin zu den Schülern über das Privatleben des Hausmeisterpaares Smith Bescheid wissen, dann kursieren hier mit Sicherheit noch eine ganze Menge anderer Dinge, die für uns interessant sein können."

Erschrocken fuhr sie zusammen. Sie hatte Taylor nicht an diesen Teil seiner Coveridentität erinnern wollen, mit dem er ohnehin schon genug zu kämpfen hatte. Wieso hatte sie nur wieder gesprochen, bevor sie gedacht hatte? Wie würde er jetzt reagieren? Unsicher sah sie ihn an, doch er lächelte nur.

„Da hast du allerdings recht. Es ist wohl normal, dass in solch kleinen Gemeinschaften viel mit- und viel übereinander geredet wird. Viel Glück! Ich fahre dann mal in die Stadt und rufe auf dem Weg dorthin Sheriff Hatcher an."

Nachdem Taylor sich auf dem Weg in die Stadt gemacht hatte, beschloss Catherine als Erstes hinüber zum Wohnhaus der Mädchen zu gehen. Im Speisesaal fand sie Mrs Ruback, die Hausmutter.

„Guten Morgen", grüßte Catherine freundlich. „Ich wollte mich gerne persönlich bei Ihnen vorstellen. Ich bin Catherine."

„Unsere neue Hausmeisterfrau. Wie schön, Sie kennenzulernen", freute sich die ältere Dame. „Haben Sie Lust auf eine Tasse Kaffee?"

„Gerne. Ich möchte Sie aber nicht aufhalten."

„Papperlapapp. Sie halten mich nicht auf. Ich freue mich, dass Sie vorbeigekommen sind." Gemeinsam setzten sie sich an einen Tisch am Fenster.

„Die Landschaft ist so wunderschön hier", bemerkte Catherine mit einem Blick nach draußen.

„Das stimmt. Im Moment wird ihre Schönheit allerdings sehr überschattet." Erschrocken legte sie sich eine Hand auf ihren Mund. „Sie wissen doch von den Morden, oder etwa nicht?"

„Ja. Direktor Grothenberg hat uns informiert, bevor wir den Vertrag unterschrieben haben. Es ist wirklich schrecklich. Haben Sie die Mädchen gut gekannt?"

„Allerdings. Jane und Lydia gerade einmal zehn Jahre alt, als sie zu uns kamen. Geraldine war schon ein wenig älter. Sie kam erst vor drei Jahren, aber sie hat sich hier sofort wohlgefühlt. Ich denke, das war hauptsächlich Janes Verdienst. Sie beide waren Zimmergenossinnen und haben sich auf Anhieb gut verstanden. Alle drei waren wirklich ganz wundervolle Mädchen.“ Tränen schossen der Frau in die Augen.

„Hatte eine von ihnen einen festen Freund?“

„Aber nein. Das ist verboten”, stellte Mrs Ruback fest, nachdem sie sich kräftig geschnäuzt hatte.

Catherine lächelte verschwörerisch. „Aber wir waren doch alle mal jung und wissen, wie das mit siebzehn ist.“

Zaghaft lächelte die Hausmutter zurück.

„Ich könnte mir zum Beispiel vorstellen, dass Jim Hooster ganz oben auf der Schwarmliste der Mädchen steht”, wagte Catherine einen Vorstoß. Auch wenn sie und Taylor den Mann als Täter bereits eigentlich ausgeschlossen hatten, wollte sie die Gelegenheit doch nicht versäumen, noch etwas mehr über ihn zu erfahren.

„Der Tennistrainer?“, fragte Mrs Ruback zurück.

Catherine nickte. „Der Mann sieht doch wirklich fantastisch aus, ist charmant, immer gut gelaunt ...“

„Da haben Sie nicht unrecht. Viele Mädchen schwärmen für ihn. Aber Jim ist zu allen gleich nett. Er würde niemals etwas mit einem der Kinder anfangen. Dann wäre er seinen Job sofort los und das weiß er. Außerdem ist er glücklich verlobt.“

„Wirklich? Gestern hat mir jemand erzählt, er sei noch zu haben”, warf Catherine ins Blaue hinein. Ihr Bauchgefühl sagte ihr, dass Mrs Ruback zu Jim Hooster noch mehr zu erzählen hatte.

Tatsächlich beugte sie sich auch leicht zu Catherine über den Tisch. „Mit Miss Dupont.“

„Der Französischlehrerin?“

„Genau. Aber natürlich darf es niemand wissen. Liaisons unter den Lehrern sind ebenfalls nicht gerne gesehen. Wenn der Direktor davon erführe, würde er Jims Vertrag mit sofortiger Wirkung aufheben.“

„Ich schweige wie ein Grab”, versicherte Catherine und lenkte das Thema zurück auf die Mädchen.

„Hatte wirklich keine der drei einen Freund? Irgendwie kann ich mir das gar nicht vorstellen. Direktor Grothenberg hat uns Fotos der Mädchen gezeigt. Sie waren so hübsch und mit den

Jungen im Gebäude nebenan ..." Den Rest des Satzes ließ Catherine unausgesprochen.

„Na ja, ich glaube, Jane hatte mal etwas mit Nathe. Aber sie müssen sich gestritten haben."

„Ach herrjeh. War es nur ein Streit oder war es richtig aus?"

Unvermittelt wurde Mrs Ruback misstrauisch. „Warum fragen Sie?"

„Ich denke an den armen Jungen. Stellen Sie sich nur mal vor, Sie streiten sich und plötzlich ist Ihr Freund tot, ohne dass Sie Gelegenheit hatten sich auszusprechen. Wie entsetzlich muss das sein." Catherine setzte einen bestürzten Gesichtsausdruck auf und die Hausmutter schluckte die Argumentation.

„Daran habe ich noch gar nicht gedacht. Was Genaues weiß ich leider nicht. Das ist auch besser für alle. Je weniger ich weiß, desto weniger muss ich die Vergehen bestrafen", grinste sie. „So viel ich gehört habe, haben sie sich zwei Tage zuvor gestritten und Nathe hat Schluss gemacht. Angeblich war sie mit einem anderen Jungen gesehen worden."

„Ach ja! Die Jugend ist oft noch völlig unbedarft und Eifersucht kann ein gemeiner Gefährte sein", kommentierte Catherine verständnisvoll, bevor sie fortfuhr. „Was ist mit Geraldine und Lydia?"

„Geraldine hatte gar kein Interesse an Jungs. Sie war eher der stille Typ und bei Lydia kann ich mir das auch nicht vorstellen. Sie war ja auch noch ein Jahr jünger. Maxwell wollte wohl mal eine Zeit lang mit ihr ausgehen, aber sie hat immer abgelehnt."

„Maxwell Blair?"

Mrs Ruback nickte. „Er steht auf schlanke Mädchen mit langen blonden Haaren und blauen Augen."

„Ich habe gestern gesehen, wie er zwei der jüngeren Schülerinnen erpresst hat."

„Das ist typisch für ihn. Ich sage den Kindern immer, dass sie zu mir kommen sollen, wenn so etwas passiert. Aber leider machen sie dies nur in den seltensten Fällen. Doch erzählen Sie mir etwas von sich, Catherine. An welcher Schule waren Sie zuvor?", wechselte die Hausmutter das Thema.

„Wir waren in Shreveport, einem Ort mitten im Nirgendwo. Man hätte annehmen sollen, dass die Welt dort noch in Ordnung ist. Aber leider war es das Gegenteil."

„Es ist eine Schande, aber leider gibt es in der heutigen Zeit keine Ehre und Moral mehr”, bestätigte Mrs Ruback einfühlsam.

Doch Catherine wollte nicht über Taylor und seinen Fehltritt sprechen. Lieber lenkte sie das Gespräch in eine andere Richtung. „Die Schule hatte solch massiven Drogenprobleme, dass der Direktor sie einfach nicht in den Griff bekommen hat. Er hatte zu wenig Unterstützung aus den Elternhäusern, als dass er wirklich etwas hätte ausrichten können. Die meisten Eltern wollten einfach nur das Schulgeld bezahlen und von allem anderen nichts wissen. Es war wirklich traurig, so viele Kinder in ihrer Abhängigkeit zu sehen.“

„Das kann ich mir vorstellen. Aber wir müssen den Tatsachen ins Auge sehen. In diesem Land gibt es keine drogenfreien Schulen mehr.“

Erstaunt riss Catherine die Augen auf und sah die Frau ihr gegenüber entgeistert an. „Das ist nicht Ihr Ernst.“

„Catherine, Sie sind noch jung und haben Illusionen. Aber glauben Sie mir, wenn Sie einmal so alt sind wie ich, dann wissen Sie, dass die Welt sich niemals zum Guten hin verändert.“

„Heißt das, das auch hier ... in Galveston ...“

„Natürlich. Da müssen wir uns nichts vormachen. Direktor Grothenberg tut was er kann, und ich bin mir sicher, dass er der Ansicht ist, dass keiner seiner Schützlinge Drogen nimmt. Aber ich könnte Ihnen auf Anhieb drei Schülerinnen nennen, bei denen ich mir ziemlich sicher bin, dass sie hin und wieder etwas konsumieren. Es sind sicherlich keine harten Drogen, aber wir wissen alle, dass der Einstieg meistens über die sogenannten weichen Rauschmittel verläuft.“

„Können Sie nichts dagegen unternehmen?“

„Was soll ich machen? Ich habe mehrfach versucht, mit ihnen zu sprechen. Ich habe sogar heimlich ihre Zimmer durchsucht, was ich eigentlich nicht hätte tun dürfen, aber ohne harte Beweise sind mir die Hände gebunden.“

Verständnisvoll nickte Catherine. „Ich frage mich immer wieder, wo die Kinder dieses Teufelszeug bloß herbekommen?“

Seufzend antwortete die Hausmutter: „Ich habe keine Ahnung, Catherine. Wenn ich es wüsste, würde ich etwas dagegen unternehmen. Glauben Sie mir.“

Während Catherine hinüber in das Wohngebäude der Jungen spazierte, sortierte sie in Gedanken die erhaltenen Informationen. Der Tennistrainer hatte ein Verhältnis mit der Französischlehrerin. Interessant, aber nicht relevant für ihren Fall, schob sie die Geschichte beiseite.

Jane war mit Nathe befreundet gewesen, der die Beziehung aus Eifersucht beendet hatte. Das war schon eher informativ. In Gedanken entschied Catherine, den Jungen in jedem Fall am Nachmittag zu treffen. Sie musste sich mit ihm unterhalten, um sich ein Bild von ihm machen zu können.

Was hatte Mrs Ruback noch gesagt? Ah ja, Maxwell Blair stand auf blonde, blauäugige Mädchen. Das war durchaus aufschlussreich. Catherine beschloss, später mit Taylor darüber zu sprechen, denn in diesem Moment betrat sie die Eingangshalle des Jungenwohnheims.

Sie fand den Hausvater, Mr Browning, in seinem Büro. Höflich stellte sich Catherine vor. Der Mann war Mitte dreißig und hatte immer noch etwas Freches in seinem Gesicht.

„Es ist immer wieder schön, wenn sich unser Team um attraktive Frauen erweitert", grüßte er mit einem Lachen auf den Lippen.

„Vielen Dank", gab Catherine freundlich zurück. „Wenn Sie einen Moment Zeit haben, Mr Browning, würde ich gerne eine etwas unerfreuliche Sache mit Ihnen besprechen."

„Alex. Bitte nennen Sie mich Alex, Catherine", forderte er Catherine auf.

„Alex", wiederholte Catherine und schluckte eine Bemerkung dazu hinunter, dass er unaufgefordert ihren Vornamen verwendet hatte.

„Für Probleme habe ich immer Zeit. Worum geht es?"

Mit fester Stimme berichtete Catherine von ihrem Zusammentreffen mit Maxwell Blair. Während ihres Berichts verdüsterte sich Alexander Brownings Gesicht immer mehr. Als Catherine schließlich endete, lehnte er sich in seinem Stuhl zurück.

„Ich werde mit ihm sprechen", versprach er. „Aber ich will Ihnen keine große Hoffnung machen, Catherine. Maxwell entstammt einer sehr reichen und einflussreichen Familie. Sein Vater hat sein Geld mit äußerst zweifelhaften Methoden verdient. Als ich diese Position hier vor zwei Jahren übernommen habe, war mir sehr schnell klar, dass Maxwell eines Tages in die Fußstapfen seines Vaters treten wird. Er ist skrupellos, kalt und grundsätzlich gewohnt, das zu bekommen, was er haben möchte. Er hat keinerlei Respekt vor seinen Mitmenschen, egal ob Schüler oder Lehrer. Sein Vater hat ihm seinen Platz in diesem Internat erkauft, und durch regelmäßige Spenden in schwindelerregenden Höhen sorgt er dafür, dass sein Sohn auch hier bleibt."

„Aber sagt ihm niemand, welch ein Mensch sein Sohn ist?", entsetzte sich Catherine.

„Mr Blair weiß es. Aber es stört ihn nicht. Im Gegenteil. Es entspricht der Art wie er Geschäfte macht. Der Zweck heiligt seiner Ansicht nach alle Mittel. Das Einzige, was am Ende zählt, ist der Gewinn. Wie viele Leichen er dabei auf dem Weg zurückgelassen hat, ist nicht von Bedeutung."

Browning seufzte. „Ich will Ihnen sogar noch etwas verraten, was unter den Lehrern schon seit fast zwei Jahren bekannt ist. Angeblich erhält die Schule eine siebenstellige Prämie, wenn Maxwells Abschlusszeugnis ihm hervorragende Leistungen testiert."

„Das glaube ich nicht", stotterte Catherine.

„Das ist aber leider die Realität. Ich weiß nicht, ob sie sich schon intensiver umgesehen haben, aber dieses Internat ist exzellent ausgestattet. Vor allem, wenn man es an seiner Größe misst. Problemlos kann es jederzeit mit den großen Schulnamen im Land mithalten und einen ziemlich großen Anteil daran haben Mr Blairs großzügige Spendengelder."

„Es tut mir leid, aber ich finde das ungeheuerlich", äußerte sich Catherine angewidert, ehe sie sich weiter vortastete. „Was ist mit seinen beiden Kumpanen?"

„Ed Bauer und Clive Stuart? Ed ist Maxwells Cousin und Clive ist der Sohn seines Taufpaten."

Ungläubig starrte Catherine ihn an. Das wurde ja immer besser. Drei Jungs, die sich nicht nur sympathisch waren und gemeinsam aufwuchsen, sondern die über ihre Freundschaft hinaus auch noch durch ein verwandtschaftliches Band miteinander verbunden waren. Diese drei würden zusammenhalten wie Pech und Schwefel.

Schnell fasste sie sich wieder. „Hat Maxwell noch andere Freunde?"

„So weit ich weiß, nein. Die meisten Kinder versuchen, ihm so gut es ihnen möglich ist, aus dem Weg zu gehen."

„Was ist mit den Mädchen?"

Der Hausvater zuckte mit den Achseln.

„Ich habe gehört, dass er mal an Lydia interessiert war", half ihm Catherine.

„Ja, das habe ich auch gehört. Aber ich weiß nicht, ob etwas daraus geworden ist. Für manche Mädchen ist Geld durchaus reizvoll und Maxwell kann nett sein, wenn er will. Aber Sie sollten sich nicht allzu viele Gedanken um Max machen. In einem halben Jahr ist er hier Geschichte. Erzählen Sie mir stattdessen lieber etwas von sich", forderte er Catherine auf und lehnte sich ihr entgegen.

„Ich bin nicht sehr interessant, fürchte ich. Außerdem möchte ich Sie auch gar nicht länger aufhalten. Sie haben bestimmt noch einiges zu erledigen bevor die Schüler vom Unterricht zurückkommen. Haben Sie vielen Dank, Alexander", verabschiedete sich Catherine schnell und eilte aus dem Büro.

Der Hausvater mochte grundsätzlich ein sympathischer Mann sein, aber er war nicht Catherines Typ. Er war ihr zu aufdringlich. Offiziell war sie schließlich verheiratet und dafür hatte er für ihren Geschmack ein wenig zu viel mit ihr geflirtet.

Auf dem Weg in die Stadt kreisten Taylors Gedanken um Catherine. Bei allem Schmerz, den die Nacht gebracht hatte, waren sie sich am Ende doch näher gekommen. Noch vor wenigen Stunden hatte er geglaubt, Catherine für immer verloren zu haben. Doch dann hatten sie das erste Mal über die Ereignisse vor einem Jahr gesprochen.

Taylor war sich nicht sicher, ob Catherine ihm wirklich glaubte, dass er niemals an das Geld der Jungs gedacht hatte, während er Zeit mit ihr verbracht hatte. Aber er hatte das Gefühl, dass sie ihm gerne vertrauen wollte. Das war ein Anfang. Mit der Zeit würde sie feststellen, dass er genau der Mann war, den sie kennengelernt und in den sie sich verliebt hatte. Er musste nur Geduld haben.

Sein Pulsschlag zitterte leicht bei dem Gedanken an Catherines Gefühle. Seit heute Nacht wusste er mit absoluter Sicherheit, dass sie ihn liebte. Nur ein gebrochenes Herz konnte auch nach einem Jahr noch einen solchen Schmerz empfinden wie er ihn gestern in ihren Augen gesehen hatte.

Sein eigenes Herz krampfte sich zusammen, als er daran dachte, was er mit seinem Verhalten angerichtet hatte. Es hatte nie in seiner Absicht gelegen, Catherine zu verletzen. Am liebsten würde er sie vor allem Bösen dieser Welt beschützen. Doch das würde er ihr erst beweisen müssen. Nach allem, was geschehen war, konnte er nicht erwarten, ihr Vertrauen sofort zurückzugewinnen. Er musste es sich Stück für Stück erarbeiten.

Geschickt parkte Taylor den Wagen direkt vor dem Eingang des Baumarktes. Dann lief er suchend durch die Regalreihen. In dem Gang mit Nägeln und Schrauben blieb er stehen und prüfte die unterschiedlichen Größen. Glücklicherweise musste er nicht lange warten, bis der Sheriff auftauchte.

„Haben Sie schon jemanden in Verdacht?“, fragte der Sheriff sofort nach der Begrüßung hoffnungsfroh und Taylor seufzte innerlich.

Es wäre schön, wenn es so schnell ginge. Doch Ermittlungsarbeit war nun mal keine Zauberei.

„Leider nein“, erwiderte er daher. „Aber sagt Ihnen der Name Maxwell Blair etwas?“

Sheriff Hatcher überlegte einen Moment. Dann schüttelte er den Kopf. „Lehrer oder Schüler?“

„Schüler. Ich habe keine Ahnung, ob er die Mädchen näher kannte, aber vielleicht könnten Sie ihm etwas auf den Zahn fühlen.“

„Haben Sie irgendwelche Anhaltspunkte für mich? Etwas, wonach ich im Besonderen forschen sollte?“

„Nein. Ich halte es für besser, wenn Sie ganz neutral in das Gespräch gehen. Am besten fangen Sie mit ein paar allgemeinen Fragen an. Geben Sie dem Jungen das Gefühl, dass es sich um eine Routinebefragung handelt. Im Laufe des Interviews werden Sie schon wissen, wohin Sie steuern müssen”, meinte Taylor zuversichtlich und hoffte, dass er damit nicht zu viele Fähigkeiten voraussetzte. Maxwell Blair war trotz seines jungen Alters nicht zu unterschätzen.

„Hat vielleicht einer Ihrer Männer zu dem Internat eine engere Beziehung?“, fuhr Taylor fort.

Misstrauisch sah ihn der Sheriff an, und sofort beeilte sich Taylor, den Grund für seine Frage zu erklären.

„Ich meine jemanden, der einige der Lehrer oder auch vielleicht einen Schüler privat kennt und dadurch bereits einen gewissen Vertrauensvorschuss genießt.“

Des Sheriffs Gesichtszüge entspannten sich wieder. „Ah so. Hm”, überlegte der Mann. „Nein, ich glaube nicht. Ich kann die

Männer natürlich noch einmal fragen. Aber die Schüler sind kaum hier in der Stadt. Hin und wieder gehen sie ins Café. Aber der Campus bietet ihnen ansonsten jede Menge Freizeitmöglichkeiten. Auch von den Lehrern sieht man nur selten jemanden hier unten. An ihren freien Tagen fahren sie meistens hinüber aufs Festland."

„Fragen Sie trotzdem", bat Taylor, bevor er zu seiner nächsten Frage kam. „Wurde bei den Mädchen eigentlich ein Drogentest gemacht? In den Unterlagen konnte ich nichts darüber finden."

„So weit ich weiß ist ein Bluttest gemacht worden. Alle drei wurden mit einem Kurzzeitanästhetikum, das sie eingeatmet haben müssen, außer Gefecht gesetzt."

„Ja, das habe ich gelesen, aber das meine ich nicht. Wenn dies noch nicht untersucht worden ist, können Sie dann bitte noch einen Drogentest veranlassen?", bat Taylor.

„Bei Lydia ist das kein Problem. Die Leichen von Jane und Geraldine hingegen sind bereits freigegeben worden."

„Vielleicht können Sie dann ein paar Haare von ihnen besorgen?", schlug Taylor vor. „Ganz bestimmt lässt sich etwas in den Haarbürsten finden. Ich weiß, dass die persönlichen Sachen der Kinder den Eltern zugeschickt wurden, aber die Erfahrung zeigt, dass Mütter und Väter gewöhnlicherweise eine ganze Weile brauchen, um die nötige Kraft zu finden, die Sachen ihres Kindes durchzugehen."

„Haben Sie denn einen begründeten Verdacht, dass die Mädchen Drogen genommen haben?"

„Im Moment würde ich einfach nur gerne eine Theorie ausschließen."

Aus dem Augenwinkel sah Taylor einen der Deputys in den Gang treten, daher hob er seine Stimme bei seiner nächsten Frage etwas an.

„Und Sie glauben wirklich, dass das die richtige Größe ist?"

Sheriff Hatcher nahm Taylor die Schraube aus der Hand und hielt sie gegen das Licht. „Ganz bestimmt, Sir."

„Dann vielen Dank, Sheriff."

„Gern geschehen, Sir."

KAPITEL 14

Langsam schlenderte Catherine über das Schulgelände. Ein Blick auf ihre Uhr zeigte, dass es bereits kurz nach eins war.

Kein Wunder, dass ich Hunger habe, dachte sie sich und beschloss in das Cottage zurückzukehren. Sicherlich würde auch Taylor bald aus der Stadt zurück sein und vielleicht fanden sich noch ein paar Sachen im Kühlschrank, aus denen sich ein kleiner Imbiss zubereiten ließ.

„Catherine!", hörte sie plötzlich jemanden laut ihren Namen rufen.

Neugierig drehte sie sich um und sah den Mathematiklehrer Blake Johnson schnellen Schrittes auf sich zu kommen.

„Wie schön, Sie zu sehen!"

„Danke, Mr Johnson."

„Blake", korrigierte sie der Mann und strahlte sie an. „Haben Sie sich schon mit dem ganzen Gelände vertraut gemacht?"

„Ich habe angefangen, mir einen Überblick zu verschaffen. Aber ich muss zugeben, es ist recht weitläufig."

„Ja, anfangs erscheint einem alles sehr groß. Aber Sie werden sehen, mit der Zeit wird es kleiner werden. Wenn Sie möchten, führe ich Sie gerne etwas herum", bot er an.

Interessiert betrachtete Catherine den Mann genauer. Er mochte Mitte vierzig sein, hatte schütteres Haar, aber einen äußerst durchtrainierten Körper. Er musste regelmäßig Gewichte stemmen und schien auch sonst sehr sportlich zu sein. Insgesamt war er gewiss keine unattraktive Erscheinung, dennoch mochte Catherine ihn nicht.

Ohne dass sie es begründen konnte, war ihr der Mann nicht sympathisch. Vielleicht lag es an seiner leicht arroganten Ausstrahlung oder auch einfach nur an der Art, wie er sie von oben bis unten musterte, wenn sie sich begegneten. Denn dabei blieb sein Blick immer einen Tick zu lange auf ihrem Busen haften.

„Das ist sehr freundlich von Ihnen. Vielen Dank. Vielleicht komme ich im Laufe der nächsten Woche darauf zurück."

„Warten Sie nicht zu lange. Ich kenne ein paar nette Plätzchen hier in der Umgebung."

Automatisch versteifte sich Catherines Körper. „Mr Johnson, darf ich Sie daran erinnern, dass ich verheiratet bin?"

Der Mathematiklehrer zuckte mit den Achseln. „Das muss doch kein Hindernis sein, Catherine. Außerdem, was man so hört, ist Ihr Mann auch kein Kind von Traurigkeit."

Catherine hielt die Luft an. Das war wirklich dreist. Einen Moment blieb ihr die Sprache weg. Eine Gelegenheit, die der Mann vor ihr zu nutzen wusste.

Mit einer Hand strich er über ihr Haar. „Sie haben wunderschönes Haar, Catherine."

Entschieden trat sie einen Schritt zurück. „Ich schlage vor, Mr Johnson, ich vergesse das, was Sie mir gerade angeboten haben. Im Gegenzug werden Sie es niemals wiederholen."

Das Gesicht des Mathematiklehrers rötete sich vor Zorn und einen kurzen Moment hatte Catherine das Gefühl, er würde sich nicht beherrschen können. Sie widerstand jedoch dem inneren Drang, einen Schritt zurückzuweichen und blickte ihm selbstsicher in die Augen. Innerlich hoffte sie jedoch, dass es zu keiner Handgreiflichkeit kommen würde. Glücklicherweise drehte sich der Mann in diesem Moment um und stapfte, ohne ein weiteres Wort zu verlieren, wütend davon.

Nachdenklich blickte sie ihm hinterher. Sie hätte das Gespräch auf die toten Mädchen lenken müssen, ärgerte sich Catherine. Auch wenn sich ihr keine natürliche Gelegenheit für den Themenwechsel geboten hatte, so hätte sie doch selbst einen Weg finden müssen, die Unterhaltung in die entsprechende Richtung zu führen. Vor allem hätte sie Johnson nicht so brüsk zurückweisen dürfen. Sicherlich hätte sie auch eine verbindlichere Möglichkeit finden können, ihre Position unmissverständlich auszudrücken. So jedoch war die Erde zwischen ihr und dem Mathematiklehrer verbrannt und Taylor würde einen Weg finden müssen, ihn unauffällig auszuhorchen. Ihre Reaktion war wirklich unbedacht und unprofessionell gewesen.

Auf dem Nachhauseweg hatte Taylors Magen ihm deutlich gemeldet, dass er Hunger hatte. Taylor hatte vermutet, dass es Catherine nach dem ausgelassenen Frühstück ähnlich ging und hatte daher kurz entschlossen an einem Supermarkt angehalten und Steaks, Kartoffeln sowie Salat eingekauft. Jetzt freute er sich auf ein ruhiges gemeinsames Mittagessen mit ihr.

Als er vor dem Cottage hielt, sah er Catherine in der Ferne mit dem Mathematiklehrer stehen. Sofort erinnerte er sich an die lüsternen Blicke des Mannes, die dieser Catherine vorgestern im Lehrerzimmer zugeworfen hatte und er fühlte, wie sich der Stachel der Eifersucht abermals tief in sein Herz bohrte.

„Hallo, Mr Smith", winkte Fanny Rington, die Musiklehrerin zu ihm herüber. „Kommen Sie oder gehen Sie gerade?"

Taylor lachte. „Ich komme gerade aus der Stadt. Wie geht es Ihnen?"

„Danke, ich kann nicht klagen. Das hier ist mein freies Wochenende und ich fahre zu einer Freundin hinüber aufs Festland."

„Oh, wie schön. Dann wünsche ich viel Spaß."

„Danke. Das ist nett."

Neugierig folgte die Frau Taylors Blick, der immer noch Catherine in der Ferne beobachtete. Gerade strich Blake Johnson über Catherines Haar und Taylor fühlte, wie sich rasender Ärger in ihm aufstaute. Was fiel dem Mann ein?

„Bei Blake müssen Sie aufpassen", hörte er Fanny Rington sagen. „Vor ihm ist kein weibliches Wesen mit blonden Haaren und blauen Augen sicher. Ihre Frau fällt ganz genau in sein Beuteschema."

Fassungslos sah er Fanny an, die daraufhin aufmunternd seinen Arm tätschelte.

„Halten Sie Ihre Frau fest. Mir scheint, Sie haben viel Glück mit ihr."

„Ich weiß", nickte Taylor. „Ist Blake Johnson wirklich so ein Casanova wie es den Anschein hat?"

„Leider ja. Aber hier in der Schule hält er sich normalerweise zurück."

„Normalerweise?", hakte Taylor nach.

„Na ja, Janice hatte mal kurz was mit ihm und ..."

„Die Lateinlehrerin?"

„Genau und Trish, die Sportlehrerin und Helena, die die Schauspielkurse am Nachmittag leitet, soll auch einmal ... aber ich sollte wirklich nicht so viel reden."

„Was ist mit den Schülerinnen?", fragte Taylor jetzt ganz direkt.

„Um Himmels Willen, nein. Das würde Blake nicht wagen. Letzten Sommer ging das Gerücht, dass er eine Affaire mit einem jungen Ding aus der Stadt hätte. Aber ich glaube, selbst die war mindestens einundzwanzig. Jetzt muss ich aber wirklich los. Schönes Wochenende."

„Ja, danke. Ihnen auch", verabschiedete sich Taylor und schob seine Eifersucht schnell beiseite, als er Catherine lächelnd entgegensah, die in diesem Augenblick das Cottage erreichte. Obwohl sie eine einfache Jeans mit einem schlichten schwarzen Shirt darauf trug, sah sie bezaubernd aus.

„Hey!", grüßte er zärtlich und schob eine Hand unter ihr Haar.

Einen Moment sah Taylor ihr tief in die Augen. Dann beugte er sich langsam zu ihr hinab und küsste sie sanft auf die Wange.

„Hey!", grüßte sie leise zurück.

Einen Moment verharrte seine Hand noch an ihrem Hinterkopf, dann richtete er sich auf. Sein Herz schlug laut in seiner Brust und die Schmetterlinge in seinem Bauch vertrieben den Rest der Eifersucht, die er noch vor wenigen Minuten so leidenschaftlich gefühlt hatte.

„Hast Du Hunger? Ich habe Fleisch und Salat eingekauft", fragte er laut.

„Und wie!", bestätigte sie. „Ich glaube, ich könnte gleich ein ganzes Rind verdrücken. Du hast doch hoffentlich keine Kinderportionen mitgebracht?"

Herzlich musste Taylor lachen. „Keine Sorge. Ich bin zuversichtlich, dass du satt werden wirst. Sicherheitshalber habe ich aber auch noch ein Pfund feinstes Ben & Jerry's Erdbeer-Käsekucheneis eingepackt."

Sofort begannen Catherines Augen zu leuchten. „Erdbeer-Käsekucheneis? Das ist meine Lieblingssorte."

„Ich weiß", erwiderte Taylor und hielt die Cottagetür einladend offen.

Während sie in der Küche standen und gemeinsam kochten, erzählte Taylor von seinem Treffen mit Sheriff Hatcher.

„Ich bin gespannt, ob er etwas Interessantes von Maxwell erfährt", schloss er schließlich seine Zusammenfassung ab.

„Ehrlich gesagt kann ich mir das nicht vorstellen. Der Junge hat eine Raffinesse, die weit über seinem Alter liegt. Ich glaube nicht, dass er sich von einer Uniform einschüchtern lässt. Die einzige Autorität, die er kennt, ist er selbst und wahrscheinlich sein Vater. Vielleicht wäre es doch besser, wenn wir noch einmal mit ihm reden würden.“

„Unter welchem Vorwand?“

„Das weiß ich noch nicht. Aber ich bin sicher, dass sich eine Gelegenheit finden lässt. Dann können wir das Gespräch unauffällig auf Lydia lenken”, schlug Catherine vor und berichtete, was sie über Maxwell erfahren hatte.

„Klingt für mich, als ob er das Potenzial zu einem Psychopathen hätte”, äußerte Taylor nachdenklich.

„Das war auch mein Eindruck. Allerdings konnte ich bisher keine Verbindung von ihm zu den anderen beiden Mädchen finden.“

„Hm.“

„Was beschäftigt dich?“

„Erinnerst du dich, dass wir uns von Anfang an gefragt haben, warum der Täter seine Mordwaffe geändert hat?“

Sofort wusste Catherine, worauf er hinauswollte. „Du denkst, es könnte einen Nachahmungstäter geben?“

Taylor zuckte mit den Achseln. „Ich weiß es nicht. Aber rein theoretisch wäre es möglich, dass Maxwell sich an den Mörder von Jane und Geraldine drangehängt hat. Die Gelegenheit wäre günstig gewesen.“

Catherine lehnte sich zurück und dachte über diese Theorie nach. Maxwell hielt sich für überdurchschnittlich intelligent, war überheblich und war es nicht gewohnt, mit Niederlagen umzugehen.

„Möglich wäre es”, stimmte sie schließlich zu. „In jedem Fall sollten wir dem nachgehen und mehr über sein Verhältnis zu Lydia in Erfahrung bringen. Unabhängig davon sollten wir aber auch Nathe Chadwick überprüfen. Er war mit Jane befreundet, doch angeblich wurde sie mit jemand anderem gesehen. Sie haben sich gestritten, und er hat Schluss gemacht.“

„Hast du dir schon ein Bild von dem jungen Mann gemacht?“

„Nein, ich habe ihn noch nicht gesehen. Aber er spielt heute Nachmittag um drei Tennis.“

„Dann werden wir wohl später etwas spazierengehen", schlussfolgerte Taylor und überlegte, ob er Blake Johnson zur Sprache bringen sollte oder lieber nicht. Doch Catherine nahm ihm die Entscheidung ab.

„Erinnerst du dich an den Mathematiklehrer?", fragte sie ihn.

„Blake Johnson? Ja, warum?"

„In ihm ruht ein ziemlich großes Gewaltpotenzial, wenn die Dinge nicht so laufen, wie er sich das vorstellt. Ich kann nicht sagen, ob es ein Problem ist. Vielleicht hat er seine Wut unter Kontrolle, aber ich würde ihn gern überprüfen."

„Wie kommst du darauf?", hakte Taylor nach, woraufhin Catherine ihm von ihrem Zusammentreffen erzählte.

„Einen Moment dachte ich, er würde mich schlagen. Doch dann hat er sich einfach umgedreht und ist gegangen", endete sie.

„Ich fasse es nicht", stieß Taylor aufgebracht hervor, stand auf und ging zum Fenster hinüber.

Nachdenklich beobachtete Catherine ihn. Schließlich trat sie neben ihn und strich ihm sanft mit den Fingern über seinen Rücken. Taylors Körper erschauderte unter ihrer Berührung.

„Nicht ärgern, bitte!", sagte sie leise.

Langsam drehte er sich zu ihr herum. „Nein. Es ist alles gut. Ich mag es nur nicht, wenn dir jemand droht."

„Keine Sorge, ich kann auf mich aufpassen. Mittlerweile habe ich sogar einen schwarzen Gürtel."

„Ich weiß."

„Du weißt es?", wunderte sich Catherine.

Lächelnd sah Taylor sie an. „Natürlich. Ich verfolge immer den sportlichen Werdegang meiner Schüler. Im Übrigen ist dein Trainingspartner der Bruder eines guten Freundes."

Noch bevor Catherine etwas sagen konnte, zog er sie an sich und genoss es, sie einfach zu halten und ihren Duft einzuatmen. Dabei überkam ihn ein unbeschreibliches Glücksgefühl. Unzählige Male hatte er sich danach gesehnt, Catherine in seine Arme schließen zu dürfen und er hatte die Hoffnung bereits aufgegeben, dass sich dieser Wunsch jemals erfüllen würde.

Doch nun stand er hier mit ihr und ein Schauer des Glücks durchfuhr seinen Körper. Es war keine sexuelle Erregung, die er in diesem Moment fühlte, sondern vielmehr eine tiefe emotionale Verbundenheit. Intuitiv zog er sie noch ein wenig enger an sich heran. Er wollte Catherine nicht mehr loslassen. Niemals wieder.

Hätte sie in diesem Moment ein Blitz getroffen, wäre Taylor als glücklichster Mensch aller Zeiten gestorben. Doch es gab keinen Blitz. Dafür rief die Arbeit. Allerdings hatten sie bis Nathes Trainerstunde noch ein wenig Zeit und ihm kam eine Idee.

„Was hältst du von einem kleinen Spaziergang?“, schlug er vor, wobei er Catherine tief in die Augen sah.

„Gerne. Das Wetter ist herrlich“, stimmte sie zu und trat vorsichtig einen Schritt zurück. Ihr Herz hämmerte laut unter Taylors Blick und sie lächelte unsicher.

Es war unglaublich schön gewesen, von ihm gehalten zu werden. Die gleiche Sicherheit, die sie auch vor einem Jahr in Taylors Armen gespürt hatte, war sofort zurück gewesen. Doch so sehr sie dieses Gefühl auch genoss, so viel Angst bereitete es ihr gleichzeitig auch.

Gerade war sie sich nicht sicher gewesen, ob Taylor sie küssen würde. Auf der einen Seite hatte sie es sich gewünscht, auf der anderen Seite hatte sie eine regelrechte Angst verspürt. Noch immer kämpften beide Emotionen miteinander und Catherine wusste nicht, wie sie reagieren sollte. Sie wollte den Blickkontakt nicht lösen. Sie wollte seine Lippen auf ihren spüren. Sie wollte einen Abstand von mindestens tausend Kilometer zwischen ihnen. Sie wollte alleine sein. Sie wollte zurück in seine Arme.

„Dann lass uns gehen“, unterbrach plötzlich Taylors Stimme ihren inneren Tumult. Dabei trat er ebenfalls einen Schritt zurück und die magische Verbindung zwischen ihnen war gebrochen.

Als Catherine spürte, dass das Gefühl der Enttäuschung darüber größer war als das der Erleichterung, wusste sie, dass sie auf Dauer keine andere Möglichkeit hatte, als ihre Angst beiseitezuschieben.

Schweigend liefen sie nebeneinander über das Gelände und schlugen den Weg zu den Klippen ein.

Unsicher warf Taylor ihr einen Seitenblick zu. Zu gerne hätte er seine Arme um ihre Schultern gelegt, aber er war sich nicht sicher, ob Catherine dies ebenfalls wollte. Auf keinen Fall war es seine Absicht, sie zu etwas zu drängen. Vor allem nicht in der Öffentlichkeit, wenn sie unter Umständen nicht so reagieren konnte, wie sie wollte. Aber eine Hand konnte er ihr reichen, oder nicht? Mehr als dass sie sie nicht annahm, konnte schließlich nicht passieren.

Kurz entschlossen hielt Taylor ihr beherzt seine Hand entgegen und atmete erleichtert auf, als Catherine sie lächelnd ergriff. Automatisch fragte er sich, bei welchem Spaziergang er das letzte Mal so nervös gewesen war.

„Dort vorne gibt es einen schmalen Pfad, der nach unten zu einem Klippenvorsprung führt", erklärte Taylor und deutete mit seiner freien Hand in die entsprechende Richtung.

Gemeinsam stiegen sie den steinigen Weg hinunter, setzten sich auf den warmen Felsen und schauten hinaus auf die Weite des blauen Meeres. Leise rauschten die Wellen gegen die Klippen. In der Ferne segelten zwei Schiffe und am Horizont war ein großes Containerschiff zu sehen. Möwen kreisten über dem Wasser und hin und wieder unterbrach einer ihrer Schreie die Ruhe der Landschaft.

Catherine und Taylor hingen ihren Gedanken nach, doch es war keine unangenehme Stille. Catherine spürte ein zartes Band zwischen ihnen, allerdings war es so dünn, dass sie Angst hatte, es könne jeden Moment wieder zerreißen.

Sie dachte zurück an den gestrigen Abend und all das, was sie erfahren hatte. Vor ihrem geistigen Auge sah sie noch einmal Taylors entsetzten Blick, nachdem sie ihre Worte gesprochen und bevor er das Haus verlassen hatte und sie erinnerte sich, wie furchtbar er bei seiner Rückkehr ausgesehen hatte. Ihr Herz begann zu flattern, als wolle es vor den Schuldgefühlen fliehen und augenblicklich kehrte die Übelkeit zurück, die sie in den Stunden des Wartens begleitet hatte.

Sie fühlte noch einmal die knochentiefe Angst, als sie geglaubt hatte, dass Taylor vielleicht niemals wieder mit ihr über den Abend reden wolle und sie niemals die Gelegenheit haben würde, sich zu entschuldigen. Zum ersten Mal hatte sie am eigenen Leib erfahren, was sie Taylor mit ihrem Schweigen der letzten zwölf Monate angetan hatte. Zum ersten Mal hatte sie erfahren, wie schmerzhaft Schweigen sein konnte.

Durch ihre Nachbarin wusste Catherine, dass Taylor sowohl an jenem Abend vor einem Jahr, nachdem er von dem Seminar nach Houston zurückgekehrt war, als auch mehrfach während des darauffolgenden Sonntags bei ihr zu Hause gewesen war. Er hatte wiederholt Nachrichten auf ihrem Anrufbeantworter hinterlassen, die sie jedoch nach ihrer Rückkehr sofort gelöscht hatte, ohne sie auch nur anzuhören. Sie hatte sich jeglicher Kontaktaufnahme verweigert. Sie war nicht fair gewesen.

Im Grunde genommen passte ein solches Verhalten überhaupt nicht zu ihr. Mit Ausnahme von Taylor hatte sie bisher jeden angehört, der sie jemals um ein Gespräch gebeten hatte. Jedem Mörder hörte sie während eines Verhörs zu. Der einzig mildernde Umstand, der für sie sprach, war, dass sie eine Aussprache nicht abgelehnt hatte, um Taylor zu bestrafen, sondern um sich selbst zu schützen.

Allerdings, wenn Catherine genauer darüber nachdachte, zählte dies vielleicht nicht unbedingt als mildernder Umstand. Es war einfach nur egoistisch gewesen. In ihrem Leben hatte sie einige menschliche Enttäuschungen einstecken müssen, doch die Erfahrung an jenem Samstagmorgen war einer alles zerstörenden Flutwelle gleichgekommen.

In den darauffolgenden Wochen hatte sie Taylor nicht in die Augen sehen können. Sie hatte nicht aus seinem Mund hören können, dass es ihm leid tat, aber alles doch nur ein harmloses Spiel gewesen sei. Sie hatte gewusst, dass sie dies nicht würde ertragen können und ihr Stolz hatte sich geweigert, vor diesem Mann zusammenzubrechen. Nicht eine Sekunde hatte sie dabei bedacht, was diese Verweigerung für ihn bedeutete.

Wie musste er sich im letzten Jahr gefühlt haben? Gestern hatte sie zum ersten Mal einen Eindruck davon bekommen, wie sehr man leiden konnte, wenn man nicht die Gelegenheit erhielt, sich für einen Fehler zu entschuldigen. Es war eine grausame Strafe. Vielleicht sogar die grausamste überhaupt.

Taylor hatte einen Fehler gemacht. Niemals hätte er zulassen dürfen, dass für eine Nacht mit ihr neunhundert Dollar Preisgeld ausgesetzt werden. Doch niemand war fehlerfrei. Sie alle machten Fehler und ging es am Ende nicht darum, aus ihnen zu lernen, sodass sich der gleiche Fehler nicht wiederholte? Eine Tatsache, die sie Taylor hoch anrechnen musste war, dass er von Anfang an zu seiner Tat gestanden hatte. Selbst an jenem Morgen auf dem Flur hatte er nichts geleugnet. Er hatte auch gestern nichts verschönert.

Für Catherine stand außer Frage, dass er seinen Fehler bitter bereute, denn der Ausdruck, den er gestern auf dem Gesicht gehabt hatte, ließ sich nicht spielen. Und zählte für sie nicht einzig und allein der Punkt, dass er das Geld nicht genommen hatte? War nicht ausschlaggebend, dass alle Gefühle, die sich im Laufe der

Seminarwochen entwickelt hatten, echt waren? Taylor hatte eine zweite Chance verdient. Sie beide hatten eine zweite Chance verdient.

Mit dieser Erkenntnis in ihrem Bewusstsein schloss Catherine die Augen und lehnte sich seufzend zurück. Dabei traf ihr Rücken auf Taylors Schulter. Unbewusst schmiegte sie sich an seinen Oberkörper. Er war so warm. So stark.

Freudig überrascht legte Taylor einen Arm um sie und plötzlich realisierte Catherine, wo sie war. Erschrocken setzte sie sich auf.

„Es tut mir leid. Ich wollte dir nicht zu nahe kommen", entschuldigte sie sich.

„Das muss dir nicht leid tun. Für mich gibt es nichts Schöneres als dich zu halten", erwiderte Taylor und hielt ihren Blick fest. Dabei öffnete er wieder einladend seinen Arm.

Zaghaft kehrte Catherine an seine Brust zurück, doch ihre Befangenheit wich sofort als sie seinen starken Herzschlag fühlte. Liebevoll strich er über ihr Haar.

„Ich habe dich so vermisst", sagte er leise, „Jedes Mal, wenn wir zusammen gewesen sind, war alles so leicht. Jede Schwere, jede Müdigkeit war sofort verflogen und jeder Blick in deine Augen hat mein Herz höher schlagen lassen. Wahrscheinlich klingt es verrückt, aber als ich dich das erste Mal küsste, war es, als würde ich nach Hause kommen."

„Das ist nicht verrückt", gab Catherine zurück und sah zu ihm auf. „Genau das gleiche Gefühl hatte ich auch."

Taylor lächelte schüchtern. „Catherine, darf ich dich küssen?"

Ihr Herz fing an zu rasen. Taylor wollte sie küssen? Was sollte sie tun? Ihre Lippen kribbelten in freudiger Erwartung und war es nicht das, was sie noch eben im Haus selbst gewollt hatte? Doch jetzt ging alles plötzlich so schnell. Viel zu schnell. Gestern hatte er sie zwar auch schon geküsst, aber es war vor ihrer Aussprache gewesen. Dies hier würde eine andere Bedeutung haben. Doch worauf sollte sie warten? Sie hatten schon so viel Zeit verloren.

Catherine schluckte kurz, dann nickte sie langsam und Taylor beugte seinen Kopf zu ihr hinunter.

Sie wusste nicht, ob ihr Herz vor Aufregung oder vor Unsicherheit aus dem Rhythmus hüpfte, aber sie dachte auch nicht weiter darüber nach. Sie schloss ihre Augen und als sie Taylors Mund in unendlicher Zärtlichkeit auf ihrem spürte, vergaß Catherine die restliche Welt um sich herum.

Es war ein leichter Kuss, bei dem sich nur ihre Lippen berührten. Trotzdem lag darin so viel Gefühl, dass Catherines Herz glaubte, nicht groß genug zu sein für all die Emotion, die es in diesem Augenblick durchströmten.

Taylor hielt die Luft an und konzentrierte sich auf Catherines samtweiche Lippen. Mit jeder Faser seines Körpers nahm er ihren Atem, ihren Geruch, ihren Herzschlag auf. Unendliche Erleichterung breitete sich in ihm aus, als er spürte, wie Catherine ihre Grenzen ihm gegenüber öffnete. Zwar fühlte er ihre Vorsicht und ihre Angst, doch im gleichen Moment spürte er, dass sie ihm und sich eine zweite Chance gab. Sie wollte ihm wieder vertrauen.

Im Stillen schwor sich Taylor, dass er alles tun würde, um dieses Vertrauen nie wieder zu enttäuschen. Liebevoll strich er ihr eine Haarsträhne aus dem Gesicht und seufzte.

„Ich fürchte, es wird Zeit zum Arbeiten“, flüsterte er leise, bevor er sie noch einmal küsste.

„Du bist Nathe, nicht wahr?“, sprach Catherine den jungen Mann an, als dieser gerade den Tennisplatz verließ.

„Ja. Warum?“ Misstrauisch sah er zwischen Catherine und Taylor hin und her.

„Nur so, wir versuchen gerade so viele Schüler wie möglich kennenzulernen. Es ist netter, wenn man sich kennt”, erklärte Taylor freundlich. „Spielst du schon lange Tennis? Du bist gut.“

„Seit acht oder neun Jahren, aber jetzt, so kurz vor den Abschlussprüfungen, habe ich nicht mehr viel Zeit dafür.“

„Ah, dann bist du Maxwell Blairs Jahrgang”, schlussfolgerte Taylor.

Nathes Gesicht wurde ausdruckslos. „Leider.“

„Anscheinend ist er nicht sehr beliebt”, stellte Taylor weiter fest.

„Nicht sehr, nein”, gab Nathe einsilbig zurück.

„Es muss eine schwere Zeit für dich sein mit Janes Tod. Ihr beide wart befreundet, richtig?“, fragte Catherine einfühlsam.

„Freundschaften zwischen Jungen und Mädchen sind auf dem Campus nicht erlaubt”, entgegnete Nathe regelkonform.

„Aber ihr habt euch trotzdem getroffen”, grinste Taylor spitzbübisch.

Unschlüssig sah der Junge ihn an.

„Keine Sorge. Wir waren selbst mal jung und das ist noch gar nicht so lange her", meinte Catherine augenzwinkernd.

„Jane und ich haben uns ein paar Mal in der Stadt getroffen", gab der Junge schließlich zu. „Aber kurz vor ihrem Tod haben wir uns gestritten."

Weder Taylor noch Catherine sagten etwas, sondern warteten einfach ab. Tatsächlich sprach der Junge weiter.

„Sie hat sich mit einem anderen bei Ricks's getroffen."

„Rick's?"

„Unserem Stammcafé", erklärte Nathe.

„Ah. Aber bist du sicher, dass sie ...?"

„Bill hat sie gesehen. Ganz zufällig lief er die Straße entlang und da saß Jane mit Bryon an einem Tisch am Fenster. Sie hat abgestritten, dass sie was mit Bryon hat, aber Bill lügt nicht. Warum sollte sie sich auch sonst mit einem anderen Jungen in der Stadt treffen?"

Taylor legte ihm eine Hand auf die Schulter. „Das tut mir leid für dich."

„Schon okay. Ich werde darüber hinwegkommen. Aber viel schlimmer ist, dass Jane tot ist. Jetzt kann ich ihr nie sagen, dass es mir leid tut. Auch wenn ich wirklich verletzt war, wollte ich doch nicht, dass ihr so etwas passiert."

Der Junge schniefte laut und nahm seine Tennistasche. „'Tschuldigung, aber ich muss los. Ich bin schon spät dran."

„Mach's gut! Wir sehen uns sicher", ließ Taylor den Jungen gehen, ehe er sich an Catherine wandte, die dem Jungen nachdenklich hinterhersah.

„Was meinst du?", wandte sich Taylor

„Ich glaube nicht, dass er etwas mit dem Mord an den Mädchen zu tun hat. Er tut mir leid."

Taylor nickte. „Das sehe ich auch so. Allerdings würde ich jetzt gerne mit Bryon reden. Wer immer das ist."

„Dann lass uns einen Abstecher zu Direktor Grothenberg machen. Sicherlich kann er uns sagen, wo wir den Jungen finden können", schlug Catherine vor.

„Oh jeh", stöhnte Catherine zwanzig Minuten später, nachdem sie mit Bryon gesprochen hatten. „Wenn Nathe irgendwann erfährt, dass Jane ihn gar nicht betrogen hat, wird die ganze Geschichte für ihn noch schwieriger zu verarbeiten als sie es bis jetzt ohnehin schon ist."

Taylor stimmte ihr zu. „Was bin ich froh, keine siebzehn mehr zu sein. Das Leben scheint mir in diesem Alter doch reichlich kompliziert zu sein. Aber lass' mich noch einmal kurz zusammenfassen, was wir gerade erfahren haben. Wenn ich das richtig verstanden habe, musste Jane mit Geraldine in die Stadt, weil diese sich mit Bryon treffen wollte, sich aber alleine nicht traute. Bill muss ihn dann alleine mit Jane im Café gesehen haben, als Geraldine gerade auf Toilette gewesen ist."

„Genau. Da sieht man mal wieder: Stille Wasser sind tief. Selbst eine so erfahrene Hausmutter wie Mrs Ruback hat davon nichts mitbekommen."

„Aber Bryon selbst können wir als Mörder wohl ebenfalls ausschließen, oder wie siehst du das?"

„Genauso. Er passt auf keinen Fall in das Täterprofil. Oha, sieh mal, wer uns da entgegen kommt."

„Maxwell Blair und seine beiden treuen Kumpanen", stellte Taylor trocken fest. „Hallo, Jungs", rief er laut.

„Mr und Mrs Smith. Wieder versöhnt miteinander?", grinste ihnen Maxwell frech ins Gesicht. Der Junge hatte wirklich keinen Respekt.

„Habt ihr gestern Abend noch eine Alternative gefunden?", überging Taylor seine ungezogene Bemerkung.

„Wir haben einen Film geschaut. Aber vielleicht könnten Sie heute doch eine Ausnahme machen?", schwenkte Maxwell zu einem freundlichen Ton um.

„Leider nein. Wie ich gestern schon sagte, der Treppenabgang ist im Moment einfach zu gefährlich."

Maxwells Augen funkelten ihn zornig an. „Was sind Sie doch für ein Bürokratenreiter", stieß er abfällig hervor.

„Deine Ausdrucksweise gefällt mir nicht", bemerkte Taylor kalt.

„Wissen Sie was? Das ist mir scheißegal. Sie können mir gar nichts. Was sind Sie schon? Ein kleiner Hausmeister, der sich durch die Welt vögelt", schrie Maxwell plötzlich aus heiterem Himmel.

Catherine wurde blass. Doch Taylor blieb gelassen und nutzte die Chance, die sich ihm gerade bot.

„Immerhin. Was ich so höre, gelingt dir das nicht. Oder hat Lydia dich etwa nicht eiskalt abserviert?"

Wutentbrannt machte der Junge einen Schritt auf Taylor zu. Doch dann blieb er stehen und seine Miene änderte sich. Die Rage verschwand aus seinem Gesicht. Stattdessen wurde es völlig ausdruckslos. Mit eiskaltem Blick erwiderte er:

„Sie war eine Schlampe. Sie hat sich von mir zum Essen einladen lassen und dann einen auf unschuldig gemacht. Aber das zumindest hat ihr noch jemand vor dem Tod ausgetrieben", grinste er plötzlich.

„Anscheinend war ich nicht der Einzige, den sie erst angemacht und dann sitzen gelassen hat." Mit diesen Worten drehte er sich um und verschwand.

„Welch eine Vorstellung", kommentierte Taylor zufrieden.

„Das war gefährlich", stellte Catherine fest.

„Was?"

„Du hast ihn ziemlich provoziert. Das wird er nicht einfach auf sich sitzen lassen. Dabei ist es ihm reichlich egal, dass du fast doppelt so alt bist. In Maxwell Blairs Welt stehst du rangmäßig unter ihm und daher wird er sich deine Bemerkung nicht gefallen lassen."

„Keine Sorge, ich kann sehr gut auf mich aufpassen. Wie du dich sicherlich erinnerst, habe ich auch einen schwarzen Gürtel", grinste er.

„Wir sollten ihn nicht unterschätzen", warnte Catherine. „Ich habe kein gutes Gefühl bei diesem Jungen."

„Das tun wir nicht", versicherte ihr Taylor, während er seinen Arm um ihre Schultern legte.

KAPITEL 15

„Gerade habe ich mit Sheriff Hatcher telefoniert und ihn über Maxwell Blair ins Bild gesetzt. Er will gleich morgen früh rauskommen und mit ihm reden", informierte Taylor.

„Das ist gut", meinte Catherine. „Hat er schon mit seinen Leuten gesprochen?"

„Ja, aber leider hat niemand Verbindungen ins Internat. Einer seiner Deputies kannte wohl mal eine Schülerin, die die Tochter einer Freundin seiner Mutter gewesen war. Aber sie hat letztes Jahr ihren Abschluss gemacht und er hat sie auch nur zwei oder drei Mal auf irgendwelchen Wohltätigkeitsveranstaltungen getroffen."

„Das ist nicht viel."

Taylor zog sich seine Jacke über. „Ich werde dann mal der großen Schülerparty einen Besuch abstatten und dabei gleichzeitig einen Blick über den Campus werfen."

„Ich komme mit", warf Catherine ein.

„Meinst du wirklich, dass das eine gute Idee ist?", zweifelte Taylor.

„Warum nicht?"

„Catherine, du bist die Frau des Hausmeisters. Denkst du nicht, es wäre merkwürdig, wenn du im Dunkeln über das Gelände marschierst, um es nach unserem Killer abzusuchen?"

Catherine seufzte. „Wahrscheinlich hast du recht", gab sie sich geschlagen. „Es ist nur so, dass ich rumsitzen wirklich hasse."

„Nun schmoll nicht. Mach es dir lieber gemütlich und genieße einen ruhigen Abend", schlug Taylor vor. Mit einem sanften Kuss verabschiedete er sich und verließ das Haus.

Seufzend nahm sich Catherine ein Buch aus dem Regal, das die vorherigen Bewohner zurückgelassen hatten und begann zu lesen. Doch schon nach kurzer Zeit merkte sie, dass sie sich nicht auf den Inhalt konzentrierte und keine Ahnung hatte, was sie gerade gelesen hatte. Lustlos legte sie den Roman zur Seite und schaltete stattdessen den Fernseher ein. Doch auch hier gab es kein Programm, das sie interessierte. Daher schaltete sie auch das TV-Gerät wieder aus.

Während Catherine noch überlegte, was sie mit ihrem unerwartet freien Abend anfangen sollte, klopfte es von draußen. Nanu, war Taylor etwa schon zurück? Freudig erregt stand sie auf und ging hinüber zur Tür. Doch es war nicht Taylor.

Catherine hatte die Tür noch nicht richtig geöffnet, da wurde sie bereits kräftig von außen aufgestoßen und drei schwarz gekleidete Gestalten mit Sturmhauben über den Gesichtern ergriffen sie. Brutal stießen sie sie zurück, während die Tür hinter ihnen ins Schloss fiel.

Im ersten Moment war Catherine überrumpelt, doch ihr Schreck dauerte nur den Bruchteil einer Sekunde. Dann übernahmen ihre Reflexe die Steuerung ihrer Bewegungen.

Den ersten traf ihr Fuß direkt in der Rippengegend. Dem zweiten, der mittlerweile hinter ihr stand, stieß sie ihren Ellenbogen in den Magen. Daraufhin brach dieser heftig keuchend auf dem Boden zusammen, wobei die kleine Leselampe von dem Beistelltisch auf den Boden fiel.

Der dritte Mann jedoch hatte seine Überraschung schnell überwunden und ein Messer gezogen. Langsam kam er nun auf sie zu.

Catherine hingegen wich einige Schritte zurück und ergriff einen der Stühle, die am Esstisch standen.

Unterdessen hatten sich die beiden anderen Angreifer wieder gefasst. In einem Halbkreis positionierten sie sich um Catherine.

Fieberhaft überschlug sie ihre Möglichkeiten im Kopf. Drei gegen eins war nicht gerade die beste aller Voraussetzungen. Aber es gab weitaus schlimmere Szenarien. Auf keinen Fall würde sie wehrlos aufgeben.

Zuerst schleuderte Catherine dem Mann in der Mitte den Stuhl entgegen. Dann griff sie nach links an. Dort stand derjenige, den sie eben in die Rippen getroffen hatte. Aus Erfahrung wusste sie, dass dies äußerst schmerzhaft war. Tatsächlich war seine Abwehrreaktion auch entsprechend langsam, sodass sie einen zweiten Treffer erzielte.

„Ah!“, schrie er auf, doch Catherine konnte der Stimme keinen Namen zuordnen.

Zufrieden registrierte sie, dass dieser Angreifer offensichtlich keinerlei Erfahrung in einer Kampfsportart hatte. Anders sah es hingegen bei dem Mann in der Mitte aus. Allein an seiner Körperbewegung ließ sich ablesen, dass er regelmäßig trainierte. Offenkundig auch mit Waffen. Sicher und professionell lag das Messer in seiner Hand.

Konzentriert versuchte Catherine alle drei Angreifer im Auge zu behalten, doch sie wusste, dass sie nur so lange eine Chance hatte, wie sich die Männer nicht synchronisierten. Von rechts nahm sie eine Bewegung war, die sie instinktiv abwehrte. Plötzlich gelang es jedoch einem der Männer, sie von hinten zu ergreifen und festzuhalten. Catherine setzte einen Schockschmerz und befreite sich aus seinem Griff. Dabei ging die Porzellanschale auf dem Esstisch zu Bruch.

Kurz entschlossen griff Catherine nach einer großen Scherbe auf dem Boden. Während diesen kurzen Moments griffen die Männer noch einmal an, dieses Mal auch nicht mehr nacheinander wie bisher, sondern gemeinsam.

Catherine spürte, wie etwas scharf ihren Rücken entlang fuhr, doch sie hatte keine Zeit, sich zu überlegen, was es gewesen sein könnte. So kräftig sie konnte, trat sie ein weiteres Mal nach einem der Angreifer, um sofort darauf herumzuwirbeln und einem der anderen beiden mit der Scherbe in ihrer Hand über den Arm zu fahren. Sie hörte, wie der schwarze Stoff des Shirts riss.

„Au!“, hörte sie einen lauten männlichen Schrei.

Unerwarteterweise ließen die Kerle in diesem Moment von ihr ab und verschwanden. Laut fiel die Haustür hinter ihnen ins Schloss.

Atemlos ließ Catherine die Scherbe fallen und stützte sich mit ihren Händen am Esstisch ab. Was war das gewesen? Vor allem, wer war das gewesen? Die Bilder überschlugen sich in ihrem Gehirn.

Unfähig in diesem Moment auch nur einen klaren Gedanken fassen zu können, versuchte sich Catherine zu beruhigen. Dies war ihr erster realer Kampf gewesen. Bislang hatte sie immer nur auf einer Matte in einer Sporthalle gekämpft. Auch bei ihren Einsätzen als Agentin war es bisher noch nie zu einer rein körperlichen Auseinandersetzung Mann-gegen-Mann gekommen, geschweige denn eins gegen drei.

Während sich ihr rasanter Herzschlag allmählich zu normalisieren begann, drang langsam ein brennender Schmerz im Rücken in ihr Bewusstsein, der mit jedem Moment schlimmer wurde, mit dem das Adrenalin aus ihrem Blut wich. Der Schmerz kam weder von einem Fausthieb noch von einem Tritt, wusste Catherine sofort. Das würde sich anders anfühlen. Dumpfer und tauber. Nein, dieser Schmerz war scharf und brennend.

Wahrscheinlich ist es das Messer gewesen, dachte Catherine auf dem Weg ins Bad.

Laut sog sie Luft durch die Zähne, als sie vorsichtig versuchte ihr T-Shirt auszuziehen. Das tat weh! Als sie es schließlich geschafft hatte, sah sie, dass sich der Stoff bereits vollständig mit Blut vollgesaugt hatte. Rasch suchte sie aus ihrer Kulturtasche einen Handspiegel heraus, um sich ihren Rücken in dem großen Badezimmerspiegel ansehen zu können.

Wie sie richtig vermutet hatte, lief ein tiefer Schnitt von ihrer linken Schulter diagonal über ihren Rücken zu ihrer vierten rechten Rippe. Mist! Diese Wunde konnte sie nicht einmal selbst versorgen. Doch sie wusste, dass sie die Blutung unter allen Umständen zum Stillen bringen musste.

Noch einmal wühlte sie in ihrem Kulturbeutel. Schließlich fand sie das blutstillende Spray, das sie gesucht hatte. Eigentlich war es für kleinere Verletzungen im Haushalt oder Schürfwunden gedacht, doch Catherine hoffte, dass es auch bei einem tieferen Schnitt helfen würde. Wahrscheinlich war es lediglich eine Frage der Menge.

Mit dem Spiegel in der Hand versuchte sie das Spray so gut es ging auf die Wunde zu sprühen. Dabei biss sie die Zähne zusammen, denn es brannte höllisch. Rasch drehte sie eines der Handtücher zu einem langen Schlauch ein und legte es über den Schnitt. Anschließend setzte sie sich auf den Boden. Dabei drückte sie ihren Rücken so fest sie konnte, gegen die geflieste Badezimmerwand, um das Handtuch auf der Wunde zu halten. Mit geschlossenen Augen versuchte sie den Wundschmerz zu verdrängen.

Sie sollte Taylor informieren, doch ihr Handy lag im Wohnzimmer und wenn sie jetzt aufstand, würde sie das Handtuch nicht auf der Wunde halten können. Der Druck war jedoch wichtig, damit die Blutung stoppte.

Am besten wartete sie einfach ein paar Minuten, beschloss Catherine. Wenn sie ehrlich war, wollte sie im Moment ohnehin nicht aufstehen. Sie wollte einfach nur hier sitzen bleiben und den Schmerz vergessen.

Gegen zehn beschloss Taylor in das kleine Cottage zurückzugehen. Die meisten Schüler waren bereits in ihre Zimmer zurückgekehrt und der Sheriff hatte zwei seiner Leute abgestellt, die bis Mitternacht auf dem Campus patrouillierten. Sollte sich noch etwas Außergewöhnliches ereignen, würde der Sheriff ihn rufen.

Obwohl Licht brannte, war sich Taylor nicht sicher, ob Catherine noch wach war. In der letzten Nacht hatten sie höchstens eine Stunde geschlafen und die Nächte zuvor waren für Catherine auch nicht erholsam gewesen. Daher zog er den Schlüssel aus seiner Hosentasche und schloss leise die Tür auf.

Entgeistert blickte er jedoch auf das Chaos, das sich ihm bot, als er die Tür aufschob. Umgefallene Stühle, eine auf dem Boden liegende Lampe, Porzellanscherben. Ein eiskalter Schrecken fuhr ihm durch die Glieder.

„Catherine?“, rief er laut. Gleichzeitig zog er seine Dienstwaffe, die er heute Abend für alle Fälle mitgenommen hatte, aus dem Halfter.

„Catherine!“, wiederholte er noch einmal fordernder und zwang sich im selben Augenblick zu ruhigem Atmen. Panik half nicht weiter.

„Im Bad”, hörte er ihre Stimme.

Immer noch in höchster Alarmbereitschaft trat er seitlich an die Badezimmertür heran und warf einen vorsichtigen Blick in den Raum. Als er sie alleine auf dem Boden sitzen sah, eilte er zu ihr und ging vor ihr in die Hocke. Zeitgleich sicherte er seine Pistole und legte sie neben sich auf den Boden.

Behutsam nahm er ihren Kopf in seine Hände und sah sie besorgt an.

„Was ist passiert?“

„Drei Männer haben mich angegriffen”, erzählte Catherine und Tränen schossen ihr in die Augen.

„Aber ich habe sie verjagt”, fuhr sie in stolzem Ton fort.

Behutsam zog Taylor ihren Kopf an seine Schulter. Dabei fiel sein Blick auf Catherines Shirt, das blutgetränkt auf den Fliesen lag.

Ein neuer Schreck durchfuhr ihn. Erst jetzt realisierte er, dass Catherine nur ihren BH auf der Jeans trug.

„Wo kommt das Blut her?“, fragte er entsetzt. „Bist du verletzt?“

„Es ist nicht schlimm”, beruhigte ihn Catherine, obwohl ihr Rücken wie Feuer brannte.

„Wo?“, fragte Taylor nur, unfähig vor Angst und Wut mehr Worte als unbedingt nötig waren auszusprechen.

Catherine rutschte etwas von der Wand weg und drehte sich um. Hörbar sog Taylor den Atem ein.

„Du musst ins Krankenhaus”, entschied er, doch Catherine schüttelte den Kopf.

„Nein, je weniger Leute unsere wahre Identität kennen, desto besser.“

Taylor wusste, dass sie recht hatte. Ihre Gesundheit war ihm dennoch wichtiger.

„Catherine, der Schnitt ist tief. Das muss genäht werden. Wir ...“

„Nein”, unterbrach sie ihn und Taylor seufzte.

„Also gut. Aber wir müssen die Wunde säubern und desinfizieren, bevor sie sich entzündet. Hast du wenigstens ein frisches Handtuch genommen?“

„Natürlich. Für wie dumm hältst du mich?“, entgegnete sie ungehalten.

Erst wollte Taylor etwas erwidern, doch dann schluckte er seine Bemerkung hinunter. Sie musste Schmerzen haben. Aus eigener Erfahrung wusste er, dass Schnittwunden höllisch wehtaten. Es war also nicht verwunderlich, dass sie gereizt war.

„Komm, dreh dich um”, forderte er sie sanft auf. Dann stellte er das Wasser auf eine lauwarme Temperatur ein, nahm ein weiteres frisches Handtuch und begann so vorsichtig wie möglich Catherines Rücken von ihrem Blut zu befreien.

„Geht es?“, erkundigte er sich besorgt.

„Ja, kein Problem”, erwiderte sie.

An ihrer Atmung erkannte Taylor jedoch, dass es schmerzte.

„Erzähl mir, wie es draußen war”, forderte sie Taylor auf.

„Es war alles ruhig. Zwei von Hatchers Männern laufen Streife und begleiten die Mädchen nach Hause. Die meisten hatten bereits ziemlich schnell genug und sind schon nach einer Stunde wieder gegangen. Irgendwie mochte keine Stimmung aufkommen, was ich bei drei toten Mitschülerinnen in zwei Wochen nachvollziehen kann. Meiner Meinung nach war es ohnehin eine völlig absurde Idee, diese Party heute steigen zu lassen.“

Taylor war bewusst, dass Catherine im Grunde genommen nur abgelenkt werden wollte, daher sprach er einfach weiter.

„Habe ich dir eigentlich schon mal von meinem Physiklehrer erzählt? Mr Fizzelbarth, ein furchtbarer Lehrer. Er war einer von der Sorte, der am allerliebsten schlechte Noten verteilte. Eine Arbeit, in der nicht mindestens die Hälfte seiner Schüler eine Fünf hatten, betrachtete er als eigenes Versagen. Dann hatte er uns nicht genug gefordert. Du kannst dir vorstellen, wie wir ihn gehasst haben.“

„Das kann ich“, stieß Catherine mit zusammengepressten Lippen vor. „Wahrscheinlich war Mr Fizzelbarth auch klein und dick.“

„Das war er“, bestätigte Taylor, „und er hatte nur noch drei Haare auf dem Kopf. Na ja, jetzt habe ich vielleicht ein wenig übertrieben. Auf jeden Fall hatte er aber oben drauf keine Haare mehr. Um das zu vertuschen, hat er seine übrigen Haare immer von einem Ohr zum anderen gekämmt. Natürlich haben sich alle ständig darüber lustig gemacht. Doch in einem Jahr kehrte er plötzlich nach der Sommerpause mit neuer Frisur zurück. Seine Kopfhaut war nun mit leichtem Haar bedeckt. Logischerweise war uns allen sofort klar, dass Mr Fizzelbart sich ein Toupet hatte anfertigen lassen.“

„Hat sich mit seinem veränderten Äußeren wenigstens auch sein Verhalten gegenüber euch Schülern geändert?“, fragte Catherine, dankbar für seine Erzählung.

„Natürlich nicht. Doch eines Tages hatte mein Bruder Nick eine Wahnsinnsidee. In den Ferien hatte er mit verschiedenen Klebstoffen herumexperimentiert. Dabei hatte er einen superstarken Kleber entdeckt. Den haben wir auf diese Fliegenfänger geschmiert. Du kennst doch diese Klebefolien, die man von der Decke runterbaumeln lassen kann?“

Catherine bestätigte dies mit einem Murmeln.

„Davon haben wir drei Stück nebeneinander in den Türrahmen des Physikraums gehängt und als Mr Fizzelbarth das nächste Mal zum Unterricht kam, ...“

„... blieb sein Toupet daran hängen”, ergänzte Catherine schmunzelnd.

„Genau das", bestätigte Taylor.

„Der arme Kerl", lachte Catherine. „Es war bestimmt nicht immer einfach, euch zu unterrichten."

„Wahrscheinlich nicht", gab Taylor zu und legte das Handtuch zur Seite. „Das Erste hast du geschafft."

„Danke fürs Ablenken."

„Kein Problem. Allerdings fürchte ich, dass das Desinfizieren noch etwas schmerzhafter werden wird."

„Ich weiß. Blutet es noch?"

„Es hat wieder angefangen. Aber mit dem Spray bekommen wir es zum Stillstand. Bereit?", vergewisserte sich Taylor mit dem Desinfektionsmittel in der Hand.

Catherine nickte und bereitete sich auf den kommenden Schmerz vor. Trotzdem sie mit ihm rechnete, schossen ihr die Tränen in die Augen, als Taylor das Spray auftrug. Schweißperlen bildeten sich auf ihrer Stirn, doch Catherine biss die Zähne zusammen. Kein Laut kam über ihre Lippen.

Taylor kam nicht umhin, sie zu bewundern. So schnell wie möglich brachte er die Blutung zum Stoppen und verschloss diese anschließend mit großen Wundpflastern. Dann nahm er sie vorsichtig in den Arm.

„Geschafft", verkündete er und merkte, dass er darüber mindestens ebenso erleichtert war wie sie. „Wenn es hält, ist es gut. Wenn der Schnitt jedoch wieder anfangen sollte zu bluten, fahren wir ins Krankenhaus. Ohne Widerrede. Abgemacht?"

Catherine nickte erschöpft.

„Gut. Jetzt noch zwei Schmerztabletten, dann fühlst du dich in einer halben Stunde wie neu geboren. Kannst du aufstehen?"

„Natürlich."

„Gut, dann lass uns in die Küche gehen."

„Ich komme gleich", kündigte Catherine an. „Ich hole mir nur ein neues T-Shirt."

Taylor nickte einmal kurz, während er heimlich dachte: *Meinetwegen wäre das wirklich nicht notwendig.*

Obwohl er sich in den letzten zehn Minuten vollständig darauf konzentriert hatte, Catherines Schnittwunde zu versorgen, hatte er sich dennoch nicht der Wirkung, die ihr Körper auf ihn ausübte, entziehen können. Trotz ihrer schmalen Figur hatte Catherine jede Menge weiblicher Rundungen, die einen Mann schier in den Wahnsinn treiben konnten. Nur das Wissen darum, dass das

Säubern und Desinfizieren für sie weitere Strapazen zu dem Wundschmerz bedeuteten, hatte ihn davon abgehalten, seine Hände weiter nach unten gleiten zu lassen. Dabei war die Erinnerung an die leidenschaftliche Catherine in seinem Bett vor einem Jahr auch nicht gerade hilfreich gewesen, um seine Begierde zu reduzieren.

Doch warum wunderte er sich, dass er so heftig auf sie reagierte? Seit acht Monaten hatte er sich mit keiner einzigen Frau auch nur verabredet, geschweige denn sie angefasst.

Nachdem Catherine jeglichen Kontakt zu ihm verweigert hatte, hatte Taylor in der Anfangszeit versucht, sich mit anderen Frauen abzulenken. Er hatte sich eingeredet, alles Geschehene sei egal. Im großen Gesamtplan des Lebens würde es keine Rolle spielen, was Catherine Klaymore von ihm hielt und über ihn dachte. Das Einzige, womit er einfach klarkommen musste, war sein eigenes Fehlverhalten bei der ganzen Geschichte. Aber Catherine als Frau sollte darin keine allzu große Rolle spielen.

Sehr schnell hatte er jedoch begriffen, dass dem nicht so war. Catherine spielte dabei sogar nicht nur irgendeine Rolle. Sie hatte die Hauptrolle inne. Keine andere Frau kam an sie heran. Gespräche mit jedem anderen weiblichen Wesen langweilten ihn binnen kürzester Zeit und der Sex, wenn er es denn überhaupt so weit hatte kommen lassen, war nie befriedigend gewesen. Irgendwann hatte er schließlich aufgehört, sich zu verabreden und seine Zeit lieber in den Sport investiert.

Auf dem Weg in die Küche hob Taylor die umgefallenen Möbelstücke auf. Gerade war er dabei die Scherben im Wohnzimmer aufzukehren, als Catherine ihn aufhielt.

„Warte!“

„Was ist?“

Mit prüfendem Blick sah Catherine über die Scherben. Vorsichtig hob sie die ein oder andere auf, bis sie gefunden hatte, wonach sie suchte. Stolz hielt sie eine Scherbe in die Höhe.

Taylor betrachtete sie genauer. Dann zog er anerkennend seine Augenbrauen in die Höhe.

„Ich nehme an, das ist nicht dein Blut, das hier an diesem Porzellan klebt”, schlussfolgerte er.

Mit einem triumphierenden Lächeln auf ihrem Gesicht, schüttelte Catherine den Kopf. Sofort zog Taylor aus seiner Hosentasche einen kleinen durchsichtigen Beutel.

„Dann schnell hinein mit dem guten Beweisstück", forderte er sie auf und verschloss den Beutel sorgfältig. „Jetzt machen wir uns als erstes einen Tee und dann möchte ich ganz genau wissen, was passiert ist."

KAPITEL 16

Nachdem Catherine alle Einzelheiten des Überfalls berichtet hatte, legte Taylor eine Hand an ihre Wange. „Ich bin furchtbar stolz auf dich”, sagte er mit glänzenden Augen.

„Danke. Aber dafür gibt es keinen Grund. Im Nachhinein denke ich, dass ich ganz anders hätte reagieren müssen. Es war ein Fehler, in Richtung des Esstisches auszuweichen.“

„Catherine, Theorie und Praxis sind nie das Gleiche. Du hast ganz fantastisch reagiert. Ein echter Kampf, bei dem dein Leben in Gefahr ist, ist nicht mit einem Kampf auf der Matte zu vergleichen. Meine Güte, ich darf gar nicht daran denken, dass die Sache auch anderes hätte ausgehen können.“

Die Folgen des Schrecks standen Taylor jetzt deutlich im Gesicht geschrieben.

Freundschaftlich nahm Catherine seine Hand. „Ich habe mich noch gar nicht für deine Hilfe bedankt.“

„Unsinn. Ich habe nichts gemacht. Es tut mir nur leid, dass du das erleben musstest. Ich hätte bei dir bleiben müssen.“

„Jetzt hör aber bitte auf, Taylor. Es konnte niemand vorhersehen, dass so etwas passieren würde. Außerdem bin ich eine ausgebildete Agentin und kein Kind, das einen Babysitter braucht.“

Taylor schmunzelte. „Das ist mir durchaus bewusst, Agent Klaymore. Aber hin und wieder kommen wir alle in Situationen, in denen es schön ist, etwas Unterstützung zu haben.“

Zerknirscht sah Catherine ihn an. „Du hast recht. Entschuldige.“

„Schon okay. Aber dich beschäftigt doch noch etwas. Ich sehe es dir an deiner Nasenspitze an” Neckend stupste er mit seinem Zeigefinger auf dieselbige.

„Ich kann dir nicht sagen, woran ich es festmache, aber ich glaube, es ging den dreien nicht darum, mich umzubringen. Auch wenn ich es nicht gerne zugebe, aber sie hätten mich sehr viel stärker verletzen können. Zwei von Ihnen hatten zwar so gut wie keine Kampferfahrung, doch der dritte wusste sehr genau, wie man kämpft. Er hat längst nicht in der Form angegriffen, wie er es gekonnt hätte."

„Vielleicht hat ihn deine Gegenwehr überrascht", meinte Taylor.

Einen Moment dachte Catherine über Taylors Worte nach.

„Bestimmt hat sie das. Ich glaube nicht, dass sie erwartet haben, dass ich mich überhaupt verteidigen kann. Dennoch hatte er ein Messer und sie waren zu dritt."

Taylor erschauderte bei dem Gedanken. Drei Männer gegen eine Frau. Wie feige war das?

„Die ganze Zeit überlege ich, warum sie plötzlich abgehauen sind", überlegte Catherine weiter. „Auch wenn ich einen von ihnen mit der Scherbe geschnitten habe, so kann das nicht der Grund gewesen sein."

„Vielleicht doch", überlegte Taylor. „Wenn die drei nicht darauf vorbereitet gewesen waren, dass einer von ihnen verletzt wird, war das vielleicht der Auslöser, den es gebraucht hat, damit sie die Aktion abbrechen. Haben sie eigentlich miteinander gesprochen?"

„Nein. Kein Wort. Aber einer von ihnen hatte definitiv das Kommando. Er war es auch, der das Zeichen zum Rückzug gegeben hat."

„Hast du jemanden von ihnen erkannt?", wollte er wissen.

„Nein. Aber ich hätte eine Idee."

„Die habe ich auch. Maxwell Blair und seine zwei Freunde."

Catherine nickte zustimmend.

Bestürzt sah Taylor sie an. „Wenn sie es wirklich waren, kannst du mir dann jemals verzeihen?"

Erstaunt sah sie ihn an. „Was sollte ich dir dann verzeihen?"

„Heute Mittag hast du selbst gesagt, dass ich ihn nicht so stark hätte provozieren dürfen. Fälschlicherweise bin ich davon ausgegangen, dass sich sein Zorn gegen mich als Person richtet. Wenn ich geahnt hätte, dass er seine Wut an dir auslässt, wäre ich niemals so weit gegangen."

Erschöpft lehnte sich Taylor auf dem Sofa zurück. Der Schlafmangel der vergangenen Nächte, verbunden mit den Nachwirkungen des Schocks, machte sich bemerkbar.

Zärtlich fuhr ihm Catherine durch die Haare. Sie waren so weich. Genau so, wie sie sie in Erinnerung hatte.

„Das ist absoluter Blödsinn und das weißt du“, widersprach sie ihm. „Aber heute Abend sind wir beide nicht mehr in der Lage, irgendetwas sinnvoll zu analysieren. Lass uns schlafen gehen und alles Weitere morgen entscheiden.“

Taylor wusste, das sie recht hatte. Daher protestierte er nicht. Allerdings hasste er den Gedanken, Catherines Hand loslassen zu müssen.

Noch während er überlegte, ob es einen Ausweg aus diesem Dilemma gab, stand Catherine auf und zog resolut an seiner Hand.

„Komm!“, forderte sie ihn auf, als er sie perplex ansah. Zielstrebig zerrte sie ihn mit sich ins Schlafzimmer.

„Catherine, was soll das?“

„Wenn du glaubst, dass du heute Nacht auf dem Fußboden schläfst, hast du dich getäuscht. Wir brauchen beide ganz dringend ein paar Stunden erholsamen Schlaf. Wir sind erwachsen, und das Bett ist groß genug für zwei. Also, wo möchtest du schlafen? Rechts oder links?“

„Catherine, ich möchte nicht ...”, versuchte er einzuwenden, doch sie unterbrach ihn energisch.

„Gut, dann nehme ich links. Sei so nett und dreh dich kurz um.“

Sprachlos gehorchte Taylor und betrachtete die weiße Wand ihm gegenüber. In der Tat konnte er zwischendurch mal wieder eine weiche Matratze gebrauchen. Ob er auf dieser allerdings geruhsam schlafen würde, während Catherine nur wenige Zentimeter neben ihm lag, wagte er stark zu bezweifeln. Seine Müdigkeit war in jedem Fall schlagartig vergangen.

„Okay”, hörte er Catherine sagen, woraufhin er sich wieder umdrehte.

Langsam ging er auf die andere Seite des Bettes und knöpfte in Zeitlupentempo sein Hemd auf. Dabei klopfte sein Herz laut und heftig, denn Catherine hatte sich auf die Seite gedreht und beobachtete ihn unverfroren.

Taylor hatte einen unglaublich durchtrainierten Körper. Hinzu kam seine leicht gebräunte Haut, die ihn schlichtweg unwiderstehlich erscheinen ließ.

Er genoss ihren Blick, dennoch sah er sie schmunzelnd an, bevor er seine Hose auszog.

„Wenn du dich bitte kurz umdrehen würdest", benutzte er ihre Worte von eben.

Doch Catherine hatte keine Lust sich umzudrehen. Ihr Herz raste, in ihrem Bauch kribbelte es, ihre Brust spannte und überhaupt sehnte sich ihr ganzer Körper nach diesem Mann.

Taylor spürte die atmosphärische Veränderung im Raum ebenso wie sie. Ein Blick in Catherines Augen zeigte ihm, wie sehr sie ihn begehrte. Es war der gleiche Blick, den er vor mehr als einem Jahr gesehen hatte. Sein Atem beschleunigte sich und er musste angestrengt schlucken.

Ohne ein weiteres Wort, schlüpfte er aus seiner Jeans. Sein Geschlechtsteil war sichtbar geschwollen und drückte sich deutlich gegen seine engen Boxershorts.

Langsam stieg er ins Bett, wobei er sich auf seine ihr zugewandte Körperseite drehte. Ohne sich zu beeilen, beugte er sich zu Catherine vor und küsste sie auf ihre weichen roten Lippen.

Doch dieser Kuss blieb nicht lange zärtlich. Wie ein Funken, der ein ganzes Feuerwerk auslöste, öffnete Catherine ihre Lippen, ließ seine Zunge hinein und spielte mit ihr in einer Leidenschaft, die Taylors Körper in Flammen versetzte.

Wild fuhr er durch ihre Haare und stöhnte leise auf, als sie näher rückte und ihren Körper an seinen presste. Er fühlte die verlockende Rundung ihrer Brüste an seinem Oberkörper, und er spürte, wie sich Catherine aufreizend gegen seinen harten Penis presste.

Augenblicklich griff er nach ihrem Po, während er die Reibung verstärkte und plötzlich dauerte alles viel zu lange. Vor allem trug Catherine immer noch ihr Nachthemd.

Flugs zog er es ihr über den Kopf. Es war definitiv zu viel Stoff zwischen ihnen. Behutsam fuhr er mit einer Fingerspitze um ihren Busen und staunte über dessen Schönheit. Er hatte vergessen, wie vollkommen er war.

„Bist du dir sicher, Catherine?", flüsterte er genau wie vor einem Jahr und als sie nickte, nahm er ihre Brust in seine Hand, die so perfekt passte, als ob sie alleine für ihn modelliert worden wäre.

Mit angehaltenem Atem beugte er sich vor und nahm sie vorsichtig in seinen Mund. Es war ihm, als hätte er nie etwas Schöneres geschmeckt.

Langsam ließ er seine Hände an ihrer Taille hinuntergleiten. Seine Finger fuhren außen an ihrem Bein herab bis zum Knie und über die Innenseite ihrer Schenkel zurück.

Durch ihren dünnen Slip konnte er spüren, wie feucht Catherine bereits war. Sie reagierte auf seine Berührung und drückte ihre Scham gegen seine Hand.

Ihr schneller Atem zeigte ihm, wie erregt sie war. Aufgeregt schob er den Stoff ihres Höschens zur Seite und führte einen Finger in sie ein.

Ihr kleiner entzückter Aufschrei brachte ihm zum Lächeln. Er wollte ihr alle Freuden dieser Welt bereiten. Er wollte sie in ein Land entführen, das sie noch nie zuvor gesehen hatte.

Sein Daumen spielte mit ihrer Klitoris, während zwei seiner Finger ihre Scheide erforschten. Er konnte spüren, wie sie sich um ihn zusammenzog, wie sie ihrem Höhepunkt näher und näher kam.

Sein Atem beschleunigte sich in gleichem Maße wie ihrer. Es war ein unbeschreibliches Gefühl, Catherine zu fühlen und gleichzeitig zu beobachten.

Sie schien seinen Blick zu spüren, denn auf einmal öffnete sie ihre Augen. Mit glasigen Pupillen sah sie ihn an und errötete leicht. Langsam glitten ihre Fingerspitzen über seinen Brustkorb nach unten.

Ein Zittern durchfuhr seinen Körper und dieses Mal war es an Catherine zu lächeln. Vorsichtig zog sie seine Shorts aus und fuhr sanft über sein Glied. Dann rutschte sie nach unten und ließ ihre Zunge über seine Eichel gleiten.

Taylor stöhnte und ließ sich kraftlos rückwärts aufs Bett fallen. Als Catherine schließlich ihren Mund um seinen Penis schloss, vergaß er alles. Seinen Namen, wer er war, wo er sich befand.

Die Welt verschwamm vor seinen Augen und er schloss die Lider. Sein Brustkorb wurde überflutet von Emotionen und seine Lungen hatten Mühe genügend Sauerstoff zur Verfügung zu stellen.

In der Hoffnung, dass mehr Luft durch seinen Mund als durch seine Nase in seinen Kreislauf gelangte, öffnete er die Lippen, doch das Atmen fiel ihm immer schwerer. In seinem Kopf begannen bereits Sterne zu tanzen, allerdings konnte er ihre Lichtreflexe nicht verfolgen.

Der Druck in seinem Penis wurde immer stärker, seine Eichel immer heißer. Er spürte Catherines Zunge, Catherines Lippen,

Catherines Hände. Dennoch war es nie genug. Er brauchte mehr! Mehr! Mehr! Nein! Er brauchte eine Pause!

Verzweifelt fuhr er durch ihre Haare und versuchte ihren Mund an einer Stelle zu halten, um wenigstens kurz Luft zu bekommen, doch Catherine gönnte ihm keine Ruhe. Ihre Zunge und ihre Hände reizten ihn unaufhörlich weiter und in Wahrheit wollte er auch gar keine Ruhe.

Dieser immense Druck war wundervoll. Er war spannend, packend und voll positiver Erwartung einer einzigartigen Explosion.

„Catherine!", stöhnte er auf einmal und riss die Augen auf. Was machte er bloß? Er wollte nicht egoistisch sein. Nicht heute! Nicht mit Catherine!

Er wollte, dass sie ihren Höhepunkt gemeinsam erreichten. Er wollte in ihr sein, wenn er kam und er wollte ihre Kontraktionen auf die intimst mögliche Weise fühlen.

Taylor setzt sich auf und Catherine küsste ihn mit einer Leidenschaft, die ihm erneut die Sinne raubte. Sie hatte ihn verstanden.

Ihre Brüste waren so hart, dass ihre Brustwarzen ihm aufrecht entgegenstanden und in Catherines Augen stand ein fieberhaftes Verlangen, das ihn den nächsten Atemzug vergessen ließ.

Vorsichtig ließ sie sich nach hinten gleiten und ignorierte den brennenden Wundschmerz auf ihrem Rücken. Sie wollte Taylor in sich spüren. Sie musste ihn spüren. Nichts anderes zählte mehr. Einladend öffnete sie ihre Beine und mehr brauchte Taylor nicht.

Fest sah er ihr in die Augen, während sein Penis ihre Klitoris neckte. Unvermittelt hielt er jedoch in der Bewegung inne.

„Wir brauchen ein Kondom", flüsterte er entsetzt. „Ich bin nicht sicher, ob ich eines dabei habe."

„Ich habe definitiv keines", gestand Catherine mit dem gleichen erschrockenen Gesichtsausdruck.

„Warte!", bat Taylor und richtete sich auf. Mit steifem Schritt eilte er hinüber ins Bad.

Als er kurz darauf zurückkehrte, blieb er sprachlos in der Tür stehen.

Niemals hatte er etwas Schöneres, etwas Erregenderes gesehen als Catherine, die mit geschlossenen Augen und aufgestellten Beinen auf dem Bett lag. Eine Hand lag auf ihrem Busen, die andere glitt über ihren Bauch nach unten.

Als ob sie seinen Blick auf sich gespürt hatte, drehte sie ihren Kopf in seine Richtung und öffnete ihre Augen. Als sie das Gummi in seiner Hand sah, lächelte sie erfreut.

„Was ist nun? Bringst du zu Ende, was du angefangen hast oder muss ich es selbst machen?“ Ihre Stimme klang ein wenig tiefer und ihre Augen leuchteten ihm eine Nuance dunkler verlockend entgegen.

Taylor war so verblüfft, dass er fast die Kontrolle über seinen Körper verloren hätte und auf der Stelle gekommen wäre. Seine Augen folgten ihrer Hand, die in diesem Moment über ihre Scheide glitt. Ihr Blick wurde glasig vor Erregung und sie öffnete leicht ihre Lippen.

Er stöhnte und war einen Moment lang versucht, sie einfach weiter zu beobachten. Niemals hatte er etwas Erotischeres gesehen als Catherine in diesem Moment.

Einladend streckte sie ihm ihre Hand entgegen und mit Taylors Selbstbeherrschung war es vorbei. Er rollte den Schutz über sein steinhartes Glied, dann kniete er sich vor sie und drang in sie sein.

Catherine nahm ihn ganz in sich auf und bewegte dabei vorsichtig ihre Hüfte, während sie ihre Füße auf seine Schultern legte. Doch schon bald war es ihnen beiden zu langsam. Ihre Bewegungen wurden schneller und schneller.

Catherine entkam ein weiterer leiser Schrei, während Taylor frustriert stöhnte. Er stand so kurz vor seinem Höhepunkt, dass es schon fast schmerzte, aber er fühlte, dass auch Catherine kurz davor war. Er würde sich beherrschen. Er würde noch einen Moment durchhalten.

Seine Hände umfassten ihre Hüfte und er stieß ein wenig härter in sie. Er beobachtete ihre Mimik und als er ihren Orgasmus sich auf ihrem Gesicht spiegeln sah und mit seinen anderen Sinnen hörte und fühlte, ließ er auch sich selbst endlich gehen.

Mit ihrem Namen auf den Lippen erreichte Taylor gemeinsam mit Catherine den Gipfel ihrer Lust.

Beide waren völlig außer Atem und es dauerte eine ganze Weile, bis sich ihr Puls wieder auf einen normalen Wert gesenkt hatte.

Zärtlich strich Taylor der Frau in seinen Armen eine Haarsträhne aus dem Gesicht.

„Du bist unglaublich”, hauchte er.

„Du auch”, gab sie lächelnd zurück.

„Ich bin nicht sicher, ob mein Herz das lange mitmacht”, scherzte Taylor. „Das grenzt schon an Hochleistungssport.“

„Dann brauchst du wohl mehr Übung”, schmunzelte Catherine.

„Das sehe ich auch so. Allerdings würde ich das abhängig von der Trainingspartnerin machen.“

„Hast du hier Präferenzen?“

„Allerdings!“, bestätigte Taylor und küsste sie erneut.

Sie liebten sich ein zweites Mal. Es war ebenso leidenschaftlich, jedoch ließen sie sich dieses Mal mehr Zeit. Erschöpft, aber glücklich lagen sie schließlich nebeneinander. Catherines Wangen waren immer noch leicht gerötet.

„Weißt du eigentlich, wie gut dir dieser After-Sex-Look steht?“, grinste Taylor. „Er macht dich einfach unwiderstehlich.“ Wieder küsste er sie begierig.

„Taylor”, lachte sie, als er sie endlich los ließ. „Lass uns vernünftig sein und schlafen.“

Murrend gab Taylor nach und nahm sie liebevoll in den Arm.

Catherine kuschelte sich an seine Schultern und genoss das beruhigende, zufriedene Glück, das durch jede einzelne Ader ihres Körpers floss.

KAPITEL 17

Enttäuscht starrte er auf ihren leblosen Körper und seufzte. Es war mit ihr einfach nicht das Gleiche gewesen. Grundsätzlich war es überhaupt nicht mehr wie früher. Mit Jane war es noch schön gewesen. Mit Geraldine in Ordnung, doch schon bei Lydia war es nicht mehr so intensiv gewesen. Und heute war alles anders gewesen. Alles hatte sich geändert.

Frustriert schlug er auf die Stopp-Taste des CD-Spielers und augenblicklich verstummte Whitney Houstons Stimme. Warum nur konnte er das wunderbare Gefühl nicht mehr hervorrufen? Er hatte doch alles perfekt arrangiert. Die Musik, die Kerzen, der Champagner. Alles war genauso wie beim ersten Mal.

Frustriert griff er nach der breiten Haarbürste mit den Wildschweinborsten, die er extra für ihr langes Haar besorgt hatte, denn durch die Naturborsten erhielt ihr blondes Haar einen ganz besonderen seidigen Glanz. Er setzte sich hinter das Mädchen und legte sich ihren Kopf auf seinen Schoß. Dann begann er ihr die Bürste Strähne um Strähne durch das Haar zu ziehen. Dabei musterte er ihr Gesicht aufmerksam

Ihre Wangen hatten keine Farbe mehr. Auch ihre Lippen waren blutleer. Sie hatte hohe Wangenknochen, dennoch war ihr Gesicht einige Millimeter zu breit und auch die Nase war nicht ganz so gerade wie in seiner Vorstellung. Die Augen hatte er ihr geschlossen. Er wollte den leblosen Blick in ihnen nicht sehen. Lieber wollte er sie so in Erinnerung behalten wie auf dem Foto, das abgegriffen in seiner Nachttischschublade lag.

Er legte die Bürste zur Seite und nahm ihr Gesicht in seine behandschuhten Hände. Dann beugte er sich zu ihr hinunter und presste seine Lippen auf ihre. Er wollte sie noch einmal fühlen, noch einmal schmecken. Er verharrte in der Position und wartete. Doch nichts passierte.

„Grrrr!“, rief er mit einem Mal wütend aus und sprang auf. Mit einem dumpfen ‚Pong!‘ fiel der Kopf des Mädchens auf den Boden.

Er fühlte nichts! Einfach gar nichts!

Verärgert lief er in dem Raum auf und ab. Sie taugte nicht! Dementsprechend konnte er sie auch genauso gut direkt hier rausschaffen und irgendwo auf dem Campus ablegen. Aber wo? Wo war der beste Platz für ihren Körper? Die ersten Gedanken verwarf er sofort, doch plötzlich kam ihm eine Idee, die er Geiste durchspielte.

Ja, das ist gut, entschied er selbstzufrieden und mit einem Lächeln auf den Lippen löschte er die Kerzen.

KAPITEL 18

„Neiiiin!“, schrie Catherine so verzweifelt, dass es Taylor durch Mark und Bein fuhr.

Erschrocken fuhr er im Bett hoch. Wo war er? Catherine! Was war passiert? Hastig knipste er die Nachttischlampe auf seiner Bettseite an und blinzelte, als das Licht seine Augen traf. Sein Herz raste. Mit einem Mal hellwach sah er Catherine im Bett sitzen. Mit weit aufgerissenen Augen starrte sie gerade aus. Auf ihrem Gesicht lag ein solch gebrochener Ausdruck, dass es Taylor vor Schreck fast schlecht wurde.

„Catherine!“, sprach er sie an, doch sie reagierte nicht. Ganz offensichtlich schlief sie immer noch. Tränen liefen jetzt an ihren Wangen hinunter und ihr Körper begann zu zittern.

Von was, um alles in der Welt, träumte sie bloß? Waren es die Nachwirkungen des Angriffs von heute Abend? Entschlossen sie zu wecken, ergriff Taylor ihre Schultern und rüttelte sie erst leicht, dann stärker, als sie nicht reagierte.

„Catherine!“, sprach er sie abermals an, dieses Mal lauter. „Catherine, wach auf!“

Ihre Augen schlossen sich kurz, bevor sie sich wieder öffneten. Irritiert sah sie ihn an. Dann rutschte sie in einer unerwartet schnellen Bewegung nach hinten zum Kopfende des Bettes. Es war, als wolle sie vor ihm fliehen.

Verwirrt zog Taylor seine Augenbrauen zusammen.

„Du hast geträumt, Liebes”, erklärte er sanft und griff nach ihrer Hand. Offenkundig war Catherine noch immer dabei sich zu orientieren.

„Es ist alles gut. Du bist in Sicherheit“, sprach Taylor in einer sanften sonoren Stimme weiter. „Es war nur ein Traum. Dir kann nichts passieren.”

Tatsächlich schien sich Catherine langsam zu beruhigen. Ihr Atem wurde gleichmäßiger, die Tränen versiegten und ihr Blick normalisierte sich.

Auch Taylor begann sich wieder zu entspannen. „Du hast mir einen ganz schönen Schrecken eingejagt", lächelte er ein wenig unsicher, denn Catherine zeigte immer noch keinerlei Reaktion.

„Catherine?", sprach er sie nochmals an. Dieses Mal etwas fordernder und daraufhin sah sie ihn zumindest an. Gut. Wenigstens verstand sie ihn. „Was hast du geträumt, Liebes?"

Catherine schloss ihre Augen und schüttelte den Kopf.

Ein beklemmendes Gefühl der Angst beschlich Taylor. Behutsam nahm er ihr Kinn in seine Hand und wartete, bis Catherine seinen Blick erwiderte. Seine Stimme war sanft, aber bestimmt, als er sprach.

„Bitte, mach das nicht, Catherine. Schließ mich nicht aus deiner Welt aus. Wir haben ein ganzes Jahr lang nicht miteinander gesprochen. Noch einmal stehe ich das nicht durch."

Catherine sah die Furcht, die aus seinen Augen sprach und wandte sich ab. Sie musste nachdenken. Sie hatte nur geträumt. Oder doch nicht? Es war alles so real gewesen. Die Stimme ihres Vaters, Taylors Reaktion und nicht zuletzt der Schmerz als der symbolische Dolch tief in ihr Herz stach. Noch immer brannte es in ihrem Brustkorb. Aber wenn sie dies alles wirklich erlebt hätte, dann würde sie jetzt nicht mit Taylor in einem Bett liegen. Dann wäre sie alleine.

Unsicher sah sie ihn wieder an. Taylors Blick hatte sich keine Sekunde von ihr gelöst. Es lag so viel Liebe darin. Noch nie hatte sie jemand derart angesehen.

Langsam kehrte auch die Erinnerung an seine Berührungen zurück. Sie hatten sich geliebt. Innig. Ihre Körper und ihre Seelen waren miteinander verschmolzen. Nein, sie musste geträumt haben. Es konnte einfach nicht anders sein. Doch erst musste sie Gewissheit haben.

„Hast du meinen Vater getroffen?", fragte sie leise mit solch zitternder Stimme, dass Taylor Mühe hatte, sie überhaupt zu verstehen.

„Deinen Vater?", fragte er erstaunt und die Verwunderung stand ihm im Gesicht. „Nein! Wann sollte ich ihn getroffen haben? Ich kenne ihn nicht einmal. Wie kommst du darauf?"

„Ich habe also wirklich alles nur geträumt?", versicherte sie sich.

„Ja, das hast du", beruhigte er sie. „Aber es muss die Hölle von einem Traum gewesen sein."

„Es muss daran gelegen haben, dass wir uns geliebt haben", seufzte Catherine und ließ sich endlich von Taylor in den Arm nehmen.

Während Catherine dabei seine Körperwärme und das Gefühl der Sicherheit genoss, die von der Umarmung ausgingen, dachte Taylor über ihre Worte nach. Wie konnte ihr Liebesakt vom Abend einen solchen Albtraum auslösen? Doch egal wie lange er darüber nachdachte, er konnte nicht einmal den Ansatz einer Antwort auf diese Frage finden. Es verstrich eine ganze Weile, bis Taylor sie schließlich losließ und sich ihr gegenüber positionierte.

„Meinst du nicht, es wäre an der Zeit, mir etwas von deiner Familie zu erzählen?", schlug er vorsichtig vor.

Er wusste, dass Catherines Familie ein heikles Thema war und er wollte auf keinen Fall die zarte Verbindung zwischen ihnen gefährden. Gleichzeitig wusste er jedoch auch, dass sie niemals eine gemeinsame Zukunft haben konnten, wenn weiterhin Tabuthemen existierten.

Unsicher sah sie ihn an und Taylor seufzte erneut. Er hätte diesen Moment gerne noch etwas aufgeschoben, aber auf Dauer konnte er nicht akzeptieren nur einen Teil von Catherine zu haben.

„Weißt du, Catherine, ich weiß nicht genau, wie du die Geschichte mit uns siehst. Aber was mich betrifft, so ist es mir verdammt ernst mit dir. Ich möchte keine Affäre. Wenn es das ist, was du suchst, dann sagst du es mir besser gleich", erläuterte Taylor.

„Was mich betrifft", fuhr er fort, „so möchte ich eine feste Beziehung, die, das kann ich dir auch gleich sagen, eines Tages in meinen Träumen in der Gründung unserer eigenen Familie endet. Geheimnisse sind einer gemeinsamen Zukunft jedoch nicht sehr zuträglich, zumindest nicht in meiner Vorstellung von Partnerschaft, die auf Liebe und Vertrauen gleichermaßen basiert."

Die Unsicherheit in Catherines Blick verschwand. Dafür stand nun eine tiefe Traurigkeit in ihren Augen.

Was hatte das zu bedeuten? Hatte er sich in ihr getäuscht? War er nur eine Liebelei für sie? Eigentlich konnte sich Taylor das nicht vorstellen. Allerdings verunsicherte ihn ihr Schweigen zutiefst. Dennoch gedachte er nicht, ihr die Antwort zu erlassen.

Egal wie sie ausfiel, er wusste dann zumindest Bescheid. In jedem Fall war alles besser als diese Unsicherheit und dieses ständige emotionale Hin und Her.

Taylor zwang sich, Catherines Blick festzuhalten und dabei gleichmäßig zu atmen.

Je länger ihr Schweigen jedoch anhielt, desto schwerer fiel es ihm und desto enger zog sich sein Herz zusammen. War dies schon das Ende, obwohl es zwischen ihnen noch nicht einmal richtig angefangen hatte?

„In meiner auch nicht", antwortete sie schließlich leise.

Taylor nickte ernst, war aber erleichtert, dass sie endlich wieder mit ihm sprach. „Das ist gut. Dann bleibt nur noch zu klären, wie ernst es dir mit mir ist. Suchst du ein Abenteuer ohne Verbindlichkeiten?"

„Nein!", rief Catherine entrüstet aus, bevor sie ruhig hinzufügte: „Du weißt ganz genau, was ich für dich empfinde."

Taylor nickte. „Ich glaubte, es zu wissen, ja. Aber es verunsichert mich, wenn du mir nicht vertraust. Im Grunde genommen weiß ich nichts von dir, Cat. Wann immer ich dich nach deinem Zuhause frage, weichst du mir aus."

Catherine nickte ergeben. „Ich weiß."

Fest nahm Taylor ihre Hände in seine, während er ihr fest in die Augen blickte.

„Wenn du jetzt nicht mit mir darüber sprechen möchtest, dann respektiere ich das. Es ist in Ordnung für mich, wenn du den Zeitpunkt selbst wählst, aber auf Dauer möchte ich keine Geheimnisse zwischen uns. Kannst du das verstehen?"

Catherine überlegte einen Moment. Sein Vorschlag war mehr als fair. Gleichzeitig wusste sie jedoch, dass es nicht leichter für sie werden würde, egal wie lange sie wartete. Dementsprechend konnte sie es auch genauso gut sofort hinter sich bringen. Schlafen würden sie so schnell ohnehin nicht mehr. Vorsichtig lehnte sie sich an die Wand und schloss die Augen. Sie wartete kurz, ob ihr Rücken sich melden würde, doch als der Wundschmerz nicht zurückkehrte, blickte sie Taylor entschlossen an.

„Möchtest du die kurze oder die lange Version?"

„Die lange", antwortete Taylor, ohne zu zögern und machte es sich auf dem Bett bequem.

„Sagt dir der Name Klaymore etwas?", erkundigte sich Catherine.

Nachdenklich legte Taylor seine Stirn in Falten. Was wollte sie hören? Es war ihr Nachname. Doch darauf wollte sie ganz bestimmt nicht hinaus. Schließlich fiel ihm etwas ein.

„Wenn ich mich recht erinnere, gibt es eine alte Öldynastie, die den Namen trägt. Ziemlich reiche Familie. Dagegen sind die Blairs wahrscheinlich arme Leute", grinste er.

„Keine Ahnung. Auf jeden Fall hat mein Vater sehr viel gemein mit Mr Blair", antwortete Catherine.

Perplex starrte Taylor sie auf einmal an und es dauerte einen Moment, bis er seine Sprache wiedergefunden hatte.

„Du meinst, dein Vater ..." Ungläubig schüttelte er seinen Kopf. „Willst du mir sagen, dass du die Tochter des reichen Ölmagnaten Klaymore bist?"

Catherine nickte bestätigend.

„Niemand im Team hätte auch nur im Traum daran gedacht, dich mit dieser Familie in Verbindung zu bringen. Wow!"

„Nicht ganz so ‚Wow!', wie man es sich vorstellt", stellte Catherine sofort richtig. „Mein Vater ist es gewohnt, dass alles nach seiner Vorstellung funktioniert. Jeder, der anders denkt ist unbrauchbar und wird ersetzt, denn grundsätzlich erhält Mr Klaymore seinen Willen. Für ihn besteht die Welt einzig und allein aus Dollarnoten. In seinem Weltbild ist generell alles und jeder käuflich. Es ist immer nur eine Frage des Preises."

Seinen Missmut ausdrückend zog Taylor seine Brauen zusammen. Das klang nicht nach einem Menschen nach seinem Geschmack.

Catherine seufzte, zog ihre Knie an und stützte den Kopf in ihre Hände.

Geduldig wartete Taylor, bis sie bereit war, weiter zu erzählen.

„Ich war siebzehn, als ich mich das erste Mal verliebte. Es war nichts Tiefgehendes. Einfach eine Jungmädchenschwärmerei, wie es in dem Alter eben so ist. Wir waren ein paar Mal im Kino, haben Händchen gehalten und geknutscht."

Verlegen sah sie Taylor an, doch er lächelte nur. „Erinnert mich irgendwie an mein erstes Date."

„Das Ganze war ziemlich schnell beendet. Es war vorbei, bevor es überhaupt ernst werden konnte. Danach war ich allerdings ziemlich heiß begehrt. Es war nicht so, dass mich vorher nicht auch mal der ein oder andere nach einer Verabredung gefragt hätte. Aber plötzlich waren alle total scharf darauf, mit mir auszugehen."

„Das hat dich gewundert?“ Seine Augen blitzten schelmisch.

„Taylor, bitte, bleib ernst. Das Ganze ist schwer genug für mich.“

Ergeben hob er seine Hände in die Luft. Was war schwer daran zu erzählen, dass man begehrt war? Doch er beschloss jeden Scherz für den Moment beiseitezuschieben. Catherines Gesicht zeigte deutlich, dass dies hier für sie eine Stresssituation war und er wollte es nicht schwerer machen, als es ohnehin schon für sie war.

„Damals hatte ich einen wirklich guten Freund. Ray. Er war es schließlich, der eines Tages beschloss, mich über den Grund dafür aufzuklären.“

Catherine holte tief Luft und Taylor war gespannt, worauf das Ganze hinauslaufen würde. Ihr Gesicht wurde ausdruckslos und ihre Stimme hatte jede emotionale Regung verloren, als sie fortfuhr.

„Das Ende ist in wenigen Worten erzählt. Meinem Vater hat der junge Mann nicht gefallen, woraufhin er ihm dreihundert Dollar geboten hat, wenn er innerhalb der nächsten drei Tage seine Beziehung mit mir beendet. Natürlich hat sich das Ganze in kürzester Zeit in der Schule rumgesprochen.“

Fassungslos über das gerade Gehörte, starrte Taylor sie an. Es dauerte einen kurzen Moment, doch dann traf ihn die Erkenntnis, was er ihr mit seiner Wette vor einem Jahr angetan hatte, mit voller Wucht. Das, was für ihn und die Jungs ein achtloser Dummer-Jungen-Streich gewesen war, hatte sie bis auf den Grund ihrer Seele verletzt und ihr jegliche Vertrauensbasis genommen. Er hatte die Grundmauern ihres Manifests dem Erdboden gleichgemacht.

Schreckensbleich sah er sie an. „Catherine, ich ...“

„Schon gut”, wehrte Catherine ab. „Möchtest du hören, wie es weiter geht?“

Taylor nickte wortlos. Vor Entsetzen war er wie gelähmt und weder einer Bewegung noch eines Wortes fähig.

„Zum Studieren bin ich aus Dallas fortgegangen. Du weißt, dass mein Vater entschieden hatte, dass ich Wirtschaft studiere. Sein Plan war, dass Chayce und ich eines Tages das Unternehmen übernehmen würden. Für Chayce war das auch genau das Richtige. Er war genauso fasziniert vom Ölgeschäft wie dein Bruder von der Chemie. Aber ich wollte schon immer zum FBI. Das stand allerdings nicht auf der Agenda meines Vaters.“

„Also hast du heimlich ein Doppelstudium absolviert", ergänzte Taylor mit rauer Stimme, der sich daran erinnerte, wie sie ihm davon erzählt hatte.

„Genau, und währenddessen lernte ich Zack kennen. Wir freundeten uns an und verbrachten fast jedes Wochenende zusammen. Häufig sind wir zu seinen Eltern gefahren, die eine Ranch betrieben. Er hatte nette Eltern und nette Geschwister. Hier habe ich das erste Mal erfahren, was es heißt, ein liebevolles Elternhaus zu haben, in dem man sich füreinander interessiert. Doch natürlich wollte Zack eines Tages meine Eltern kennenlernen."

Catherine schluckte, bevor sie weitersprach.

„Nach einem Jahr konnte ich einen Besuch nicht mehr länger hinausschieben. Damals bin ich so naiv gewesen, dass ich nicht einmal einen Gedanken an die Geschichte meiner Schulzeit verschwendet habe. Zack und ich waren in der Zwischenzeit so eng zusammen gewachsen oder zumindest hatte ich mir das eingebildet, dass ich nicht eine Minute daran gedacht hatte, dass sie sich wiederholen könnte. Wir hatten den gleichen Humor und die gleichen Interessen. Doch leider hat sich die Theorie meines Vaters erneut bewahrheitet."

Taylor konnte wieder nur ungläubig den Kopf schütteln. „Das ist nicht wahr, oder?", fragte er mit vor Schreck weit geöffneten Augen.

„Eine Woche, nachdem wir meine Eltern besucht hatten, beendete Zack unsere Beziehung. Zuerst war ich einfach nur sprachlos, doch dann fiel es mir plötzlich wie Schuppen von den Augen. Aus lauter Wut habe ich ihn mit meiner Vermutung konfrontiert. Anfangs hat er alles abgestritten, aber ich kannte ihn mittlerweile in- und auswendig. Er konnte mich nicht belügen."

Catherines Gesicht verzog sich zu einer Grimasse und ironisch fügte sie hinzu: „Zumindest hat er mich nicht für dreihundert Dollar verkauft. Sein Preis lag bei zehntausend Dollar."

Bevor Taylor reagieren konnte, atmete sie tief ein und fuhr fort.

„Ich war furchtbar verletzt von Zack, doch auf meinen Vater war ich wütend. Alles in meinem Leben versuchte er zu bestimmen und zu lenken. Ich weiß nicht mehr, wann genau ich beschloss, es ihm heimzuzahlen. Doch von da an kehrte ich regelmäßig für ein Wochenende nach Hause zurück. Jedes Mal hatte ich eine andere männliche Begleitung dabei, die ich meinen Eltern als meinen neuen Freund präsentierte. Der Deal mit den Jungs war, wir halten ein bisschen Händchen, es gibt ein paar Wangenküsse und die Abfindung meines Vaters wird hälftig geteilt. Der Beste war Freddy. Er kam dreimal mit und hat am Ende fünfundzwanzigtausend Dollar rausgehandelt."

Catherine seufzte. „Ich bin nicht stolz auf das, was ich damals getan habe. Aber ich müsste lügen, wenn ich sagen würde, dass es mir leid tut und zumindest hat das Geld meines Vaters auf diese Weise anderen Menschen geholfen. Meinen Anteil habe ich jedes Mal an eine Stiftung überwiesen, die mehrere Frauenhäuser im Land betreut. Sie nehmen Mütter mit ihren Kindern auf, die von ihren Ehemännern geschlagen und vergewaltigt wurden."

„Hat dein Vater nie gesehen, dass du nichts für diese Männer empfunden hast?", wunderte sich Taylor.

„Nein. Das war ihm auch völlig egal. Tatsache war, dass sie nicht in seine Planung passten und somit verschwinden mussten. Gefühle haben seiner Ansicht nach im Leben ohnehin nichts verloren. Sie sind nur schlecht fürs Geschäft."

Innerlich konnte Taylor nur den Kopf schütteln. Alles, was Catherine erzählte, war ihm fremd. Es stand völlig konträr zu der Art und Weise, wie er aufgewachsen war. Seine Eltern hatten alles gegeben, um die Träume ihrer Kinder erfüllen zu können. Für sie war es heute noch das Wichtigste, ihre Kinder glücklich und zufrieden zu sehen.

Es war ungeheuer schwierig für ihn gewesen, seine Eltern während der letzten Monate nicht merken zu lassen, wie sehr er litt. Dabei wusste er, dass er seiner Mutter nichts vormachen konnte. Die ganze Zeit über hatte sie gewusst, dass er unglücklich war. Taylor hatte es jedoch nicht übers Herz gebracht, ihr das ganze Ausmaß seiner Qual zu beichten, denn er wusste, dass sie sich dann nur noch mehr Sorgen gemacht hätte. Dafür waren seine Schwester und sein Bruder für ihn dagewesen. Wann immer er mit jemanden hatte sprechen müssen, hatte sich einer von ihnen Zeit genommen.

Seine Eltern hatten nie viel Geld gehabt. Immer hatte es gerade so zum Leben und für die Ausbildung der drei Kinder gereicht. Aber sie hatten ihren Kindern etwas mitgegeben, das wertvoller war als alles Geld der Welt, nämlich Werte. Werte wie Ehre, Vertrauen, Zuverlässigkeit, Treue und Ehrlichkeit. Das war wahrscheinlich auch der Hauptgrund, warum er sich seiner Mutter in der letzten Zeit nicht vollständig hatte anvertrauen wollen. Zwar

war er sich sicher, dass sie ihm sein Verhalten bei dem Spiel mit den Kollegen verziehen hätte, aber er wusste auch, dass sie von ihm enttäuscht gewesen wäre.

Es war eine feige Reaktion, aber Taylor wusste, dass er ihren ersten Blick, nachdem sie davon erfahren hätte, nicht ausgehalten hätte. Dazu machte er sich bereits selbst zu viele Vorwürfe.

„Bedeuten Werte deinem Vater denn gar nichts?“, erkundigte er sich bestürzt.

„Natürlich. Sie bedeuten ihm sogar alles. Seine Werte sind nur anders definiert, wie zum Beispiel Investitionswert, Börsenwert, Goldwert.“

Fassungslos schüttelte Taylor den Kopf. „Was ist mit deiner Mutter? Hat sie deinem Vater nie gesagt, dass sein Verhalten nicht richtig ist?“

„Um Himmels Willen, nein. Niemand widerspricht Mr Klaymore. Und niemand ist wirklich niemand. Die Aufgabe meiner Mutter ist ganz klar definiert. Sie hat zu repräsentieren und dafür zu sorgen, dass zu Hause alles ganz genau so ist wie mein Vater es haben möchte, wenn er nach Hause kommt. Das beginnt bei den Hausangestellten, geht über die Ausstattung und endet bei uns Kindern.“

Einen Moment war es still im Raum, bevor Taylor eine weitere Frage stellte, die ihn beschäftigte. „Warum bist du nach deinem Examen nach Hause zurückgegangen?“

Catherine seufzte wieder. „Das frage ich mich heute auch. Aber damals habe ich keine andere Möglichkeit gesehen. Mein Vater hatte noch immer eine solch psychische Gewalt über mich, dass ich mich zu jenem Zeitpunkt seinem Einfluss nicht widersetzen konnte. Er wusste genau, welche Register er ziehen musste, damit ich seinem Wunsch gemäß anfing, in der Firma zu arbeiten. Du musst wissen, dass diese mentale Manipulation seine große Stärke ist.“

Nach einer kurzen Pause fuhr sie fort. „Das einzig Gute daran war, dass mich auf Grund meiner Familienposition niemand kontrollieren oder gar kritisieren konnte. So bestand ich auf ein Einzelbüro, damit ich mich fast ausschließlich meinem Studium der Kriminologie widmen konnte. Denn es war für mich immer klar gewesen, dass ich dieses auf jeden Fall beenden würde.“

Taylor lächelte. Das passte zu ihr. Bereits während ihrer Karatetrainingseinheiten hatte er gesehen, wie ehrgeizig Catherine war und dass sie alles tat, um ihr einmal gesetztes Ziel zu erreichen.

„Wie kam es, dass du das Unternehmen letztlich doch verlassen hast? Sicherlich gab es dafür einen speziellen Anlass“, vermutete Taylor und Catherine nickte mit einem geistesabwesenden Blick.

„Ja, den gab es.“

Es dauerte allerdings noch einige Sekunden bis Catherine ihn schließlich wieder fokussierte und seine Frage beantwortete.

„Ich muss dafür etwas weiter ausholen und ungefähr drei Jahre zurückgehen. Damals hatte ich mich mit einer Freundin auf ihrer Clubanlage zu einem Tennisspiel verabredet und an jenem Tag lernte ich dort zufällig Richard kennen. Zumindest dachte ich damals, dass es Zufall gewesen wäre.”

Unbewusst ballte sich Taylors Hand zu einer Faust. Er sah, wie schwer es Catherine fiel, gedanklich in die Vergangenheit zurückzukehren und er fragte sich insgeheim, wie viel schlimmer die Geschichte noch werden konnte.

„Richard war charmant, eloquent und hatte Humor. Ich mochte ihn“, fuhr Catherine fort. „Er lud mich einige Male ein und traf dabei immer genau meinen Geschmack. Interessanterweise haben wir uns während unserer Verabredungen nie über unsere Berufe unterhalten. Zwar wusste ich, dass er in der strategischen Planung eines großen Industrieunternehmens arbeitete, aber das war es auch schon. Wir redeten über alles und nichts und ich war dankbar, dass er nicht zu den Männern gehörte, die ständig über ihre Arbeit reden mussten. Zumal ich, wie gesagt, insbesondere den Industriebereich ziemlich langweilig finde.“

Catherine schluckte einmal. „Du kannst dir sicher vorstellen, wie überrascht wir beide waren, als wir uns eines Tages zufällig im Aufzug des Hauptgebäudes der Ölgesellschaft über den Weg liefen. Bis zu jenem Moment hatten wir nie darüber gesprochen, wo wir arbeiteten.“

„Aber liegt die Assoziation bei deinem Namen nicht nahe?“

„Nicht unbedingt. Du hast ihn ja auch nicht mit dem Ölunternehmen in Verbindung gebracht. Zum einen mag es daran liegen, dass der Familienname nicht Teil des Firmennamens ist und Branchenfremde dadurch nicht unbedingt wissen, wer der Eigentümer der Gesellschaft ist und zum anderen ist der Name in der Gegend recht häufig, sodass die Leute ihn nicht automatisch mit der Firma verbinden."

„Außerdem", fuhr sie fort, „spreche ich nicht darüber, wenn ich es irgendwie vermeiden kann, wie du aus eigener Erfahrung weißt. Richard hat mich nie gefragt und ich brauche keinen Luxus und mag es eher etwas minimalistisch. Dementsprechend bin ich einen kleinen BMW gefahren und habe in einer Zwei-Zimmerwohnung in einer unscheinbaren Gegend gewohnt. Sie war hübsch und gemütlich, aber von ihr aus hätte niemand darauf geschlossen, wessen Tochter ich bin."

„Wenn Richard nicht wusste, wer deine Eltern sind, konntest du in jedem Fall sicher sein, dass er nicht wegen des Geldes mit dir zusammen war", warf Taylor ein, woraufhin ihn Catherine mit einem spöttischen Lächeln bedachte.

„Der Rest der Geschichte ist schnell erzählt", sprach Catherine weiter, ohne auf seine Bemerkung einzugehen. „Ich fing an, Richard zu mögen und stellte ihn meinen Eltern vor. Dieses Mal warnte ich ihn allerdings vor, was passieren würde. Doch wundersamerweise machte mein Vater ihm kein Angebot. Richard schien in seinem Plan genau aufzugehen. Die beiden verstanden sich prächtig und das allein hätte mir schon zu denken geben sollen. Aber auch meine Mutter fand ihn sympathisch und selbst mein Bruder mochte ihn. Die beiden trafen sich sogar regelmäßig zum Badminton."

Nervös fuhr sich Catherine durch die Haare. „Richard verwöhnte mich und ich hatte das Gefühl, dass er mich verstand. Ich weiß nicht, warum ich ihm verschwieg, dass ich heimlich weiter studierte. Ich erzählte ihm auch nicht von meinem Traum eines Tages als FBI-Agentin zu arbeiten, aber er wusste, dass mir die Arbeit im Büro nicht allzu viel Spaß machte und so hat er mir das ein oder andere Projekt freiwillig abgenommen oder am Abend gemeinsam mit mir daran gearbeitet."

Offen sah sie Taylor in die Augen. „Eines Tages machte Richard mir einen Heiratsantrag. Ich kann nicht sagen, dass er aus heiterem Himmel gekommen ist, aber er hat mich doch überrascht. Richard erklärte allerdings, dass es lediglich die nächste logische Stufe unserer Beziehung war und je länger ich darüber nachdachte, desto mehr musste ich ihm zustimmen. Daher habe ich seinen Antrag angenommen. Ich wusste zwar, dass Richard nicht meine große Liebe war, aber er war zuverlässig, angenehm und ich mochte ihn. Nach meinen vorhergehenden Erfahrungen entschied ich, dass das reichen musste."

„Du warst also schon einmal verheiratet?", wunderte sich Taylor.

„Nein", schüttelte Catherine ihren Kopf. „Drei Tage vor der Hochzeit habe ich durch einen dummen Zufall einen Vertrag gefunden, den Richard mit meinem Vater an dem Vormittag geschlossen hatte, an dem wir uns zum ersten Mal begegnet sind. Das Papier regelte Richards ganze berufliche Karriere von seiner aktuellen Position bis hin zu einem garantierten Sitz im Aufsichtsrat der Klaymore Ölgesellschaften mit seinem abgeschlossenen fünfzigsten Lebensjahr."

„Gütiger Gott, Catherine!" Sein Entsetzen war Taylor am ganzen Körper abzulesen.

Traurig lächelte Catherine. „Alles, was Richard jemals getan oder gesagt hatte, war gelogen gewesen. Jeder Satz hatte nur dazu gedient, mich dazu zu bringen, ihn zu lieben oder zumindest so viel zu mögen, dass ich einer Heirat mit ihm zustimmen würde. Für meinen Vater war er der richtige Kandidat, weil seine Familie einige wirtschaftlich interessante Ölfelder besaß. Eine familiäre Beziehung wäre eine perfekte Absicherung seiner Investitionen gewesen und wesentlich standfester als ein reiner Kauf."

Unruhig spielte Catherine mit einer Haarsträhne und betrachtete mit einem abwesenden Blick ihre Hände. „Mein Vater und Richard haben mich perfekt manipuliert."

Sie schluckte, dann sah sie Taylor wieder in die Augen. „Nach dem ersten Schreck habe ich den Vertrag genommen und ihn Richard auf sein Kopfkissen gelegt. Anschließend habe ich zwanzigtausend Dollar von meinem Konto abgehoben, die ich als Startgeld brauchte, um mein Studium schnellstmöglich zu beenden und über die Runden zu kommen, bis ich eine Stelle als Agentin hatte. Dann habe ich meine Kreditkarte in einen Umschlag gesteckt, sie meinem Vater geschickt und Dallas verlassen. Seitdem bin ich nicht mehr zu Hause gewesen. An Chayce' Beerdigung, Anfang der Woche, habe ich meine Eltern zum ersten Mal wiedergesehen und bevor du gleich fragst: Die Begegnung war grauenhaft, und ich war durchaus nicht böse darum, sofort nach der Beisetzung wieder fahren zu können."

Immer noch sprachlos, schüttelte Taylor entgeistert seinen Kopf.

„Nach dieser Erfahrung hatte ich beschlossen, nie wieder etwas mit einem Mann anzufangen. Ich war fast so weit, meinem Vater in zumindest einem Punkt zuzustimmen. Jeder hat seinen Preis. Doch tief in meinem Herzen wollte ich es immer noch nicht wirklich glauben. Noch immer wollte ich an wahrer Liebe festhalten. Vielleicht lag es daran, dass Richard und ich uns niemals aus tiefsten Herzen geliebt hatten, dass ich mir diesen letzten Funken Hoffnung bewahren konnte. Vielleicht spielte auch ein Rest Rebellion mit, warum ich diesen letzten Zweifel nicht verlieren wollte. Ich wollte meinem Vater nicht recht geben müssen. Allerdings hatte ich auch Angst vor einer erneuten Enttäuschung. Über ein Jahr hatte Richard mir etwas vorgespielt, ohne dass ich auch nur den Hauch eines Verdachts gehabt hatte. Wie sollte ich zukünftig wissen, ob es jemand wirklich ernst mit mir meinte? Auf jeden Fall war es einfacher, kein Risiko mehr einzugehen. Ich hatte genug von Männern und ihren manipulativen Spielchen.“

Tief atmete Catherine ein, bevor sie fortfuhr. „Dann kamst du und ich fasste Vertrauen zu dir. Du hattest es geschafft, mir meinen ursprünglichen Glauben daran, dass es auch noch Menschen gibt, denen Freundschaft mehr bedeutet als Geld, zurückzugeben. Darüber hinaus habe ich mich in dich verliebt. Ich war bereit gewesen, dir mein Herz zu schenken und emotional alles zu riskieren.“

„Dann kam der nächste Morgen”, ergänzte Taylor ausdruckslos und der Schmerz in seiner Brust kehrte zurück.

„Es tut mir leid, dass ich dir keine Gelegenheit gegeben habe, dich zu rechtfertigen. Aber ich konnte es ganz einfach nicht. Im Nachhinein weiß ich nicht einmal mehr, wie ich die ersten Wochen überstanden habe. Doch ich hatte beschlossen, nicht wegzulaufen.“

Während sie weitersprach, steckte sie sich eine Haarsträhne hinter ihr Ohr.

„Unter Apleton hatte ich meine erste Stelle, und diese wollte ich mindestens drei Jahre behalten. Ich musste zusehen, dass ich im Team die Leistung bringe, die jeder von mir erwartete. Das kostete mich so viel Energie, dass mir einfach die Kraft fehlte, dir noch einmal gegenüberzutreten. Zumal ich für dich solch tiefe Gefühle hegte, wie ich sie bisher noch niemandem entgegengebracht hatte.“

Catherine schluckte. „Alle anderen Männer hatten mich menschlich enttäuscht oder in meiner Eitelkeit verletzt, aber keinem von ihnen hatte ich wirklich mein Herz geschenkt. Nicht einmal Richard. Aus meiner Sicht erschien mir auch jedes Gespräch mit dir sinnlos. Was hättest du mir erklären wollen, was ich nicht schon gehört hatte? Zu oft hatte ich in der Vergangenheit genau das erlebt. Auch wenn der Preis seit meiner Highschoolzeit nicht mehr unter eintausend Dollar gelegen hatte."

Mit leidensvoller Mine sah Taylor sie an. „Wenn ich auch nur ansatzweise geahnt hätte, was du durchmachst, dann ..." Er stockte.

„Dann was, Taylor?" Mit großen Augen sah sie ihn an.

„Dann hätte ich so lange vor deiner Haustür übernachtet, bis du mich angehört hättest. Niemals hätte ich aufgegeben, das Gespräch mit dir zu suchen. Natürlich hätte ich die Sache auch damals nicht rückgängig machen können. Mein Verhalten an jenem Abend war schlichtweg inakzeptabel. Ich hätte niemals so viel trinken dürfen, dass ich nicht mehr in der Lage war, richtig und falsch voneinander zu unterscheiden. Doch selbst wenn dies vielleicht noch entschuldbar ist, so hätte ich wenigstens am nächsten Morgen die Dinge mit den Jungs richtigstellen müssen. Ich hätte die Sache nicht einfach im Raum stehenlassen dürfen."

Intuitiv griff Taylor nach Catherines Hand. „Und vielleicht hätte es dir Kummer erspart, wenn du gewusst hättest, dass ich die Wette zum einen längst vergessen hatte, zum anderen jedes Wort dir gegenüber ernst gemeint hatte und schlussendlich keinen Cent von dem Geld angerührt hatte."

Catherine lächelte. „Ganz sicher hätte es einen Unterschied gemacht, wie du auch an heute siehst. Aber darüber solltest du dir keine Gedanken machen. Diesen Fehler habe ich begangen. Ich hätte dir zuhören müssen. Es war egoistisch von mir, Augen und Ohren dir gegenüber zu verschließen."

Spontan zog Taylor sie in seine Arme. „Es tut mir leid, Cat", sagte er einfach und die Ehrlichkeit in seiner Stimme trieb Catherine erneut die Tränen in die Augen.

„Hast du vorhin von deinem Vater geträumt?", fragte er leise.

„Ja. Er hat dir einen Scheck über den Tisch geschoben."

Taylor nahm ihr Kinn in die Hand und zwang sie, ihn anzusehen.

„Wenn du dir über eines sicher sein kannst, Cat, dann darüber, dass ich nicht käuflich bin. Außerdem verspreche ich dir, dass ich alles tun werde, um zu verhindern, dass dir irgendjemand jemals wieder wehtun wird."

Aus Catherines Auge löste sich eine Träne. Ohne ihren Blick loszulassen, wischte er sie mit seinem Daumen weg.

„Ich kann mir vorstellen, dass es dir schwer fällt, mir im Moment zu vertrauen, aber ich möchte, dass du dies trotzdem weißt."

Catherine sah ihn lange an, dann sagte sie sehr ernst: „Es fällt mir nicht schwer."

Im Gegenteil, dachte sie und betete inständig, dass sie keinen Fehler damit beging, auf ihr Herz zu hören. Denn intuitiv wusste sie, dass sie eine weitere Enttäuschung dieser Art nicht mehr verkraften würde.

Taylors Augen wurden gefährlich feucht, denn es war ihm bewusst, welches Risiko Catherine damit einging. Gleichzeitig wusste er aber auch, dass er sie niemals wieder enttäuschen würde. Ihr Herz war bei ihm sicher. Langsam beugte er sich vor und küsste ihre Lippen, bevor er sich mit ihr hinlegte und die Bettdecke über sie zog.

„Vergiss den Albtraum, Cat und vergiss die Ansichten deines Vaters, denn er hat nicht recht. Nicht jeder Mensch ist bereit, seine Seele zu verkaufen."

KAPITEL 19

„Guten Morgen, Liebes. Zeit zum Aufstehen", flüsterte Taylor in Catherines Ohr. Dabei streichelte er zart über ihre Wange.

Catherine lächelte, dachte aber gar nicht daran, die Augen zu öffnen. Es war einfach zu schön, Taylors sanfte Stimme zu hören, seine Finger zu spüren und seinen Duft einzuatmen. Seinen Duft? Es roch nicht nach Taylor. Es roch nach Kaffee.

Verwundert riss Catherine die Augen auf und sah in Taylors verschmitztes Gesicht.

„Kaffee?", fragte er und hielt ihr eine Tasse entgegen.

„Mir hat seit Jahren niemand mehr Kaffee ans Bett gebracht", sagte Catherine, nachdem sie einen ersten Schluck genommen hatte.

„In den nächsten Jahren kannst du das jeden Morgen haben, wenn du möchtest."

Catherine lachte. „Pass auf, was du sagst. Ich könnte tatsächlich darauf zurückkommen."

Doch Taylor zuckte nur mit dem Schultern. „Das ist in Ordnung."

„Wie spät ist es?", erkundigte sich Catherine.

„Gleich halb neun."

„Schon so spät? Warum hast du mich nicht früher geweckt?"

„Weil du so süß geschlafen hast und ich entschieden habe, dass dir ein Stündchen Schlaf nach den Ereignissen des gestrigen Abends gut tut."

„So, so. Sind wir jetzt schon so weit, dass du die Entscheidungen für mich triffst?", schmunzelte Catherine. Dabei strahlte sie über das ganze Gesicht.

„Solche schon", gab Taylor selbstbewusst zurück. „Aber jetzt wird es Zeit zum Aufstehen. Ruf mich, wenn du im Bad soweit bist, damit ich nach deinem Rücken sehen kann."

„Taylor, das ist nicht nötig."

„Aber ganz bestimmt ist das nötig. Du hast die Wahl: entweder ich oder ein Arzt."

Catherine stöhnte. Das konnte ja heiter werden. Doch sie wusste, dass es wichtig war nachzusehen, ob sich die Wunde über Nacht entzündet hatte.

„Dann bringen wir es lieber gleich hinter uns. Komm mit", beschloss Catherine, die kein Freund vom Aufschieben unliebsamer Dinge war.

Während Catherine sich im Bad fertig machte, deckte Taylor den Frühstückstisch.

„Hmm, es riecht lecker nach Omelette", schnupperte Catherine, als sie wenig später die Küche betrat.

„Richtig geraten. Meine Familie ist der Ansicht, dass ich die besten Omeletts südlich von Boston und östlich von L.A. mache"

„Hm, das ist ein recht großes Territorium", lachte Catherine. „Damit hast du die Erwartungshaltung ziemlich hoch geschraubt."

„Ich scheue keine Herausforderung", grinste er sie an und stellte den Ofen aus. „Wenn du den Kaffee mitnimmst, haben wir alles, was wir brauchen."

Catherine stellte die Tassen auf den Tisch und setzte sich. Überrascht nahm sie die zwei Tabletten in die Hand, die neben ihrem Orangensaftglas lagen und sah Taylor fragend an, der daraufhin die Schulter zuckte.

„Ich dachte, du könntest sie heute Morgen gebrauchen. Der Schnitt muss wehtun und wir haben zu arbeiten. Es gibt aber keinen Grund, dass du dich dabei quälen musst. "

Catherine lächelte. „Bist du immer so aufmerksam?"

„Nur nach der ersten Nacht", bekannte er lachend.

„Dann bin ich ja froh, dass es schon unsere zweite war", gab Catherine ebenso gut gelaunt zurück.

Spontan nahm Taylor ihre Hand in seine und führte sie an seine Lippen.

„Es war wunderschön", stellte Taylor leise fest.

„Ja, das war es", stimmte Catherine ebenso leise zu.

Taylor räusperte sich, bevor er das Thema wechselte. „Als Erstes müssen wir Sheriff Hatcher über gestern Abend informieren. Jetzt können wir Maxwell Blair auch gemeinsam mit ihm einen Besuch abstatten. Der Überfall gestern Abend gibt uns einen guten Grund dafür."

„Einverstanden. Hast Du eigentlich schon die Schulpläne bekommen?"

„Nein. An die habe ich, ehrlich gesagt, auch gar nicht mehr gedacht. Aber da haken wir unbedingt heute Morgen nach. Außerdem sollten wir versuchen, etwas mehr über Blake Johnson herauszufinden."

„Teilen wir uns auf. Ich würde dir ja gerne die Wahl überlassen, aber ich fürchte nach dem gestrigen Zusammentreffen ist Blake Johnson nicht besonders gut auf mich zu sprechen", bekannte Catherine.

Taylor sah sie einen Moment nachdenklich an. „Um ehrlich zu sein, wäre es mir am liebsten, wenn wir zusammenbleiben würden."

Schmunzelnd antwortete Catherine. „Taylor, es ist schön und gut, wenn du dich nicht von mir trennen magst, aber wir können nicht für den Rest unseres Lebens wie siamesische Zwillinge herumlaufen."

„Darum geht es nicht, Cat", antwortete Taylor ernst. „Hier läuft irgendwo ein Mörder frei herum."

„Richtig, und wegen ihm sind wir hier", erinnerte ihn Catherine.

„Du wurdest gestern Abend angegriffen", ließ sich Taylor nicht beirren.

„Das ist ebenfalls richtig, aber deswegen kann ich mich nicht verstecken. Ich wurde ausgebildet, um auch mit solchen Situationen fertig zu werden. Darüber hinaus sehe ich im Moment kein Risiko, das besagt, dass einer von uns in Gefahr ist", argumentierte Catherine.

Schweigend sah Taylor sie an.

„Was ist?", fragte Catherine nach einer Weile.

„Ist dir eigentlich noch nicht aufgefallen, dass du genau dem Opfertyp entsprichst?", entgegnete er ernst.

An ihren Augen erkannte Taylor, dass Catherine in der Tat daran noch nicht gedacht hatte.

„Haare und Augenfarbe vielleicht", gab sie zu, nachdem sie sich die Bilder der drei toten Mädchen ins Gedächtnis gerufen hatte.

„Auch deine Figur stimmt mit ihnen überein", ergänzte Taylor.

„Aber ich bin fast doppelt so alt und Alter zählt zu den harten Kriterien."

„Vielleicht. Vielleicht auch nicht. Cat, wir haben keine Eile heute. Lass uns einfach die Dinge nacheinander gemeinsam abarbeiten. Vier Augen sehen immer mehr als zwei. Wenn du willst, bitte ich dich auch gern an meiner Seite zu bleiben, weil ich Angst vor Maxwell Blair und seinen beiden Freunden habe. Schließlich hat er mir gestern und vorgestern gedroht."

Aus vollem Hals fing Catherine an zu lachen und auch Taylor musste grinsen. Nachdem sich Catherine wieder einigermaßen beruhigt hatte, sagte sie ernst:

„Also, wenn das so ist, Agent Travis, dann werde ich zu ihrer Beruhigung selbstverständlich in der Nähe bleiben." Dann musste sie erneut losprusten.

„Ich werde schon mal den Vorgarten für Sie inspizieren, Agent Travis. Mal sehen, ob die Luft rein ist", kicherte Catherine eine halbe Stunde später, als sie die Haustür öffnete. Allerdings erstickte ihr Lachen augenblicklich im Hals. Für eine halbe Sekunde blieb Catherine wie angewurzelt stehen.

„Taylor!", rief sie dann laut, während sie bereits in die Hocke ging.

„Was ist los?", fragte Taylor, beunruhigt von ihrem ernsten Tonfall.

„Ich fürchte, unsere Pläne haben sich gerade geändert."

„Mist!", rief er aus, als er das tote Mädchen vor ihrer Haustür liegen sah.

Ihr Äußeres entsprach genau dem der anderen drei Opfer: schlank, blond und blauäugig. Den Merkmalen am Hals nach zu urteilen, war das Mädchen, genau wie Jane und Geraldine, erdrosselt worden. Endgültig würde natürlich nur der Gerichtsmediziner die Todesursache feststellen können, aber Taylor war sich relativ sicher, dass er bei der Obduktion ein gebrochenes Zungenbein finden würde.

„Ich informiere den Sheriff."

Catherine nickte. „Mach das. Sag ihm aber, dass er uns mit einem seiner Deputies so verhören soll, wie es dem Protokoll entspricht. Dann kann er später am Nachmittag noch einmal alleine vorbeikommen. Jetzt müssen wir uns nicht mehr heimlich irgendwo treffen."

„Halten Sie es immer noch für sinnvoll, hinter Ihrer Deckung zu arbeiten?", erkundigte sich der Sheriff zweifelnd, als er einen Moment mit Catherine und Taylor alleine war.

„Im Moment noch, ja", antwortete Taylor.

„Warum haben Sie dabei Bedenken, Sheriff?", wollte Catherine wissen.

„Ich weiß nicht. Irgendwie hatte ich gehofft, dass das Morden aufhören würde, wenn Sie da sind. Aber da der Killer gar nicht weiß, dass das FBI bereits involviert ist, muss er natürlich auch nicht fürchten, enttarnt zu werden."

„Sheriff, der Mörder wird nicht alleine durch unsere Anwesenheit aufhören. Ganz gleich, ob er davon weiß oder nicht. Er folgt einem Trieb und dieser Trieb wird, wie wir an den geringer werdenden Abständen erkennen, immer stärker", erklärte Catherine ruhig. „Er wird erst aufhören, wenn wir ihn gefasst haben."

„Aber wann wird das sein?", fragte der Sheriff ein wenig ungehalten.

Taylor hatte das Gefühl, ein Kleinkind vor sich zu haben. Da er jedoch wusste, dass der Ordnungshüter auf der Insel in einer Idylle lebte und mit der Brutalität von Serienmorden bisher niemals konfrontiert worden war, bemühte er sich um Geduld.

„Das können wir leider nicht vorhersagen. Aber glauben Sie mir, es liegt auch in unserem Interesse, den Täter so schnell wie möglich zu verhaften." Die Bemerkung, dass sie unter Umständen schon einige Schritte weiter wären, wenn er und seine Mannschaft etwas gründlicher gearbeitet hätten, schluckte er hinunter. Stattdessen berichtete er ihm von ihren Plänen.

„Es gibt ein paar Leute, die wir gerne näher unter die Lupe nehmen würden. Einer davon ist Maxwell Blair, über den wir gestern bereits gesprochen haben." In wenigen Worten informierte er den Sheriff über den Angriff auf Catherine am Abend zuvor. Dann reichte er ihm ein Blatt Papier.

„Während wir auf Sie gewartet haben, haben wir einige Fragen notiert, die Sie dem jungen Mann stellen sollten. Außerdem wäre es gut, wenn Sie uns das Protokoll des Verhörs so schnell wie möglich zur Verfügung stellen könnten. Vielleicht können Sie es einfach mailen?“

Der Sheriff nickte, während er sich die Fragen ansah. „Das mache ich.“

„Gut”, bestätigte Taylor. Weiter kam er nicht, denn in diesem Moment betraten Vince Katris und Chris Purcell, zwei Deputies des Sheriffs, das Cottage.

„Seid ihr draußen fertig?“, erkundigte sich ihr Vorgesetzter.

„Ja. Das Mädchen heißt Penelope Winter, siebzehn Jahre alt. Sie hätte dieses Schuljahr ihren Abschluss gemacht“, berichtete Chris. Der Mann war um die dreißig und reichlich blass um die Nase.

„Sind Sie sicher, dass sie nichts gehört haben?“, wandte sich der um einige Jahre jüngere Vince an Catherine und Taylor. „Der Pathologe schätzt den Todeszeitpunkt zwischen zwölf und zwei Uhr letzte Nacht.“

„Nein, leider haben wir gar nichts gehört“, schüttelte Catherine bedauernd den Kopf.

„Um diese Zeit haben wir schon tief und fest geschlafen“, ergänzte Taylor betrübt. „Ich hätte gestern Abend nicht so früh nach Hause gehen sollen.“

„Es ist nicht Ihre Schuld, Sir“, beruhigte Chris Purcell. „Die Party war bereits so gut wie aus, als Sie gegangen sind. Und wir sind das ganze Gelände bis nach Mitternacht abgegangen. Unseres Wissens nach waren alle Jugendlichen in ihren Zimmern. Niemand hat Penelope vermisst gemeldet.“

„Wir sollten ihre Zimmermitbewohnerin befragen“, schlug Vince Katris vor. „Ihr muss schließlich aufgefallen sein, dass Penelope nicht nach Hause gekommen ist. Vielleicht hat auch einer der anderen Kids gesehen, wann sie die Party verlassen hat. Ich meine, irgendwer muss doch etwas mitbekommen haben, oder nicht?“

„Ja, befragt zuerst die Kinder. Fangt mit den Mädchen an. Ich gehe mit Glenn zu den Jungen.“

„Wir kommen mit zu Maxwell, um zu sehen, ob er gestern Abend hier im Haus war. Anschließend gehen wir ins Lehrerzimmer. Direktor Grothenberg hat alle Lehrer, Hausmütter und -väter für zwölf Uhr zusammengerufen. Bei dieser Versammlung müssen wir anwesend sein”, erklärte Catherine.

„Dann lassen Sie uns gehen”, entschied Sheriff Hatcher und klopfte kurz darauf laut an Maxwells Zimmertür, bevor er, ohne eine Antwort abzuwarten, eintrat.

Hinter ihm folgten Catherine, Taylor und Deputy Glenn Meyer. Als einziger Schüler bewohnte Maxwell ein Zimmer für sich alleine, aber natürlich waren auch jetzt Ed Bauer und Clive Stuart an seiner Seite.

Maxwell saß halb liegend auf seinem Bett, während Ed und Clive, mit ihren Rücken gegen eine Wand gelehnt, auf dem Boden saßen.

„Guten Morgen”, grüßte der Sheriff. „Wer von euch ist Maxwell Blair?“

„Das bin ich.“

„Und ihr beiden seid?“

„Ed Bauer.“

„Clive Stuart.“

Die beiden Jungs beeilten sich aufzustehen, während Maxwell keinerlei Regung zeigte. Mit einer Unschuldsmiene, wie sie im Buche stand, sah er den Sheriff an.

„Wie können wir Ihnen helfen, Sheriff?“

Ohne die Vorwarnung durch Taylor und Catherine wäre Hatcher wahrscheinlich aus allen Wolken gefallen. Normalerweise wirkte allein schon seine Uniform einschüchternd auf die Leute, ganz zu schweigen von seinem autoritären Auftreten, dass er in weiser Voraussicht an den Tag legte. Jugendliche liefen in aller Regel entweder rot an oder wurden kreidebleich und fingen grundsätzlich an zu stottern. Dabei war es egal, ob sie etwas ausgefressen hatten oder nicht. Doch dieser Bengel wirkte völlig gleichgültig und uninteressiert, fast gelangweilt.

Nun, wir werden sehen, wie lange seine Fassade hält, dachte sich Hatcher, während er Maxwell von oben bis unten musterte. Maxwell war eine Herausforderung, die er nur allzu gerne annahm. Allerdings empfand er es als nicht gerade hilfreich, zwei FBI-Agenten dabei zu haben, die ihn beobachteten. Sich selbst gegenüber konnte er zugeben, dass ihn das Paar ein wenig nervös machte, obwohl die beiden sehr freundlich waren und ihm bisher niemals das Gefühl gegeben hatten, ihn unterdrücken oder beurteilen zu wollen. Jetzt spürte er allerdings Agent Travis’ Blick auf seinem Rücken.

Verlegen räusperte er sich, bevor er den Jungen nacheinander in die Augen blickte. „Gestern Abend wurde Mrs Smith in ihrem Haus von drei Angreifern überfallen."

„Nein! Ist das wirklich wahr?", unterbrach Maxwell mit weit aufgerissenen Augen. „In Ihrem Haus, sagen Sie? Tststs, man ist heute wirklich nirgendwo mehr sicher. Wie entsetzlich, nicht wahr, Jungs?"

Ed und Clive nickten, hatten aber etwas an Gesichtsfarbe verloren.

Catherine war vorhin aufgefallen, das Ed recht vorsichtig aufgestanden war. Dabei hatte er versucht, sein Gewicht auf die rechte Körperseite zu verlagern. Aufmerksam musterte sie die Bewegungen des Jugendlichen.

„Ihr wisst nicht zufällig etwas darüber?" Fragend sah der Sheriff die Jungen an.

„Wir?", tat Maxwell entrüstet. „Wie kommen Sie darauf, dass wir etwas damit zu tun haben könnten?"

„Mr Smith sagt, ihr hättet ihm gestern und vorgestern Abend gedroht."

„Das ist eine Unverschämtheit und eine Verleumdung. Jungs, haben wir Mr Smith jemals gedroht?"

„Nein, Max, nie", bestätigten beide sofort.

„Sehen Sie, Sheriff", grinste Maxwell kurz, bevor er sich Catherine zuwandte. „Glauben Sie mir, Mrs Smith, die Sache tut mir wirklich leid für Sie. Es muss schrecklich sein, wenn Sie jetzt immer Angst haben, wann immer Sie alleine zu Hause sind", wandte sich Maxwell an Catherine.

„Ich habe keine Angst, Maxwell. Ich bin durchaus in der Lage mich zu verteidigen", stellte Catherine sofort richtig. „Sheriff, ich habe einen der Angreifer mit zwei Tritten in die linke Seite getroffen. Mir ist eben aufgefallen, dass Ed ebendort Schmerzen zu haben scheint."

Als sich alle Blicke auf den Jungen richteten, wurde dieser augenblicklich noch blasser.

„Ed, würdest du bitte einmal dein Hemd anheben?", forderte ihn der Sheriff auf.

„Ich habe Schmerzen, weil ich gestern die Treppe runtergefallen bin. Ich habe beim Heimkommen von der Party die letzte Stufe nicht erwischt."

„Weil du zu viel getrunken hast. Gib's ruhig zu", grinste Maxwell.

„Darf ich mal sehen?", bat der Sheriff.

Murrend hob Ed sein Shirt an. In der Tat zog sich ein riesiger Bluterguss über seine ganze Seite.

Taylor musste sich ein Grinsen verkneifen. Catherine hatte wirklich ganze Arbeit geleistet.

„Interessant, dass sich der Bluterguss nur auf der linken Seite befindet. Wenn du die Treppe heruntergefallen bist, müssten sich eigentlich auch an anderen Stellen deines Oberkörpers grüne und blaue Stellen zeigen", gab Catherine zu Bedenken, um dem Sheriff eine Argumentation zu liefern, warum er dem Jungen nicht glaubte sollte.

„Außerdem,", fuhr sie fort, „habe ich einen der drei Angreifer mit einer Scherbe am Oberarm geschnitten. Ebenfalls links."

Dieses Mal wurde Clive kreidebleich, was auch dem Sheriff nicht entgangen war. „Was hast du mit deinem Arm gemacht?", sprach er ihn auch sogleich an.

„Nichts. Ed hat mich aus Versehen mit dem Brotmesser geschnitten. Wir wollten eine Szene aus ‚Piraten der Karibik' nachstellen und dann ist ihm das Messer aus der Hand gerutscht", erklärte Clive schnell.

„Ein Brotmesser hat abgerundete Zacken", erinnerte Catherine.

„Vielleicht war es auch ein Küchenmesser. Woher soll ich wissen, wie die Dinger alle heißen? Sheriff, die Alte will uns etwas anhängen. Wahrscheinlich hat sie von irgendwem gehört, was uns gestern passiert ist und jetzt dreht sie die Sache so wie sie sie braucht", schrie Clive verzweifelt. „Wer weiß, ob überhaupt jemand bei ihr im Haus war?"

„Genau das", stimmt Ed zu. „Die beiden haben uns auf dem Kicker, seit sie hier eingezogen sind."

„Das stimmt, Sheriff", mischte sich Maxwell mit ruhiger Stimme ein. „Dabei waren wir immer höflich und zuvorkommend."

„Bestimmt", sagte der Sheriff in einem Ton, der deutlich zeigte, dass er das Gegenteil davon glaubte. „Glenn, wenn wir hier fertig sind, nehmen wir Ed und Clive mit aufs Revier."

„Warum?" Entgeistert starrte Ed ihn an und auch Clive protestierte sofort.

„Ey, nein. Was soll das?"

„Sagen wir, ich möchte mich einfach noch einmal in Ruhe mit euch unterhalten. Außerdem möchte ich von dir, Clive, noch eine Blutprobe nehmen. Mrs Smith war nämlich so klug, die Scherbe, mit der sie ihren Angreifer geschnitten hat, aufzubewahren. Dadurch haben wir eine ganz einfach Möglichkeit zu überprüfen, ob du gestern bei ihr im Haus gewesen bist oder nicht."

„Das können Sie nicht machen", stotterte Clive ehrlich entsetzt. Hilfesuchend blickte er zu Maxwell hinüber, der jedoch nur mit den Schultern zuckte.

„Bleib ganz ruhig, Clive, und mach dir keine Gedanken. Du bist ruckzuck wieder da."

„Genau", munterte ihn auch Taylor auf. „Wenn deine Geschichte stimmt und es wirklich Ed war, der dich mit einem Brotmesser geschnitten hat, hast du nichts zu befürchten."

„Mr und Mrs Smith, wenn ich Sie bitten dürfte, den Raum jetzt zu verlassen. Wir müssen mit den Jungen noch über ein anderes Thema sprechen."

Maxwell Blair grinste Taylor breit an. Doch Taylor antwortete nur ruhig: „Selbstverständlich, Sheriff. Wir hören dann sicher von ihnen."

Sheriff Hatcher nickte vielversprechend, woraufhin Taylor und Catherine den Raum verließen.

„Wir müssen die drei getrennt voneinander befragen", stellte Taylor fest. „Den einzigen, den wir sicher festnageln können ist Clive, vorausgesetzt die DNA stimmt überein. Dann bleibt nur zu hoffen, dass er irgendwann umfällt, wenn wir ihn in die Mangel nehmen."

„Maxwell hat seine zwei Kameraden fest im Griff. Ich kann mir nicht vorstellen, dass sie ihn verraten würden", überlegte Catherine. „Manchmal habe ich das Gefühl, sie haben regelrecht Angst vor ihm."

„Wir werden sehen. Wenn wir es darauf ankommen lassen, steht am Ende das Wort einer FBI-Agentin gegen das eines Jugendlichen, der einen höchst zweifelhaften Ruf genießt."

„Unterschätze nicht die Macht des Geldes, Taylor. Gegen entsprechendes Kleingeld garantiere ich dir, dass du hier auf dem Campus gleich zwei Dutzend Personen findest, die aussagen werden, was ein Engel Maxwell Blair doch ist."

„Hm”, äußerte Taylor, dem diese Vorstellung gar nicht gefiel. Allerdings war er auch schon zu viele Jahre im Dienst, um sie zu negieren. Er wusste, wie die Dinge laufen konnten, wenn Geld ins Spiel kam.

„Kannst du dir vorstellen, dass Maxwell oder gar alle drei Jungen, Penelope getötet haben?“, lenkte er das Thema auf das vierte tote Mädchen. „Vielleicht waren sie so wütend darüber, dass der Überfall auf dich nicht so gelaufen ist wie sie sich das vorgestellt haben, dass sie sich ein wehrloses Opfer gesucht haben.“

„Bei Ed und Clive kann ich mir das nicht vorstellen”, antwortete Catherine sofort. „Ich glaube, die beiden waren über das, was sie gestern Abend getan haben, selbst erschrocken. Bei Maxwell bin ich mir immer noch nicht sicher. Ich bin auf Sheriff Hatchers Protokoll gespannt. Wie siehst du die Sache?“

„Genauso. Maxwell liebt es, Macht über andere Menschen zu haben. Er ist der Dominante, der alle Fäden in der Hand hält. Allerdings bezweifele ich, dass er sich selbst die Finger schmutzig machen würde. Dafür ist er viel zu gerissen. Auch gestern Abend haben dich hauptsächlich seine beiden Freunde angegriffen, während er dirigiert hat.“

„Das ist richtig. Wenn ich so darüber nachdenke, kann ich mir gut vorstellen, dass ihn das perfekte Verbrechen reizt. Er hält sich für oberschlau. Aber wie du richtig sagst, er würde niemals selbst Hand anlegen. Er würde die Tat lediglich planen. Allerdings bezweifle ich, dass Clive oder Ed dafür die richtigen Partner wären und das weiß Maxwell ganz genau.“

„Vielleicht war das gestern Abend ein Versuch von Max, um zu sehen, wie stabil Clive und Ed sind. Vielleicht war das Hauptziel gar nicht, dich zu verletzten, sondern es war nur ein willkommenes Zusatzgeschenk, während es Maxwell hauptsächlich darum ging zu sehen, wie weit er es mit Freund und Cousin treiben kann. Das Verhör mit Sheriff Hatcher gibt ihm ebenfalls Auskunft darüber, wie stark die beiden mental sind.“

„Das ist gut möglich. Das bedeutet aber auch, dass er die Mädchen nicht getötet hat. Wenn du mich fragst, sollten wir Maxwell im Augen behalten, uns aber nicht allein auf ihn konzentrieren.“

„Einverstanden”, stimmte Taylor mit einem Blick auf seine Armbanduhr zu. „Wir müssen uns beeilen, wenn wir nicht zu spät zu Grothenbergs Meeting kommen wollen. Danach möchte ich mir noch einmal den Partyraum unter der Bibliothek ansehen.“

KAPITEL 20

Nach der deprimierenden Stimmung im Lehrerzimmer atmete Catherine erleichtert auf, als sie nach einer Stunde endlich wieder draußen an der frischen Luft stand. Die Atmosphäre bei solchen Zusammenkünften war immer grauenvoll, doch als FBI-Agentin fand Catherine sie leichter zu ertragen. Dann hatte sie eine aktive Rolle inne, die von ihr verlangte das Gespräch zu leiten und in die richtigen Bahnen zu lenken. Ihre Gedanken, die das Gesagte filterten und in logische Zusammenhänge bringen mussten, halfen ihr, sich mehr auf den Inhalt als auf die Emotionalität zu konzentrieren. Heute war sie jedoch Zuhörer gewesen, was sie als weitaus anstrengender empfunden hatte.

„Alle Anwesenden machten einen ziemlich mitgenommenen Eindruck", meinte Taylor.

„Ja, auf mich auch. Dennoch bleibt die Tatsache bestehen, dass einer von ihnen der Täter sein könnte. Die Schüler waren alle ausführlich darüber informiert, dass sie auf keinen Fall alleine über den Campus laufen dürfen. Ich kann mir einfach nicht vorstellen, dass Penelope mit einem Fremden mitgegangen wäre“ seufzte Catherine.

„Im Übrigen wäre ein Fremder gestern Abend auch aufgefallen. Ich bin mir ziemlich sicher, dass es jemand sein muss, den die Mädchen kannten und zu dem sie ein Vertrauensverhältnis hatten."

„In jedem Fall müssen wir mit Penelopes Zimmergenossin sprechen. Mir ist noch nicht ganz klar, wie das Mädchen ihre Freundin die ganze Nacht nicht vermissen konnte.“

„Das ist in der Tat eine gute Frage.“ Anerkennend sah er Catherine an. „Habe ich dir eigentlich schon einmal gesagt, wie sehr ich deine analytischen Fähigkeiten schätze?“

Catherine lachte. „Nein, das hast du nicht.“

„Dann wird es allerdings höchste Zeit. Sie sind eine der besten Analytikerinnen des gesamten FBI, Agent Klaymore."

„Sie übertreiben, Agent Travis."

„Kein bisschen! Ich liebe es, mit dir zusammen zu arbeiten."

Taylor sah Catherine in die Augen und wusste, er wollte keinen einzigen Tag mehr ohne sie sein. Dabei stellte er fest, dass ihn dieses von innen heraus wärmte und er sich nichts Schöneres vorstellen konnte als jeden Tag mit dieser Frau aufzuwachen und mit ihr einzuschlafen. Langsam streckte Taylor eine Hand aus und fuhr ihr über die Wange.

Ich liebe dich, dachte er. Doch er traute sich nicht, diesen Gedanken laut auszusprechen. Er fürchtete, dass ein solch ernstes Geständnis für Catherine zu früh sein könnte. Daher sagte er stattdessen leise:

„Wir müssen arbeiten."

Catherine nickte, unfähig auch nur ein Wort auszusprechen. Aufmerksam hatte sie Taylor in der letzten Minute beobachtet. In seinen Augen hatte eine solch tiefe Liebe gestanden, dass sich ihr Herzschlag auf der Stelle verdoppelt hatte. Zu gerne hätte sie gewusst, was er gerade gedacht hatte, aber sie traute sich nicht zu fragen aus Angst, dass sie etwas missverstanden hatte.

„Obwohl ich im Augenblick viel lieber etwas anderes mit dir machen würde", gestand Taylor in eben diesem Moment mit einem verräterischen Funkeln in den Augen, woraufhin Catherine ihn fragend ansah.

Lächelnd beugte sich Taylor zu ihr hinab und flüsterte ihr etwas ins Ohr, das sie erröten ließ. Dann nahm er ihre Hand in seine. Während sie gemeinsam zum Wohngebäude der Mädchen spazierten, bemerkte er schmunzelnd:

„Du glaubst gar nicht, wie froh ich bin, ganz offiziell dein Ehemann zu sein. So dürfen wir wenigstens in aller Öffentlichkeit Händchen halten."

„Ja, manche Aufgaben machen einfach mehr Spaß als andere", erwiderte Catherine, während eine Welle unendlichen Glücks durch ihren Körper rollte.

Wer hätte Anfang der Woche gedacht, dass ihr die Rolle als Hausmeisterehefrau an der Seite von Taylor Travis derart zusagen würde? Sie jedenfalls nicht.

„Lenni, du solltest uns besser die Wahrheit sagen. Ansonsten können wir dir nicht helfen", sprach Catherine eindringlich auf Penelopes Zimmergenossin ein.

Tränen rannen der Siebzehnjährigen über die Wangen und ihr Schluchzen erfüllte den Raum. Tröstend nahm Catherine die Hände des Mädchens in ihre.

„Warum wollen Sie mir helfen? Sie kennen mich doch gar nicht", schluchzte Lenni.

„Manchmal ist gerade das von Vorteil", erklärte Catherine mit ruhiger Stimme. „Deine Hausmutter, Mrs Ruback, hat uns gebeten, mit dir zu sprechen, da sie nicht an dich herankommt. Sie sagt, du hättest anscheinend Probleme mit ihr. Stimmt das? Magst du sie nicht?"

Das Mädchen schüttelte wild ihre dunklen Locken. „Nein, im Gegenteil."

„Im Gegenteil? Das heißt, du magst sie doch", wunderte sich Catherine und warf Taylor einen verzweifelten Blick zu, doch dieser nickte nur zuversichtlich.

Er hatte sich auf einen der beiden Schreibtischstühle gesetzt und beobachtete geduldig die Szene aus einiger Distanz. Ganz sicher konnte Catherine als Frau diese Situation besser lösen als er.

„Ich habe sie so enttäuscht. Das wollte ich nicht. Ich wollte auch nicht, dass Penelope stirbt", schluchzte Lenni wieder laut auf.

„Das wissen wir alle. Darum musst du uns jetzt helfen. Du willst doch auch, dass Penelopes Mörder gefasst wird, oder?"

Das Mädchen nickte und wischte sich die Tränen aus dem Gesicht.

„So ist es gut. Glaube mir, es ist viel einfacher zunächst mit uns zu sprechen als mit dem Sheriff."

„Mit dem Sheriff?", schrie das Mädchen entsetzt auf. „Ich muss mit dem Sheriff sprechen? Warum?"

„Jetzt erzähl uns erst einmal, was du weißt", forderte Catherine die Schülerin auf.

„Aber ich weiß doch gar nichts. Das ist ja das Problem."

„Wie wäre es, wenn du damit anfängst uns zu erklären, warum du Penelope heute Nacht nicht vermisst hast?"

„Wir sind nicht zusammen nach Hause gegangen", gestand Lenni. „Ich hatte irgendwann keine Lust mehr. Die Stimmung war nicht gut und ich war müde. Also bin ich aufs Zimmer und ins Bett gegangen."

„Geht ihr öfter zu verschiedenen Zeiten schlafen?"

„Unter der Woche nicht. Aber an den Wochenenden schon. Meistens bin ich diejenige, die später kommt."

„Aber gestern nicht", stellte Catherine fest und das Mädchen schüttelte ihren Kopf.

„Ist dir denn heute Morgen nicht aufgefallen, dass Penelope nicht in ihrem Bett lag?"

„Penelope läuft hin und wieder morgens. Außerdem ist sie eine Frühaufsteherin."

Catherine sah zu dem gemachten Bett hinüber. Es war gut möglich, dass Lenni ihre Zimmergenossin nachts nicht kommen oder morgens nicht gehen gehört hatte, wenn man gewohnt war, sich ein Zimmer zu teilen. Aber würde Penelope vor dem Laufen ihr Bett so ordentlich machen, wenn ihre Freundin noch schlief? Das Aufschütteln der Federn hätte sie doch zumindest registrieren müssen, selbst wenn sie danach weitergeschlafen hätte.

„Hast du gestern Abend Alkohol getrunken, Lenni?"

„Nein", antwortete das Mädchen entsetzt. „Auf dem Schulgelände ist Alkohol verboten."

„Wie sieht es mit Drogen aus?"

„Spinnen Sie?" Mit großen Augen sah das Mädchen zwischen dem Hausmeisterehepaar hin und her. Ganz offensichtlich hatte sie Angst.

Catherine seufzte. „Lenni, ich will ehrlich zu dir sein. Mich macht es ein wenig stutzig, dass du Penelope heute Morgen nicht vermisst hast. Ganz sicher macht sie doch niemals ihr Bett so ordentlich, während du noch schläfst."

Augenblicklich färbten sich Lennis Wangen rosarot.

Treffer, dachte Taylor und bewunderte einmal mehr Catherines Schlussfolgerungsgabe.

„Außerdem hättest du sie sicherlich irgendwann zurückkommen und duschen hören müssen", fuhr Catherine fort.

Lenni schlug sich beide Hände vors Gesicht und weinte wieder hemmungslos.

„Lenni, es ist wichtig, dass du uns genau sagst, was passiert ist", bat Catherine noch einmal eindringlich und gab dem Mädchen einen kurzen Moment Zeit, bevor sie ihre nächste Frage stellte.

„Weiß du, was ich glaube? Ich glaube, dass du heute Nacht gar nicht nach Hause gekommen bist, stimmt's?", äußerte Catherine ihre Meinung, ohne zuvor auf eine Antwort gewartet zu haben.

„Nein", flüsterte Lenni schuldbewusst.

Catherine stöhnte innerlich. Sie hatte mit ihrer Vermutung also von Anfang an richtig gelegen. „Wo bist du gewesen?"

„Bei Ted."

„Ted? Ist er ein Klassenkamerad?"

Lenni nickte. „Ted Brewster. Sein Zimmerpartner ist übers Wochenende nach Hause gefahren und ..." Ihre Stimme brach.

„... und ihr habt die Gelegenheit genutzt, um die Nacht gemeinsam in seinem Bett zu verbringen", brachte Catherine den Satz für sie zu Ende.

„Es war das erste Mal. Ich schwöre es Ihnen, Mrs Smith. Bitte sagen Sie nichts zu Mrs Ruback", flehte das Mädchen.

„Lenni, im Augenblick geht es nicht darum, dass ihr beide eine Regel verletzt habt, sondern dass wir herausfinden, was Penelope in ihren letzten Stunden gemacht hat. Sag mir, wann hast du die Party verlassen?"

„Gegen neun. Mit Ted zusammen."

„Und wann bist du heute Morgen in dein Zimmer zurückgekehrt?"

„Gegen halb zehn, als alle beim Frühstück waren. Ich dachte, Penelope sei auch unten im Speisesaal."

„Hat Penelope gewusst, dass du bei Ted schlafen wolltest."

Wieder nickte das Mädchen.

„Wann hast du Penelope das letzte Mal gesehen?"

„Auch gegen neun, kurz bevor ich gegangen bin. Ich habe mich noch von ihr verabschiedet und mich bedankt, dass sie mich deckt."

„Hatte Penelope auch einen Freund?"

„Nein. Sie fand Nathe cool, aber der hatte immer nur Augen für Jane. Glauben Sie, ich muss das wirklich alles dem Sheriff erzählen?"

„Ich fürchte, ja, Lenni", nickte Catherine mitfühlend. „Aber vorher solltest du unbedingt mit deiner Hausmutter sprechen. Für sie ist es in jedem Fall schlimmer, wenn sie die Geschichte später von eurem Direktor oder von Sheriff Hatcher erfahrt, anstatt sie direkt von dir zu hören."

„Glauben Sie, ich kann Teds Namen außen vor lassen? Er hat nächstes Wochenende ein wichtiges Footballspiel und wenn die Sache rauskommt, wird der Trainer ihn ganz gewiss nicht spielen lassen"

Mit großen Augen sah das Mädchen sie hoffnungsvoll an, doch bevor Catherine antworten konnte, mischte sich Taylor ein.

„Ihr habt beide gegen eine Schulregel verstoßen, Lenni. Ihr kanntet beide das Risiko und nun müsst ihr gemeinsam den Preis dafür zahlen. Wir alle machen hin und wieder Fehler. Manchmal sind sie einem bewusst, so wie in eurem Fall. Manchmal passieren sie einem aber auch unbewusst. Entscheidend ist, dass wir zu ihnen stehen und aus ihnen lernen."

Bedrückt lauschte das Mädchen den Worten. „Max sagte schon, dass Sie die Regeln sehr genau nehmen. Aber wahrscheinlich ist das auch richtig."

„Ich kann mir gut vorstellen, dass die Strafe milde ausfallen wird, wenn Mrs Ruback und Teds Hausvater sehen, dass es euch leidtut und ihr bereits etwas gelernt habt", tröstete Taylor.

Unsicher sah Lenni wieder zu Catherine hinüber, die aufmunternd die Hände des Mädchens drückte und dabei zustimmend nickte.

„In Ordnung. Ich werde zu ihr gehen", versprach Lenni schließlich mit tränenverschleierten Augen.

„Ich kann mir nicht helfen", sagte Taylor, „aber irgendwie denke ich, je strikter die Regeln, desto mehr haben die Kids das Bedürfnis, sie zu umgehen. Warum muss eine Hausordnung jegliche Beziehung zwischen Jungen und Mädchen verbieten? Ich bin mir sicher, wenn die Jugendlichen die Möglichkeit hätten, sich auch auf einer emotionalen Ebene kennenzulernen, würde es gar nicht erst so weit kommen wie heute bei Ted und Lenni. Es ist doch völlig normal, wenn man mit sechzehn oder siebzehn seine eigene Sexualität entdeckt, einen Partner küsst oder Händchen hält."

„Das ist richtig. Aber wahrscheinlich hat Rektor Grothenberg Angst, dass das irgendwann nicht mehr ausreicht und ihm die Dinge entgleiten", seufzte Catherine.

„Wie du siehst, kann er das allerdings so oder so nicht verhindern."

„Wenn man vom Teufel spricht", sagte Catherine und deutete auf den Schuldirektor, der ihnen in diesem Moment entgegen kam.

„Sie beide habe ich gesucht", begrüßte er sie sofort. „Das Ganze ist ein einziger Albtraum. Irgendwie bin ich davon ausgegangen, dass das alles aufhört, sobald Sie da sind."

„Leider hindert unsere Anwesenheit allein die Täter selten am Weitermachen", bemerkte Taylor zum zweiten Mal an diesem Tag trocken.

Geistesabwesend nickte Direktor Grothenberg. „Ich wollte Sie kurz wegen der Baupläne der Schule sprechen, um die Sie mich gebeten hatten. Leider sind sie nicht an ihrem Platz. Wir haben überall im Archiv gesucht, aber irgendjemand muss sie falsch abgelegt haben."

Intuitiv zog Taylor eine Augenbraue in die Höhe. Solche Zufälle machten ihn grundsätzlich misstrauisch.

„Wir haben bereits in dem Architektenbüro, das unsere Schulbibliothek vor fünf Jahren umgebaut hat, angerufen und sie gebeten, uns Fotokopien ihrer Pläne zu schicken. Spätestens Montag sollten Sie diese haben", versicherte der Rektor schnell.

„Das Bibliotheksgebäude ist schon recht alt, nicht wahr?", hakte Catherine nach.

„Allerdings. Es ist das älteste Gebäude auf dem ganzen Gelände und eines der ältesten der Insel. Früher ist es einmal ein kleines Kloster gewesen. Den Aufzeichnungen nach haben ungefähr zwanzig farbige Mönche dort gelebt."

„Farbige Mönche auf einer texanischen Insel?", wunderte sich Taylor. „Das kann sicherlich kein einfaches Leben gewesen sein."

„Das war es ganz bestimmt nicht", stimmte der Direktor zu. „Allein auf Grund ihrer Hautfarbe waren die Mönche schon nicht überall beliebt. Soweit wir wissen sind sie mehrfach angegriffen worden, wobei hauptsächlich die äußeren Anlagen zerstört worden waren. In einer kalten Winternacht im Jahr 1928 sind jedoch alle Mönche von Anhängern des Ku-Klux-Clans getötet worden."

„Das ist eine traurige Geschichte", fand Catherine.

„Das ist es. Als die Schule das Gelände gekauft hat, hat der damalige Direktor beschlossen, das Gebäude als Mahnmal gegen Rassismus stehen zu lassen. Leider war es so baufällig, dass wir es zunächst nicht benutzen konnten. Daher wurden das Hauptgebäude der Schule sowie die beiden Wohnhäuser neu gebaut. Vor fünf Jahren erhielten wir unerwartet eine großzügige Spende, die es uns ermöglichte, das Gebäude der Mönche vollständig restaurieren zu lassen und unsere Schulbibliothek, sowie den Partysaal dort unterzubringen."

„Mr Blair Senior scheint ein äußerst großzügiger Spender zu sein, wenn es darum geht, über die Fehltritte seines Sohnes hinwegzusehen, wie wir gehört haben", konnte Taylor sich nicht verkneifen zu bemerken.

Augenblicklich straffte Direktor Grothenberg seine Schultern und sah ihn herausfordernd an. Die Spitze im Tonfall des Agenten war ihm nicht entgangen.

„Der Staat erweist sich leider nicht als ganz so großzügig", erwiderte er verteidigend.

„Dafür ist er etwas wählerischer, was die Herkunft von Spenden betrifft", entgegnete Taylor kalt und sah dem Mann ebenso fest in die Augen, bevor er sich an seine Partnerin wandte. „Komm, Cat, wir müssen weiter. Wenn Sie uns bitte entschuldigen würden, Direktor Grothenberg, wir haben zu arbeiten."

Catherine konnte Taylors kalte Wut spüren, während sie neben ihm lief. „Geht es dir jetzt besser?", erkundigte sie sich nach einer Weile.

„Nein. Diese doppelte Moral macht mich rasend."

„Das kann ich verstehen. Wie wäre es, wenn wir eine Runde Laufen gehen, um den Kopf frei zu bekommen? Oder wie wäre es mit einem kleinen Trainingskampf? Das heißt, falls du dich noch traust gegen mich zu kämpfen", zwinkerte sie ihm zu und brachte Taylor damit zum Lachen.

„Ehrlich gesagt, bin ich mir da nicht ganz sicher. Du warst letztes Jahr schon gut, aber wie ich gehört habe, musst Du mittlerweile eine große Herausforderung sein", überlegte Taylor und tat, als denke er ernsthaft darüber nach.

Catherine grinste und genoss Taylors Spiel. Sie wusste ganz genau, dass sie gegen Taylor auf der Matte niemals auch nur den Hauch einer Chance haben würde. Mit zur Schulter gelegtem Kopf sah er sie an.

„Ich denke, ich wäre geneigt, die Herausforderung anzunehmen. Aber leider sind Sie verletzt, Agent Klaymore. Jegliche sportliche Betätigung in den nächsten drei Tagen ist Ihnen untersagt."

„Aber für letzte Nacht galt das nicht, oder wie?" Gefährlich funkelten Catherines Augen.

„Das, liebe Cat, war etwas völlig anderes", grinste Taylor über das ganze Gesicht, während er ihr zufrieden einen Arm um die Schultern legte.

Im gleichen Augenblick klingelte jedoch sein Mobiltelefon und Taylor seufzte. Warum konnte er Catherines Nähe nicht einmal für einen Moment in Ruhe genießen?

„Geh ran!", forderte Cat ihn auf. „Ich unterhalte mich unterdessen mit den beiden Mädchen, die dort drüben auf der Wiese sitzen."

Gemütlich schlenderte sie auf die beiden zu und ging vor ihnen in die Hocke. „Hallo, ich bin Catherine, die Frau des neuen Hausmeisters."

„Wir wissen schon, wer Sie sind. Ich bin Lianne."

„Und ich bin Holly. Stimmt es, dass Sie Penelope gefunden haben?"

„Ja, leider. Habt ihr sie gut gekannt?"

„Sie war unser Jahrgang. Es ist so furchtbar. Wir haben sie nicht sonderlich gemocht, aber das hat sie nicht verdient", schluchzte Lianne.

„Sie haben Freitagabend gestritten", erklärte Holly, während sie einen Arm um ihre Freundin legte.

„Du hast mit Penelope gestritten?", wandte sich Catherine direkt an Lianne und das Mädchen nickte.

„Worum ging es bei dem Streit?"

„Sie hat Matthew auf der Party angemacht", erklärte Lianne.

„Matthew? Ich dachte, Penelope schwärmte für Nathe", hakte Catherine nach und war froh, keine siebzehn mehr zu sein. Das Leben konnte in dem Alter doch sehr kompliziert sein.

„Sie wollte ihn eifersüchtig machen. Aber ich glaube, Nathe hat sie nur gereizt, weil er nichts von ihr wissen wollte", mutmaßte Holly. „Penelope war so. Sie musste immer die Schönste sein und sie hat niemandem etwas gegönnt. Sie musste immer jedem beweisen, dass sie alles und jeden haben konnte. In der einen Woche war es Liam, in der nächsten Lucas und Freitagabend war es eben Matthew."

„Ich hätte nicht solch grausame Dinge zu ihr sagen sollen", jammerte Lianne.

Aufmunternd legte Catherine eine Hand auf den Arm des Mädchens. „Niemand konnte wissen, was in der Nacht passieren würde. Du musst dir keine Vorwürfe machen."

Catherine machte eine kurze Pause, bevor sie ihre nächste Frage stellte. „Wisst ihr, mit wem Penelope die Party verlassen hat?"

„Nein. Ich habe sie gegen halb neun das letzte Mal gesehen“, erklärte Lianne. „Dann bin ich gegangen.“

„Ich bin ihr später noch mal auf der Toilette begegnet. Da war es vielleicht halb zehn. Danach habe ich sie auch nicht mehr gesehen. Ich habe aber auch nicht nach ihr Ausschau gehalten“, ergänzte Holly. „Glauben Sie, es ist entscheidend, dass alle ermordeten Mädchen blond waren?“

„Das weiß ich nicht. Aber ich denke, ihr solltet vorsichtig sein und nicht alleine draußen herumlaufen. Nur weil ihr dunkle Haare habt, heißt das nicht, dass euch nichts passieren kann.“

„Wir passen auf“, versprachen die Mädchen und Catherine verabschiedete sich.

Mittlerweile hatte auch Taylor sein Telefonat beendet.

„Das war Mitch”, klärte er sie auf, während sie gemeinsam zur Bibliothek hinüberliefen. „Er hat sich Blake Johnsons Vergangenheit angesehen.“

„Und hat er etwas Interessantes über ihn herausgefunden?“, wollte Catherine sogleich wissen.

„Allerdings. Der Mathelehrer war nicht immer Mathelehrer”, gab Taylor weiter, was er soeben erfahren hatte.

„Sondern?“

„In seinem früheren Leben war er Kampfsporttrainer. Er hatte eine eigene Schule, die sogar recht erfolgreich an internationalen Wettkämpfen teilgenommen hat.“

„Was ist passiert?“

„Der Mann ist eines Tages ausgerastet. Angeblich hat er seine Freundin mit einem anderen im Bett erwischt.“

„Autsch!“, kommentierte Catherine.

Taylor nickte. „Der Mann muss Rot gesehen haben. Zuerst hat er seinen Rivalen halb tot geprügelt, anschließend hat er seine Freundin krankenhausreif geschlagen. Die Nachbarn haben die Polizei alarmiert, die ihn direkt festgenommen hat. Sein Alkoholgehalt betrug 1,9 Promille.“

„Oha. Da können die meisten Leute nicht einmal mehr gerade stehen.“

Taylor nickte zustimmend. „Was wiederum bedeutet, dass er öfter Alkohol genossen hat, als gut für ihn gewesen war. Lange Rede, kurzer Sinn: Johnson wurde zu fünf Jahren und acht Monaten Haft verurteilt, womit er automatisch auch all seine

Trainerlizenzen verloren hat. Seine Zeit im Gefängnis hat er genutzt, um per Fernkursen Mathematik zu studieren."

„Aber er leitet hier in der Schule die Kampsport-AG. Darf er denn mit seiner Vergangenheit weiterhin Kinder und Jugendliche unterrichten?", fragte Catherine zweifelnd.

„Johnson hat wohl ein paar gute Freunde. Sie waren allesamt Sponsoren aus seiner aktiven Kampfzeit. Mit einer finanziellen Startspritze ihrerseits konnte er Direktor Grothenberg wohl davon überzeugen, dass er sich zukünftig unter Kontrolle haben wird. Tatsächlich scheint er auch seitdem eine weiße Weste zu haben. Als Mathelehrer genießt er einen guten Ruf. Streng, aber fair und die Karate AG leitet er äußerst professionell. Sein einziges Laster sind die Frauen. Seit jenem schwarzen Tag hatte er keine einzige langjährige oder ernste Beziehung. Alles waren angeblich nur kurze Bettgeschichten."

„Wie sah seine Freundin aus? Du weißt schon, die, die ihn betrogen hat."

„Davon hat Mitch nichts gesagt. Aber sicherlich finden wir in der Presse ein Bild von ihr. Die Geschichte muss zumindest lokal durch alle Medien gegangen sein. Du denkst daran, dass er ein Trauma verarbeiten muss und plötzlich alle Mädchen umbringt, die ihn an seine Verflossene erinnern?"

Catherine zuckte die Achseln. „Das könnte doch sein, oder nicht? Es wäre nicht das erste Mal, dass ein solcher Drang erst nach einigen Jahren einsetzt."

Angestrengt dachte Taylor darüber nach. „In der Regel gibt es dann allerdings einen Auslöser", wandte er ein.

„Da hätte ich sofort eine Idee. Stell dir mal vor, Johnson verliebt sich noch einmal und wird abgewiesen. Oder noch schlimmer, er wird ein weiteres Mal von einer Frau betrogen. Das könnte all seine Wut zurück an die Oberfläche bringen."

Wieder überlegte Taylor ernsthaft. „Einverstanden. Es ist eine Möglichkeit. Dann sollten wir herausfinden, wen Mr Johnson in den letzten Wochen getroffen hat."

„Parallel dazu sollten wir Sheriff Hatcher fragen, ob er offene Vermisstenmeldungen auf seinem Schreibtisch hat", ergänzte Catherine. „Jane Lantern muss schließlich nicht sein erstes Opfer gewesen sein."

KAPITEL 21

„Deputy Katris!“, schreckte Catherine zusammen, als sie den jungen Mann hinter sich wahrnahm. „Ich habe Sie gar nicht kommen gehört.“

„Entschuldigen Sie, Mrs Smith, ich wollte Sie nicht erschrecken”, entgegnete Vince Katris, der im ersten Moment genauso erschrocken aussah wie Catherine. „Ich bin schon eine ganze Weile hier, aber ich habe Sie ebenfalls nicht gehört. Was machen Sie hier?“

Das ist eine berechtigte Frage von einem Deputy an eine Hausmeisterfrau, dachte sich Catherine. Daher antwortete sie freundlich.

„Ich wollte nur sehen, ob ich hier unten etwas aufräumen kann. Direktor Grothenberg hat mir zwar gesagt, dass die Schüler angehalten werden, den Partyraum nach seiner Nutzung in eigener Verantwortung zu reinigen, aber wir wissen doch alle, wie Jugendliche sind.“ Verschwörerisch lächelte sie den jungen Mann an.

„Da haben Sie wohl recht. Wenn ich an meine Jugendzeit denke, hat meine Mutter unter einem aufgeräumten Zimmer grundsätzlich etwas anderes verstanden als ich”, grinste er auch sofort zurück.

„Dabei liegt ihre Jugend noch gar nicht lange zurück. Wie alt sind Sie, Vince? Zweiundzwanzig? Dreiundzwanzig?“

„Ich werde vierundzwanzig im nächsten Monat!“

„Wie schön. Hoffentlich haben Sie bis dahin den Mörder der Mädchen gefasst, damit Sie ausgelassen feiern können.“

„Das hoffe ich auch”, stimmte ihr der Deputysheriff zu.

„Bitte entschuldigen Sie, dass ich hier so einfach heruntergekommen bin. Ich wusste nicht, dass es sich um den

Tatort handelt. Ich habe doch nicht etwa etwas Verbotenes getan?", stellte sich Catherine unbeholfen.

„Oh, das hier ist gewiss nicht der Tatort", beruhigte sie der junge Mann sofort. „Ansonsten hätten wir den Raum auch abgesperrt. Ich bin nur noch einmal wiedergekommen, weil ich das Gefühl hatte, wir hätten vielleicht etwas übersehen. Manchmal ist es gut, sich eine Örtlichkeit noch einmal mit etwas mehr Abstand anzuschauen. "

„Ich verstehe. Dann wünsche ich Ihnen viel Glück."

„Danke, Mrs Smith. Haben Sie noch einen schönen Abend."

Während Catherine die Treppen zur Bibliothek nach oben stieg, wunderte sie sich, warum sie Vince Katris erst wahrgenommen hatte, nachdem er bereits mitten im Raum gestanden hatte. Sie musste wirklich tief in ihren Gedanken versunken gewesen sein, als sie versucht hatte, sich in Penelope hineinzuversetzen. Entschieden nahm sie sich vor, in Zukunft besser aufzupassen. Es konnte gefährlich sein, seine Umwelt komplett auszuschalten.

„Hallo, Liebes", grüßte Taylor, als Catherine den großen Lesesaal der Bibliothek betrat.

Da sie die einzigen im Raum waren, gab Catherine ihrem Verlangen nach, beugte sich zu Taylor hinunter und küsste ihn leidenschaftlich.

Er war zunächst überrascht, doch dann küsste er ebenso hingebungsvoll zurück. Dabei zog er Catherine auf seinen Schoß. Seine Hand glitt unter ihr Shirt und seine Fingerspitzen trafen auf samtweiche Haut. Hundert kleine Blitzlichter fuhren durch seinen Körper. Seine Hand fand ihren Busen und streichelte die verführerische Rundung. Durch die Spitze des BHs fühlte er, wie sich ihre Brust unter seiner Berührung härtete. Sein Mund glitt an ihrem Hals hinunter und traf viel zu früh auf weichen Baumwollstoff. Frustriert stöhnte er leise und wollte Catherines Shirt ausziehen, als sie ihn stoppte.

„Was ist los? Wo bleibt deine Spontanität? Wir sind ganz alleine hier und Grothenberg hat die Bibliothek für den ganzen Tag offiziell geschlossen", neckte Taylor, während seine Lippen eine sensible Stelle an ihrem Hals fanden.

Er wollte keinesfalls aufhören. Als seine Zunge über Catherines Halsschlagader glitt, fühlte Taylor zufrieden ihren erhöhten Pulsschlag. Catherines Körper hatte offensichtlich auch Lust auf mehr. Seine Arme zogen ihren Körper noch ein wenig näher an ihn heran, dann küsste er wieder ihre Lippen .

Catherine erwiderte seinen Kuss. Dieses Mal jedoch nicht mehr ganz so wild.

„Deputy Katris ist unten", informierte sie ihn schließlich

„Wirklich? Ich habe ihn gar nicht reinkommen gehört", wunderte sich Taylor.

„Da bin ich aber erleichtert, dass mir das nicht alleine so gegangen ist. Ich dachte schon, du schimpfst mit mir, wenn ich dir erzähle, dass ich ihn erst bemerkt habe, als er quasi schon direkt vor mir gestanden hat."

„Sind Sie etwa abgelenkt gewesen, Agent Klaymore?", zwinkerte ihr Taylor schelmisch zu.

„Kann es sein, dass Sie ein klein wenig zu sehr von sich eingenommen sind, Agent Travis?", gab Catherine im gleichen scherzhaften Tonfall zurück.

„Hmm", überlegte Taylor angestrengt, bevor er sich für eine Antwort entschied. „Nein, ich glaube nicht."

Laut lachte Catherine auf, bevor sie mit einem Blick auf die Zeitungen, die über dem ganzen Tisch ausgebreitet lagen, wieder ernst wurde.

„Hast du etwas gefunden?"

„Ja, hier ist ein Bild von Samantha, Johnsons Ex-Freundin." Mit einem Handgriff zog Taylor eine Tageszeitung zu ihnen herüber.

Interessiert betrachtete Catherine die Frau.

„Sie entspricht nicht gerade unserem Opfertyp. Sie ist zwar hübsch und schlank, aber ansonsten ein ganz anderer Typ Frau. Durch ihre brünetten Haare, die braunen Augen und auch durch ihren dunklen Teint hat sie nichts von dem feenhaften Aussehen der toten Jugendlichen", schlussfolgerte sie.

„Fanny Rington hat mir gesagt, dass Johnson auf blonde, blauäugige Frauen steht", erinnerte sich Taylor.

Catherine zuckte mit den Achseln. „Mag gut sein, dass er seinen Frauentyp gewechselt hat, nachdem er mit den Dunkelhaarigen schlechte Erfahrungen gemacht hat."

„Möglich. Aber es untermauert nicht unsere Theorie, dass er sich an allen Frauen vom Typ seiner Ex rächt."

„Leider nicht", stimmte Catherine zu. „Aber es bleibt immer noch die Möglichkeit, dass ihn eine blonde Blauäugige hintergangen hat, die er jedoch nicht so zurichten konnte wie

Samantha damals. Der Verdacht wäre schließlich sofort auf ihn gefallen. Vielleicht hat er die Frau daher zunächst in Ruhe gelassen, hat aber im Nachhinein seine Wut nicht in den Griff bekommen. Daher benutzt er die Mädchen als Ersatz."

„Klingt in der Theorie schlüssig. Aber wir brauchen mehr Informationen über Blake Johnson, wenn wir ihm die Morde nachweisen wollen", stellte Taylor fest.

„Irgendwann werden wir ihn verhören müssen", erinnerte Catherine.

„Ich weiß. Aber das müssen wir selbst übernehmen, denn damit wäre Sheriff Hatcher maßlos überfordert. Bevor wir aber unsere Deckung aufgeben, möchte ich so viele Informationen wie möglich gesammelt haben."

„Einverstanden. Aber nach Johnson sollten wir dann auch Maxwell Blair noch einmal verhören. Es wäre interessant zu sehen, ob er gegenüber dem FBI immer noch so selbstsicher ist wie gegenüber der örtlichen Polizei", ergänzte Catherine. Die Vorfreude stand ihr bereits ins Gesicht geschrieben.

„Aber zuvor machen wir noch etwas anderes", kündigte Taylor mit rauchiger Stimme an.

„An was denkst du?", wollte Catherine mit blitzenden Augen wissen.

„Etwas ganz Wichtiges. Etwas, das ich schon den ganzen Tag recherchieren möchte."

„Und das wäre?"

„Wie lange ich brauche, um dich den Rest der Welt vergessen zu lassen. Wie lange ich brauche bis du meinen Namen rufst und mich anflehst, dich zu erlösen", flüsterte er in ihr Ohr.

„Legen wir jetzt eine Stoppuhr neben das Bett?", hauchte Catherine.

„Nein. Aber ich will dich. Jetzt. Sofort. Danach haben wir die ganze Nacht Zeit, um das Ganze langsam wieder und wieder zu wiederholen."

Catherines Atem begann sich bei dieser Aussicht zu beschleunigen.

„Dann lass uns ganz schnell von hier verschwinden", forderte sie.

KAPITEL 22

Catherine und Taylor hatten gerade die letzten Spuren ihres Frühstücks beseitigt, als es an ihrer Haustür klopfte.

„Sheriff Hatcher”, grüßte Taylor freundlich, als er die Tür öffnete. „Bitte, kommen Sie herein.“

„Danke sehr. Ich dachte, ich bringe Ihnen die Obduktionsergebnisse von Penelope sowie die Vernehmungsprotokolle vorbei.“

„Das ist sehr nett von Ihnen. Möchten Sie eine Tasse Kaffee?“, bot Taylor an.

„Die nehme ich gerne”, nickte der Sheriff.

„Penelope starb in der Nacht von Freitag auf Samstag zwischen eins und halb zwei“, stellte Catherine mit einem Blick in die Akte fest. „Wann haben Sie und Ihre Leute das Schulgelände verlassen?“

„Gegen halb eins. Die Party ging offiziell bis Mitternacht, obwohl die meisten Schüler bereits viel früher gegangen sind. Trotzdem sind wir noch einmal den ganzen Campus abgegangen, bevor ich meine Männer nach Hause geschickt habe. Ich war der festen Überzeugung, dass sich alle Schüler und Schülerinnen sicher auf ihren Zimmern befinden.“

Verzweifelt fuhr sich der Sheriff durch die Haare. „Ich hätte jemanden für die ganze Nacht abstellen sollen.“

„Machen Sie sich keine Vorwürfe, Sheriff”, beruhigte Taylor ihn. „Es ist nicht ihre Schuld. Es war nicht vorherzusehen, dass es nicht auffallen würde, wenn eine Schülerin nach der Party nicht in ihr Zimmer zurückkehrte.“

„Ich hätte damit rechnen müssen, das sich nicht alle Schüler der Gefahr bewusst sind“, widersprach der Sheriff. „Hätte Lenni die Nacht in ihrem eigenen Bett verbracht, wäre Penelopes Verschwinden früher aufgefallen.“

„Was aber nicht bedeutet, dass wir sie rechtzeitig gefunden hätten“, stellte Taylor klar.

„Unsere Vermutung war richtig. Penelope ist erdrosselt worden“, brachte Catherine den Fokus zurück auf den Untersuchungsbericht.

„Und sexuell missbraucht, nehme ich an“, wollte Taylor mit zusammengekniffenen Lippen wissen.

Catherine nickte traurig. „Allerdings hatte sie ein ziemlich starkes Beruhigungsmittel in ihrem Blut, sodass wir davon ausgehen können, dass sie nicht allzu viel davon mitbekommen hat”

„Der Obduktionsbericht sagt, dass ihre Leiche bereits vor dem Regen im Freien gelegen haben muss.“

„Der Regen hat in jener Nacht gegen drei Uhr eingesetzt“, erinnerte sich Catherine. „Wahrscheinlich hat der Mörder ihren Körper direkt nach der Tat hier abgelegt.“

„Das erklärt auch, warum wir nichts gehört haben”, stellte Taylor fest. „Das Schlafzimmer liegt zur anderen Seite.“

„Sie schlafen beide im Schlaf...”, rutschte dem Sheriff erstaunt heraus. Doch brachte er den Satz nicht zu Ende, als ihm plötzlich bewusst wurde, was er gerade hatte sagen wollen. Mit hochrotem Kopf begann er zu stottern. „B...bitte, entschuldigen Sie! D...das geht mich selbstverständlich gar nichts an. Ich hatte nicht sagen wollen, dass .... Ich meine, ich ...“

Taylor musste innerlich grinsen und beschloss, den Mann aus seiner Misere zu befreien. „Kein Problem, Sheriff. Sie wissen doch, wir sind schließlich verheiratet.“

Sheriff Hatchers Gesicht färbte sich noch dunkler, während sich seine Augen vor Überraschung weiteten. „Wirklich? Ich dachte, das wäre nur eine Tarnung.“

„Das ist es auch. Zum Teil wenigstens. Natürlich sind wir nicht wirklich verheiratet.“

„Nicht?“ Völlig verwirrt sah der Mann von Taylor zu Catherine und wieder zurück.

„Das heißt aber nicht, dass wir uns nicht ein Schlafzimmer teilen können”, klärte Taylor ihn auf. Dann lehnte er sich verschwörerisch über den Tisch. „Wir sind schon erwachsen.“

Nur mit Mühe konnte sich Catherine das Lachen verkneifen. Schnell wechselte sie das Thema. „Wie ist es mit den drei Jungen gelaufen?“

„Sie meinen Maxwell Blair, Clive Stuart und Ed Bauer.“

„Genau”, bestätigte Catherine.

„Von Stuart haben wir eine Blutprobe genommen. Der Richter hat uns eine Genehmigung ausgestellt, nachdem er erfahren hat, dass Sie vom FBI sind. Es tut mir leid, dass ich ihm das sagen musste, aber ansonsten hätte er nicht unterschrieben."

„Hat es sonst noch jemand mitbekommen?", erkundigte sich Taylor, wobei er seine Augenbrauen missbilligend zusammenzog.

„Nein. Ich habe den Richter alleine in seinem Büro getroffen. Allerdings verstehe ich beim besten Willen nicht, warum ich Ihre Identität selbst vor meinen Leuten geheimhalten muss. Sie sind alle integer. Für jeden einzelnen von ihnen lege ich meine Hand ins Feuer."

„Das glauben wir Ihnen, Sheriff, und wir unterstellen auch gar nicht das Gegenteil. Es ist nur so, je mehr Leute davon wissen, desto komplizierter wird die Geschichte und umso größer ist die Gefahr, dass unsere Tarnung auffliegt. Manchmal reicht eine kleine Geste oder auch nur ein unsicherer Blick, um einen Verdacht zu erregen. Vertrauen Sie uns. Wir haben schon viele verdeckte Einsätze hinter uns, sodass wir ganz genau wissen, wie es am effizientesten und sichersten ist", führte Catherine aus.

Sheriff Hatcher nickte, sah aber nicht wirklich überzeugt aus.

„Sie dürfen nicht vergessen, dass nicht nur wir unsere Umgebung ganz genau beobachten, sondern auch der Täter sein Umfeld im Blick behält. Jede Veränderung wird registriert", präzisierte Taylor.

„Sie gehen also davon aus, dass es jemand aus dem Internat ist?", erkundigte sich Hatcher.

„Wenn wir voraussetzen, dass sich Freitagabend kein Fremder auf dem Schulgelände aufgehalten hat, dann bedeutet es zumindest, dass der Täter jemand ist, den die Schüler kennen und dem sie vertrauen", bejahte Catherine.

„Ich denke", ergänzte Jaylen, „wir können ausschließen, dass Penelope sich freiwillig einem Fremden genähert hätte und ich bin mir sicher, dass sie es mindestens ihrer Zimmergenossin erzählt hätte, wenn es ihr Plan gewesen wäre, sich vom Schulgelände zu entfernen. Für ebenso unwahrscheinlich halten wir es, dass sich der Täter in der Partynacht irgendwo auf dem Campus versteckt hat. Bei der Anwesenheit Ihrer ganzen Leute war das Risiko, entdeckt zu werden, einfach zu groß."

„Ich verstehe", räusperte sich Hatcher und kehrte schließlich zu der Vernehmung der Jungen zurück.

„Meiner Meinung nach gibt es keinen Zweifel, dass die drei Jungen Sie gestern überfallen haben, Agent Klaymore. Noch decken sie sich gegenseitig, aber wenn die DNA übereinstimmt, haben wir zumindest Stuart. Meiner Meinung nach wird er früher oder später umkippen. Der Druck muss nur groß genug werden. Bauer ist psychisch etwas stärker, aber auch hier sehe ich gute Chancen. Probleme wird uns Maxwell Blair bereiten."

Taylor nickte. „Das ist auch unsere Einschätzung. Was hat er in Bezug auf Lydia Cameron erzählt?"

„Angeblich waren die beiden zwei Mal bei Ricks essen. Laut Maxwell war Lydia total scharf auf die Treffen, aber als er dann mehr wollte, war sie nicht mehr interessiert, was ihn immer noch wütend macht. Zu den anderen Mädchen hat er keine Verbindung oder zumindest gibt es keine, die wir bisher gefunden hätten."

„Ricks ist der übliche Jugendtreffpunkt?", wollte Catherine wissen.

„Ich würde sagen, er ist der Inseltreffpunkt schlechthin. Das Café macht morgens um sechs auf und schließt erst gegen zwei Uhr nachts seine Türen. Die Küche ist gut, die Bedienung anständig und die Preise sind fair. Alle gehen dorthin."

„Dann besuchen wir dieses Lokal doch auch mal, oder was meinst du, Cat?", schlug Taylor vor. „Ich für meinen Teil würde gerne erfahren, was man sich dort so über das Internat erzählt."

KAPITEL 23

Es war kurz nach vier als Taylor am Nachmittag den Wagen vor Ricks Café parkte.

„Geh ruhig schon mal rein", schlug Catherine vor. „Ich springe nur eben schnell in die Drogerie dort drüben, wenn es dir nichts ausmacht."

„Was sollte es mir ausmachen? Geh nur, aber lass dir nicht zu viel Zeit", erwiderte Taylor, während er ihr lächelnd nachsah. Sein Blick blieb einen Moment an ihrer schmalen Taille hängen, bevor er über ihren festen, runden Po hinunter zu ihren formschönen Waden glitt. Augenblicklich erinnerte er sich, wie sie sich in der Nacht zuvor leidenschaftlich um seine Hüften geschlungen hatten. Keine Worte der Welt vermochten auszudrücken, wie glücklich er war, Catherine zurückgewonnen zu haben. Noch immer lief es ihm kalt den Rücken hinunter, wenn er daran dachte, was Catherine ihm über ihren Vater erzählt hatte.

Es wäre gelogen, wenn Taylor behaupten würde, Geld sei nicht wichtig. Geld machte das Leben leichter. Darüber musste man nicht diskutieren. Es schlief sich besser, wenn man wusste, dass die Miete am Ende des Monats gezahlt werden konnte, wenn man beim Einkaufen nicht überlegen musste, ob etwas einen Dollar günstiger oder teurer war und vor allem, wenn man sich eine Krankenversicherung leisten konnte. Geld bedeutete finanzielle Sicherheit. Doch Geld konnte keine emotionale Stabilität kaufen. Und was war das Leben ohne Vertrauen? Ohne Liebe?

Unverständig schüttelte Taylor innerlich den Kopf. Er würde seine Seele niemals verkaufen. Geld machte nicht glücklich. Catherine machte ihn glücklich. Der Gedanke ließ ihn lächeln und als er bemerkte, dass sie längst in dem Drogeriemarkt verschwunden war und er nur noch eine Hausfassade anstarrte, drehte er sich um und betrat das Café.

Das Innere des Lokals war in dunklem Holz gehalten. An den Wänden hingen alte Filmplakate in schwarz-weiß und eine indirekte Beleuchtung sorgte selbst im Hochsommer für schummriges Licht.

Die meisten Tische waren besetzt, doch Taylor konnte einen gemütlichen Vierertisch in einer der beiden hinteren Ecken ergattern. Interessiert sah er sich in dem relativ großen Raum um, der keinerlei Nischen bereithielt. Verstecktes Turteln war hier nicht möglich. Wer immer hier verkehrte, konnte von allen gesehen werden.

Die meisten Gäste schienen sich untereinander zu kennen. Manche riefen sich über die Tische hinweg einen kleinen Scherz zu. Andere, die neu hereinkamen, begrüßten zunächst einige Leute an verschiedenen Tischen, bevor sie sich selbst einen eigenen Platz suchten. Sheriff Hatcher schien nicht übertrieben zu haben, als er sagte, das Lokal sei der Treffpunkt der Insel schlechthin. Taylors Blick glitt gerade zur Eingangstür hinüber, als diese erneut aufging und ein großer Mann das Café betrat.

Entspannt lehnte sich Taylor in seinem Stuhl zurück. Es war kaum zu glauben, wie sehr er Catherines Gegenwart bereits vermisste. Es fiel ihm auf, dass sie bisher noch nie offiziell miteinander ausgegangen waren. Das Essen mit Sheriff Hatcher vor einigen Tagen zählte definitiv nicht als Rendezvous. Es war ein Arbeitsessen gewesen. Und ihre abendlichen Night-Cups während der Fortbildung waren ebenfalls keine romantischen Verabredungen gewesen.

Augenblicklich beschloss Taylor, dies so schnell wie möglich zu ändern. Sobald der Fall abgeschlossen war und sie wieder zurück in Houston waren, würde er Catherine ausführen. Zum Essen. Ins Kino. Ins Theater. Er würde ihr Blumen schenken und sie mit Schokolade verwöhnen.

Erneut sah Taylor hinüber zur Tür, wobei sein Blick den des gerade hereingetretenen Gastes kreuzte. Gewohnheitsmäßig musterte er den Mann.

Er war recht groß. Um die 1,85 Meter, schätzte Taylor. Sein Alter war in dem halbdunklen Licht schwer zu schätzen, aber er war mit Sicherheit um die sechzig. Er hatte eine Glatze, die seine Gesichtszüge hart und unnachgiebig wirken ließ.

Mit seinem teuren Maßanzug und der Designerkrawatte wirkte der Mann in dem Café ein wenig fehl am Platz, und ganz offensichtlich gehörte er auch nicht zu den Einheimischen, denn niemand schien ihn hier drinnen zu kennen.

Verwundert hob Taylor die Augenbrauen, als er registrierte, dass der Mann mit zielstrebigem Schritt auf ihn zukam und direkt vor seinem Tisch stehenblieb. Müsste er den Mann kennen? Seiner Haltung nach offensichtlich. Zumindest schien der Mann ihn zu kennen. In Sekundenschnelle überschlug Taylor im Kopf alle neuen Gesichter, denen er hier auf der Insel zum ersten Mal begegnet war. Doch nichts in Taylors Gehirn konnte eine Verknüpfung zu einer ihm bekannten Person herstellen.

Einen Augenblick musterten sich die beiden Männer, während jeder versuchte, sich eine erste Einschätzung seines Gegenüber zu bilden. Ungefragt zog der Mann einen Stuhl unter dem Tisch hervor und setzte sich Taylor gegenüber. Dabei strahlte er eine uneingeschränkte Autorität aus, von der Taylor sicher war, dass sie die meisten Menschen einschüchterte. Unbestritten war der Mann es gewohnt, Befehle zu erteilen. Seine Haltung zeugte von der leicht überheblichen Arroganz eines Bessergestellten.

„Mr Smith", grüßte dieser nun, ohne einen Zweifel in seiner Stimme erkennen zu lassen, dass er sich in dem Adressaten geirrt haben könnte.

„Ich fürchte, Sie müssen mir helfen. Kennen wir uns?", bekannte Taylor höflich.

„Noch nicht. Es besteht allerdings auch keine Notwendigkeit einer ausführlichen Bekanntschaft. Sie werden mir verzeihen, wenn ich daher direkt zum geschäftlichen Teil komme."

Taylor runzelte seine Stirn. Wer war das? Und was wollte der Mann von ihm? Dieser herablassende Ton gefiel ihm überhaupt nicht.

„Sie werden entschuldigen, wenn ich mit Fremden keine Geschäfte mache", entgegnete Taylor daher kalt.

Süffisant zog der Mann ihm gegenüber einen seiner Mundwinkel nach oben. „Ich versichere Ihnen, dieses Geschäft werden Sie machen." Mit der rechten Hand griff der Herr in die Innentasche seine Jacketts und zog ein Scheckheft, sowie einen goldenen Cartier-Kugelschreiber heraus. „Mr Smith, ich mache es kurz. Sie sind mit meiner Tochter verheiratet und das gefällt mir nicht."

Reflexartig schossen Taylors Augenbrauen in die Höhe. Wenn er mit vielem gerechnet hatte, dann doch nicht damit. Vor ihm saß Mr Klaymore Senior höchstpersönlich. Sein Bild entsprach genau der Beschreibung, die Catherine ihm von ihrem Vater gegeben hatte. Warum nur hatte er den Mann nicht sofort erkannt? Wahrscheinlich, weil es für Taylor schlichtweg unvorstellbar gewesen war, dass ein Vater derart agierte. Unmittelbar verengten sich Taylors Augen und wurden nun ebenso kalt wie die seines Gegenübers.

Mr Klaymore schien die Veränderung bei Taylor wahrgenommen zu haben, denn seine Augen flackerten einen kurzen Moment. Ganz offensichtlich studierte er Taylor erneut.

„Wenn Catherine mich bezüglich ihres Geburtstags nicht vollkommen getäuscht hat, ist sie bereits seit geraumer Zeit volljährig“, gab Taylor gelassen zurück.

Er ließ seinen Gegenüber jedoch keine Sekunde aus den Augen, während er fortfuhr. „Damit kann Ihre Tochter tun und lassen, was ihr beliebt. Das schließt in unserem Staat auch die Wahl ihres Ehemannes mit ein. Ich bedaure, wenn Sie mit der Entscheidung Ihrer Tochter nicht einverstanden sind. Allerdings werden Sie sich wohl oder übel mit mir abfinden müssen.”

Das schiefe, überhebliche Lächeln kehrte auf Mr Klaymores Gesicht zurück. „Das war eine nette kleine Rede“, urteilte er zynisch. Dann verhärtete sich sein Gesicht. „Dabei haben Sie nur eines vergessen, Smith. Ich MUSS mich mit gar nichts abfinden. Und schon gar nicht mit Ihnen. Kommen wir also zum Geschäft.“

Klaymore öffnete seinen Kugelschreiber und setzte die Mine auf das Papier des obersten Schecks. „Wie viel?“

Fragend zog Taylor eine Augenbraue in die Höhe. „Ich fürchte, ich verstehe Sie nicht. Wie viel was?“

Der Mann gegenüber schüttelte sichtlich verärgert den Kopf. „Smith, ich warne Sie. Stellen Sie meine Geduld nicht auf die Probe.“ Hastig schrieb er einen Betrag in das obere rechte Kästchen, bevor er Taylor das Heft über den Tisch schob.

„Zehntausend Dollar? Wofür?“, fragte Taylor.

„Dafür, dass Sie sich von meiner Tochter scheiden lassen”, entgegnete der Mann kühl.

„Scheiden lassen? Warum, um alles in der Welt sollte ich mich von Catherine scheiden lassen?“, erwiderte Taylor und tat erstaunt.

Seine Stimme klang ruhig, doch innerlich tobte ein Sturm in ihm. Er fühlte, wie die Wut über eine solch arrogante, selbstgefällige Art in seinem Brustkorb anstieg. Was fiel diesem Mann ein, einfach in das Leben seines erwachsenen Kindes einzugreifen und dabei auch noch Entscheidungen zu treffen, die nicht einmal auf dem Wunsch oder dem Willen beruhten, das Beste für seine Tochter zu wollen? Nicht, dass dies ein solches Verhalten entschuldigt hätte, aber es wäre unter Umständen zumindest nachvollziehbar gewesen. Mr Klaymore hingegen ging es nicht um das, was Catherine wollte oder nicht wollte. Es ging ihm einzig und allein um sich selbst.

Taylor spürte, wie sein Hass auf diesen Mann anschwoll. Gleichzeitig fühlte er eine große Traurigkeit für Catherine, die unter einem solch dominanten und gleichzeitig herzlosen, kalten Vater aufgewachsen war. Sie hatte nie erfahren, wie schön bedingungslose Elternliebe war. Liebe und Vertrauen waren für Taylor das Fundament einer glücklichen Familie. Ganz offensichtlich waren beide Begriffe jedoch Fremdwörter für Catherines Vater.

„Mr Klaymore, ich weiß nicht, was Sie veranlasst anzunehmen, dass ich mich von Ihrer Tochter trennen möchte. Jedoch kann ich Ihnen versichern, dass dies absolut nicht der Fall ist. Wir sind glücklich miteinander."

Der ältere Mann lachte kurz auf. Es war ein unnatürliches Lachen, das genauso abrupt aufhörte, wie es begonnen hatte. Seine Augen blickten Taylor eiskalt an.

„Mr Smith, beleidigen Sie nicht meine Intelligenz. Sie sind noch nicht einmal zwei Jahre mit meiner Tochter verheiratet und haben Sie bereits dreimal betrogen. Ich würde sagen, das ist nicht gerade eine ideale Ausgangsbasis für eine ‚Bis-dass-der-Tod-uns-scheidet-Ehe'."

Dreimal?, staunte Taylor innerlich. Das ging aber schnell. Doch so lief es üblicherweise mit Gerüchten. Jeder erfand beim Weitererzählen noch ein weiteres winziges Detail hinzu, bis am Ende nur noch ein kleiner Kern übrigblieb, der kaum noch als Wahrheit zu erkennen war. Für einen Moment wunderte sich Taylor, dass der Mann ihm gegenüber anscheinend keine Ahnung über Catherines wirkliches Leben hatte. Offensichtlich glaubte er die Coverstory ebenso wie jeder andere hier am Ort.

Taylor beschloss, unbedingt daran zu denken, die Kollegen in Houston entsprechend zu loben. Ganz offensichtlich hatten sie ganze Arbeit geleistet, als sie seine und Catherines Identität geschaffen hatten. Schnell konzentrierte er sich jedoch wieder auf sein Gegenüber, der bereits weitersprach.

„Ich verstehe, dass eine Scheidung teuer ist. Sie brauchen einen Anwalt, Sie müssen sich neu einrichten, eventuell noch einmal umziehen. Ich bin gerne bereit großzügig zu sein, wenn Sie im Gegenzug diese ganze unsägliche Geschichte schnell beenden."

Mr Klaymore zog das Scheckheft wieder zu sich heran, hängte eine Null an die bereits geschriebene Zahl und drehte es wieder Taylor zu.

„Einhunderttausend amerikanische Dollar? Wow! Das ist allerdings eine Steigerung", stellte Taylor fest und nickte anerkennend. „Allerdings glaube ich, Sie haben mich nicht verstanden, Mr Klaymore. Ich bin glücklich mit Catherine und mehr als froh, dass Sie bereit ist, mir meine Fehltritte der Vergangenheit zu verzeihen."

„Wenn Sie den Preis in die Höhe treiben wollen, Smith, so lassen Sie sich gesagt sein, dass ich zwar bereit bin, mich großzügig zu erweisen, damit dieser schwarze Fleck in der Biografie unserer Familie gelöscht wird. Aber alles hat seine Grenzen. Hunderttausend Dollar können Sie mit Ihrem Hausmeistergehalt ihr ganzes Leben lang nicht ersparen. Wenn Sie den Betrag nicht allzu risikoreich anlegen, sollte Ihr Alter damit mehr als abgesichert sein. Aber ganz abgesehen davon ist es ein durchaus mehr als ordentlicher Gewinn für zwanzig Monate Ehe mit Catherine, in der sie auch noch anderweitig Ihren Spaß hatten."

Taylors Augen begannen wütend zu funkeln und es kostete ihn eine ungeheure Selbstbeherrschung, dem Mann nicht an den Hals zu gehen.

„Das Geld können Sie als Geschenk betrachten", fuhr Klaymore unbeeindruckt fort. „Es wird nicht in meinen Büchern auftauchen, das heißt, Sie müssen es nicht versteuern. Es gibt einzig und allein zwei Bedingungen, die an die Summe geknüpft sind."

Mit Daumen und Zeigefinger begleitete Klaymore seine Aufzählung. „Erstens, Sie reichen innerhalb der nächsten acht Tage die Scheidung ein. Zweitens, Catherine erfährt niemals etwas von unserem Deal. Ich bin sicher, dass Sie keine Schwierigkeiten haben werden, eine gute Begründung für die Trennung zu finden. Die große Brünette hinter der Bar wäre beispielsweise ein gutes Argument."

Jetzt ist es genug, beschloss Taylor und erhob sich. Seine Hände auf die Tischplatte aufstützend beugte er sich dem Mann entgegen.

„Vergessen Sie es, Klaymore! Ich weiß nicht, was Sie glauben lässt, das Recht zu haben, Entscheidungen, die Catherine für ihr Leben getroffen hat, mit einem Scheck rückgängig zu machen. Geld erleichtert ganz sicher vieles, aber es ist nicht das Wichtigste auf der Welt. Vor allem kann man damit, entgegen eines weitverbreiteten Irrtums, dem ganz offensichtlich auch Sie erlegen sind, nicht alles kaufen, was man möchte."

„Bravo, Smith! Bravo!", klatschte Klaymore nickend. „Das hat mir gefallen. Ich muss sagen, Sie haben Nerven. Sie sollten es einmal mit Poker versuchen. Sicherlich wären Sie ein guter Spieler. In Ordnung, machen wir eine Million daraus, dann sind wir uns einig."

Gelassen hängte Catherines Vater eine weitere Null an die Zahl auf dem Scheck. Dann schrieb er den Betrag in Buchstaben aus. Anschließend riss er das oberste Papier aus dem Heft. Während er sich erhob, schob er den Scheck über den Tisch. Dabei nahm er die gleiche Körperhaltung an wie Taylor und seine Mimik sagte deutlich, dass das Spiel für ihn vorbei war. Nur wenige Zentimeter trennten sein Gesicht von Taylors, als er ihm kalt erklärte:

„Sie irren sich gewaltig, Smith. Wenn es etwas gibt, das ich in den letzten fünfundvierzig Jahren gelernt habe, dann ist es Folgendes: Alles ist käuflich. Es ist immer nur eine Frage des Preises."

„Dann Klaymore, wird es Zeit für Sie, eine neue Erfahrung zu machen", erwiderte Taylor ebenso frostig und schob den Scheck über die hölzerne Tischplatte zurück.

Ein wenig außer Puste betrat Catherine Rick's Café. Sie hatte für ihre Besorgung länger gebraucht als sie geplant hatte, denn in der Drogerie hatte sie ein junger Mann angesprochen, der sie inständig um ihre Hilfe gebeten hatte. Er sollte für seine beiden Schwestern einige Dinge besorgen, war aber vor den ganzen Kosmetikregalen heillos überfordert gewesen.

Der Gedanke an das Gesicht des Mannes, wie er dort verloren in dem Laden gestanden hatte, ließ sie noch immer schmunzeln.

Ihr Bruder wäre wahrscheinlich ebenso hilflos gewesen, wenn sie ihn mit einem solchen Auftrag losgeschickt hätte.

Einen Moment lang blieb Catherine im Eingang des Cafés stehen, damit sich ihre Augen an die gedämpfte Beleuchtung in dem Innenraum gewöhnen konnten. Das Licht drinnen stand in krassem Gegensatz zu dem hellen Sonnenlicht draußen auf der Straße.

Suchend blickte sich Catherine im Raum um. Wahrscheinlich hatte Taylor einen Tisch auf der anderen Raumseite gewählt, damit sie einen guten Überblick über das Café hatten. Schließlich waren sie hier zum Beobachten und nicht zu ihrem Vergnügen. Trotzdem freute sie sich jetzt auf einen heißen Milchkaffee sowie darauf, mit Taylor gemeinsam an einem Tisch zu sitzen. Es erinnerte sie ein wenig an ihre abendlichen Barbesuche im Seminarhaus des FBI.

Ah, dort hinten sitzt Taylor, entdeckte Catherine ihn und machte gerade einen Schritt in seine Richtung, als sie wie angewurzelt stehen blieb. Eine Welle eisiger Kälte erfasste sie, bevor alles in ihr taub wurde und sie plötzlich überhaupt nichts mehr spürte.

„'Tschuldigung", sagte eine Kellnerin, die sie im Vorbeigehen anrempelte, doch Catherine schien sie nicht zu bemerken. Ungläubig starrte sie auf den Rücken ihres Vaters. Obwohl sie ihn nur von hinten sah, war ein Irrtum ausgeschlossen. Aus Hunderttausenden hätte sie ihren Vater erkannt.

„Kindchen, das hier ist wirklich ein ganz ungünstiger Platz zum Stehen", erklärte die Kellnerin von eben, als sie sich abermals an ihr vorbeidrängte.

Automatisch trat Catherine zu Seite. Ihr Verstand fing wieder an zu arbeiten. Fieberhaft überlegte sie, was sie tun sollte. Sollte sie einfach draußen warten bis ihr Vater wieder gegangen war und gegenüber Taylor so tun, als ob sie nichts mitbekommen hatte? Auf diese Weise würde sie sehr schnell wissen, wie ehrlich Taylor war. Wenn er nichts zu verbergen hatte, würde er ihr doch sicher von seiner Begegnung mit ihrem Vater erzählen, oder nicht?

Unfähig sich zu bewegen, beobachtete Catherine, wie ihr Vater sein Scheckheft über den Tisch schob.

Es war schon eine interessante Sache mit den Träumen. Genau das war die Szene gewesen, die Catherine vorletzte Nacht geträumt hatte und während der sie schreiend aufgewacht war. Sie war so entsetzlich real gewesen. So real wie jetzt gerade in diesem Moment.

Dies hier war allerdings kein Traum. Dies war das wirkliche Leben. Ihr Leben. Unwillkürlich wusste Catherine, dass sie es niemals schaffen würde gegenüber Taylor auch nur fünf Minuten so zu tun, als wüsste sie von nichts. Warum auch? Wenn Taylor das Geld haben wollte, würde er es so oder so nehmen. Sie konnte es nicht verhindern. Gerade als sie beschlossen hatte, auf die beiden zuzugehen, sah sie, wie Taylor sich erhob und sich anschließend ihrem Vater über den Tisch entgegenbeugte.

Oha! Das war eine Körperhaltung, die naturgemäß ihr Vater einnahm. Catherine konnte sich nicht erinnern jemals gehört zu haben, dass es jemand gewagt hatte, sich ihm in dieser Weise entgegenzustellen.

Alleine an Taylors Gesichtsausdruck konnte Catherine erkennen, wie wütend er war. So sah niemand aus, der gerade den Deal seines Lebens machte. Konnte es sein, dass Taylor tatsächlich ablehnte? Oder wollte er nur den Preis hochtreiben, nachdem er von den Summen wusste, die ihr Vater in der Vergangenheit bereit gewesen war zu zahlen?

Erneute überfiel Catherine Panik. Intuitiv wusste sie, dass sie sich niemals mehr erholen würde, wenn sie sich in Taylor geirrt haben sollte. Dieses Mal war es anders als all die Male zuvor. Sie wusste auch ganz genau, was die Ursache hierfür war.

Sie liebte Taylor. Sie liebte ihn von ganzem Herzen, aus tiefster Seele und mit jeder Faser ihres Körpers. So einfach war das. Während sich diese Erkenntnis in ihr Bewusstsein drängte, befand sich Catherine auf einer emotionalen Achterbahnfahrt.

Auf die Schockstarre zu Beginn, als sie ihren Vater bei Taylor sitzen gesehen hatte, folgte ein kurzes Gefühl des Glücks, als sie sich selbst eingestand, Taylor zu lieben. Gleichzeitig spürte sie jedoch auch das große Potenzial an Verletzlichkeit, dem sie damit ausgeliefert war. Automatisch ging diese Emotion in eine Flutwelle der Angst über. Genau wie vorgestern Nacht hatte sie das Gefühl in bodenlose Tiefen zu fallen. Würde Taylor sie wirklich auffangen?

Catherine versuchte ihre Aufmerksamkeit wieder auf die beiden Männer zu lenken, die keine zehn Meter von ihr entfernt über ihre Zukunft entschieden. Jetzt erhob sich auch ihr Vater und schob den Scheck zurück zu Taylor.

Entschlossen, die Entscheidung zumindest direkt mitzubekommen, straffte Catherine ihre Schultern. Ihre Knie zitterten ein wenig, doch glücklicherweise war es ihrem Schritt nicht anzumerken, als sie auf den Tisch zuging.

„Störe ich?”, grüßte Catherine kühl, als sie an den Tisch trat.

Überrascht blickten beide Männer sie an. Taylor fasste sich als Erster.

„Catherine!“, sagte er liebevoll, während er sie aufmerksam musterte.

Sie war blass, aber das war kein Wunder. Diese Szene war ihr Albtraum. Live und in Farbe. Er wollte, er könnte ihr dieses traurige Schauspiel ersparen, aber dafür war es zu spät. Fürsorglich und voller Wärme sah er Catherine an. Verschwunden waren Kälte und Wut, die seinen Blick noch Sekunden zuvor dominiert hatten. Beschützend legte er einen Arm um ihre Schultern, wobei er sie gleichzeitig auf seine Seite des Tisches zog. Sie war kalt und Taylor hoffte, dass sich zumindest ein Teil seiner Körperwärme auf sie übertragen würde.

„Wie du siehst, hat sich dein Vater soeben bei mir vorgestellt”, erklärte er ruhig.

„Was machst du hier?“, fragte Catherine mit erstaunlich fester Stimme, während sie ihren Vater ansah.

Was hat Catherine hier verloren?, fluchte Klaymore innerlich. Der Privatdetektiv, den er engagiert hatte, hatte sie aufhalten sollen bis er hier drinnen mit diesem Nichtsnutz von Ehemann fertig war. Konnte man sich denn heutzutage auf gar niemanden mehr verlassen?

„Dein Leben ordnen”, entgegnete er hingegen laut. „Ich muss schon sagen, Catherine, was Männer betrifft, ist dein Geschmack noch schlechter geworden als zu Collegezeiten, wenngleich das kaum zu unterbieten ist. Damals hast du allerdings wenigstens noch Hochschulabsolventen mit nach Hause gebracht. Heute bist du in den Betten des Personals gelandet.“

Taylor glaubte seinen Ohren nicht zu trauen. Automatisch zog er Catherine noch etwas enger an sich heran. Sein männlicher Beschützerinstinkt feuerte auf allen Kanälen. „Mr Klaymore, ich glaube kaum ...“

„Schon gut, Taylor”, unterbrach ihn Catherine. „Ich kenne die Meinung meines Vaters.“ Dann wandte sie sich wieder ihrem Vater zu.

„Du hast nie begriffen, dass Herzensbildung weitaus wichtiger ist als jede Schulbildung."

„Das ist der Spruch der armen Leute und völliger Blödsinn. Er wurde in die Welt gesetzt, damit die Unterschicht etwas hat, an dem sie sich hochziehen kann. Aber ich habe weder Zeit noch Lust mit dir darüber zu philosophieren. Es wird Zeit, dass du nach Hause kommst. Deine Mutter und ich haben dir die letzten drei Jahre deine Freiheit gelassen, damit du dir die Hörner abstoßen konntest. Doch jetzt ist Schluss mit diesen Flausen. Es hat mich eine hohe fünfstellige Summe gekostet, dich in den letzten Tagen suchen zu lassen, nachdem du nach der Beisetzung deines Bruders sofort verschwunden bist. Es ist deine Aufgabe, endlich Verantwortung zu übernehmen. Jetzt, wo Chayce tot ist, mehr denn je."

„Ich habe Verantwortung übernommen."

„Das sehe ich. An der Seite eines Hausmeisters." Klaymores Stimme klang verächtlich. „Du wirst dich scheiden lassen und ich werde zusehen, dass dieses schwarze Kapitel nicht in der Presse breitgetreten wird. Anschließend suche ich einen passenden Partner für dich. Richard hat es leider etwas persönlich genommen, dass du ihn kurz vor der Hochzeit hast sitzen lassen. Anscheinend habe ich deinen Hang zu den niederen Volksschichten unterschätzt. Doch das können wir zu Hause besprechen. Jetzt komm."

„Ich komme nirgendwohin mit", entgegnete Catherine mit ruhiger und bestimmter Stimme, die im krassen Gegensatz zu ihrer inneren Gefühlsregung stand.

„Catherine, es reicht jetzt. Hast du gar kein Ehrgefühl? Sind Moral und Verantwortung dir völlig fremd? Chayce würde sich im Grab umdrehen, wenn er sehen könnte, wie du dich weigerst für ihn einzuspringen."

„Im Gegenteil. Chayce würde sich im Grab umdrehen, wenn ich immer noch nicht den Mut hätte, mich dir zu widersetzen, um mein Leben zu leben. Du hast ihn genauso wenig gekannt wie mich."

Ungläubig beobachtete Taylor den Schlagabtausch. Es war für ihn unfassbar, wie einer der reichsten Männer des Landes sich auf solch niedrigem persönlichen Niveau bewegen konnte.

Stolz sah er Catherine an, wie sie selbstbewusst und stark ihrem Vater gegenüberstand, während sie sich behauptete.

„Schluss!" Mit kräftigem Griff umfasste Klaymore Catherines Oberarm.

„Lass mich sofort los!", entgegnete Catherine in gefährlich leisem Ton, währenddessen ihre Augen sich verdunkelten.

„Du kommst jetzt mit!"

„Ich denke, Sie haben gehört, was Catherine gesagt hat", mischte sich Taylor nun wieder ein und trat schützend einen Schritt vor sie. Klaymore ging definitiv zu weit. In Taylors Stimme lag dabei eine Autorität, die keine Widerrede duldete. Es war nicht die Stimme eines Hausmeisters, der sich zwar jederzeit gegenüber Schülern durchsetzen konnte, es gleichzeitig jedoch gewohnt war, Anweisungen von oben widerspruchslos entgegen zu nehmen. Es war die Stimme eines FBI-Agenten, der trainiert war, schwierige Situationen zu seinen Bedingungen zu beenden.

Catherine war sich sicher, dass dies eine Premiere für ihren Vater war.

Einige Sekunden lang verharrten alle drei in der gleichen Position. Schließlich ließ Mr Klaymore seine Tochter los.

„Das wird Konsequenzen für dich haben, Catherine. Von heute an bist du auf dich allein gestellt", sagte er kalt, bevor er sich abwandte.

„Mr Klaymore!", hielt Taylor ihn auf.

„Ich denke, wir haben uns nichts mehr zu sagen", erwiderte Catherines Vater, drehte sich jedoch noch einmal um.

„Sie haben etwas vergessen." Mit ausdrucksloser Mine hielt Taylor ihm den Scheck entgegen.

Klaymore zögerte einen Moment, dann ergriff er das Papier und verließ mit hochrotem Kopf das Lokal.

Sofort drehte sich Taylor zu Catherine um. „Du warst großartig. Ich bin stolz auf dich." Innig schloss er sie in seine Arme und spürte, wie die Anspannung von ihr abfiel.

„Du bist noch da", sagte sie leise, während sie ihm ungläubig in die Augen sah.

„Natürlich. Daran hast du doch nicht etwa auch nur eine Sekunde gezweifelt?" Seine Augen verengten sich. Doch bevor Catherine antworten konnte, fing ihr Körper an wie Espenlaub zu zittern. Taylor benötigte nur einen kurzen Blick in ihr blasses Gesicht, um zu verstehen, dass der Schock über das gerade Erlebte eingesetzt hatte.

„Komm, Liebes!“ Hastig legte er einen Geldschein für seinen Kaffee auf den Tisch und führte Catherine behutsam zwischen den Tischen hindurch nach draußen.

Während Taylor fuhr, saß Catherine reglos auf dem Beifahrersitz. Ohne wirklich etwas zu sehen, starrte sie blind geradeaus. Die Fahrt dauerte nicht lange. Nach ungefähr zehn Minuten parkte Taylor den Wagen am Ende eines Feldweges und forderte Catherine auf auszusteigen.

Den Arm um ihre Schultern gelegt ging er mit Catherine durch ein kleines Waldstück, an dessen Ende eine grüne Wiese lag, die bis zum weißen Klippenrand reichte. Unter ihnen lag das Meer. Die Aussicht war ebenso schön wie von der Westseite des Campusgeländes aus. Doch hier waren sie alleine. Es gab keine Gefahr, dass jeden Moment ein Schüler oder ein Lehrer vorbeikommen würde.

Nebeneinander setzten sie sich auf das warme Gras und Taylor zog Catherine an seine Brust. Sanft küsste er ihr Haar.

„Ich muss gestehen, als du mir neulich Nacht von deinem Vater erzählt hast, habe ich mir nicht vorstellen können, dass er wirklich so schlimm ist.“

Müde lächelnd setzte sich Catherine auf. „Kannst du verstehen, dass ich mit achtzehn Jahren nicht in der Lage war, mich ihm zu widersetzen?“

Taylor nickte. „Allerdings. Ich bewundere dich dafür, dass du vor drei Jahren gegangen bist und was du heute geleistet hast, war großartig. Du bist eine der stärksten Personen, die ich kenne.“

„Im Moment fühle ich mich nicht stark”, gestand Catherine.

„Das ist verständlich. Komm, lehn dich an und lass dich fallen. Ich habe noch genug Kraft für uns beide.“

Widerstandslos kuschelte sich Catherine an seine Brust und ließ ihren stummen Tränen freien Lauf.

Taylor wiegte sie wie ein Kind und fragte sich einmal mehr, wie sie dieses Elternhaus so schadlos hatte überstehen können.

Mit einem Mal richtete sich Catherine wieder auf. Mit einem eindringlichen Blick sah sie ihn an.

„Wie viel hat mein Vater dir geboten?“

„Ist das wichtig?“ Abschätzend hielt Taylor ihren Blick.

„Bitte! Ich möchte es wissen.“

„Eine Million”, antwortete er schließlich.

„Eine Million Dollar?“, wiederholte Catherine ungläubig, während Taylor nickte.

„Du hast eine Million Dollar abgelehnt?“

Was sollte das? Auf Taylors Stirn bildeten sich Falten. Dann legte er seine Hände auf Catherines Schultern und drehte sich so, dass er ihr genau gegenüber saß. Sein Ton war ernst.

„Ich verstehe deine Frage nicht, Cat. Ich hatte dir gesagt, dass ich nicht käuflich bin. Das ist keine Frage des Preises, sondern eine Frage der Haltung. Meine Gefühle stehen grundsätzlich nicht zum Verkauf. Wenn wir beide eine feste Beziehung führen möchten, machen wir das. Wenn wir das nicht mehr möchten, beenden wir das Ganze fair und ehrlich. Dazu brauchen wir keinen Dritten.“

„Aber eine Million ist viel Geld. Überleg, was deine Eltern damit alles hätten anfangen können.“

„Meine Eltern würden keinen Cent von dem Geld nehmen und wahrscheinlich bis ans Ende ihres Lebens nicht mehr mit mir sprechen, so enttäuscht wären sie von mir, wenn ich es täte. Aber heißt das im Umkehrschluss, dass du die Million genommen hättest?“ Aufmerksam beobachtete er die Reaktion ihrer Augen.

„Nein!“, rief Catherine entsetzt aus. „Niemals! Ich glaube, ich habe bewiesen, dass mir Geld nicht wichtig ist.“

Taylor nickte. „Siehst du, und mir auch nicht. Es sind die Menschen, mit denen wir uns umgeben, auf die es ankommt. Ich will dich um mich haben. Jeden Tag und jede Nacht. Ich liebe dich, Catherine.“

Tränen füllten wieder ihre Augen, doch dieses Mal waren es Tränen der Freude. „Ich liebe dich auch, Taylor.“

Zärtlich beugte er sich zu ihr vor und küsste ihre weichen Lippen. Dann zog er sie mit sich hinunter ins Gras und liebte sie langsam und voller Leidenschaft zugleich.

KAPITEL 24

Weder Catherine noch Taylor hatten nach den Ereignissen des Nachmittags Lust zu kochen. Daher hatten sie auf dem Weg nach Hause angehalten und Pizza mitgenommen, die sie nun gemütlich zu Hause direkt aus dem Pappkarton aßen. Liebevoll, aber resolut hatte Taylor Catherine auf die Couch befördert, denn als sie zu Hause angekommen waren, war sie für seinen Geschmack noch immer viel zu blass gewesen. Doch nun kehrte langsam Farbe in ihr Gesicht zurück.

„Die Pizza ist gut", stellte Taylor fest, während er ein weiteres Achtel in seine Hand nahm.

„Stimmt. Ich hätte nicht gedacht, dass ich überhaupt etwas essen könnte, aber jetzt merke ich, dass ich einen Riesenhunger habe."

„Wir haben auch seit dem Frühstück nichts mehr gegessen. Da ist es kaum ..."

Ein kräftiges Klopfen an der Tür unterbrach Taylor. Verwundert sahen sich die beiden an. Schließlich erhob sich Taylor seufzend, ging zur Tür und öffnete sie. Vor ihm stand ein schwerer Mann, der ihn sowohl von seiner Körpersprache als auch von dem kalten Blick seiner Augen stark an Catherines Vater erinnerte.

Offenkundig stand Taylor heute zum zweiten Mal einem Mann gegenüber, der es gewohnt war, Befehle zu erteilen und sie ausgeführt zu sehen, noch bevor er sie richtig zu Ende gesprochen hatte. Die Gesichtszüge des Besuchers spiegelten eindeutig Maxwell Blairs Physiognomie wieder.

„Mr Smith, nehme ich an", sagte der Mann, nachdem er Taylor von oben bis unten gemustert hatte.

„Mr Blair, richtig? Was kann ich für Sie tun", erwiderte Taylor, was bei seinem Gegenüber zu einem Hochziehen der Stirnfalten führte. Anscheinend hatte dieser nicht damit gerechnet, dass Taylor sofort wusste, wen er vor sich hatte.

„Darf ich Sie und Ihre Frau einen Augenblick stören?“, bat der Mann in freundlichem Ton. Doch wie schon bei seinem Sohn, sprachen auch seine Augen eine andere Sprache.

„Ehrlich gesagt ist es gerade nicht passend. Meine Frau ist erschöpft. Der Überfall auf sie am vergangenen Freitagabend lässt sich leider nicht so einfach wegstecken.“

„Ich versichere Ihnen, dass es nicht lange dauern wird.“

Taylor überlegte einen Moment, entschied sich dann aber dafür, den Mann hereinzulassen. Er war neugierig, was Maxwells Vater von ihnen wollte. Mit einer einladenden Geste öffnete er die Tür etwas weiter und bat den Mann hinein.

Catherine schloss die Deckel der beiden Pizzakartons und stellte sie übereinander auf den Boden neben die Couch, während Taylor einen Stuhl heran zog.

„Bitte”, bot er Mr Blair den Sitzplatz an.

Dieser nickte zum Dank und nahm Platz. „Mein Sohn hat mir von dem Überfall auf Sie erzählt, Mrs Smith. Da ich gerade in der Gegend war, dachte ich, ich schaue kurz vorbei und höre, wie es Ihnen geht.“

Taylor betrachtete den Mann genauer. Ganz sicher war er kaum gerade in der Gegend gewesen. Die Blairs lebten im Süden Floridas. Da lag Galveston nicht gerade auf dem Weg eines Sonntagnachmittagausflugs.

„Danke”, antwortete Catherine einfach, ohne damit etwas auszusagen.

„Ich muss sagen, dass ich ehrlich entsetzt bin über die Ereignisse hier auf dem Campus. Erst die toten Mädchen, jetzt der Angriff auf Sie.“

„Wir sind sicher, dass Sheriff Hatcher alles im Griff hat“, kommentierte Taylor zuversichtlich.

„Sehen Sie, da liegt der Unterschied zwischen uns, denn genau das glaube ich nicht”, widersprach Mr Blair. „Es ist doch ganz offensichtlich, dass hier ein Verrückter frei herumläuft. Doch statt ordentlich zu ermitteln, verhört der Sheriff meinen Sohn, meinen Neffen sowie den Sohn meines besten Freundes. Alle drei sind ordentliche und saubere Jungs. Sie sind neu hier, daher können Sie die Schüler natürlich noch nicht kennen. Aber Maxwell, Ed und Clive sind ehrliche junge Männer, die ehrgeizig studieren, um in wenigen Monaten einen exzellenten Abschluss zu machen, der ihnen den Zugang zu den besten Universitäten des Landes sichert."

„Mr Blair, wissen Sie, dass Ihr Sohn und seine Freunde junge Schüler bedrohen und Geld von ihnen erpressen?", erkundigte sich Catherine.

Der Mann setzte eine überraschte Mine auf. „Niemals. Die Jungen sind immer mehr als hilfsbereit, insbesondere jüngeren Mitschülern gegenüber."

„Doch Sie wissen, wie es ist", seufzte er. „Manche Menschen neiden einem einfach alles. Lassen Sie es mich Ihnen erklären. Wir sind nicht gerade arm und diese Tatsache macht es für Maxwell nicht immer einfach. Aber bereits hieran erkennen Sie, wie unsinnig eine solche Behauptung ist. Die Jungen haben mehr als genug Taschengeld. Warum sollten sie Geld erpressen, wenn sie im Falle, dass sie mehr bräuchten, einfach nur zu Hause anrufen müssten?"

„Ich habe ein solches Gespräch selbst mitbekommen", untermauerte Catherine ihre Behauptung.

„Ich versichere Ihnen, dass das nicht sein kann. Sicherlich haben Sie die Situation missinterpretiert."

Eindringlich sah Maxwells Vater Catherine in die Augen. Die Nachricht, die er mit seinem Blick transportierte, war deutlich: Unterlasse jede Anschuldigung gegen meinen Sohn, ansonsten legst du dich direkt mit mir an und diesen Kampf hast du schon verloren, bevor er überhaupt begonnen hat.

Catherine hielt dem Blick stand, schwieg aber.

Schließlich räusperte sich Blair. „Ganz abgesehen davon scheint es noch ein weiteres Missverständnis zu geben. Gestern hat Sheriff Hatcher die Jungen bezüglich des Überfalls auf Sie verhört. Es ist mir völlig unverständlich, wie er auf die Idee kommt, dass Maxwell oder auch die anderen beiden etwas damit zu tun haben könnten. Zweifelsohne wird auch Sheriff Hatcher irgendwann zu diesem Ergebnis kommen. Das Unschöne an dieser Sache ist jedoch, je länger diese unsägliche Geschichte dauert, desto mehr könnte es dem Ruf der Jungen schaden. Der Zeitpunkt, jetzt so kurz vor den Aufnahmebestätigungen der Eliteuniversitäten, ist wirklich äußerst unglücklich. Ich bin sicher, Sie verstehen das."

„Mr Blair, verzeihen Sie, wenn ich Sie unterbreche, aber ich verstehe nicht, welche Rolle wir darin spielen", stoppte ihn Taylor, obwohl er bereits wusste, worauf Mr Blairs Besuch hinauslaufen würde.

„Nun Mr Smith, das ist ganz einfach. Diese ganze Geschichte lässt sich sofort beenden, wenn Ihre Frau ihre Anzeige zurückzieht."

„Aber Mr Blair, wenn Ihre Jungen doch nichts mit dem Überfall zu tun hatten, ist es doch besser, wenn Sie von jedem Verdacht befreit werden, oder nicht?", wandte Catherine naiv ein.

„Wie bereits gesagt, Mrs Smith, es ist einfach ein ungünstiger Zeitpunkt. Sheriff Hatcher scheint mir nicht der Schnellste und auch nicht der Klügste zu sein. Jetzt verdächtigt er Maxwell auch noch als Mörder der Mädchen."

„Ich bin sicher, der Sheriff macht nur seine Arbeit", warf Taylor verteidigend ein.

„Sicher", äußerte der Mann. Es klang jedoch abfällig. „Wie dem auch sei, ich denke, wir sind alle erwachsen und können uns einigen."

Zum zweiten Mal an diesem Tag zückte ein Mann gegenüber Taylor sein Scheckheft. „Wie wäre es mit zehntausend Dollar?"

Überrascht sah Taylor den Mann an. „Entschuldigung! Verstehe ich Sie richtig? Sie bieten uns zehntausend Dollar an, damit meine Frau ihre Anzeige wegen Körperverletzung zurückzieht?"

„Plus die Begleichung der Arztrechnungen natürlich", nickte Maxwells Vater.

„Was zur Folge hat, dass die Schuldigen niemals für ihre Tat bestraft werden", schlussfolgerte Catherine.

„Die Jungen sind unschuldig", stellte Blair in einem Ton fest, der keinerlei Bedenken offen ließ.

„Vielleicht", gab Catherine zweifelnd zurück. „Aber selbst wenn dem so ist, kann Sheriff Hatcher nicht weiter nach den Tätern ermitteln, wenn keine Anzeige mehr vorliegt."

„Bedauerlicherweise ist die Wahrscheinlichkeit ziemlich gering, dass die Täter ohnehin jemals gefasst werden. Wahrscheinlich war es ein einfacher Dummer-Jungen-Streich. Fünfzehntausend Dollar sind mein letztes Angebot. Überlegen Sie es sich gut. Ich bin sicher, Sie können das Geld gut gebrauchen und im Grunde genommen ist nichts Schlimmes passiert."

Peanuts gegenüber der Million, die ich vor drei Stunden abgelehnt habe, dachte Taylor sarkastisch und stand auf.

„Vielen Dank für Ihren Besuch, Mr Blair, aber wir bevorzugen den legalen Weg", lehnte Taylor entschieden ab.

Ungläubig starrte ihn Maxwells Vater an.

„Ich begleite Sie hinaus." Mit einer Armgeste, die zur Tür zeigte, wies Taylor dem Mann den Weg.

Langsam erhob sich Mr Blair. Dabei zuckten seine Augen gefährlich.

„Das war eine Fehlentscheidung", stellte er kalt fest.

„Das glaube ich nicht", entgegnete Taylor ebenso kalt.

„Jetzt wissen wir, woher Maxwell sein Benehmen hat", kommentierte Catherine, nachdem Taylor die Tür hinter dem Mann geschlossen hatte.

„Allerdings. Doch ich garantiere dir, dass er aus dieser Geschichte nicht so einfach rauskommt. Selbst, wenn wir ihm den Angriff auf dich nicht nachweisen können sollten, was ich in der Form aber auch noch nicht unterschreiben würde, haben wir immer noch die Drogen. Morgen früh werde ich eine Kamera am Kellereingang sowie in dem Kellerraum selbst anbringen. Anschließend werde ich die Treppe wieder freigeben. Wenn Maxwell seine Tütchen holt, werden wir ihm folgen. Am liebsten wäre mir, wenn wir ihn auf frischer Tat beim Dealen erwischen könnten."

„Ich dachte, du wolltest das den Kollegen von der Drogenfahndung überlassen", bemerkte Catherine lächelnd.

„Das habe ich mir gerade anders überlegt", gab Taylor grinsend zurück.

KAPITEL 25

Als Taylor am späten Vormittag in das kleine Cottage zurückkehrte, fand er Catherine am Esstisch sitzend. Vor sich hatte sie große Bauzeichnungen ausgebreitet.

„Ah, die Schulpläne”, folgerte Taylor, nachdem er einen Blick über ihre Schulter geworfen hatte.

„Genau. Direktor Grothenberg hat sie vor einer halben Stunde vorbeigebracht.“

„Was ist das?“ Mit dem Finger deutete Taylor auf einen Stapel Papier, der an der oberen linken Tischecke lag. Augenscheinlich handelte es sich um ziemlich schlechte Kopien.

„Das sind Kopien der Originalpläne. Das Architektenbüro hat damals alles kopiert, was es an Zeichnungen von dem Gelände gab. Ich habe aber noch nicht draufgeschaut. Hat es mit den Kameras geklappt?“

„Natürlich. Willst du mal sehen?“ Stolz schaltete Taylor sein i-pad ein und sofort erschienen zwei Bilder nebeneinander. Eines zeigte den Eingang zum Keller, das andere die Wand in dem Kellerraum, in der sich das Versteck verbarg.

„Das Beste ist, wir empfangen jedes Mal, sobald sich etwas bewegt, einen kurzen Signalton”, erklärte Taylor.

„Fantastisch. Ich wusste gar nicht, dass du technisch so versiert bist”, lobte Catherine.

„Oh, du weißt vieles noch nicht. Ich bin mir ziemlich sicher, dass ich noch so manche Überraschung für dich parat habe”, shakerte Taylor.

„Wirklich?“

„Oh ja!“, küsste er sie mit Hingabe.

„Taylor, hör auf!“, lachte Catherine, als sie sich endlich befreien konnte. „Wir müssen arbeiten.“

„Schade!“, stöhnte Taylor, griff aber nach den alten Plänen und eine ganze Weile studierte jeder die Zeichnungen für sich.

„Cat?“, sprach Taylor schließlich.

„Hm?“

„Schau mal hier”, forderte Taylor sie auf, ohne den Blick von dem Bauplan zu heben.

Catherine schob ihren Stuhl um die Ecke, sodass sie nun neben ihm saß. „Was ist?“

„Hier.“

Mit seinem Zeigefinger deutete Taylor auf das Untergeschoss der Bibliothek.

„Kannst du dich an diesen Raum erinnern? Meines Erachtens gibt es unter der Bücherei doch nur den Partyraum, die Toiletten und eine kleine Abstellkammer. Das hier ist aber ein richtig großer Raum. Der hat mindestens sechzehn bis achtzehn Quadratmeter.“

„Tatsächlich. Aber er liegt genau dort, wo jetzt die Abstellkammer ist. Lass mal sehen.“

Interessiert zog Catherine die Zeichnung des Untergeschosses zu sich heran. „Hier ist die Abstellkammer mit vier Quadratmetern. Dahinter ist eine Schwarzfläche, das heißt, die Außenmauer verläuft etwas weiter hinten. Vielleicht stimmen die Originalpläne nicht hundertprozentig mit dem überein, was damals gebaut worden ist. Das ist ja heute auch öfter der Fall”, gab Catherine zu Bedenken.

„Das ist richtig”, stimmte Taylor zu und rieb sich die Schläfen. „Meine Augen tun weh. Es ist anstrengend, die ganze Zeit auf diese Zeichnungen zu starren und dabei nicht einmal zu wissen, nach was man eigentlich sucht.“

„Vor allem bei diesen schlechten Kopien, die du vor dir hast. Hast du Lust auf einen Tee?“

„Lieber Kaffee. Ich glaube, ich brauche dringend Koffein.“

„Ich mach uns welchen”, bot Catherine an und ging in die Küche.

Taylor folgte ihr einige Minuten später, nachdem sie nicht wiederkam.

„Brauchst du Hilfe?“, bot er an, womit er Catherine aus ihren Gedanken riss.

„Oh, entschuldige! Der Kaffee. Den habe ich ganz vergessen”, erinnerte sich Catherine und drückte auf den Knopf der Maschine.

„Wo bist du mit deinen Gedanken gewesen?“, wollte Taylor wissen.

„Bei den Mönchen. Erinnerst du dich noch, was der Direktor uns über sie erzählt hat?“

„An was genau soll ich mich erinnern?“

„An den Teil der Geschichte, in dem sie sich gegen jede Menge Anfeindungen zur Wehr setzen mussten”, grenzte Catherine ein und Taylor nickte. Geduldig wartete er bis sie weitersprach.

„Ich habe überlegt, wie sie sich wohl verhalten haben werden. Schließlich werden sie kaum mit Waffen zurückgeschlagen haben, wenn sie angegriffen worden sind.“

„Kaum”, bestätigte Taylor, als er Catherine eine Tasse reichte.

„Danke. Genauso wenig werden sie ihre Feinde aber auch mit offenen Armen empfangen haben.“

Taylor nahm einen Schluck Kaffee aus seiner Tasse, während er Catherines Gedankengang aufmerksam folgte. „Du meinst, Sie hatten so etwas wie einen Schutzraum?“

„Das wäre doch möglich, oder nicht? Es wäre zumindest klug gewesen, einen Raum zu haben, von dem niemand wusste. Einen Raum, in den sie sich im Fall einer Bedrohung schnell zurückziehen konnten. Auf diese Weise wären sie einer direkten Auseinandersetzung aus dem Weg gegangen und doch sicher gewesen.“

„Das ist eine gute Überlegung, Catherine”, stimmte Taylor zu und bewunderte sie einmal mehr für ihren Scharfsinn. „Ich schlage vor, wir sehen uns dort unten noch einmal etwas genauer um.“

Plötzlich kniff Taylor die Augen zusammen. Dann stellte er seine Tasse ab und lief zurück zum Esstisch.

„Was ist?“, wollte Catherine wissen, während sie ihm folgte. Offensichtlich war ihm gerade etwas eingefallen.

„Hier, sieh mal. Hinter dem Gebäude ist heute der Parkplatz. Früher standen dort allerdings jede Menge Bäume, siehst du?“ Aufgeregt legte Taylor den neuen und den alten Plan nebeneinander.

„Und?“

„Wenn die Mönche damals einen Schutzraum gebraucht haben, dann haben sie mit Sicherheit auch einen Fluchtweg nach draußen gehabt. Alles andere macht nur bedingt Sinn.“

„Du hast recht. Das ist nur logisch”, rief Catherine euphorisch aus. „Komm, lass uns schnell hinübergehen. Solange alle Schüler noch Unterricht haben, können wir unsere Theorie in Ruhe überprüfen."

Gespannt klopfte Taylor die hintere Wand der Abstellkammer im Untergeschoss der Bibliothek ab.

„Das klingt hohl", stellte er zufrieden fest.

„Okay, das bestätigt unsere Theorie. Jetzt müssen wir nur noch den Eingang zu dem dahinterliegenden Raum finden", bemerkte Catherine.

„Ich komme mir vor wie Harrison Ford in Indiana Jones", kommentierte Taylor scherzend.

„Hat was", gab Catherine lachend zurück.

Nachdem sie in dem Mauerwerk keine Hebel oder Knöpfe gefunden hatten, überprüften sie die Wand auf lose Steine.

„Nichts!", resignierte Taylor schließlich eine Stunde später. „Die Ziegel sitzen alle fest. Allerdings verläuft in dieser einen Fuge ein ganz dünner Riss, der für unsere These spricht." Mit einem Finger deutete Taylor auf eine Stelle im rechten Drittel der Wand. Mit bloßem Auge war die Spalte kaum zu erkennen. Man musste schon sehr genau hinsehen, um sie zu entdecken.

„Dann muss es auch einen Öffnungsmechanismus geben", behauptete Catherine eigensinnig und stellte sich vor die rechte Seitenwand.

„Sieh mal hier", rief sie wenige Minuten später Taylor zu sich herüber.

„Ein Loch in der Wand", diagnostizierte Taylor.

„Ein Loch mit ziemlich geradem Rand. Vielleicht so etwas wie ein Schlüsselloch?", vermutete Catherine.

„Das könnte sein", stimmte Taylor zu und war bereits dabei, sich nach einem geeigneten Werkzeug umzusehen.

„Ich bin gleich zurück", bemerkte er schließlich und verschwand. Kurz darauf kehrte er mit einigen Schraubenziehern zurück. Gleich der Erste passte.

Geräuschlos schwang eine schmale Tür an exakt der Stelle auf, an der der Riss in der Fuge verlief. Neugierig traten die beiden durch die Öffnung und standen plötzlich in einem drei mal vier Meter großen Raum, in dessen Mitte eine Matratze auf dem Boden lag. Um die Matratze waren mindestens dreißig dicke Stumpenkerzen aufgestellt. Daneben lagen mehrere Packungen

Streichhölzer. Ein tragbarer CD-Spieler stand an der rechten kurzen Raumseite.

Schweigend nahmen Catherine und Taylor den Raum in sich auf. Beiden war klar, dass sie gefunden hatten, wonach sie die letzten Tage gesucht hatten. Vorschriftsmäßig zog sich Taylor ein paar Handschuhe über, ging auf das Abspielgerät zu und drückte auf ‚Play'. Sofort erklang Whitney Houstons Stimme, die schmachtend durch den Raum sang: ‚Saving all my love for you'. Bedrückt schaltete Taylor die Musik wieder aus.

„Zumindest wissen wir jetzt, wo der Täter die Mädchen hinbringt", stellte er ausdruckslos fest.

Schluckend nickte Catherine. „Es ist bedrückend hier zu stehen und zu wissen, was er mit den Mädchen an diesem Ort getan hat."

„Das ist richtig, aber es bringt uns dem Täter einen ganzen Schritt näher. Wir müssen das Positive sehen."

„Ich weiß, dennoch dreht sich mir der Magen um, wenn ich das hier alles sehe."

Verständnisvoll sah Taylor sie an. Er verstand Catherine nur allzu gut. Im Grunde erging es ihm nicht anders. Zügig fotografierte er mit seinem Handy den Raum aus allen Perspektiven.

„Dieser Raum erklärt, wie es dem Täter gelungen ist, die Mädchen so schnell und ungesehen verschwinden zu lassen", überlegte Catherine.

„Richtig. Er bringt die Mädchen in seine Gewalt und führt sie durch den Gang vom Parkplatz in den Raum."

„Oder er geht durch die Bibliothek", unterbrach Catherine. „Auf diese Weise muss er sie nur in das Untergeschoss des Bibliotheksgebäudes locken. Wenn nicht gerade Partynacht ist, ist dort unten niemand und selbst während der Party war es ein Leichtes, Penelope zu bitten, etwas aus dem Abstellraum zu holen."

„Das ist eine Möglichkeit. Allerdings ist die Bibliothek nachts abgesperrt", wandte Taylor ein.

„Es ist ein einfaches Schloss. Wahrscheinlich ist es leicht mit einem Dietrich zu öffnen."

„Das ist ein guter Punkt. Vielleicht hat der Täter sogar einen Originalschlüssel. Wir sollten Direktor Grothenberg fragen, wer alles im Besitz eines Schlüssels ist", schlug Taylor vor und machte sich im Geist eine Notiz.

„Meine Güte, Taylor. Weißt du, was das bedeutet? Der Täter hat niemals das Schulgelände mit den Mädchen verlassen. Er brauchte wahrscheinlich nicht einmal eine großartige Geschichte. Jeder Schüler oder jede Schülerin würde hier hinuntergehen, wenn eine Vertrauensperson sie dazu auffordert oder darum bittet.“

„Das Ganze spricht eindeutig für unsere erste Vermutung, dass es jemand sein muss, den die Mädchen kennen“, gab Taylor ihr eindeutig recht.

„Ein Lehrer oder eine sonstige Bezugsperson, wie beispielsweise der Hausvater der Jungen, ein Sporttrainer.“

„Oder ein Schüler“, ergänzte Catherine und deutete auf eine dunkle Tür an der gegenüberliegenden Wand. „Anscheinend gibt es tatsächlich auch einen Weg nach draußen. So wie du vermutet hast.”

„Dann lass uns gehen”, sagte Taylor, zog die Geheimtür, durch die sie den Raum betreten hatten, zu und nahm Catherine an die Hand.

„Hast du eine Taschenlampe dabei?“, erkundigte sich Catherine mit einem Blick in den dunklen Tunnel.

„Immer. Ich bin schließlich der Hausmeister, schon vergessen?”, scherzte er und zog eine kleine LED-Lampe aus der Tasche.

Der Gang war niedrig und schmal, doch der Weg war erstaunlich kurz. Nach weniger als fünfundzwanzig Metern erreichten sie bereits das Ende. In der Wand vor ihnen war eine kleine Nische gegraben worden.

Vermutlich als Tritt, dachte sich Taylor, während er den Lichtstrahl nach oben lenkte. Tatsächlich gab es dort eine Klappe.

Geräuschlos ließ sich der Riegel zur Seite schieben, und automatisch fiel die Klappe nach unten. Sofort setzte Taylor seinen linken Fuß in die Nische, sodass er sich leichter nach oben ins Freie ziehen konnte. Orientierend blickte er sich um. Wie er bereits vermutet hatte, befand er sich unter der alten Trauerweide am Rande des Parkplatzes.

Hilfsbereit streckte er Catherine seine Hand entgegen, doch sie konnte sich selbst helfen. Geschickt zog Taylor die Klappe hinter ihr wieder nach oben und schob einen Hebel, der sich auf der Platte befand nach rechts. Offensichtlich hatte er damit den Riegel auf der Innenseite wieder festgestellt, denn als er die Klappe losließ, hielt sie ihre Position.

„Die Äste und Blätter hier müssen auf der Klappe gelegen haben", vermutete Catherine und deutete auf eine kleine Ansammlung von heruntergefallenen Blättern.

„Vermutlich", stimmte Taylor ihr zu und schob gleichzeitig das Gestrüpp zurück auf das Holz. Anschließend duckten sie sich unter den hängenden Ästen der Weide hindurch. Beide klopften sich den Staub von ihren Jeans.

„Das war ein äußerst interessanter und produktiver Vormittag", bemerkte Catherine auf dem Weg zurück zum Cottage.

„ALLERDINGS", BESTÄTIGTE TAYLOR. „JETZT MÜSSEN WIR NUR NOCH HERAUSFINDEN, WER VON DIESEM VERSTECK WEIß UND BINGO, HABEN WIR UNSEREN TÄTER."

KAPITEL 26

Am Nachmittag tauschte Taylor in der Schule einige Glühbirnen aus, reparierte einen tropfenden Wasserhahn in einem der Mädchenzimmer sowie eine leckende Waschmaschine im Wohngebäude der Jungen. Zwischendurch lief ihm Clive Stuart über den Weg und Taylor rief ihm zu, dass die Kellerräume wieder zugänglich waren.

Catherine ihrerseits fuhr in die Stadt, um einige Einkäufe zu erledigen. Dabei sah sie im Büro des Sheriffs vorbei und erzählte ihm von Mr Blairs Besuch am gestrigen Nachmittag.

„Werden Sie die Anzeige zurückziehen?“, erkundigte sich Sheriff Hatcher sofort mit einem missbilligenden Ausdruck in den Augen.

„Selbstverständlich nicht. Wo denken Sie hin?“

„Aber würde das nicht in Ihre Rolle passen? Fünfzehntausend Dollar sind eine Menge Geld für ein Hausmeisterpaar. Wir wollen doch nicht, dass Mr Blair irgendeinen Verdacht schöpft. Ich bin sicher, er ist es gewohnt, dass er mit entsprechenden Summen seinen Willen bekommt.

„Das ist er bestimmt“, gab Catherine ohne Umschweife zu. „Aber machen Sie sich keine Gedanken. Er hält uns für einfache Menschen, die so naiv sind, dass sie noch an die Macht des Gesetzes glauben und er ist viel zu selbstverliebt, als dass er Sie als ernsthaften Gegner betrachtet.“

Automatisch verdunkelten sich Sheriff Hatchers Augen vor Wut, doch bevor er etwas sagen konnte, lächelte Catherine ihn beruhigend an.

„Machen Sie sich nichts daraus, Sheriff. Sie machen hier auf der Insel einen guten Job und es ist nicht von Interesse, was Mr Blair über Sie denkt. Manchmal ist es sogar durchaus von Vorteil, wenn bestimmte Menschen einen unterschätzen.“

Sie machte eine kurze Pause, ehe sie fortfuhr. „Ich wollte Ihnen auch noch sagen, dass es richtig war, das FBI so früh zur Unterstützung hinzuzuziehen. Das war sicherlich keine leichte Entscheidung und einige Ihrer Kollegen hätten länger gewartet. Die Erfahrung zeigt jedoch, dass viele spätere Taten hätten verhindert werden können, wenn kleinere Büros ihren persönlichen Eitelkeiten keinen Platz eingeräumt hätten."

„Penelopes Tod konnten wir jedoch nicht verhindern."

„Nein, leider nicht", schüttelte Catherine bedauernd den Kopf, „und das bedauern wir ebenso sehr wie Sie. Sind denn die Ergebnisse der Drogentests schon gekommen?"

„Nur von Jane Lantern und der ist negativ."

„Gut."

„Was ist daran gut? Das heißt, dass wir wieder bei Null sind, oder nicht?" Sheriff Hatcher klang niedergeschlagen.

„Nein, Sheriff, so dürfen Sie das nicht sehen", korrigierte ihn Catherine. „Wir haben wieder etwas ausgeschlossen. Das ist erst einmal gut. Stellen Sie sich vor, Sie stehen an einer Kreuzung und haben vier Wahlmöglichkeiten. Natürlich kommen Sie am schnellsten ans Ziel, wenn Sie Ihre Entscheidung rasch treffen können, weil Sie den richtigen Weg kennen. Haben Sie jedoch keine Ahnung, welche Richtung Sie einschlagen müssen, müssen Sie nach dem Ausschlussprinzip vorgehen, sodass Sie zunächst nur noch drei, dann nur noch zwei und schließlich nur noch einen Weg vor sich haben."

„Und wie viele Wahlmöglichkeiten haben wir noch?", verlangte der örtliche Gesetzeshüter frustriert von ihr zu wissen.

„Ich denke, wir sind kurz vor dem Ziel, Sheriff", lächelte sie ihn an. „Wenn alles nach Plan läuft, sind Sie uns in wenigen Tagen wieder los und haben Ihre kleine idyllische Halbinsel zurück."

Erstaunt blickte er sie an. „Haben Sie einen Verdacht?"

„Dafür ist es leider noch zu früh, Sheriff Hatcher. Aber wir machen Fortschritte. Wir sehen uns", verabschiedete sich Catherine und ließ einen verdatterten Sheriff zurück.

Zurück an der frischen Luft beschloss sie, noch rasch zu ‚Ricks' hinüberzugehen. Gestern hatte sie nicht wirklich viel in dem Café wahrgenommen und einen Kaffee konnte sie durchaus ebenfalls gebrauchen. Vielleicht konnte sie von der Bedienung in Erfahrung bringen, wer aus dem Internat öfter dort verkehrte. Neugierig betrat sie das Lokal und sah sich interessiert um. Gerade hatte sie sich für einen Platz an der Bar entschieden, als Deputy Vince Katris ihr zuwinkte. Höflich ging sie zu ihm hinüber.

„Mrs Smith, wie schön Sie zu sehen."

„Gleichfalls, Deputy. Haben Sie Pause?"

„Nein, ich bin schon fertig für heute. Ich hatte Frühschicht. Hatten Sie Besorgungen zu machen?"

„Sheriff Hatcher hatte noch ein paar Fragen zu dem Überfall am vergangenen Freitag und ich dachte, ich nutze die Gelegenheit, mich noch etwas im Dorf umzusehen. Irgendjemand hat mir erzählt, dass das ‚Ricks' der Treffpunkt der Insel schlechthin ist."

„Das ist richtig. Alles trifft sich hier im Café. An jedem ersten Samstag im Monat spielt hier eine Band zum Tanz auf und dann ist der Laden brechend voll. Um diese Zeit ist nicht ganz so viel los. Sie sollten unbedingt den Käsekuchen versuchen. Er ist ein Genuss. Montags backt ihn immer Emma. Da ist er ganz besonders lecker."

„Danke, das werde ich mir merken. Ich wollte eigentlich nur schnell einen Kaffee trinken."

„Warum setzen Sie sich nicht einen Moment?", lud Katris sie ein.

Catherine überlegte kurz. Eigentlich wäre sie lieber alleine gewesen, aber ihr fiel keine gute Begründung ein, seine Einladung abzulehnen, ohne Aufmerksamkeit auf sich zu ziehen. Also zog sie sich einen Stuhl heran und setzte sich.

„Wie gefällt Ihnen Galveston?", erkundigte sich der junge Mann.

„Die Landschaft ist schön und die Menschen sind freundlich. Ich denke, mein Mann und ich werden uns hier sehr wohl fühlen. Sind Sie auf der Insel aufgewachsen?"

„Ja, geboren und nie woanders gewesen in den letzten dreiundzwanzig Jahren. Hier ist mein Zuhause."

„Das ist schön, wenn man das sagen kann. Haben Sie schon eine eigene Familie?"

„Nein, noch nicht. Damit habe ich aber auch noch etwas Zeit."

Die Kellnerin trat an den Tisch und Catherine bestellte einen Milchkaffee.

„Das Café ist also der Treffpunkt für die ganze Stadt, ganz egal ob jung oder alt", brachte Catherine das Gespräch wieder in Gang.

„Allerdings. Hier kommen alle her. Die Touristen, die Geschäftsleute, die Hausfrauen, die Schüler. Selbst die Schüler oben aus dem Internat treffen sich hier, wie Sie sehen."

Catherine sah sich in dem großen offenen Raum um. Tatsächlich waren einige Tische mit Schülern besetzt, deren Gesichter sie kannte.

„So wie das Büro des Sheriffs", fügte Catherine lächelnd hinzu.

„Selbstverständlich. Wir alle verkehren hier regelmäßig. Ich müsste mal nach einem Sternrabatt fragen", scherzte der Deputy.

„Was ist mit den Lehrern des Internats? Verkehren sie auch regelmäßig hier?"

„Einige von ihnen. Blake Johnson kommt beispielsweise jeden Donnerstagabend zu einer Pokerrunde. Alex Browning habe ich auch schon ein paar Mal gesehen, aber die meisten Lehrer fahren in ihrer Freizeit lieber rüber aufs Festland. Da ist die Gefahr geringer, dass sie ihren Schülern über den Weg laufen", grinste der junge Mann.

In diesem Moment brachte die Bedienung Catherines Kaffee und wandte sich dann an den jungen Mann. „Kann ich dir noch etwas bringen, Vince?"

„Nein danke, Mary. Ich muss gleich los."

Die Kellnerin nickte und ging weiter zum nächsten Tisch.

„Was ich Ihnen die ganze Zeit schon sagen wollte, Mrs Smith ...", begann Katris, als sie wieder alleine waren und rutschte verlegen auf seinem Sitz hin und her.

„Ja?", forderte ihn Catherine zum Weitersprechen auf, wobei sie sich wunderte, was den jungen Mann zum herumdrucksen veranlasste.

„Es tut mir leid, dass Ihr Mann Sie betrogen hat. Sie sind eine echt tolle Frau und haben das nicht verdient", rückte er schließlich mit der Sprache heraus.

Erstaunt musterte Catherine Katris' Gesicht. In seinen Augen, die sie jetzt direkt ansahen, stand ein trauriger Ausdruck. Vorsichtig reagierte sie. „Danke, das ist sehr nett, dass sie das sagen."

„Niemand sollte seinen Partner hintergehen. Es tut so weh und alle reden hinter dem Rücken über einen." Die Stimme des Deputys enthielt jetzt einen leicht wütenden Unterton.

„Das klingt, als ob Sie diese Erfahrung schon einmal gemacht haben, Vince. Ich darf doch Vince sagen, oder?", vergewisserte sich Catherine.

„Natürlich“, nickte der Deputy, bevor er fortfuhr. „Sie war die Frau meines Lebens. Wir wollten heiraten.“

„Das tut mir leid, Vince. In Ihrem Alter sollten sie das eigentlich noch nicht kennen. Was ist passiert?“, hakte sie vorsichtig nach.

Der junge Mann zuckte mit den Achseln. „Sie war mit ihrer Ausbildung noch nicht ganz fertig und musste dafür umziehen. Ich habe sie an jedem freien Wochenende besucht bis sie einen anderen kennengelernt hat, der interessanter war.“

Tröstend legte ihm Catherine eine Hand auf seinen Arm. Der Verlust der ersten Liebe war immer besonders schlimm. Anscheinend hatte Katris für das Mädchen wesentlich mehr empfunden als sie für ihn und litt immer noch unter der Trennung. „Ich bin sicher, Sie werden eines Tages die richtige Frau treffen, mit der Sie Ihr Leben teilen möchten.“

„Ja, das sagt meine Ma auch immer”, erwiderte er mit einem Blick auf die Uhr. „Oh, ich muss los. Bitte entschuldigen Sie mich, Mrs Smith. Es war nett, Sie getroffen zu haben.“

„Gleichfalls, Deputy Katris”, erwiderte Catherine und beobachtete gedankenverloren die Schülergruppen, die zwanglos miteinander lachten und plauderten.

Die Jugend war so unbeschwert. Sie konnten die grausamen Morde an ihren Mitschülerinnen einfach für einige Zeit vergessen und in ihren Alltag zurückkehren, als sei nichts gewesen. Catherine wusste, dass dies nichts mit Oberflächlichkeit zu tun hatte. Mehrere Psychologiekurse hatten sie gelehrt, dass das Gehirn von Kindern einfach anders funktionierte und in Situationen wie diesen beneidete sie die Jugend eben darum.

Sie wusste, dass sie lernen sollte, einen größeren emotionalen Abstand zu ihren Fällen zu halten, doch die Grausamkeit der Täter erschreckte sie immer wieder. Wenn sie die einzelnen Taten analysierte und Täterprofile erstellte, konnte sie ihre Gefühle abschalten und professionell arbeiten. Wenn Sie jedoch später Zeit zur Ruhe kam, beschäftigten sie die gesehenen Bilder und wenn sie sich ausmalte, was in diesem speziellen Fall die Mädchen in jenem versteckten Raum hatten erleiden müssen, wurde es ihr immer wieder übel.

Sie mussten diesen Psychopathen finden. Er durfte nicht noch ein weiteres Opfer in seine Hände bekommen. Nur die Gewissheit, dass sie ihn gefasst hatten und er keinem anderen Mädchen jemals wieder etwas antun konnte, würde Catherine helfen, in ihren eigenen Alltag zurückzukehren.

KAPITEL 27

Sie war in dem Café. Oh Gott, sie sah ihr so ähnlich. Alles in ihm versteifte sich. Vor allem sein Glied. Keine der anderen Mädchen hatte diese frappierende Ähnlichkeit. Sie könnte ihre ältere Schwester sein. Aufgeregt pumpte sein Herz das Blut durch seinen Kreislauf. Er wollte sie berühren. Er musste sie berühren. Er schloss seine Augen.

Nein, er konnte sie nicht haben. Er hatte sich nach ihr erkundigt. Unauffällig. Ihr Mann hatte sie betrogen. Er hatte ein Verhältnis gehabt und nun waren sie nach Galveston gekommen, um die Sache zu vergessen.

Als ob man so etwas jemals vergessen könne, dachte er verächtlich und ließ die Wut durch seinen Körper laufen. Wie hatte sie ihrem Mann nur verzeihen können? Sie war so schön.

Hart presste sich sein Glied gegen den Stoff der Hose.

Mit ihr würde es wieder funktionieren. Er war sich sicher. Mit Catherine Smith würde er das ursprüngliche, das wahre Gefühl wieder hervorrufen können. Aber sie war ein Opfer. Genau wie er. Er konnte sie nicht anfassen. Es war nicht richtig. Doch er wollte sie.

Verzweifelt wischte er sich mit der Hand den Schweiß von der Stirn. Was sollte er tun?

KAPITEL 28

Bevor sie ins Cottage zurückkehrte, machte Catherine einen kurzen Abstecher in das Wohngebäude der Mädchen. Mrs Ruback hatte sie gebeten, ihr ein Kleid aus der Reinigung abzuholen, das sie vergangene Woche dort abgegeben hatte und sie wollte es der Frau direkt vorbeibringen. Sie fand die Hausmutter in der Eingangshalle, wo sie gerahmte Fotos an einer Wand aufhing.

Als Catherine näher trat, erkannte sie Jane, Geraldine, Lydia und Penelope. Das Mädchen auf dem fünften Bild hatte sie noch nie zuvor gesehen.

„Die Schüler haben am Sonntag den Wunsch geäußert, dass sie gerne Bilder ihrer toten Kameradinnen aufhängen würden. Als Gedenken an sie", erklärte Mrs Ruback mit trauriger Stimme.

„Das ist eine nette Idee", fand Catherine. Dann fragte sie, den Namen unter dem fünften Bild lesend: „Wer ist Madison Gaule?"

„Madison hat letztes Jahr ihren Abschluss bei uns gemacht. Sie ging nach Harvard, um dort Medizin zu studieren. Vor drei Monaten ist sie bei einer Wanderung eine Felswand hinuntergestürzt. Irgendwie fand ich es ihr gegenüber nicht fair, wenn wir ihrer nicht auch gedenken. Sie war noch so jung und, abgesehen von den neuen Schülern, kannten sie ebenfalls alle."

Catherine nickte verständnisvoll.

„Es erscheint mir nur richtig, ihr auch einen Platz zu geben", erklärte Catherine, wobei sie Madisons Bild ausführlich studierte.

Gedankenversunken betrat Catherine wenig später das kleine Cottage.

„Hallo! Erde an Catherine, Erde an Catherine!", rief Taylor, der in der Küchentür stand und sie kopfschüttelnd anstarrte.

„Was?", reagierte Catherine schließlich.

„Ich habe dich dreimal gerufen. Wo um alles in der Welt sind deine Gedanken gewesen?", erkundigte sich Taylor, während er auf sie zuging und ihr einen Kuss auf die Stirn drückte. Dabei nahm er ihr die Schlüssel aus der Hand und schloss die Haustür hinter ihr.

„Bei Madison Gaule", antwortete Catherine und setzte sich auf das Sofa.

„Bei wem?"

„Madison Gaule. Sie war bis letztes Jahr hier Schülerin, ist dann nach Harvard gegangen und vor drei Monaten bei einer Wanderung tödlich verunglückt."

„Und?", wagte Taylor zu fragen, nachdem Catherine auch nach einer längeren Pause nicht weitersprach.

„Ich weiß nicht. Es ist nur so ein Gefühl, aber ...", Konzentriert blickte Catherine zu Taylor hinüber, „sie sieht genauso aus, wie unsere vier toten Mädchen."

Hellhörig geworden setzte sich Taylor zu ihr. „Schlank, blond, blauäugig?"

„Genau. Ich weiß nichts über sie, aber ich würde gerne mehr erfahren."

„Dann mach das", unterstützte sie Taylor. Er erinnerte sich noch genau an die Situation in dem Kellerraum vor einigen Tagen, als Catherine seinem Bauchgefühl gefolgt war und selbst dann nicht aufgegeben hatte, als er schon hatte einlenken wollen.

Ein leises ‚Beep' ließ Taylor einen Blick auf sein i-pad werfen. Die erste versteckte Kamera hatte sich eingeschaltet. Ein breites Grinsen überzog sein Gesicht, während er das Display zu Catherine hinüberschob, damit sie ebenfalls sehen konnte, wie Maxwell Blair die Kellertreppe in dem Wohnhaus der Jungen hinunterging.

„Bingo. Es geht los. Bis später", rief Taylor ihr zu, als er schon fast draußen war.

„Bis später. Pass auf dich auf", konnte sie ihm gerade noch nachrufen, bevor die Tür hinter ihm auch schon ins Schloss fiel.

Es dauerte gute zwei Stunden bis Taylor wieder zu Hause war.

„Ich würde mal sagen, das war eine erfolgreiche Aktion", vermutete Catherine nach einem Blick in Taylors strahlendes Gesicht.

„Das kann man so sagen."

„Nun erzähl schon und spann mich nicht so auf die Folter."

„Oh, oh, oh. So einfach geht das nicht."

„Wieso nicht?", fragte Catherine stirnrunzelnd.

„Das kostet”, klärte Taylor sie mit ernster Stimme, aber lachenden Augen auf.

„So, so”, antwortete Catherine und verstand plötzlich ganz genau, worauf Taylor hinaus wollte. „An was hast du gedacht?“

„Einen Kuss als Anzahlung und die Nacht in deinem Bett, inklusive einigen Trainingseinheiten zur Verbesserung meiner Konditionsfähigkeit.“

Catherine tat, als ob sie über Taylors Vorschlag nachdachte.

„Ist die Geschichte den Preis wert?“, versicherte sie sich.

„Selbstverständlich.“

„Gut, dann einverstanden”, schlug sie ein und formte ihre Lippen zu einem Kussmund.

Taylor küsste sie, zwang sich aber dazu, den Kuss kurz und leicht zu halten. Aus Erfahrung wusste er, wie schnell er alles um sich herum vergessen konnte, wenn er Catherine in den Armen hielt.

„Wie vermutet hat Maxwell einen Teil seiner Tütchen geholt“, begann er zu berichten. „Anschließend ist er hinüber in die Bibliothek, wo Clive und Ed schon an einem Tisch auf ihn gewartet haben. Die beiden saßen sich gegenüber und hatten jede Menge Bücher vor sich liegen. Maxwell hat den Platz an der Stirnseite des Tisches eingenommen und hat geschickt eines seiner Tütchen zwischen die Seiten eines dicken Buches gleiten lassen.“

Kopfschüttelnd lauschte Catherine der Geschichte. Sie verstand nicht, was Maxwell Blair daran reizte, mit Drogen zu dealen. Allein auf Grund seines familiären Hintergrundes hatte er alle Chancen dieser Welt. Aber wahrscheinlich glaubte er tatsächlich, über dem Gesetz zu stehen.

„Es dauerte nicht lange“, fuhr Taylor fort, „da trat ein Schüler an den Tisch und legte die drei Bücher in seiner Hand auf der Tischplatte ab. Er erkundigte sich, ob die Jungs jenes Buch noch brauchen würden, das direkt neben Maxwell lag. Währenddessen hatte sich Clive unauffällig das oberste Buch von des Jungen Bücherstapel heruntergenommen. Nachdem er kurz darin geblättert hatte, malte er einen Haken auf ein Blatt Papier. Daraufhin schob Maxwell dem Jungen sein Buch über den Tisch.“

„Sie haben also ein System. Das deutet daraufhin, dass sie das Ganze schon länger machen. Wieso haben sie dich nicht gesehen?“

„Das haben sie. Aber Maxwell Blair ist derart von sich eingenommen, dass er überhaupt keinen Gedanken daran verschwendet hat, dass ihn jemand beobachten könnte. Ich stand auf einer Leiter mitten im Raum und habe mich mit dem Oberlicht beschäftigt."

„Du wirst noch zum idealen Hausmeister. Pass auf, dass Apleton davon nichts mitbekommt. Es könnte ihn auf Ideen bringen", spaßte Catherine, bevor sie wieder ernst wurde. „Hast du Fotos gemacht?"

„Besser. Ich habe eine Videoaufnahme der ganzen Transaktion. Von oben ist alles ganz deutlich zu erkennen", grinste Taylor.

„Wie viele Kunden hatte Maxwell?"

„Nach dem dritten Tausch haben die Jungs ihre Sachen zusammengepackt. Draußen hat sie dann Sheriff Hatcher in Empfang genommen, den ich zuvor gebeten hatte, vorbeizukommen und vor der Bibliothek zu warten. Es war eine sehr interessante Szene."

„Das kann ich mir vorstellen. Hat Maxwell dir gedroht?"

„Ja, aber darüber mache ich mir im Moment keine Gedanken. Diese Nacht verbringen die drei erst einmal in einer Zelle."

„Was ist mit den Schülern, die das Speed gekauft haben?"

„Die sind ebenfalls verhaftet. Es war nicht schwierig, die drei zu identifizieren. Zwei hatten ihre Tütchen noch in der Hosentasche, der dritte hatte seins im Toilettenkasten versteckt. Er hat anscheinend zu viele schlechte Krimis gesehen."

Catherine seufzte. „Es macht mir Sorgen, wenn Kinder selbst in einem solchen Umfeld wie diesem exklusiven Internat mit Drogen in Kontakt kommen."

„Ja, mir auch. Aber vielleicht ist die Exklusivität auch ein Teil des Problems. Die Kinder bekommen so viel Taschengeld von ihren Eltern, dass sie gar nicht wissen, wofür sie es ausgeben sollen und die wirklich entscheidenden Dinge, die sie eigentlich bräuchten wie Aufmerksamkeit, Interesse und Liebe von ihren Eltern fehlen ihnen."

Catherine dachte über Taylors Worte nach und musste ihm schließlich recht geben. Die meisten Kinder blieben selbst an den Wochenenden im Internat und sahen ihre Eltern nur in den Ferien. Es war auch nicht zu leugnen, dass die meisten von ihnen zu viel Geld zur Verfügung hatten, vor allem wenn man bedachte, dass sie auf der Insel nicht viele Gelegenheiten hatten, es auszugeben.

„Was hast du in der Zwischenzeit gemacht?", riss Taylor sie aus ihren Gedanken. „Hast du schon etwas über dieses Mädchen erfahren? Madison? Oder wie hieß sie noch gleich?"

„Madison Gaule. Sie hat vier Jahre hier gelebt, bevor sie die Schule mit Auszeichnung beendet hat. Sie galt als sehr beliebt. Vor drei Monaten ist sie bei einem Spaziergang verunglückt. Wahrscheinlich ist sie zu nah an einem Abgrund gelaufen. Die Erde war nass und bei einem ihrer Schritte muss ein Stück Fels abgebrochen sein. Madison hat den Halt verloren und sich bei dem Sturz das Genick gebrochen. Sie war sofort tot. Ihre Mutter erzählte, dass es zwei Tage gedauert hat, bis eine Rettungsgruppe sie gefunden hatte."

„Zwei Tage? War sie etwa allein unterwegs gewesen?"

„Anscheinend. Sie ging wohl gerne spazieren. Dabei konnte sie am besten den Kopf freibekommen."

„Trauriges Schicksal", meinte Taylor. „Aber hast du einen Zusammenhang zu unseren Morden gefunden?"

„Nein", seufzte Catherine, „Noch nicht. Aber ich möchte mich morgen noch ein wenig bei den älteren Schülern über sie erkundigen. Ich habe bereits versucht, ihre ehemalige Zimmergenossin zu erreichen. Bisher hatte ich jedoch kein Glück. Ich habe ihr eine Nachricht auf der Mailbox hinterlassen und um ihren Rückruf gebeten."

„Mehr kannst du im Moment nicht machen", stellte Taylor fest.

„Nein, heute wahrscheinlich nicht mehr."

„Dann, schätze ich, ist es an der Zeit, dass du deine Schulden bezahlst."

„Einverstanden. Ich fange unter der Dusche damit an."

„Unter der Dusche?", hakte Taylor nach und spürte, wie sich sein Glied bereits bei dem Gedanken daran versteifte.

„Du bist doch wohl nicht auf ein Bett eingefahren, oder etwa doch?", neckte ihn Catherine, die bereits in der Badezimmertür stand.

„Gewiss nicht. Ich bin hochflexibel. Du wirst schon sehen", versprach Taylor und schob sie grinsend ins Bad.

KAPITEL 29

Der digitale Wecker auf ihrem Nachttisch zeigte 03:12 Uhr, als Catherine in Taylors Armen erwachte. Ein Glücksgefühl durchströmte sie, als sie seine Körperwärme spürte und sich erinnerte, wie sehr sie sich am Abend geliebt hatten.

Niemals hätte sie geglaubt, dass ihr Körper zu solchen Reaktionen fähig wäre, wie Taylor sie hervorrufen konnte. Zu jedem Zeitpunkt schien er ganz genau zu wissen, was sie fühlte, was sie brauchte, wonach sie sich sehnte. Als ob er nie etwas anderes gemacht hätte, trieb er sie auf den Gipfel der Lust zu und schaffte es, sie dort oben so dicht am Abgrund zu balancieren, bis sie wirklich nicht mehr konnte. Doch bevor sie ihn anflehen musste, erlöste er sie und Catherine erlebte einen sexuellen Höhepunkt, von dem sie bisher nicht einmal hatte träumen können. Sie hoffte nur, dass sie ihm wenigstens einen kleinen Teil dieser Freude hatte zurückgeben können. Insgeheim wusste sie jedoch, dass dies definitiv der Fall gewesen war.

Hellwach schweiften ihre Gedanken zu den toten Mädchen, wobei sie innerlich immer unruhiger wurde. Das Gefühl, etwas Wichtiges zu übersehen, wurde fortwährend stärker. Schließlich befreite sie sich vorsichtig aus Taylors Armen. Es gab keinen Grund ihn zu wecken. Es reichte, wenn einer von ihnen nicht schlafen konnte.

Leise schlich Catherine aus dem Schlafzimmer und schloss die Tür hinter sich, damit Taylor das Licht nicht stören würde, das sie im Wohnzimmer einschaltete. Sie kochte sich einen Tee und wanderte anschließend mit der warmen Tasse in der Hand im Wohnzimmer auf und ab. Dabei dachte sie an Jane, Geraldine, Lydia und Penelope.

Alle Geschichten, die sie über die Mädchen gehört hatte, ließ sie noch einmal in Gedanken Revue passieren. Dann dachte sie an

Madison, an Maxwell Blair und seine kriminellen Handlungen in der Schule sowie an Blake Johnson und sein Gewaltpotential. Den Mathematiklehrer sowie Maxwell schob sie gedanklich allerdings recht schnell zur Seite. Sie glaubte nicht, dass einer von ihnen für die Vergewaltigung und die Ermordung der Mädchen verantwortlich war.

Frustriert stellte Catherine ihre leere Tasse auf den Esstisch und trat ans Fenster. Ruhig stand der Vollmond am Firmament und warf einen warmen Lichtschein auf die Erde. Dennoch vermochte er Catherines Unruhe nicht zu vertreiben. Wenn sie es doch nur fassen könnte. Sie hatte das Gefühl, dass sich die Lösung direkt vor ihrer Nase befand. Sie lag ihr quasi schon auf der Zunge. Warum nur konnte sie sie nicht aussprechen?

Catherine hörte, wie sich hinter ihr die Schlafzimmertür öffnete und Taylor auf sie zukam. Warm umschlossen seine Arme sie von hinten.

„Ich wollte dich nicht wecken", sprach Catherine leise, während sie sich in seinen Armen umdrehte.

„Du hast mich nicht geweckt. Ich bin aufgewacht, weil ich dich nicht mehr in meinem Arm gespürt habe", erklärte er mit sanfter Stimme und küsste ihre Schläfe. „Warum konntest du nicht mehr schlafen, Liebes?"

„Ich weiß nicht. Ich habe einfach das Gefühl, dass wir etwas übersehen und das macht mich nervös. Wahrscheinlich hältst du mich für total verrückt, deswegen mitten in der Nacht durch die Wohnung zu geistern."

„Nein, Cat, ganz und gar nicht. Du machst dir anscheinend keine Vorstellung, wie viele Kilometer ich schon zu diesen Uhrzeiten in meiner eigenen Wohnung zurückgelegt habe."

„Wirklich?"

„Wirklich. Komm, lass uns zusammensetzen und alles noch einmal durchgehen. Vielleicht kommen wir zu zweit weiter. Einverstanden?"

Catherine nickte. Wieder einmal fühlte sie unendliches Glück, mit Taylor einen Partner zu haben, der sie verstand.

„Welcher Ort ist dir lieber? Tisch oder Bett?"

„Bett", antwortete Catherine sofort.

„Dann komm." Zärtlich nahm Taylor sie an der Hand und führte sie zurück ins Schlafzimmer. Im Bett setzten sie sich einander gegenüber, sodass sie sich ansehen konnten. Dabei hielt Taylor Catherines Füße in seinen Händen.

„Okay, erzähl mir, was du bisher gedanklich durchgegangen bist", forderte Taylor sie auf und Catherine berichtete von ihren Überlegungen.

Zustimmend nickte er, als Catherine bemerkte, Maxwell Blair und Blake Johnson als Täter gestrichen zu haben.

„Gut. Dann erzähl mir jetzt das, was du mir noch nicht erzählt hast."

„Wie bitte?" Verwirrt sah Catherine ihn an.

„Seit wann hast du das Gefühl, dass wir ganz dicht dran sind?", hakte Taylor nach.

„Seit gestern Abend", antwortete sie.

„Okay. Infolgedessen muss am gestrigen Nachmittag etwas passiert sein, was dieses Gefühl ausgelöst hat. Also gehen wir jetzt noch einmal den ganzen Tag durch."

„Wir haben den Raum gefunden, in dem er die Mädchen vergewaltigt", fing Catherine an.

„Richtig. Er bringt die Mädchen in seine Gewalt und bringt sie hinunter in sein Versteck."

„Er vergewaltigt die Mädchen bei Kerzenlicht und Kuschelrockmusik, was darauf schließen lässt, dass er entweder eine Szene aus seiner Vergangenheit nachstellt oder einen Traum real werden lässt", fuhr Catherine fort.

„Beides ist möglich", stimmte Taylor zu. „Was von beidem hältst du für wahrscheinlicher?"

„Ersteres", antwortete Catherine ohne Umschweife.

„Ich auch. Es muss eine schöne Erinnerung sein, die er immer wieder erleben möchte. Wenn ein Mädchen ihn hätte abblitzen lassen, würde seine Wut darüber die romantischen Gefühle ersticken."

„Das bedeutet, dass er höchstwahrscheinlich verlassen worden ist und die Trennung nicht verarbeiten kann."

„Das wiederum bedeutet, wir müssen dieses erste Mädchen finden. Es könnte Jane Lantern gewesen sein, womit wir wieder bei Nathe Chadwick wären", bemerkte Taylor.

„Nein, das glaube ich nicht", widersprach Catherine. „Falls Jane wirklich das Original ist, dann müsste es ein Mann vor Nathe gewesen sein. Dagegen sprechen zwei Punkte. Zum einen soll Nathe ihr erster Freund gewesen sein und zum zweiten ist der

Abstand zu den anderen Opfern zu gering. Normalerweise liegt eine größere Zeitspanne zwischen diesem ersten Rachemord und den darauf folgenden Copytaten."

„Okay, allerdings dürfen wir nicht vergessen, dass der erste Mord nicht dem Ritual entsprochen haben muss, das er heute anwendet."

„Richtig." Catherine stützte ihren Kopf in ihre Hände und schloss für einen Moment die Augen.

„Taylor?", sagte sie schließlich, als sie ihn wieder ansah.

„Hm?"

„Ich weiß, es klingt verrückt, aber was wäre, wenn Madison Gaule dieses erste Mädchen gewesen ist?"

Taylor dachte einen Augenblick ernsthaft über diese Theorie nach. „Das ist theoretisch möglich", antwortete er schließlich. „Allerdings werden wir kaum mehr beweisen können, dass sie nicht ausgerutscht, sondern den Hang hinunter gestoßen worden ist und auf Grund einer vagen Vermutung wird niemand einer Exhumierung zustimmen."

„Aber wir können uns umhören, ob sie einen Freund gehabt hat, während sie ihren Schulabschluss gemacht hat."

„Das müsste dann allerdings jemand sein, der immer noch hier ist, also entweder ein Lehrer oder jemand aus dem Ort."

Plötzlich wurde Catherine blass. Mit weit aufgerissenen Augen sah sie Taylor an.

„Was ist los, Cat?", setzte sich Taylor sofort senkrecht auf. „Wen hast du im Kopf?"

„Deputy Katris."

„Vince Katris? Der junge blonde Deputy?"

Als Catherine heftig nickte, fragte er weiter.

„Was ist mit ihm? Wieso denkst Du, dass er der Täter ist?"

„Taylor, ich habe ihn heute Nachmittag, ich meine gestern Nachmittag, in Ricks Café getroffen. Er hat mir gesagt, dass es ihm leid tut, dass du mich betrogen hast. Ich habe mich noch über seine Äußerung gewundert, weil sie für mich völlig unerwartet kam. Ich meine, er ist keine Frau, kein Freund, kein netter alter Herr, der so etwas mal eben zu mir sagen könnte. Es erschien mir so unpassend. Verstehst du, was ich meine?" Ihre Stimme klang aufgeregt.

Als Taylor nickte, fuhr sie fort.

„Er erzählte mir auch, dass er wüsste, wie weh das tut, weil er ebenfalls betrogen worden sei. Und zwar von der Frau, die er hatte heiraten wollen, die aber für ihre Ausbildung die Insel hatte verlassen müssen. An ihrem Studienort hätte sie dann relativ schnell einen anderen Mann kennengelernt und ihm den Laufpass gegeben. Für mich klang es weniger nach einem Betrug als nach einer Trennung, die er nicht verkraftet hat. Meine Güte, Taylor, es passt alles so gut zusammen. Warum sagst du nichts?“

„Ich denke nach. Gib mir eine Minute, ja?“

Ungeduldig beobachtete Catherine, wie Taylor aufstand und nachdenklich im Zimmer auf und ab lief. Mit einem Mal blieb er stehen.

„Erinnerst du dich noch daran, als wir in der Bibliothek waren und du mir sagtest, dass Katris dich im Partyraum überrascht hat? Weder du noch ich hatten ihn reinkommen und runtergehen gehört.“

„Stimmt. Ich dachte, dass ich so in meinen Gedanken versunken gewesen sei, dass ich ihn nicht bemerkt hatte. Aber das war es nicht. Er war durch die Abstellkammer gekommen. Deswegen hast du ihn ebenfalls nicht gehört”, ergänzte Catherine aufgeregt.

„Bislang haben wir bei einer Vertrauensperson immer nur an ein Mitglied der Schulgemeinschaft gedacht, aber mit einem Mann in Uniform würde jede Schülerin ebenfalls sofort mitgehen“, folgerte Taylor weiter.

„Und auch zeitlich passt alles zusammen. Alle Mädchen wurden erst getötet, nachdem die Suche nach ihnen auf dem Gelände eingestellt worden sind.“

Taylor nickte und setzte wieder sich auf den Rand des Bettes. „Ich würde sagen, wir haben einen ziemlich heißen Verdächtigen. Was meinst du, wie er sich seine Opfer gesucht hat?“

Catherine überlegte einen Moment. „Katris ist ziemlich oft in Ricks Café. Dort kann er Jane mit Nathe gesehen haben.“

„Und anschließend mit Bryon. Das könnte der Auslöser gewesen sein”, fuhr Taylor fort.

„Danach ging es wahrscheinlich nur noch um das Äußere. Geraldine war bei Ricks und Lydia war ebenfalls mit Maxwell dort. Penelope hat er wahrscheinlich auch mit mehreren Jungen zusammen gesehen”, ergänzte Catherine.

„Sie hat er wahrscheinlich direkt vom Partyraum in die Abstellkammer geführt. Er war an jenem Abend in Uniform. Da war es nicht schwierig, das Mädchen unter einem Vorwand in den Raum zu locken, es zu betäuben und es dann direkt in den dahinter gelegenen Geheimraum zu bringen.“

„Als Erstes sollten wir eine Verbindung zwischen ihm und Madison finden, dann brauchen wir einen Plan. Wir können unmöglich warten, bis er das nächste Mädchen entführt”, bemerkte Catherine.

„Das dürfte hier in der Schule auch immer schwieriger werden. Die Mädchen sind nicht mehr alleine unterwegs und nach Penelope sind sie alle noch vorsichtiger geworden.“

„Wir brauchen einen Köder”, stellte Catherine fest.

„Wir können unmöglich eine der Schülerinnen bitten ...“

„Taylor! Natürlich nicht”, unterbrach ihn Catherine entsetzt.

„Aber wen können wir nehmen?“, überlegte Taylor. Nachdenklich blickte er zu Catherine hinüber, die ihn mit schiefgelegtem Kopf ansah und stumm auf das Ergebnis seiner Überlegungen wartete.

Taylor legte seine Stirn in Falten. Es schien ihm, als hätte Catherine das Problem bereits gelöst und urplötzlich dämmerte ihm, was Catherine ihm mit ihrem Blick sagen wollte.

„Nein! Oh, nein, Cat. Das kommt überhaupt nicht in Frage”, rief er aus und sprang erregt auf.

„Warum nicht? Du hast selbst gesagt, dass bestimmte meiner äußeren Merkmale mit denen der Opfer übereinstimmen und dem Bild nach zu urteilen, könnte Madison in der Tat meine Schwester sein”, stellte Catherine ruhig fest.

„Du bist zu alt und das hast DU gesagt”, argumentierte Taylor.

„Stimmt. Deshalb brauchen wir eine gute Story.“

„Die hast du wahrscheinlich auch schon, wenn ich das richtig sehe”, knurrte Taylor.

Ohne auf seinen Ton einzugehen, erklärte ihm Catherine sachlich, was sie sich bereits in Gedanken zurechtgelegt hatte.

„Katris hat mich gestern zutiefst als Opfer bedauert. Was meinst du, was passiert, wenn er erfährt, dass ich diejenige gewesen bin, die dich zuerst betrogen hat? Was wird er empfinden, wenn ihm jemand sagt, dass du nur fremdgegangen bist, um dich für meinen Fehltritt zu rächen?“

Catherine wartete nicht auf Taylors Reaktion, sondern gab sich die Antwort selbst. „Meiner Ansicht nach wird ihn das noch wütender machen. Er wird sich von mir ebenfalls hintergangen fühlen. Seitdem er mich als die Betrogene gesehen hat, hat er mit mir gelitten und nun muss er auf einmal erfahren, dass ich auch nicht besser gewesen bin als seine Madison.“

Insgeheim musste Taylor zugeben, dass das ein guter Köder war. Aber er dachte gar nicht daran, Catherine einer solchen Gefahr auszusetzen. Der Kerl war ein Psychopath.

„Kommt nicht in Frage”, sagte er daher laut und fuhr sich nervös durch die Haare.

„Warum nicht?“ Catherines Stimme klang immer noch ruhig, doch ihre Augen funkelten gefährlich. Deutlich signalisierten sie ihm, dass diese Diskussion für sie noch lange nicht beendet war.

„Es ist zu gefährlich, darum.“

„Taylor, hör mir zu”, bat Catherine, stand auf und ging zu ihm hinüber. Liebevoll sah sie ihn an und nahm seine Hände in ihre.

„Es ist die einzige Möglichkeit. Wir können keine Zivilperson als Lockvogel nehmen. Ich weiß, dass du dir Sorgen um mich machst, aber ich bin hierfür ausgebildet. Ebenso wie du. Bitte sei ehrlich und beantworte mir wahrheitsgemäß eine Frage. Wenn Agent Miller mit dir hier wäre, würdest du dann ebenso vehement ‚Nein’ sagen?“

Verzweifelt sah Taylor sie an. Sein Schweigen war ihre Bestätigung.

„Siehst du. Es ist normal, dass unsere Angst für den anderen emotionaler ist als die professionelle Skepsis, die wir fühlen, wenn wir mit anderen Kollegen arbeiten. Ich habe auch Angst um dich. Aber das macht es nicht richtiger. Wir müssen beide lernen damit umzugehen, denn weder du noch ich können oder wollen unseren Beruf in Zukunft aufgeben.“

„Ich weiß, dass du recht hast ”, flüsterte Taylor tief seufzend und zog sie an seine Brust. „Aber allein die Vorstellung, dass irgendetwas bei dieser Aktion schief laufen könnte, bringt mich um den Verstand.“

„Es wird nichts schieflaufen. Dafür werden wir beide im Vorfeld sorgen.“

„Ich liebe dich so sehr, Catherine.“

„Ich dich auch, Taylor.“

KAPITEL 30

Am nächsten Abend fuhr Taylor in die Stadt, wo er Deputy Vince Katris mitten in die Arme wankte. Mit einer Whiskyflasche in der Hand und einer deutlich wahrnehmbaren Fahne grüßte er ihn.

„Hallo, Deputy”, lallte er.

„Guten Abend, Mr Smith”, grüßte der junge Mann höflich zurück, nachdem er stehen geblieben war. „Ein schöner Abend heute, nicht wahr?“

„Schön?“, rief Taylor entsetzt. „Was ist schön an dem heutigen Abend. Mein ganzes Leben ist im Eimer und Sie sagen ‚Schön’?“

Taylor nahm einen großen Schluck aus seiner Flasche.

„Mr Smith, ich denke, Sie sollten lieber nach Hause gehen. Wie mir scheint haben Sie für heute genug getrunken.“

„Nach Hause? Wo ist das? Sie haben ja keine Ahnung, junger Mann. Sie haben keine Ahnung vom Leben und davon, wie grausam die Frauen sein können.“

Leicht torkelnd setzte sich Taylor auf die Bordsteinkante. Genau wie er und Catherine geplant hatten, hatte seine letzte Bemerkung Katris neugierig gemacht und der Deputy setzte sich neben ihn.

„Möchten Sie darüber reden?“, bot er Taylor an. „Ich kann gut zuhören.“

„Ach, Junge, was gibt es da zu reden. Ich war einfach zum falschen Zeitpunkt zu Hause. Ich wollte mich heute Abend drüben auf dem Festland mit einem alten Freund treffen. Ich war schon fast da, als er mir absagte. Sein Chef wollte noch irgendeine Präsentation fertiggemacht haben, oder so was Ähnliches. Da ich keine Lust hatte alleine abzuhängen, bin ich umgekehrt. Dummerweise habe ich nur vergessen, vorher zu Hause anzurufen.“ Taylor tat, als nähme er einen weiteren Schluck Whisky.

„Warum sollten Sie vorher zu Hause anrufen?“, erkundigte sich Vince verwirrt.

„Sag ich doch, du bist einfach noch zu jung. Aber ich erklär es dir. Vielleicht kann ich damit verhindern, dass du genauso ins offene Messer läufst wie ich.“

Absichtlich hatte Taylor die Du-Form benutzt und lehnte sich dem Deputy nun ein wenig entgegen, als er ihn aufklärte.

„Ich kam heim und fand meine Frau in unserem Bett. Allerdings war sie nicht alleine.“

„Nein!“, rief der Deputy entrüstet aus. „Mrs Smith?“

„Genau. Mrs Smith vögelt mit einem anderen im Bett von Mr Smith”, lallte Taylor leidend. „Weißt du, Vince, was das Allerbeschissenste an der Situation ist? Es ist bereits das zweite Mal.“

„Sie hat Sie schon mal betrogen?“, stotterte der junge Mann ungläubig.

„Yeaph!“ Wieder fand der Flaschenhals Taylors Lippen.

„Aber ich dachte, Sie hätten ...“ Sprachlos brach der junge Mann den Satz mittendrin ab.

„Ja, ich auch. Das war meine Rache, nachdem ich sie das erste Mal mit einem anderen Kerl erwischt hatte. Ich dachte, das würde ihr zeigen, wie das ist, wenn man hintergangen wird. Ich dachte, dann wären wir quitt.“

Laut lachte Taylor auf. „Was ein Irrtum! Dabei habe ich sie so geliebt.“ Bei diesen Worten legte er seinen Kopf auf die Knie.

Einen Moment sagte keiner von beiden etwas. Schließlich stand Taylor auf.

„Ich brauche eine neue Flasche. Pass auf dich auf, Junge.“

Er wankte ein paar Schritte vorwärts. Dann ergriff ihn die Hand des Deputies.

„Kommen Sie, Mr Smith, ich fahre sie nach Hause. Oder möchten Sie woanders hin?“

„Nein, ich wüsste nicht, wo ich hin sollte. Catherine ist außerdem mit ihrem neuen Lover unterwegs. Wahrscheinlich setzten sie ihr Liebesspiel in seinem Lehrerapartment fort, und sie wird irgendwann im Laufe der Nacht nach Hause kommen. So hat sie es das letzte Mal auch gemacht.“

„Dann bringe ich Sie nach Hause. Kommen Sie.“

Widerspruchslos ließ sich Taylor in Katris Dienstfahrzeug setzen, wo er sofort anfing zu schnarchen und erst wieder aufwachte, als der Wagen vor dem Cottage hielt. Katris brachte ihn zur Tür und sperrte sogar für ihn auf.

„Kommen Sie von hier an zurecht?“, erkundigte er sich besorgt.

„Ja, Vince, ich denke schon. Danke, Kumpel.“ Dann schlug Taylor die Tür hinter sich zu.

Sofort kam Catherine aus der Küche. „Hat er die Geschichte geschluckt?“

„Ich denke schon“, antwortete Taylor in normalem Ton. „Ich bin wirklich ein ganz fantastisch Betrunkener. Ich muss sagen, du bringst Talente in mir zu Tage, von denen ich bisher nicht einmal wusste, dass ich sie besitze.“

„Sehr gut. Dann warten wir bis es dunkel wird, bevor ich spazierengehe.“

„Cat, wir können das Ganze immer noch absagen”, schlug Taylor vor, doch Catherine schüttelte den Kopf.

„Wir bringen es heute Nacht zu Ende. Weiß der Sheriff Bescheid?“

„Er kommt nach Feierabend. Dementsprechend müsste er in einer halben Stunde hier sein. Ich wollte ihn gerne so spät wie möglich ins Bild setzen, damit Katris keinen Verdacht schöpft. Hatcher fehlt die Erfahrung für ein solches Spiel, und ich wollte verhindern, dass Katris durch einen merkwürdigen Blick, eine ungewöhnliche Bemerkung oder Ähnliches Verdacht schöpft.“

Catherine nickte. Das leuchtete ihr ein.

„Übrigens hat Madisons ehemalige Zimmerkollegin heute Abend zurückgerufen”, informierte sie ihn.

„Und?“

„Sie hat bestätigt, dass Madison mit Vince Katris befreundet war. Sie kannten sich über ihre Mütter, die früher gemeinsam zur Schule gegangen waren. Ihre Mutter ist hier auf der Insel aufgewachsen, bevor sie geheiratet hat und mit ihrem Mann nach North Carolina gezogen ist.“

„Damit hat ein weiteres Puzzlestück seinen Platz gefunden.“

„Mit etwas Glück schließen wir den Fall heute Nacht ab”, bemerkte Catherine.

Vor Taylor würde sie es nicht zugeben, aber ihr war als Lockvogel durchaus etwas mulmig zumute. Letztendlich konnte immer etwas schief laufen, egal wie gut die Geschichte im Voraus geplant war.

„Nervös?“, erkundigte sich Taylor einfühlsam und musterte sie prüfend.

„Vielleicht ein bisschen”, räumte sie ein, während sie sich innerlich bereits gegen einen erneuten Vorschlag, die Sache abzublasen, wappnete.

Entgegen ihrer Vermutung, schloss Taylor sie jedoch in die Arme. „Das ist gut. Es fördert die Konzentration”, nickte er. „Aber ich verspreche dir, dass ich rechtzeitig da sein werde. Katris wird dir nichts tun.“

„Ich weiß”, hauchte Catherine und erst in diesem Moment wurde ihr bewusst, wie viel ihr sein Zuspruch bedeutete.

Fest hielt Taylor Catherine in seinen Armen. Sein Herz klopfte dabei bis zum Hals. Egal wie weit er zurückdachte, er konnte sich nicht erinnern, vor einem Zugriff jemals so nervös gewesen zu sein. Nicht einmal bei seinem allerersten Einsatz hatte er eine solche Aufregung verspürt. Doch das würde er Catherine auf keinen Fall spüren lassen. Weitere Zweifel waren das Letzte, was sie im Moment gebrauchen konnte. Seine Nervosität war sein Problem. Damit musste er alleine fertig werden.

KAPITEL 31

Sie betrog ihren Ehemann! War das zu fassen? Wutentbrannt von dem gerade Gehörten parkte er auf dem dunklen Parkplatz der Schule und schlug hart mit der Hand auf das Lenkrad. Wie hatte er nur so dumm sein können anzunehmen, dass sie besser war als Madison? Sie waren doch einfach alle gleich.

Verbitterter Zorn erfüllte ihn, der ihn zunächst alles um sich herum vergessen ließ. Alles tauchte sich in ein dunkles Rot und sein Körper begann zu zittern. Er schloss die Augen und sofort sah er Madison vor sich. Er hörte ihr höhnisches Lachen, als er vor ihr niederkniete und sie bat, mit ihm nach Galveston zurückzukehren und ihn zu heiraten.

„Bist du verrückt geworden, Vince?“, hatte sie ihm geantwortet. „Glaubst du, ich will mein Leben an der Seite eines Hilfssheriffs auf dieser eintönigen Insel verbringen? Ich will mehr als das. Ich gebe zu, es war nett mit uns, solange ich auf dem Internat war. Du hast mir die Langeweile vertrieben. Aber jetzt bin ich mit Freddy zusammen und er hat es einfach voll drauf.“

Verzweifelt hielt Vince sich die Ohren zu und schüttelte wild seinen Kopf. Er wollte diese Worte nicht mehr hören. Er wollte auch das Lachen nicht mehr hören. Er wollte gar nichts mehr hören.

Laut schrie er auf und die Stimme verstummte. Madisons sarkastische Grimasse verwandelte sich in Zeitlupentempo zurück in ihr hübsches Gesicht, auf dem ihr süßes Lächeln stand, bevor es sich gänzlich vor seinem geistigen Auge auflöste. Zorn verwandelte sich in bittere Enttäuschung und zurück blieb ein qualvoller Schmerz, der ihn schluchzend in seinem Sitz zusammensinken ließ.

Vince hatte keine Ahnung, wie lange er regungslos in dieser Position verharrt hatte, doch als er wieder denken konnte, wusste er, dass er aufhören musste.

Madison war weg und keines der anderen Mädchen konnte sie ihm zurückbringen. Er hatte den anderen Männern einen Gefallen getan, indem er sie alle getötet hatte. Zumindest würde ihnen auf diese Weise sein Leid erspart bleiben. Als letzte Tat konnte er nun nur noch Mr Smith helfen.

Er hatte dem Mann unrecht getan, als er ihn auf Grund der Gerüchte, die er über ihn gehört hatte, vorschnell verurteilt hatte. Das war falsch gewesen und er war ihm dafür etwas schuldig.

Sein eigenes Leben war sinnlos geworden. Ohne Madison und ohne jegliche Hoffnung, dass er jemals wieder diese wunderbaren Gefühle empfinden würde, die sie ihm gezeigt hatte, war alles vergebens. Doch er würde Mr Smith noch helfen. Als letzte Tat würde er ihn von dieser verlogenen Frau befreien. Er würde sie mit in den Tod nehmen. Ja, das würde er tun.

Entschlossen stieg er aus, holte die Brechstange aus dem Kofferraum und ging zu der alten Trauerweide hinüber. Er duckte sich unter den Zweigen hindurch und kniete kurz darauf neben der versteckten Luke nieder. Diesen Eingang zu dem geheimen Versteck würde er nicht mehr brauchen.

Mit einer Hand wischte er das Laub zur Seite, dann setzte er die Brechstange an dem Schieberegler an. Er brauchte nur eine kraftvolle Bewegung und das alte Eisen brach mit einem metallenen Geräusch ab. Aus Gewohnheit schob er die Blätter wieder auf die Klappe. Dann begab er sich auf den Campus. Jetzt würde er nur noch auf Mrs Smith warten müssen.

KAPITEL 32

Kurz vor elf stieg Catherine aus dem Küchenfenster des kleinen Cottage und lief in einem großen Bogen zu dem Gebäude, in dem die Lehrer ihre Suiten hatten. Dann atmete sie einmal tief durch, bevor sie gut sichtbar um die Ecke bog, damit es so aussah, als hätte sie das Haus gerade durch den Hintereingang verlassen.

Langsam schlenderte sie mit leichtem Schritt und einem Lächeln auf den Lippen über die Wiese zurück. Innerlich war sie jedoch bis zum Äußersten gespannt und sie musste sich zusammenreißen, sich nicht nach allen Seiten suchend umzuschauen. Konzentriert hörte sie auf die Geräusche der Nacht.

Die Blätter raschelten sanft im Wind und leise hörte sie das gleichmäßige Rauschen der Meereswellen gegen die Felsen. In der Ferne miaute eine Katze und zwei kleine Fledermäuse zogen ihre Kreise über einer Wiese. Es war eine idyllische Nacht, doch Catherine wusste, dass dieser Schein trog. Irgendwo hier draußen wartete ein Serienmörder auf sie.

Ihr Herz klopfte laut vor Aufregung. Zum ersten Mal in ihrer kurzen Karriere spielte sie die Rolle des Lockvogels, doch Catherine bezweifelte, dass sich hier jemals eine Art Routine einstellen würde.

Auf einmal kam ihr der Gedanke, was sie machen würden, wenn sie den Deputy falsch eingeschätzt hätten und er die Gelegenheit heute Nacht ungenutzt verstreichen lassen würde. Was wäre, wenn er gar nicht vorhatte, sie anzugreifen? Vielleicht interessierte ihn Taylors untreue Ehefrau überhaupt nicht. Vielleicht war sie tatsächlich zu alt, um für ihn als Opfer interessant zu sein. Vielleicht würde er sich stattdessen ein anderes Opfer ...

Catherines Gedanken wurden mit einem Mal jäh unterbrochen. Hart und unnachgiebig schlang sich von hinten ein Arm um ihren

Oberkörper, während gleichzeitig eine feste Hand ein feuchtes Tuch auf ihren Mund und ihre Nase presste.

Catherines Körper reagierte automatisch. Er versuchte sich zu winden, um sich zu befreien, doch innerhalb weniger Sekunden verschwamm die Welt vor ihren Augen. Zwei Arme fingen sie auf, bevor ihre Füße vollständig den Bodenkontakt verloren.

Wenigstens war der Schreck, der mich gerade durchfahren hat, echt. Keine Chance, dass ich es durch schlechtes Schauspiel vergeigt habe, war das Letzte, was Catherine dachte, bevor die Nacht sie umfing.

Du Schwein, war das Erste, was Taylor durch den Kopf fuhr, als er den Hilfssheriff hinter Catherine auftauchen sah. Am liebsten wäre er sofort schreiend aus seinem Versteck aufgesprungen und hätte den Kerl an Ort und Stelle überwältigt. Doch das durfte er nicht. Mit laut pochendem Herzen musste er warten bis Katris seine Inszenierung gestartet hatte.

Den ganzen Vormittag hatte Taylor damit zugebracht, die beiden Kameras im Keller des Jungengebäude auszubauen, um sie anschließend im ehemaligen Schutzraum der Mönche wieder anzubringen. Jetzt betete er, dass die Technik immer noch genauso funktionierte, wie die zweiunddreißig Mal heute Morgen. Immer wieder hatte er die Kameras von außen ein- und ausgeschaltet, um sich zu vergewissern, dass sie auch wirklich ordnungsgemäß funktionierten. Mit Hilfe eines Nachtsichtgeräts folgte Taylor Katris zur Bibliothek. Tatsächlich öffnete dieser gerade die große Eingangstür und verschwand im Innern des Hauses.

„Er hat Catherine und ist mit ihr durch die Vordertür ins Gebäude", meldete Taylor leise durch sein Funkgerät an Hatcher.

„Verstanden", gab der Sheriff zurück und Taylor machte sich auf den Weg, Katris in die Bibliothek zu folgen.

Vor der Tür wartete er weitere lange sechzig Sekunden, um ganz sicher zu gehen, dass der Deputy mittlerweile sein Versteck erreicht hatte. Um nichts in der Welt wollte er riskieren, dass Katris ihn vorzeitig hörte.

Nachdem Taylor die Bibliothek betreten hatte, schaltete er sein i-Pad ein. Im Dunkeln der Nacht hatte er dies nicht gewagt, aus Angst, dass das helle Licht Katris durch irgendeinen dummen Zufall auffallen könne. Der Mann hätte schließlich nur noch einmal durch eines der Büchereifenster nach draußen sehen müssen, dann hätte er den hellen Lichtschein bemerkt.

Erleichtert atmete Taylor auf, als die Bilder der Kamera auf seinem Tablet erschienen. Jetzt fehlte nur noch die Sprachübertragung. Aus seiner Jackentasche zog er ein Paar In-Ear-Kopfhörer heraus, wovon er einen in sein linkes Ohr steckte. Den Klinkenstecker steckte er in den Audioausgang seines i-Pads. Ein Blick auf das Bild der übertragenden Kamera zeigte Taylor, wie Katris eine reglose Catherine auf die Matratze bettete.

Wehe, du krümmst ihr auch nur ein Haar, sprach er stumm zu sich selbst, während er lautlos die Treppe hinuntereilte. Vor der Abstellkammer setzte sich Taylor auf den Boden und beobachtete Katris über den kleinen Bildschirm. Sheriff Hatcher hatte ebenfalls einen Tablet-Computer, auf den Taylor das gleiche Bild übertragen ließ. Wenn alles nach Plan lief, befand sich der Sheriff in diesem Moment bereits in dem dunklen Gang auf der anderen Seite des Raumes und Katris saß in der Falle.

Ein Blick auf sein i-Pad zeigte ihm, dass der Deputy mittlerweile alle Kerzen im Raum angezündet hatte und sich neben Catherine niedergelassen hatte. Zärtlich strich er ihr über das goldene Haar.

Alle Muskeln in Taylors Körper spannten sich an, und er presste seine Backenzähne fest aufeinander. Er war nicht sicher, wie lange er das hier würde aushalten können.

Catherine hatte ihn zwar im Vorfeld davon überzeugt, dass es einfacher sein dürfte, Katris in seiner selbst gewählten Umgebung zum Sprechen zu bringen, doch eigentlich reichten ihnen die Beweise, die sie gegen den Mann in der Hand hatten. Es gab keinen Grund, dass Catherine noch länger mit diesem Psychopathen alleine war.

Taylor hatte gerade beschlossen, die Aktion zu beenden, als sein Handy in der Hosentasche vibrierte. Für eine Sekunde überlegte er den Anruf zu ignorieren, dann entschied er sich dafür, zumindest einen Blick auf das Display zu werfen. Als er Sheriff Hatchers Nummer sah, verengten sich seine Augen. Das konnte nichts Gutes bedeuten. Mit einem flauen Gefühl im Magen nahm er den Anruf entgegen.

„Ja?“, antwortete er, während er die Abstellkammer verließ. Auf keinen Fall wollte er, dass Katris durch seine Stimme vorzeitig auf ihn aufmerksam wurde.

„Ich stehe vor der Falltür, aber hier gibt es keinen Schieberegler“, informierte ihn Hatcher.

„Das kann nicht sein, Sheriff. Sind Sie sicher, dass Sie den Eingang gefunden haben?“, gab Taylor mit leiser, aber bestimmter Stimme zurück. Unmöglich konnte er den Sheriff derart überschätzt haben. Er und Catherine hatten ihm die Lage der Tür zuvor nicht nur erklärt, sondern auch noch aufgezeichnet.

„Selbstverständlich, Agent Travis. Es sieht allerdings so aus, als ob jemand den Hebel abgebrochen hätte. Warten Sie ... Mist!“

„Was ist?“

Die Stimme des Sheriffs klang frustriert. „Ich habe den Riegel gerade gefunden. Jemand hat ihn tatsächlich abgerissen.“

„Verdammt!“, fluchte Taylor und eine eisige Hand griff nach seinem Herzen, während sein Verstand auf Hochtouren arbeitete.

Wieso hatte jemand den Zugang von der Parkplatzseite aus zerstört? Und vor allem, wer hatte es getan? Rasend schnell kreisten seine Gedanken umeinander, doch kamen sie immer auf denselben Punkt zurück. Es musste Katris selbst gewesen sein. Doch warum? Hatte er etwa Verdacht geschöpft?

„Sheriff, haben Sie in den letzten Tagen mit irgendwem über uns gesprochen?“, fragte er ins Telefon.

„Nein. Sie hatten mir ja gesagt, dass ich niemandem gegenüber erwähnen soll, dass Sie vom FBI sind.“

„Und es kann auch nicht sein, dass Katris eventuell ein Gespräch zwischen Ihnen und Chief Apleton mitgehört hat? Oder Dokumente auf Ihrem Schreibtisch oder dem Server gesehen hat, die ihn entsprechende Rückschlüsse haben ziehen lassen?“

„Nein, Agent Travis, das kann nicht sein“, entgegnete Hatcher in beleidigtem Ton. „Als ich mit Chief Apleton telefoniert habe, bin ich alleine im Büro gewesen und Ihre Namen tauchen nur im Zusammenhang mit dem Überfall auf Agent Klaymore auf.“

Fieberhaft arbeitete es in Taylor. Wenn Katris wirklich keine Ahnung hatte, dass sie ihm auf den Fersen waren, wieso hatte er dann den Zugang zerstört?

„Katris hatte heute Abend bis neun Uhr Dienst. Ist das korrekt?“, hakte er noch einmal nach.

„Ja, und wie ich Ihnen schon gesagt habe, hat er sich ordnungsgemäß abgemeldet. Er wollte nach Hause fahren. Sein Auto steht allerdings noch hier auf dem Parkplatz. Ich glaube, das habe ich in der ganzen Aufregung vergessen zu erwähnen.“

„Sein Auto parkt hier?“

„Ja, es steht direkt vor dem Eingang zum Schulgelände. Ich muss zugeben, dass ich gehofft habe, Sie würden mit Ihrem Verdacht falsch liegen. Als ich aber dann Vince' Auto gesehen habe, wurde mir klar, wie gering eine solche Chance ist. Was ich jedoch nicht verstehe ist, warum wundert Sie, dass er den Wagen hier stehen hat?"

„Ganz einfach. Es birgt ein großes Risiko für ihn, wenn er das Auto derart öffentlich stehen lässt, wo es von jedem gesehen werden kann. Der Mann ist schließlich außer Dienst und hat damit keine Begründung, was er heute Abend noch hier gemacht hat, nachdem er mich zu Hause abgesetzt hat. Wieso geht er ein solches Wagnis ein?"

„Hm!", brummte Hatcher nachdenklich.

„Dafür kann es eigentlich nur einen Grund geben", kombinierte Taylor. „Es ist ihm egal, ob ihn jemand sieht, oder nicht."

„Aber wieso? Das ergibt keinen Sinn."

„Es sei denn, er hat nicht vor, noch einmal aufzutauchen", flüsterte Taylor entsetzt und ließ ihn für eine Sekunde erstarren.

„Ich fürchte, ich kann Ihnen nicht folgen."

„Er wird sich selbst töten, Sheriff", erklärte Taylor, während er bereits in Riesenschritten zurück zur Abstellkammer rannte, wo er augenblicklich die Öffnungsautomatik für die Geheimtür betätigte.

Bitte, bitte, lass sie aufgehen!, flehte er innerlich, doch wie er bereits geahnt hatte, hatte Katris auch diesen Mechanismus zerstört. Kalter Schweiß brach aus allen Poren, und zum ersten Mal in seinem Leben spürte Taylor Angst in ihrer essentiellsten Form.

Er spürte, wie sich seine inneren Organe zusammenzogen und sich sein Atem beschleunigte. Sein Blut floss in doppelter Geschwindigkeit durch die Adern. Gleichzeitig wurde es in seinem Kopf jedoch vollkommen klar. Sein Gehirn kannte nur einen Gedanken. Er musste einen Weg zu Catherine finden.

Die Tür vor ihm würde er allerdings niemals aufbekommen. Sie öffnete sich zur Abstellkammer hin und mangels Angriffsfläche hatte er keine Möglichkeit sie aufzuhebeln. Die Mönche waren wirklich außerordentlich klug gewesen. Sie hatten den Raum nicht nur optimal getarnt, sondern ihn auch raffiniert gegen Eindringlinge geschützt. Aber vielleicht konnte er gemeinsam mit dem Sheriff die Luke aufdrücken. Sie fiel schließlich nach unten.

Nicht, wenn Katris, den Riegel von innen vorgeschoben hat, was er höchstwahrscheinlich getan hat, dachte Taylor weiter. Allerdings war die

Klappe aus Holz und wenn er sich recht erinnerte, waren die Scharniere auf der anderen Seite schon recht rostig gewesen. Er musste es in jedem Fall versuchen. Es war die einzige Möglichkeit, wie er überhaupt in den Raum hinter der Wand gelangen konnte.

„Haben Sie eine Brechstange im Auto?“, fragte er den Sheriff.

„Natürlich.“

„Gut. Dann holen Sie sie. Ich bin in einer Minute bei Ihnen.“

Katris nahm ein Seil und fesselte Catherines Hände auf ihrem Rücken. Anschließend band er ihre Füße zusammen.

„Zeit zum Aufwachen, Mrs Smith. Kommen Sie schon! Sehen Sie mich an! Ich weiß, dass Sie nicht mehr schlafen.“

Leicht irritiert schlug Catherine die Augen auf. Ihr Kopf meldete einen dumpfen Schmerz und ihr Körper fühlte sich schwer wie Blei an. Sie konnte ihre Hände nicht bewegen und auch ihre Füße hatten nicht die übliche Bewegungsfreiheit. Noch während sie dies analysierte, verstand sie, dass sie gefesselt war.

„Vince? Was machen wir hier? Wo bin ich überhaupt? Wieso haben Sie mich gefesselt?“

Mit einem unnatürlichen Grinsen sah der Mann sie an. „Tut mir leid, Mrs Smith, aber wenn ich mich recht an das Protokoll Ihres Überfalls erinnere, haben Sie einen schwarzen Gürtel. Im Gegensatz zu den anderen, wissen Sie sich also zu verteidigen. Das macht natürlich besondere Maßnahmen erforderlich.“

„Zu den anderen?“, tat Catherine verwirrt. Dann riss sie ihre Augen weit auf. „Sie meinen die toten Mädchen? Wollen Sie mir sagen, dass Sie die Kinder ermordet haben?“

„Sie haben es nicht anders verdient! Ebenso wenig wie Sie. Sie sind auch nicht anders als die anderen. Sie betrügen Ihren Mann am laufenden Band und spielen mir die gehörnte Ehefrau vor.“ Unsagbarer Hass schwang nun in seiner Stimme mit.

„Sie haben Penelope und die anderen Mädchen umgebracht“, erklärte Catherine mit fester Stimme, bevor sie in einem sanften Ton weitersprach.

„Jane war nicht Ihr erstes Opfer, nicht wahr, Vince? Das war das Mädchen, von dem Sie mir gestern Nachmittag erzählt haben. Madison, richtig? Sie ist nicht bei einem Spaziergang verunglückt, sondern Sie haben sie den Hang hinuntergestürzt.“

Kurz lachte Katris auf. „Sie sind schlau, Catherine, das muss ich Ihnen lassen. Natürlich war es kein Unfall. Wann immer ich

Maddie besucht hatte, sind wir in diesen Wald gegangen. Ich kannte ihren üblichen Weg und so war es nicht schwierig, sie abzufangen. Ich hatte nicht vor, sie zu töten. Im Gegenteil. Ich wollte sie heiraten. Verstehen Sie, was das bedeutet? Sie war die Frau meines Lebens. Sie hingegen hat mich nur ausgelacht und meinte, sie sei noch viel zu jung und wollte erst noch etwas erleben, bevor sie sich ewig bindet. Außerdem war ich nicht gut genug für sie. Freddy war viel weltgewandter, hat sie gesagt."

„Ich kann mir vorstellen, dass das wehgetan hat", sagte Catherine in einem verständnisvollen Ton.

„Sie können sich gar nichts vorstellen", zischte Katris. „Die Welt braucht keine Frauen wie Sie oder die anderen blonden Mädchen, die alle mit uns Männern spielen und unsere Gefühle mit Füßen treten. Nein, die Welt braucht Sie nicht."

Schlagartig sprang Katris auf und stand plötzlich breitbeinig über Catherine. Er zog einen Revolver aus dem hinteren Bund seiner Jeans und zielte damit direkt auf ihr Gesicht.

Augenblicklich durchfuhr ein Adrenalinschub Catherines Körper und ihr Herz schlug schneller. Damit hatten weder sie noch Taylor gerechnet. Sie waren davon ausgegangen, dass der Deputy versuchen würde, sie zu vergewaltigen. Doch offensichtlich war das nicht sein Plan. Vielleicht war sie tatsächlich schon zu alt für ihn. Allerdings verstand sie nicht, warum er sie nicht strangulierte. Alles war besser, als sie zu erschießen. Das ging zu schnell und sie brauchte doch mehr Zeit.

Wo war Taylor? Wie lange hatte sie geschlafen? Befand er sich schon in dem kleinen Abstellraum, auf der anderen Seite der Wand? Und wenn ja, würde er die Geheimtür schnell genug öffnen können? Katris musste schließlich nur noch abdrücken, um ihr Leben zu beenden. Wieso zielte er überhaupt mit einer Waffe auf sie? Und dann auch noch mit seiner Dienstwaffe? Das ergab keinen Sinn. Sie musste den Mann unbedingt am Reden halten. Nur ein oder zwei Minuten. Das würde Taylor reichen. Unmöglich konnte es so lange dauern, die Eingangstür aufzusperren und die Treppe hinunterzusteigen. Verzweifelt suchte sie nach einer neuen Frage.

„Sie haben die Mädchen nicht einfach umgebracht. Sie waren zuvor intim mit ihnen. Warum?", stellte sie die erstbeste Frage, die ihr in den Sinn kam.

Vince blinzelte mit den Augen und zu Catherines Erleichterung ließ er die Waffe sinken, als er ihr antwortete.

„Mit den anderen Mädchen habe ich geschlafen, weil es in der Vergangenheit so schön gewesen war. Madison war meine erste Frau gewesen und ich ihr erster Mann. Doch weder mit Jane, noch mit Geraldine, Lydia oder Penelope war es auch nur ansatzweise ähnlich gewesen. Es war mit ihnen nicht das Gleiche gewesen wie mit Madison. Jetzt habe ich keine Lust mehr darauf. Heute kommen wir gleich zum Finale." Vince entsicherte seine Waffe und zielte erneut auf sie.

Wo blieb Taylor nur? Mittlerweile war sich Catherine sicher, dass Taylor längst im Raum stünde, wenn alles nach Plan gelaufen wäre. Irgendetwas musste schief gegangen sein. Aufgeregt hämmerte ihr Herzschlag gegen ihre Rippen. Sie musste Katris am Reden halten.

„Wo sind wir hier?", tat Catherine unwissend und betete, dass der Mann nicht einfach abdrücken würde.

„Unter der Bibliothek. Es ist ein Geheimraum. Mein Urgroßvater hat mir einmal von ihm erzählt. Niemand außer mir weiß heutzutage, dass der Raum existiert. Er ist das ideale Versteck. Niemand wird uns jemals hier finden und selbst wenn jemand durch Zufall über einen der beiden Eingänge stolpern sollte, wird er ihn nicht öffnen können. Ich habe die Mechanismen zerstört."

Catherines Gedanken überschlugen sich. Was bedeutete, dass niemand sie jemals hier unten finden würde? Wieso wollte er ihren toten Körper nicht auf dem Schulgelände ablegen? Und wieso sprach er im Plural? Noch bevor Catherine Antworten auf diese Fragen gefunden hatte, wurde ihr mit einem Mal die vollständige Bedeutung von Katris' letztem Satz deutlich: ‚Ich habe die Mechanismen zerstört.'

Panik ergriff sie, als sie verstand, warum Taylor noch nicht hier war. Vince Katris hatte eine Möglichkeit gefunden, die Eingänge zu blockieren. Nein, er hatte sie nicht nur blockiert, er hatte sie demoliert, korrigierte sie sich selbst.

Neiiin!, schrie alles in ihr. *Nein!* Taylor würde einen Weg zu ihr finden. Sie wusste, dass er nicht eher aufgeben würde, bis er in diesem Raum stand und dementsprechend durfte sie auch nicht aufgeben. Sie musste einfach nur noch mehr Zeit schinden.

„Sie haben sich heimlich hier unten mit Madison getroffen", redete Catherine hastig weiter. „Sie haben den Raum wunderschön eingerichtet. War es Ihre Idee?"

„Ja", nickte der Mann. „Madison liebte die Kerzen und die Musik. Doch nun genug der Erinnerung. Es ist vorbei." Wütend stampfte er mit einem Fuß auf den Boden auf. „Ich mache Schluss. Aber Sie nehme ich mit. Sie haben Ihrem Mann genug Leid gebracht. Vielleicht hat er ohne Sie eine Chance auf neues Glück, auch wenn ich es ohne Maddie nicht finden kann."

„Sie wollen sich umbringen?", rief Catherine erstaunt aus. „Tun Sie das nicht, Vince. Sie sind noch so jung ..."

Spöttisch lachte er auf. „Ja, ich bin noch jung. Und was habe ich davon? Wie lange soll ich diesen Schmerz noch aushalten? Ich kann Madison nicht vergessen. Und sehen Sie doch nur sich an. Sie sehen ihr so ähnlich und Sie sind auch nicht besser. Worauf soll ich also warten? Ich wollte nur, ich könnte unseren letzten Abend hier unten noch einmal erleben."

„Erzählen Sie mir von Ihrem letzten Abend, Vince", bat Catherine und flehte innerlich, dass er auf eine Reise in die Vergangenheit eingehen würde. „War es so wie heute? Haben Sie die Kerzen angezündet?"

Erleichtert atmete sie auf, als der junge Mann zögernd nickte.

„Ich habe hier auf sie gewartet. Sie kam gegen zehn, nachdem die Hausmutter ihren letzten Kontrollgang gemacht hatte. Wir haben Champagner getrunken und Whitney Houstons Stimme klang durch den Raum."

„Stellen Sie die Musik an", schlug Catherine sanft vor.

Sie wusste nicht, ob Taylor rechtzeitig einen Weg nach hier unten finden würde, aber wenn, dann führte dieser in jedem Fall über die Einstiegsluke auf dem Parkplatz. Und falls diese aufgebrochen werden musste, würde das nicht geräuschlos vonstatten gehen. Die Musik würde zumindest einen Teil der Geräusche übertönen.

Während Vince zu dem CD-Spieler hinüberging, schloss sie für einen kurzen Moment die Augen. Sie musste ihre Kräfte sammeln. Dieses Spiel erforderte ihre ganze Konzentration. Vielleicht konnte sie den Mann erreichen, wenn sie den Abend noch einmal mit ihm erlebte. Vielleicht konnte sie ihn glauben machen, dass er hier mit Madison war. Schließlich sah sie ihr ähnlich und es würde genügen, wenn Vince ihre Hände losband oder ihre Füße. Dann hätte sie eine Chance.

„Fass mich an, Vince", flüsterte sie. Sie kannte Madisons Stimme nicht, aber wenn sie leise sprach, würde es Vince helfen, seine Traumfrau in ihr zu sehen. „Du magst doch mein Haar, oder?"

„Ich liebe dein Haar", antwortete er und ließ seine Finger durch eine Strähne gleiten.

Catherine musste sich zusammenreißen, um die Augen nicht vor Widerwillen zu schließen.

„Du bist so wunderschön. Ich liebe dich, Maddie."

„Und ich liebe dich, Vince."

„Bleib bei mir."

„Ich bleibe hier, so lange du willst", versprach Catherine. „Ich möchte dich auch berühren. Wenn du meine Hände losbindest, kann ich dich anfassen."

Unbeweglich saß Katris neben ihr und reagierte nicht auf ihren Vorschlag. Nur seine Finger fuhren immer noch durch ihre Haare.

Es ist zu früh gewesen, fluchte Catherine innerlich. Warum hatte sie nicht noch ein wenig länger gewartet? Doch sie wollte seine Finger nicht länger in ihrem Haar spüren.

„Vince!", sprach sie ihn noch einmal leise an. „Ich kann dir nicht zeigen, wie viel du mir bedeutest, wenn ich dich nicht berühren kann. Erinnere dich, wie schön es das letzte Mal war!"

Katris seufzte, dann beugte er sich vor und löste ihre Handfesseln.

Angespannt wartete Catherine bis das Seil von ihren Gelenken abfiel. Dann stieß sie den Mann in einer blitzschnellen Bewegung von sich und drehte ihren Körper nach rechts, um die auf dem Boden liegende Pistole zu greifen. Doch Vince Katris war schneller. Mit einem kleinen handlichen Revolver aus seinem Fußholster zielte er auf Catherines Herz.

„Warum haben Sie das getan?", stieß er wütend aus, während er den Hahn spannte.

Mit vereinten Kräften versuchten Sheriff Hatcher und Taylor die Klappe aus ihren Angeln zu brechen. Der Schweiß stand beiden Männern auf der Stirn, doch jeder setzte alles ein, was er an Kräften in seinem Körper mobilisieren konnte.

Über die Kopfhörer konnte Taylor jedes Wort verstehen, was Catherine und Katris wechselten und als er hörte, wie Catherine den Mann dazu aufforderte den CD-Spieler einzuschalten, dankte er in Gedanken wieder einmal ihrer schnellen Auffassungsgabe. Zumindest mussten sie nun nicht mehr befürchten, dass Vince

Katris durch die Geräusche, die unweigerlich durch die Nacht dringen würden, sobald die Scharniere brachen, vorzeitig gewarnt werden würde. Er konnte nur hoffen, dass sie es rechtzeitig schaffen würden. Das Holz knackste bereits verdächtig und das Geräusch gab Taylor neue Kraft. Gleich war es so weit. Nur noch ein klein bisschen.

Als er hörte, wie Catherine den Mann dazu aufforderte, sie zu berühren und er auf dem Display des i-Pads sah, wie Katris abermals durch ihre Haare fuhr, biss er die Backenzähne hart aufeinander und nutzte die aufsteigende Wut, um die Brechstange noch fester nach unten zu drücken.

„Das reicht!“, stellte der Sheriff fest, als die rechte Seite der Luke ungefähr zwanzig Zentimeter nach unten klappte.

„Geben Sie mir Ihre Hand!“, befahl Taylor und hielt sich an dem Sheriff fest, als er das Holz bei ganzem Gewichtseinsatz gewaltsam mit seinem rechten Fuß eintrat. Durch die entstandene Öffnung ließ er sich nach unten gleiten, zog seine Waffe und hechtete den Gang entlang.

„Lassen Sie die Waffe fallen, Katris. Sofort!”, befahl er laut, als er wenige Sekunden später in dem Raum stand.

Überrascht sprang der junge Mann herum. Dabei zielte seine Waffe nun auf Taylor.

„Vince, leg die Waffe auf den Boden”, tönte jetzt auch Sheriff Hatchers dunkle Stimme durch den Raum.

Sichtlich irritiert trat Katris einen Schritt zur Seite. Unentschlossen blickte er zwischen den beiden Männern hin und her. Seine Fragen standen ihm im Gesicht. Wo kamen Mr Smith und der Sheriff so plötzlich her? Woher wussten sie überhaupt von diesem Versteck?

„Die Waffe runter, Katris”, wiederholte Taylor in scharfem Ton.

Mit zitternder Hand legte Vince seinen Revolver auf den Boden. Sofort trat Sheriff Hatcher auf ihn zu und legte ihm Handschellen an. „Du bist verhaftet, Vince. Wegen fünffachen Mordes, vierfacher Vergewaltigung und Entführung einer FBI-Agentin.“

„FBI?“, stotterte Katris.

„Das sind die Agenten Klaymore und Travis. Sie haben den Fall Undercover bearbeitet“, klärte Hatcher seinen Deputy auf.

„Undercover? Und du hast es nicht für nötig gehalten, uns etwas zu sagen?“ Wütend starrte Vince seinen Vorgesetzten an, bevor sein Blick zwischen Taylor und Catherine hin- und herwanderte. Langsam begriff er die ganze Wahrheit.

„Sie sind gar nicht verheiratet? Und sie hat Sie auch gar nicht betrogen?“

„Nein, Katris, es war nur ein Köder”, klärte Taylor den Mann auf, während er an ihm vorbeiging, ohne ihn eines weiteren Blickes zu würdigen. Mit einem gezielten Messerschnitt befreite er Catherine von den Fußfesseln, reichte ihr eine Hand und zog sie hinauf in seine Arme.

„Ich kann dir gar nicht sagen, wie erleichtert ich bin, dass es vorbei ist”, flüsterte er. Dabei drückte er sie so fest an sich, dass Catherine kaum noch Luft bekam. „Geht es dir gut?“

„Alles in Ordnung, aber ich bin froh, dass du rechtzeitig da warst. Vielen Dank!“

Fest sah Taylor ihr in die Augen. „Ich bin immer da, wenn du mich brauchst. Immer! Das ist ein Versprechen.“

„Warum um alles in der Welt hast du das getan, Vince? Ich konnte es nicht glauben, als mir Agent Travis von seinem Verdacht berichtete“, gestand der Sheriff.

„Du hast keine Ahnung, wie es heutzutage ist“, gab Katris bitter zurück. „Du bist schließlich schon seit dreißig Jahren mit Mary-Ann verheiratet und damals war es noch ein Versprechen für ein Leben. Heute ist alles anders. Liebe bedeutet für die Mädchen nichts mehr.“

„Aber du hast einen Eid geschworen, Vince. Du hast geschworen, das Gesetz zu hüten. Stattdessen hast du es auf die schlimmste Weise gebrochen.“

Gleichgültig zuckte der Deputy mit den Achseln. „Sie hatten es verdient.“

„Eines verstehe ich nicht, Vince. Wieso haben Sie Lydia erstochen?“, fragte Catherine in die entstandene Stille.

„Ich wollte sie nicht erstechen. Ich wollte sie ebenso erdrosseln wie die anderen. Aber ich konnte es nicht. Sie hatte eine solch makellose Haut wie Madison. Ich hätte es nicht ertragen, sie mit den typischen Merkmalen am Hals zu sehen und da ich am nächsten Morgen Dienst hatte, wusste ich, dass ich derjenige sein würde, der als Erstes am Tatort eintreffen würde.“

„Und da haben Sie ihr lieber die Kehle durchgeschnitten?“, hakte Taylor ungläubig nach.

„Ich habe sie erstickt, doch als ich ihren Körper draußen auf der Bibliothekstreppe abgelegt hatte, stellte ich fest, dass sie noch nicht tot war. Sie hustete und im Dunkeln der Nacht klang es entsetzlich laut. Ich habe Panik bekommen und das Erste, das mir einfiel war mein Messer. Ich hätte sie ja kaum erschießen können.“

„Oh, Vince! Was hast du nur getan?“, schüttelte der Sheriff seinen Kopf.

„Lassen Sie uns gehen”, entschied Taylor. „Wir rufen die Kollegen der Spurensicherung. Die werden hier unten alles aufnehmen. Morgen früh schreiben wir unser Protokoll und spätestens morgen Nachmittag machen wir uns dann auf den Weg nach Hause.“

„Hast du alles?“, erkundigte sich Taylor, während er noch einen letzten Blick ins Badezimmer warf.

„Ich denke schon. Meinetwegen können wir fahren”, entgegnete Catherine.

„Gut, dann lass uns aufbrechen.“

Ein Klopfen an der Cottagetür ließ Taylor ihre beiden Reisetaschen, die er bereits in Händen hielt, noch einmal abstellen. Neugierig öffnete Catherine die Tür.

„Mr Blair”, grüßte sie kalt.

„Mrs Smith”, grüßte Maxwells Vater ebenso frostig zurück, während er unaufgefordert eintrat.

„Sie verreisen?“, fragte er mit einem Blick auf die Taschen.

„Was können wir für Sie tun?“, erkundigte sich Taylor, ohne auf die Frage des Mannes einzugehen.

„Ich will es kurz machen. Anscheinend habe ich Sie unterschätzt und mein Angebot letzten Sonntag hat Sie dazu animiert, meinem Sohn Drogen unterzujubeln, um den Preis in die Höhe zu treiben.“

„Mr Blair”, unterbrach Taylor den Mann sofort. „Niemand hat ihrem Sohn irgendetwas untergejubelt. Maxwell dealt und wurde dabei erwischt. Dieses Mal wird es keinen Weg geben, Ihren Sohn von seinen Straftaten freizukaufen.“

Kopfschüttelnd betrachte Maxwells Vater Taylor. Dabei blickten seine Augen kalt und emotionslos.

„Mr Smith, ich werde Ihnen sagen, wie ich das sehe und Sie können mir glauben, wenn ich Ihnen sage, dass ich einige Erfahrung darin habe, diese Dinge zu beurteilen. Mein Sohn wird von allen Vorwürfen freigesprochen werden, falls es überhaupt jemals zu einer Anklage kommen sollte. Meine Anwälte nehmen Sie und Ihre Frau derart auseinander, dass von Ihnen nichts mehr übrigbleiben wird. Sie sind ein Betrüger und ein Spieler."

„Spieler?", hakte Taylor verwundert ein.

„Ich werde Zeugen finden, die Sie regelmäßig an Pokertischen sehen, glauben Sie mir. Außerdem haben Sie ganz offensichtlich ein Alkoholproblem, was die halbe Stadt gestern Abend mitbekommen hat. Glauben Sie mir, wenn ich mit Ihnen fertig bin, bekommen Sie keine einzige Stelle mehr in diesem Land. Aber wie ich Ihnen bereits bei meinem letzten Besuch gesagt habe, ..." Blairs Ton wurde nun etwas verbindlicher. „... der Zeitpunkt für eine Gerichtsverhandlung kommt mir nicht gelegen. Sie können uns beiden also jede Menge Arbeit und Zeit sowie Ihnen und Ihrer Frau viel Leid ersparen. Sagen wir fünfzigtausend Dollar?"

Erstaunt pfiff Taylor durch die Zähne. „Und dafür habe ich nichts gesehen und nichts gehört, richtig?"

„Das haben Sie ohnehin nicht. Mein Sohn hat nichts Unrechtes getan."

„Ah ja, das hatte ich fast vergessen. Es war ja alles nur ein Missverständnis", rückte sich Taylor wieder in Erinnerung.

„Genau das war es", bestätigte Blair, während er bereits sein Scheckheft zückte.

„Nun, leider habe ich aber gesehen, was ich gesehen habe, Mr Blair", stellte Taylor mit bestimmter Stimme fest. „Bevor Sie also die teure Tinte in Ihrem Füller verschwenden, lassen Sie vielleicht mich ganz kurz erklären, wie sich das Ganze aus meiner Sicht darstellt. Dabei kann ich Ihnen versichern, dass auch ich in diesen Angelegenheiten nicht völlig unbedarft bin."

Uneingeschüchtert hielt Taylor den Blick des Mannes. „Meiner Einschätzung nach wird Ihr Sohn sich wegen Körperverletzung und Drogenhandels vor Gericht verantworten müssen. Sehr wahrscheinlich werden jetzt auch einige Eltern den Mut haben, die Erpressung ihrer Kinder anzuzeigen und im Zeugenstand werden auch die Lehrer eine ehrliche Einschätzung über den Charakter Ihres Sohnes abgeben."

„Es ist gut möglich, dass Ihre Anwälte das Strafmaß für Maxwell herabsetzen können“, fuhr Taylor fort. „Aber eine Verurteilung werden sie nicht verhindern können. Im Übrigen wird gegen Sie ebenfalls ein Ermittlungsverfahren wegen versuchter Bestechung der Zeugen eingeleitet werden. Und was Mr Smith betrifft, so können Sie ihn in Misskredit bringen so viel Sie möchten, denn vor Gericht werden weder er noch seine Frau aussagen. Ich darf Ihnen vorstellen: Meine Kollegin Agent Klaymore, FBI und ich bin Agent Travis, ebenfalls FBI. Wenn Sie uns jetzt bitte entschuldigen. Wir sind etwas in Eile.“

Ohne Blair eines weiteren Blickes zu würdigen, nahm Taylor die beiden Reisetaschen auf und schritt an dem Mann vorbei nach draußen. „Kommst du, Cat?“

„Entschuldigen Sie mich!“, erklärte Catherine, während sie sich an dem Mann vorbeidrängte und Taylor zum Auto folgte.

Fassungslos starrte der Millionär Taylor hinterher.

EPILOG

„Bist du sicher, dass ich das Richtige anhabe?“, wollte Catherine zum vierten Mal wissen.

„Ich bin ganz sicher”, beruhigte sie Taylor lachend. „Du siehst bezaubernd aus wie immer.“ Beruhigend nahm er seine rechte Hand vom Lenkrad, ergriff Catherines linke und führte sie an seinen Mund. „Es gibt keinen Grund nervös zu sein, Cat. Meine Familie wird dich lieben.“

„Woher willst du das wissen?“

„Ich weiß es einfach. Vertrau mir.“

Seufzend lehnte sich Catherine auf dem Beifahrersitz zurück und schloss die Augen. Gemeinsam waren sie auf dem Weg zu Taylors Eltern. Es war ihr erster Besuch bei seiner Familie und Catherine war so aufgeregt wie seit langem nicht mehr.

Taylor hingegen fand Catherines Nervosität einfach nur süß. Dabei konnte er nicht anders als in sich hineinlächeln, denn er wusste, dass seine Mutter zu Hause mindestens ebenso nervös war. Wahrscheinlich hatte sie zum x-ten Mal die Schale auf dem Esstisch gerade gerückt, das x-te Mal ein nicht vorhandenes Staubkorn weggewischt sowie zum x-ten Mal den Kuchen begutachtet, den sie gebacken hatte.

„Wir sind da, Liebes”, verkündete Taylor schließlich und Catherine schlug die Augen auf.

Ihr Auto parkte vor einem hübschen gelb gestrichenen Haus mit einem sauberen weißen Zaun, der das kleine Grundstück von der Straße trennte. Im Vorgarten blühten Tulpen, Krokusse und Maiglöckchen.

„Onkel Taylor, Onkel Taylor”, rief eine helle Kinderstimme sofort, als sich die Haustür öffnete und ein kleines Mädchen mit langen dunklen Locken auf sie zu gerannt kam.

Lachend hob Taylor die Kleine über den Zaun und drückte sie fest an sich. „Hallo, Liz. Wie geht es dir?“

„Gut. Wie findest du mein neues Kleid?“, wollte das Mädchen sofort wissen.

„Lass sehen.“

Taylor stellte das Kind auf die Füße und sofort drehte sie sich vor ihm um die eigene Achse, wobei der rosa Rock ihres Kleides mitschwang.

„Sehr hübsch, Liz, du siehst aus wie eine Prinzessin.“

„Wirklich?“ Liz’ Augen glänzten bei dem Kompliment.

„Wirklich!“, bestätigte Taylor mit ernstem Nicken.

„Gut. Ich möchte nämlich schön sein für deine Freundin.“ Dabei sah sie etwas unsicher zu Catherine hoch.

„Hallo, Liz. Ich bin Cat”, stellte sich Catherine vor, wobei sie vor dem Kind in die Hocke ging, damit sie sich auf Augenhöhe begegnen konnten. „Dein Onkel hat recht. Dein Kleid ist traumhaft schön. Ich wollte, ich hätte auch so ein hübsches Kleid.“

Liz musterte sie einen Moment, bevor sie ganz ernst erwiderte: „Du brauchst kein hübsches Kleid. Du bist auch so schön.“ Schnell öffnete das Kind das Gartentor von außen und rannte zurück ins Haus.

Catherine sah erst ein wenig verdutzt drein, dann musste sie lächeln.

„Wo sie recht hat, hat sie recht”, kommentierte Taylor und reichte ihr die Hand, um ihr aufzuhelfen.

„Taylor, wie schön, dass ihr endlich da seid.“

„Hallo, Ma.“

Taylors Mutter umarmte erst ihren Sohn, dann wandte sie sich lächelnd an Catherine. „Sie müssen Cat sein. Ich darf Sie doch so nennen, oder?“

„Selbstverständlich, Mrs Travis. Es ist schön, Sie kennenzulernen.“

„Bitte sagen Sie Betty. Wir freuen uns alle, dass Sie da sind. Kommen Sie herein.“ Mrs Travis legte Catherine eine Hand auf den Rücken und schob sie leicht Richtung Tür.

Im Haus lernte Catherine Taylors Vater Ben, seinen Bruder Rob und seine Schwester Theresa mit ihrer Familie kennen. Sofort nach der Vorstellung setzte ein fröhliches Geschnatter ein, das oftmals von herzlichem Lachen unterbrochen wurde. Die ganze

Atmosphäre war so familiär, vertraut und natürlich, dass Catherine augenblicklich ihre Nervosität vergaß und sich wohl fühlte.

Nach dem Kaffee zeigte die kleine Liz ihr ihre Schatzkiste mit vielen glitzernden Haarspängelchen, Ringen und Perlenketten. Catherine bewunderte jede Einzelne und gemeinsam berieten sie, welche Kette am besten zu ihrem heutigen Kleid passen würde. Als plötzlich beide Zwillinge von Taylors Schwester auf einmal anfingen zu weinen, nahm Catherine wie selbstverständlich einen der beiden Jungen auf den Arm und beruhigte ihn in wenigen Sekunden.

Leise trat Rob an die Seite seines Bruders, der Catherine von der anderen Seite des Raumes aus beobachtete.

„Das ist sie also", stellte er fest und folgte Taylors Blick.

„Ja, Rob. Das ist sie. Das ist die Frau, mit der ich jeden Tag den Rest meines Lebens verbringen möchte", antwortete er mit glänzenden Augen.

„Gut gemacht, Taylor", klopfte ihm sein Bruder anerkennend auf die Schulter. Dann rief er laut in die Küche: „Kann ich was helfen, Ma?"

Theresa war mit ihrem Mann und den Kindern schon lange nach Hause gefahren und Taylors Eltern sowie sein Bruder hatten sich mittlerweile ebenfalls zurückgezogen, als Catherine und Taylor beschlossen, sich noch für einen Moment in den Garten zu setzen, um die laue klare Nachtluft zu genießen.

„Du hast eine wunderbare Familie", bemerkte Catherine, während sie sich in Taylors Arm kuschelte, den er ihr sanft um die Schultern gelegt hatte.

„Ja, die habe ich", bestätigte Taylor, während er sie noch enger an sich zog. Er wusste, dass Catherine ein solches Familienleben nicht kannte und mit einem Mal wusste er auch, dass es einen idealeren Zeitpunkt nicht geben würde. Langsam drehte er sich zu ihr um.

„Ich möchte, dass es auch deine Familie ist", sagte er und sah ihr dabei ernst in die Augen.

„Wie bitte?" Erschrocken sah ihn Catherine an.

„Ich möchte, dass es auch deine Familie ist", wiederholte Taylor geduldig. Dann nahm er ihre Hände in seine.

„Catherine, möchtest du mich heiraten, Kinder mit mir haben und den Rest deines Lebens mit mir verbringen?" Plötzlich wurde

Taylor so nervös, dass er sogar vergaß zu atmen. Dabei realisierte er, dass er gerade auf die wichtigste Antwort seines Lebens wartete.

„I...ich weiß, das ist nicht der romantischste Ort“, stotterte er verlegen. „Und ich habe auch keinen Ring in der Tasche, denn ich habe das hier nicht geplant. Aber Cat, ich liebe dich! Du bist die Frau meines Lebens und ich möchte, die ganze Welt wissen lassen, dass wir zusammengehören.“

Ungläubig sah Catherine ihn an. Dann fingen ihre Augen plötzlich an zu leuchten. Ihr Herz schien überzulaufen vor Glück und verursachte einen solch riesigen Kloß im Hals, dass sie es nur schaffte, ein Wort hervorzubringen. „Ja.“

Erleichtert stieß Taylor die Luft aus, die er so lange angehalten hatte. Schnell zog er Catherine in seine Arme, damit sie nicht die Tränen des Glücks sehen konnte, die seine Augen füllten. Er hatte so lange von diesem Moment geträumt, und viele Monate lang hatte er nicht geglaubt, dass er jemals wahr werden würde. Doch von heute an würde er jeden Traum gemeinsam mit Catherine leben.

Neugierig auf ein weiteres Buch der Reihe?

Leseprobe – FBI: Houston – Wie immer
Ein weiteres Buch von JESSICA WESTIN

Blutverschmiert und nur in Unterwäsche bekleidet erwacht Taralyn Carter in einem abgesperrten, leeren Raum. Sie hat keinerlei Erinnerung an das, was geschehen ist. Doch sie findet ein Handy und die Visitenkarte eines FBI-Agenten.

Als Agent Brandon Bucciarelli die junge Frau befreit, ist sein Entsetzen allerdings groß, denn einige Meter entfernt entdeckt er nicht nur die Leiche einer weiteren jungen Frau, sondern er findet auch am Tatort ein Amulett mit einer Spirale, das Symbol eines der grausamsten Serienmörder der Geschichte. Dieser sitzt jedoch seit zwanzig Jahren im Gefängnis.

Schnellstmöglich muss Brandon herausfinden, wer dessen Taten kopiert und warum. Dabei muss er sich auch seiner eigenen Vergangenheit stellen, denn der Spiralmörder ist kein Unbekannter für ihn.

Irgendwie gehört auch die hübsche Tara in dieses perfide Spiel. Doch wird Brandon die Zusammenhänge schnell genug erkennen, sodass er die junge Frau außer Gefahr bringen kann, bevor es zu spät ist?

KAPITEL 1

Sie wachte auf und öffnete die Augen. Gleißendes Neonlicht traf ihre Pupillen. Hastig schloss sie die Lider wieder und öffnete sie noch einmal. Langsamer dieses Mal. Wo war sie?

Desorientiert sah sie sich um, doch der Raum war leer. Blanke Betonwände begrenzten eine drei mal drei Meter große Fläche. Ihr Blick glitt an einer silbergrauen Stahltür vorbei und schweifte zu der gegenüberliegenden Wand hinüber, in der zwei Glasscheiben eingesetzt waren. Fenster! Doch es fiel kein natürlicher Lichtschimmer in den Raum. Warum nicht? War es Nacht?

Automatisch warf sie einen Blick auf ihr Handgelenk. Aber die Stelle, an der sich normalerweise ihre Armbanduhr befand, war leer. Ihre Lider blinzelten einige Male hintereinander, denn ihr Gehirn hatte Schwierigkeiten einzuordnen, was die Augen ihm meldeten.

Wieso war ihr Handgelenk rot? Wenn sie ihre Uhr nicht trug, hätte sie eigentlich an ihrer statt einen weißen, nicht gebräunten Abdruck sehen müssen. Langsam führte sie ihren Blick den Arm hinauf und vergaß plötzlich zu atmen. Ungläubig sah sie an sich herab. Dann stieß sie einen langen, schrillen Schrei aus, während sie mit einem Satz aufsprang und panisch von einem Fuß auf den anderen hüpfte.

Erst als ihren Lungen die Luft ausging, ebbte ihr Schrei ab. Entgeistert starrte sie an sich herab. Bis auf ihren BH und den Slip war sie vollkommen nackt. Und ihr Körper war blutverschmiert. Ihre Arme, ihre Beine. Alles.

Bewegungslos vor Schock blickte sie auf ihre blutigen Hände. Dann nahm sie die getrockneten Blutstreifen auf dem Dekolleté wahr und registrierte den gemalten roten Smiley auf ihrem flachen Bauch, ohne ihn wirklich zu erfassen. Mit einem Mal spürte sie, wie der feuchte, blutdurchtränkte BH an ihrem Busen klebte und plötzlich fühlte sie, dass ihre Füße nass wurden.

In Zeitlupentempo senkte sie den Kopf, um herauszufinden, was dieses Gefühl verursachte und wieder brauchte ihr Gehirn einige Sekunden, um das Bild zu erfassen. Sie stand in einer Blutlache.

Sie schrie erneut, doch sie erkannte ihre eigene Stimme nicht. Noch nie war sie in diesen Höhen erklungen. Entsetzt flüchtete sie auf die andere Raumseite, wo sie zitternd zu Boden glitt. Augenblicklich zog sie ihre Knie dicht an den Oberkörper und umfasste die Beine mit den Armen. Ihr Herz schlug in einem solch hohen Tempo, das selbst ein Schnellredner die Schläge nicht hätte zählen können. Ihr Atem kam flach und stoßweise und die Sicht vor ihren Augen begann zu flimmern. Die Wände schienen sich auf sie zu zu bewegen und auch ihre Luftröhre zog sich immer enger zusammen. Panisch schnappte sie nach Luft, während aus der Ferne die leise Stimme der Vernunft in ihr Bewusstsein drang.

Sie musste sich beruhigen. Wenn sie hyperventilierte, machte sie die Situation nur schlimmer. Wände konnten sich nicht bewegen und sie würde auch nicht ersticken. Wahrscheinlich träumte sie bloß. Sie würde einfach noch einmal die Augen schließen, warten bis sich ihr Atem normalisiert hatte und dann aufwachen.

Selbstdiszipliniert zwang sie sich zu regelmäßigem Luftholen. Eins, zwei, drei, einatmen. Eins, zwei, drei, ausatmen. Auch wenn es ihr schwerfiel, die Atmung zu verlangsamen, so gelang es ihr doch allmählich, einen ruhigeren, regelmäßigen Rhythmus zu finden. Schließlich sammelte sie all ihren Mut. Es wurde Zeit festzustellen, ob sie tatsächlich nur geträumt hatte.

Als sie ihre Augen jedoch erneut öffnete, hatte sich nichts geändert. Sie befand sich noch immer in dem gleichen Raum und ihr Körper war noch immer blutverschmiert. Eine Eiseskälte umfasste sie, und sie begann umgehend zu zittern. Doch sie weigerte sich, sich der aufsteigenden Panik noch einmal zu überlassen.

Als Erstes musste sie hier raus. Raus aus diesem Raum. Außerdem brauchte sie eine Dusche. Sie musste dieses ganze Blut loswerden. Sie hasste Blut. Ihr Magen hob sich bei dieser plötzlichen Erkenntnis, doch sie zwang die Übelkeit zurück. Unwillkürlich wusste sie, dass ihr Körper den Geruch von Erbrochenem in dieser Situation nicht ertragen würde.

Ihr Blick fiel auf die Tür. Eine Tür war gut, schlussfolgerte sie. Durch eine Tür konnte sie diesen Ort verlassen. Mit wackeligen Knien stand sie auf und stützte sich dabei mit einer Hand an der

Wand ab. Dann fokussierte sie die Tür. Unsicheren Schrittes ging sie auf sie zu.

Erleichtert atmete sie auf, als ihre Hand den schwarzen Türknauf umfasste. Sie wollte ihn zum Öffnen nach rechts drehen, doch er ließ sich nicht bewegen. Unweigerlich begann sich ihr Herzschlag erneut zu verdoppeln. Das konnte nicht sein. Die Tür musste aufgehen. Wie sollte sie sonst hier rauskommen?

Wahrscheinlich habe ich nicht genügend Kraft, dachte sie und nahm ihre linke Hand zur Hilfe. Doch auch mit zwei Händen ließ sich der Drehknopf keinen Zentimeter bewegen. Hektisch versuchte sie, ihn in die andere Richtung zu drehen, aber das Ergebnis war dasselbe. Der Knauf verharrte in seiner Position. Sie versuchte ihn zu ziehen, zu drücken, zu schieben, doch nichts half. Sie schüttelte und rüttelte mit aller Kraft, die sie aufbieten konnte, aber die Tür ließ sich noch immer nicht öffnen.

Verzweifelt lehnte sie sich mit dem Rücken an die Stahltür. Als das kalte Eisen jedoch auf ihre nackte Haut traf, schreckte sie zusammen. Automatisch trat sie einen Schritt vor. Mit auf der Brust gekreuzten Armen rieb sie ihre Hände über die Oberarme. Auf einmal wurde ihr bewusst, dass sie fror. Wieso war sie überhaupt nackt? Wo waren ihre Kleider?

Noch einmal sah sie sich suchend um, doch außer Blut gab es nichts in diesem Raum. Er war leer. Es gab kein Möbelstück, keinen Müll und keine Kleider. Doch wo hatte sie ihre Anziehsachen gelassen? Warum hatte sie sie überhaupt ausgezogen?

Halt! Eines nach dem anderen. Sie hatte diesen Ort verlassen wollen. Es war besser, wenn sie sich erst einmal auf diese Aufgabe konzentrierte. Über alles andere konnte sie später nachdenken.

Der Weg durch die Tür ist hinfällig, dachte sie. *Aber es gibt ja noch zwei Fenster.* Mit nun festen Schritten durchquerte sie den Raum. Allerdings musste sie feststellen, dass nicht nur beiden Fenstern der Griff fehlte, sondern dass diese zusätzlich auch noch von außen mit einem großen Brett zugenagelt worden waren. Deswegen fiel auch kein natürliches Licht zu ihr herein. Unverzüglich kehrte die Panik zurück. Es war kein Zufall, dass sich die Tür von innen nicht öffnen ließ. Sie war eingesperrt. Gefangen.

Aber wieso? Warum? Weshalb? Wie kam sie überhaupt hierher? Und wo kam das ganze Blut her?

Ihr Blick fiel auf die große Blutlache, in der sie kurz zuvor mit beiden Füßen gestanden hatte und folgte dann den roten Fußspuren auf dem hellgrauen Linoleumboden. In ihrer Panik hatte sie das Blut auf dem ganzen Boden verteilt. Es war so viel Blut. Kalte Angst erfasste sie. Was sollte sie machen?

Auf einmal fiel ihr ein, dass sie noch nicht an das Naheliegende gedacht hatte. Sie sollte um Hilfe rufen. Vielleicht war jemand draußen, der sie hören und ihr helfen konnte. Angetrieben von neuer Hoffnung rannte sie zurück zur Tür und hämmerte mit ihren Fäusten dagegen.

„Hilfe! Kann mich jemand hören? Hilfe!", schrie sie so laut sie konnte. Immer wieder wiederholte sie die Worte und wurde mit jedem Versuch heiserer.

Schließlich musste sie aufgeben. Sie wusste nicht, wie sie hierhergekommen war. Sie wusste nicht, wo das Blut herkam und sie wusste nicht, was mit ihrer Kleidung geschehen war. Doch sie erkannte, dass es niemanden auf der anderen Seite dieser Tür gab, der ihr helfen konnte oder helfen wollte.

Zum ersten Mal kam ihr der Gedanke, dass es vielleicht ein Glück war, dass sie alleine war. Unmöglich war sie freiwillig in diesen Raum gegangen und ganz sicher hatte sie sich nicht selbst hier eingesperrt. Wer immer sie also hierher gebracht hatte, hatte ganz bestimmt nichts Gutes im Sinn. Was hatte derjenige vor? Und was würde passieren, wenn diese Person zurückkehrte?

Angstbebend sank sie zu Boden, als sie plötzlich stirnrunzelnd ihren Po wieder anhob. Sie hatte sich auf etwas Hartes gesetzt. Unwillkürlich griff ihre Hand danach und zog ein kleines schwarzes Klapphandy hervor.

Verwundert betrachtete sie das alte Gerät in ihrer Hand. Es war ihr bislang entgangen, dass es die ganze Zeit auf dem Boden gelegen hatte. Sie war viel zu sehr mit der Analyse ihrer Situation beschäftigt gewesen und hatte sich dabei von einem Tunnelblick leiten lassen. War ihr noch mehr entgangen?

Aufmerksam scannte sie den Raum mit ihren Augen ab. Sie betrachtete die Wände genauer, ebenso den Boden. Doch offensichtlich war das Mobiltelefon der einzige Gegenstand, der sich mit ihr in diesen vier Wänden befand. Unsicher drehte sie das Gerät in ihrer Hand. Was sollte sie damit anfangen? Würde es überhaupt funktionieren? Und wenn ja, wen sollte sie anrufen?

Angestrengt dachte sie über eine Nummer nach, die sie wählen konnte, doch es fiel ihr keine einzige Zahlenfolge ein. Noch immer in Gedanken versunken klappte sie das Handy auf. Dabei fiel eine Visitenkarte heraus. Nanu? Was war das? Neugierig nahm sie die Karte in die Hand.

U.S. Department of Justice. Federal Bureau of Investigation. Agent Brandon Bucciarelli, las sie. Darunter stand eine zwölfstellige Mobilnummer.

Sollte sie anrufen? Was war, wenn Agent Brandon Bucciarelli der Mann war, der sie hier gefangen hielt? Doch warum sollte er ihr dann seine Telefonnummer geben? Aber warum sollte ihr Peiniger ihr den Kontakt eines FBI-Agenten hinterlassen? Oder war dies vielleicht gar keine Absicht gewesen? Hatte vielleicht jemand das Handy unbemerkt verloren?

Sie zögerte noch einen kurzen Moment, dann beschloss sie die Chance zu ergreifen. Viel schlimmer konnte die Situation in ihrer Vorstellung nicht werden. Mit zittrigen Händen wählte sie die Nummer.

KAPITEL 2

„Dieser ganze Papierkram macht mich noch wahnsinnig“, stöhnte Brandon, während er das soeben fertig geschriebene Protokoll aus dem Drucker zog und abheftete.

„Wem sagst du das!“, stimmte sein Partner Rafael zu. „Aber wenn wir Zeit haben, unseren Schreibtisch aufzuräumen, bedeutet es, dass wir keinen Fall haben und wenn wir keinen Fall haben, gibt es keine verrückten Serienmörder, die gefasst werden müssen. Wir sollten es also positiv sehen.“

„Du meinst, es gibt keine Opfer. Ich für meinen Teil würde zumindest nicht so weit gehen zu glauben, dass es da draußen nicht ein paar Irre gibt, die wir nur noch nicht auf dem Radar haben.“

„Du hast recht“, seufzte Rafael mit ernstem Gesichtsausdruck. „Ich wollte, wir hätten ein System, mit dem wir bereits die erste Tat verhindern könnten, geschweige denn alle weiteren.“

„Das wäre in der Tat hilfreich“, nickte Brandon und dachte dabei bedrückt an die Opfer ihres letzten Falls.

Innerhalb weniger Tage hatte ein zweiundfünfzigjähriger Mann neun alleinstehende Frauen entführt und sie im Keller seines abgelegenen Hauses gefangen gehalten, bevor er begonnen hatte, sie Nacht für Nacht bei lebendigem Leib auf einem Scheiterhaufen anzuzünden, den er an wechselnden einsamen Orten im ländlichen Vorstadtgebiet Houstons errichtet hatte.

Rafael und er hatten den Fall von der Polizei übernommen, nachdem das zweite Opfer aufgetaucht war. Danach hatten sie fünf Tage gebraucht, um den Kerl zu finden und zu fassen. Fünf Tage, in denen noch drei weitere Frauen den grausamen Tod gefunden hatten. Aber zumindest hatten sie vier Frauen gerettet, tröstete sich Brandon. Denn er haderte noch immer mit sich, dass sie diesen irren Täter nicht schneller gefunden hatten. Dabei wusste er, dass er sich keine Vorwürfe machen musste. Weder er noch sein Partner hatten in diesen fünf Tagen mehr als insgesamt zehn Stunden geschlafen. Sie hatten alles in ihrer Macht Stehende getan, um diesen kranken Typen so schnell wie möglich aufzuspüren.

„Heute Abend brauche ich auf jeden Fall Bewegung“, entschied Rafael, womit er gleichzeitig die ernste Stimmung beiseite schob. „Nach einem ganzen Tag im Büro werde ich meine Glieder wahrscheinlich gar nicht mehr bewegen können. Kommst du mit?“

„Sicher. Wie wäre es anschließend mit einem Bier und ein paar Chicken Wings im ‚Cop's Heaven'? Ich lade dich ein. Vorausgesetzt, du machst nicht wieder vorzeitig schlapp.“

„Ich?“, entrüstete sich Rafael. „Ich habe noch nie vor dir aufgegeben, Partner.“

„Oh-oh!“, gab Brandon mit einem zwinkernden Auge zurück. „Darf ich dich an letzte Woche erinnern?“

„Letzte Woche musste ich abbrechen, weil meine Schwester mich anrief. Ihr Auto ist auf dem Highway liegengeblieben, und ich musste sie in der Werkstatt abholen. Das weißt du genau.“

„Klar. Dennoch kam dir der Anruf ziemlich gelegen. Du hast schon ganz schön gekeucht. Aber in deinem Alter ist das verständlich“, zog Brandon ihn auf.

Sein Partner war mit seinen zweiunddreißig Jahren nur knapp zwei Jahre älter als er selbst, doch wenn sich die Gelegenheit ergab, Rafael ein wenig aufzuziehen, so nahm Brandon diese nur allzu gern wahr.

Als er vor drei Jahren zum FBI gekommen war, hatte Chief Apleton ihm Rafael McAdams als Partner zugeteilt. Rafael war damals ebenfalls neu in der Abteilung gewesen. Allerdings hatte er bereits fünf Jahre FBI-Erfahrung in Dallas hinter sich. In jener Anfangszeit hatte Rafael ihn immer wieder als Grünschnabel geneckt. Er hatte jedoch sichergestellt, dass Brandon jederzeit gewusst hatte, dass dies nur ein Scherz zwischen ihnen beiden war.

Zu keinem Zeitpunkt hatte es einen Zweifel daran gegeben, dass Rafael Brandons professionelle Fähigkeiten schätzte. Am Tag von Rafaels dreißigstem Geburtstag jedoch hatte Brandon beschlossen, seinen Partner auf seine eigene Weise freundschaftlich aufzuziehen. Von dem Moment an als plötzlich eine drei vor Rafaels Jahreszahl gestanden hatte, stichelte Brandon über sein Alter.

„Ich werde dir nachher zeigen, wie gut es um meine Kondition steht“, lachte Rafael unbeeindruckt. „Im Übrigen solltest du nicht vergessen, dass auch du seit ein paar Wochen die drei vorne stehen hast.“

„Wie wahr!“, seufzte Brandon theatralisch. Doch bevor er weitersprechen konnte, klingelte sein Mobiltelefon. Automatisch warf er einen Blick auf das Display. Unbekannte Nummer. Einen Moment zögerte er, dann griff er nach dem Handy und nahm das Gespräch an.

„Brandon Bucciarelli“, meldete er sich.

„Bitte helfen Sie mir“, tönte eine unbekannte, helle Frauenstimme durch die Leitung.

Brandons geschultes Ohr erfasste sofort die darin mitschwingende Panik, obwohl die Frau offensichtlich versuchte, sie nicht durchklingen zu lassen. Automatisch richtete er sich in seinem Stuhl auf, während er konzentriert versuchte, den immer schneller werdenden Worten der Frau zu folgen und gleichzeitig deren Sinn zu erfassen.

„Ich brauche Hilfe. Ich bin eingesperrt. Die Tür ist verschlossen und die Fenster sind von draußen mit einem Brett verbarrikadiert. Hier ist alles voller Blut. Ich selbst bin voller Blut und meine Kleidung ist weg. Ich weiß nicht, wo sie ist und ...“

Brandon runzelte die Stirn. War das der schlechte Scherz eines Freundes? Kaum. Zum einen hatte er keine Freunde, deren Humor derart geschmacklos war und zum anderen hatte diese Anruferin wahre Angst. In einer solch extremen Form war diese Emotion nicht zu spielen.

Sein Herz begann schneller zu schlagen, während sein männlicher Beschützerinstinkt immer mehr Neurone durch sein Gehirn jagte. Brandon spürte Rafaels fragenden Blick auf sich, und er hob seinen Kopf. Über ihre beiden gegeneinander gestellten Schreibtische hinweg sah er seinen Partner an. Dabei signalisierte er mit einem leichten Kopfschütteln, dass er, was diesen Anruf betraf, noch ebenso ahnungslos war wie Rafael.

Mit ruhiger Stimme unterbrach er die Frau. „Bitte! Warten Sie einen Moment!“

„... lag das Handy auf dem Boden. Ich habe es aufgehoben und ...“

„Beruhigen Sie sich, bitte, und hören Sie mir einen Moment zu“, versuchte es Brandon erneut, als er realisierte, dass seine Stimme nicht zu der Anruferin durchgedrungen war.

Zunächst sprach die Frau auch dieses Mal weiter, doch plötzlich brach sie mitten im Satz ab. Sie schien ihn endlich gehört zu haben.

Erleichtert atmete Brandon auf. Nun konnte er beginnen herauszufinden, mit wem er telefonierte und anschließend würde er ihre Worte in eine sinnvolle Reihenfolge bringen, sodass er die Situation der Frau verstand. War sie eine Verrückte? Eine geistig Kranke? Doch woher hatte sie seine Nummer?

Kurz entschlossen schaltete Brandon den Lautsprecher seines Telefons ein, sodass Rafael das Gespräch mithören konnte.

„Jetzt atmen Sie erst einmal tief durch", wandte Brandon seine Aufmerksamkeit wieder der Anruferin zu.

Durch die Leitung hörte er, wie sie seinem Vorschlag nachkam und tief ein- und ausatmete.

„Sehr gut", lobte er. „Nun sagen Sie mir Ihren Namen."

Eine unheimliche Stille breitete sich plötzlich aus und ein ungutes Gefühl beschlich Brandon. Leicht irritiert sahen sich Brandon und Rafael an.

„Hallo? Sind Sie noch da?", fragte Brandon schließlich.

„J-ja", kam die Stimme unsicher zurück.

„Gut. Legen Sie nicht auf!", bat Brandon.

„Werden Sie mir helfen?"

Die Stimme klang derart verzweifelt, dass Brandon zu spüren glaubte, wie sich ein feiner Riss durch sein Herz zog. Was um alles in der Welt hatte diese Frau erlebt, um in vier Worten eine solche Emotion transportieren zu können? Doch er war kein Grünschnabel mehr wie noch vor einigen Jahren. Er kannte seinen Job, und er war gut darin. Ganz sicher war er nicht gewillt, sich in etwas hineinziehen zu lassen, solange er nicht die geringste Ahnung hatte, worum es sich überhaupt handelte.

„Sicher helfe ich Ihnen. Sagen Sie mir, wer Sie sind und wo Sie sind und wir haben die erste Hürde genommen."

Wieder herrschte Stille am anderen Ende der Leitung.

„Kommen Sie schon. Es ist nicht so schwer, mir Ihren Namen zu verraten", munterte Brandon mit einer leichten, lockeren Stimme auf. „Es ist auch nur fair. Schließlich kennen Sie meinen Namen auch."

Über den Lautsprecher hörte er, wie sich die Atmung der Frau wieder beschleunigte. Etwas stresste sie. Nein, nicht etwas. Er stresste sie oder vielmehr seine Fragen. Für den Moment beschloss er daher, einen anderen Weg zu wählen.

„Offensichtlich möchten Sie mir nicht verraten, wie Sie heißen“, stellte er fest. „Für den Moment bin ich bereit, das zu akzeptieren. Sagen Sie mir ...“

„Sie verstehen mich nicht“, fiel ihm die Frau ins Wort und schluchzte plötzlich herzzerreißend. „Ich möchte Ihnen meinen Namen nennen. Er fällt mir nur nicht ein.“

Erschrocken blickte Brandon auf und auch Rafael sah ihn betroffen an. Wer war diese Frau?

„Ich lasse den Anruf zurückverfolgen. Halte sie in der Leitung“, flüsterte Rafael, woraufhin Brandon gedankenverloren nickte.

In Sekundenschnelle ging er in seinem Kopf noch einmal all die Dinge durch, die die Frau ihm zu Beginn des Gesprächs übermittelt hatte. Sie war eingesperrt und überall war Blut.

„Sind Sie verletzt?“, stieß er plötzlich aus. Wieso nur war ihm diese Frage nicht schon früher eingefallen?

„N-nein. Ich glaube nicht. Es ist nicht mein Blut.“

„Sind Sie allein?“

„Ja. Aber ich weiß nicht, ob jemand zurückkommt. Ich meine, ich weiß nicht, wie ich hierher gekommen bin und die Tür ist abgesperrt.“

„Wissen Sie, wo Sie sind?“

„N-nein!“, antwortete sie leise, bevor sie verzweifelt hinzufügte: „Sie können mir nicht helfen, nicht wahr? Wie sollen Sie mich schließlich finden, wenn ich nicht einmal selbst weiß, wo ich bin?“

„Oh, ich finde Sie!“, versprach Brandon mit sicherer Stimme. Dies war ein Versprechen, das er ohne Probleme geben konnte, denn er wusste, dass die Kollegen das Handy der Frau orten würden. „Machen Sie sich darüber keine Gedanken. Sprechen Sie einfach noch etwas mit mir und ehe Sie es sich versehen, stehe ich schon vor Ihnen.“

Im Hörer hörte er einen leisen Piepton.

„Haben Sie das gehört? Was ist das?“, hörte er die verängstigte Frauenstimme fragen.

„Es klingt nach einem leeren Akku“, erklärte Brandon, während er das Gefühl hatte, dass eine kalte Hand nach seinem Herzen griff. „Werfen Sie einen Blick auf das Batteriesymbol Ihres Telefons.“

Es dauerte drei furchtbar lange Sekunden bis sie Brandon die Antwort gab, die er fürchtete. „Der Akku ist leer. Was mache ich je...“, hörte Brandon ihre entsetzte Stimme, bevor die Verbindung abbrach.

„Verdammt!", stieß er aus, bevor er seinem Partner in die Augen sah. „Sag mir, dass es gereicht hat, Rafe! Sag mir, dass wir wissen, wo sie ist!"

„Warte!", gab Rafael zurück, während er sich wieder seinem eigenen Telefonat widmete.

„Habt ihr sie?", fragte Rafael die Kollegen und die Anspannung der beiden Agenten war förmlich körperlich spürbar.

Bitte, wir brauchen eine Adresse, flehte Brandon innerlich, während er sich gleichzeitig darüber ärgerte, dass er so viel Zeit mit der Frage nach einem Namen vergeudet hatte. Welche Rolle spielte es schon, wie die Frau hieß? Sie brauchte Hilfe, und er hätte besser daran getan, sie danach zu fragen, was sie sah, was sie hörte oder wonach es roch.

Die nächsten Sekunden wurden zu gefühlten Minuten und Brandons Unruhe stieg. Ohne Adresse hatte er praktisch keine Chance, die Anruferin zu finden. Sie befanden sich in einer zwei Millionen Stadt und dabei wusste er nicht einmal, ob sie überhaupt aus Houston angerufen hatte.

Erleichtert atmete Brandon auf, als Rafael ihm endlich einen Okay-Daumen zeigte. Ohne weitere Zeit zu verlieren, griff er nach dem Autoschlüssel und steckte sein Telefon ein.

„Los geht's!", rief er seinem Partner zu, wobei er bereits hinüber zum Treppenhaus sprintete.

„Warte, Brandon!", hielt Rafael ihn auf, als er Brandon am Parkplatz eingeholt hatte. „Was ist, wenn das Ganze eine Falle ist? Was ist, wenn die Frau dich in einen Hinterhalt locken will? Allein auf Anhieb fallen mir mindestens eine Handvoll Täter ein, die im vergangenen Jahr noch im Gerichtssaal Rache geschworen haben."

„Eine Falle?", gab Brandon zurück. „Glaubst du im Ernst, so klingt jemand, dem es darum geht, mir einen Strick um den Hals zu legen?"

„Dieser Frau vielleicht nicht. Ihre Angst und Verzweiflung klangen echt. Das heißt allerdings nicht, dass nicht jemand anders sie benutzt, um dich an einen bestimmten Ort zu locken. Überleg einmal, Brandon: Woher hat die Frau deine Nummer? Wieso hat sie überhaupt dich angerufen und nicht ganz einfach den Notruf gewählt? Das wäre in ihrer Situation das Naheliegende gewesen."

Nachdenklich rieb Brandon sich über das Kinn. Schließlich seufzte er. „Das ist eine gute Frage, Rafe, und ich habe keine

Antwort darauf. Aber ich weiß, dass wir dieser Frau helfen müssen."

„Das will ich gar nicht leugnen."

„Aber? Worauf willst du hinaus?"

„Ich denke, dass wir nicht blindlings in eine abgelegene Scheue fahren sollten, ohne zuvor einige Sicherheitsvorkehrungen getroffen zu haben. Lass uns wenigstens Verstärkung mitnehmen."

„In Ordnung", stimmte Brandon zu. „Wir müssen ohnehin dem Chief Bescheid geben. Aber das machen wir vom Wagen aus. Auf diese Weise verlieren wir nicht noch mehr Zeit. Und Rafe, bestell vorsichtshalber einen Krankenwagen. Das Blut mag zwar nicht von ihr sein, aber wenn sie nicht gelogen hat und ihren Namen tatsächlich nicht mehr weiß, dann braucht sie medizinische Versorgung. Aber jetzt sag mir endlich, wie diese verfluchte Adresse lautet?"

„Tingle Lane, Woodbranch. Laut den Kollegen muss das ein altes, verlassenes Farmgelände sein. Das Signal kam in jedem Fall aus einem kleinen Nebengebäude, das als Scheune eingetragen ist."

Brandon gab die Adresse ins Navi ein, während er bereits den Weg zum Highway 69 eingeschlagen hatte, der sie nördlich aus der Stadt herausführen würde.

Während Rafael mit Chief Apleton telefonierte, verspürte Brandon ein nervöses Kribbeln in seinem Magen, das mit jeder zurückgelegten Meile stärker wurde. Er kannte diesen bösen Vorboten, und er wusste mit einem Mal ganz sicher, dass ihm nicht gefallen würde, was sie draußen in Woodbranch finden würden.

KAPITEL 3

Fünfundzwanzig Minuten später bogen Brandon und Rafael in die Tingle Lane ein. Es war eine schmale Schotterstraße, die durch ehemaliges Weideland führte. Nach nur wenigen Meilen kam ein baufälliges Farmgebäude mit zwei zerfallenen Ställen sowie einem kleineren gemauerten Gebäude in Sicht, das dem Bauer wahrscheinlich als trockene Lagerstätte für seine Geräte gedient hatte. Rechts des Grundstücks schloss sich ein kleineres Waldstück an.

„Sieht ziemlich verlassen aus", bemerkte Brandon, nachdem sie ausgestiegen waren.

„Das muss nicht zwangsläufig bedeuten, dass wir auch alleine sind", erinnerte Rafael.

„Ich weiß", erklärte Brandon, während er seinem Partner eine der beiden Sicherheitswesten reichte, die er gerade aus dem Kofferraum gezogen hatte. „Sicher ist sicher."

Rafael nickte und deutete auf einen sich schnell nähernden Wagen. „Da kommen Brian und Mitch."

„Gut. Dann können wir wenigstens gleich loslegen." Ungeduldig wartete Brandon bis die beiden Kollegen ausgestiegen waren und ihre eigenen Westen angelegt hatten.

„Wisst Ihr, wo sich die Frau befindet?", erkundigte sich Brian.

„Das Signal kam aus dem kleinen Gebäude dort drüben", präzisierte Rafael, nachdem er noch einmal einen Blick auf die Karte geworfen hatte, die ihm die Kollegen auf sein Handy geschickt hatten.

„Überprüft ihr die Rückseite, dann inspizieren wir die Tür", schlug Brandon vor, nachdem alle ihre Waffen gezogen hatten.

„In Ordnung", nickte Mitch und machte sich mit seinem Partner Brian auf den Weg.

Gemeinsam mit Rafael rannte auch Brandon auf das Gartenhaus zu. „Das Schloss sieht neu aus", bemerkte er, während seine Augen bereits die Kanten der Eisentür nach Drähten oder einem Kontakt absuchten, bevor er seine Fingerspitzen über die Ränder gleiten ließ.

„Die Tür sitzt dicht. Sie hat nicht einmal eine Spalte am Boden“, warf Rafael ein.

„Hinten ist alles sauber“, berichtete Brian, der mit Mitch wieder neben ihnen auftauchte. „Es gibt anscheinend zwei Fenster, vor denen jeweils ein großes Brett angebracht ist. Das Holz ist in das Mauerwerk des Schuppens geschraubt worden.“

„Der Eingang sieht auch sauber aus und das Schloss sollten wir ohne größere Problem aufbekommen“, überlegte Brandon, während er bereits seine Waffe zurück in ihr Holster steckte und einen Dietrich aus der Tasche zog.

Bevor er jedoch mit einem Bein niederkniete und das Schloss öffnete, klopfte er zunächst gegen die Tür. „Hallo?“, rief er laut. „Sind Sie hier drin?“ Aber er erhielt keine Antwort. Was hatte das zu bedeuten? War der Frau etwas passiert? Oder antwortete sie nicht aus Angst? Schließlich konnte sie nicht wissen, wer auf der anderen Seite der Tür stand.

„Ich bin Brandon Bucciarelli“, stellte er sich laut vor. „Wir haben telefoniert. Erinnern Sie sich?“

„Ja.“, antwortete daraufhin eine leise Stimme.

„Sehr gut. Sind Sie allein?“

„Ja.“

„Dann komme ich jetzt rein. Treten Sie von der Tür weg und gehen Sie auf die andere Raumseite. Stellen Sie sich so hin, dass ich Sie und Ihre Hände sehen kann, wenn die Tür offen ist.“

Brandon versicherte sich mit einem Blick, dass seine Kollegen für das Ungewisse bereit waren und ihm die Deckung gaben, die er brauchte. Schließlich hatte er als Einziger keine Waffe in der Hand. Rafael stand schräg links hinter ihm und würde die rechte Raumseite sichern, sobald sich die Tür öffnete. Mitch stand seitlich rechts neben ihm und würde die linke Raumseite übernehmen. Brian hatte als dritter Mann die Deckung ihrer Rücken übernommen.

Die vier Männer operierten automatisch, und nicht zum ersten Mal in seiner Agentenkarriere war Brandon erleichtert, Kollegen zu haben, auf die er sich zu hundert Prozent verlassen konnte. Er atmete noch einmal tief durch, dann stieß er die Tür auf.

Zitternd stand sie zwischen den beiden Fensterscheiben und starrte auf die Tür. Dabei wusste sie nicht, ob sie vor innerer Kälte bibberte oder weil sie sich so entsetzlich nackt und entblößt vorkam. Sie wünschte, sie hätte zumindest ein Tuch gehabt, um ihren Körper zu bedecken. Einen Körper, der vollkommen blutverschmiert war. Sie wollte duschen. Sie wollte raus aus ihrer Haut. Es war nicht ihre Haut. Es war widerlich. Hart vergrub sie die Zähne in der Unterlippe, um die aufsteigenden Tränen zurückzudrängen. Sie hatte bereits genug geweint.

Nachdem ihr während des kurzen Telefonats mit Agent Bucciarelli bewusst geworden war, dass sie sich nicht nur nicht erinnern konnte, wie sie an diesen Ort gekommen und was genau hier vorgefallen war, sondern dass sie nicht einmal mehr wusste, wer sie war und wo sie wohnte, war es mit ihrer Selbstbeherrschung vorbei gewesen. Verzweifelt hatte sie versucht, die Leere in sich mit Erinnerungen zu füllen. Doch je stärker sie nachgedacht hatte, desto weniger war ihr eingefallen. Allein der einsetzende Kopfschmerz war mit jeder Minute schlimmer geworden.

Die Tür schwang plötzlich auf und obwohl sie damit gerechnet, ja, sogar darauf gewartet hatte, schrak sie zusammen. Erschrocken hob sie die Arme in die Luft, als sie die Waffen sah, die sich automatisch auf sie gerichtet hatten, nachdem sichergestellt war, dass sich außer ihr keine weiteren Personen in dem Raum aufhielten.

„Nicht schießen“, bat sie mit vor Schock geweiteten Augen und stand für einen Moment stocksteif auf der Stelle. Dann jedoch spürte sie die aufmerksam musternden Blicke der Männer über ihren Körper gleiten. Intuitiv verschränkte sie die Arme vor ihrem Oberkörper und sank zu Boden. Wieder zog sie die Beine so dicht an ihren Körper, wie es möglich war und legte ihren Kopf auf die Knie. Es war eine natürliche Schutzhaltung in dieser Situation, in der der Mensch versuchte, sich so klein wie möglich zu machen.

„Wir brauchen eine Decke“, hörte sie die männliche Stimme sagen, die sie vom Telefon kannte. Dann spürte sie eine warme Hand auf ihrer Schulter.

„Ich bin Agent Brandon Bucciarelli. Ich freue mich, sie kennenzulernen.“

Die Stimme klang warm und angenehm. Genau wie am Telefon. Und sie hatte eine beruhigende Wirkung auf sie. Ihr Herzschlag normalisierte sich und sie wagte es, aufzusehen.

Der Mann war vor ihr in die Hocke gegangen, und freundliche Augen blickten sie auf gleicher Höhe aus einem leicht sonnengebräunten Gesicht an. Der Agent hatte markante Gesichtszüge, doch die gepflegten Augenbrauen, die gerade Nase sowie die weich geschwungenen Lippen nahmen dem Gesicht die Härte. Seine Augen waren ebenso dunkelbraun wie seine Haare, die er in einem sauberen Kurzhaarschnitt trug. Allerdings waren sie nicht so kurz wie es beispielsweise beim Militär üblich war.

„Danke, dass sie gekommen sind", antwortete sie schließlich mit zitternder Stimme. Nur allzu gerne hätte sie seine Begrüßung mit ihrem Namen erwidert, doch noch immer wollte er ihr nicht einfallen. Nervös knetete sie ihre Lippen aufeinander.

„Selbstverständlich", gab Brandon lächelnd zurück und betrachtete ihre Gesichtszüge.

Die Frau war jünger als er vermutet hatte. Und schöner. Im Grunde wusste Brandon nicht genau, wie er sich seine Anruferin vorgestellt hatte, aber in seinem Kopf war sie definitiv nicht derart attraktiv gewesen. Hohe Wangenknochen zierten ihr herzförmiges Gesicht, das von großen, runden Augen dominiert wurde und das gemeinsam mit den vollen, ebenfalls herzförmig geschwungenen Lippen Assoziationen zu einer Puppe weckte. Auch hatte ihre Unterwäsche nicht verbergen können, was ihr ansonsten unbekleideter Körper gezeigt hatte: Endlos lange und wohlgeformte Beine, ein flacher Bauch sowie eindeutig attraktive Kurven. Ihr Busen hatte die für ihre Figur ideale Größe und ihre schmale Taille ging in perfekte Hüften über. Brandon schluckte, als sich vor seinem geistigen Auge das körperliche Ebenbild der jungen Frau in seinem Bett bildete.

Dies hier war kaum der richtige Ort, geschweige denn der richtige Zeitpunkt, um über die Körpermaße einer Frau zu sinnieren, rief er sich in Erinnerung. Abgesehen davon, dass es unethisch war, etwas anderes in ihr zu sehen als ein Opfer, das seine professionelle Hilfe brauchte. Verärgert über sich selbst warf er einen Blick durch die offenstehende Tür nach draußen. Wo blieb die Decke?

Er wünschte, er würde unter der Sicherheitsweste sein Jackett tragen. Dann könnte er der Frau wenigstens etwas zum Bedecken geben. Doch die Jacke hatte er zuvor ausgezogen und im Auto gelassen. Gerade überlegte er aufzustehen und die Decke selbst zu holen, als Rafael eintrat und sie ihm reichte.

„Wir suchen die Umgebung ab", informierte ihn der Kollege leise.

Brandon nickte, während er bereits dabei war, die Decke auseinanderzufalten und sie der jungen Frau um die Schultern zu legen. Dann setzte er sich neben sie auf den Boden.

Augenblicklich zog sie die Decke ganz um sich herum. Nur ihr Kopf schaute noch hervor.

Brandon seufzte innerlich. Er konnte die Frau verstehen. Daher beschloss er, ihr für den Moment den privaten Persönlichkeitsbereich zu gewähren. Er wusste jedoch, dass sie irgendwann ihren Körper genauer betrachten mussten.

In Sekundenschnelle hatte sein Auge vorhin sowohl das getrocknete Blut als auch den mit Blut gezeichneten Smiley auf ihrem Bauch wahrgenommen. Selbst ihr dunkelblondes Haar, das lang bis zur Hälfte ihres Rückens fiel, schien von Blut durchtränkt zu sein. Hatte sie dies schon bemerkt? Oder war es ihr bislang entgangen? Er hatte jedenfalls sofort jedes Detail gespeichert und dabei hatte sich sein Magen unweigerlich zusammengezogen.

Noch immer kämpfte er bei blutigen Tatorten gegen seine eigenen Dämonen an. Mittlerweile hatte er sich jedoch so gut im Griff, dass er die Erinnerungen zurückdrängen und sich auf das Hier und Jetzt konzentrieren konnte. Die letzten Male war es sogar nicht mehr als ein kurzer Blitzgedanke an die Fotos gewesen, die ihm sein Vater als Kind gezeigt hatte und die der Grund dafür waren, dass er heute im Dienst des FBI Serienmörder jagte.

Glücklicherweise kannte niemand den wahren Grund für seine Emotion. Selbst Rafael glaubte, dass er lediglich ein Problem damit hatte, Blut zu sehen. Er rechnete seinem Partner allerdings hoch an, dass er niemals auch nur ein Wort darüber verloren hatte. Im Gegenteil. An den ersten beiden Tatorten, an denen mehr Blut als alles andere zu sehen gewesen war, hatte Rafael seine Reaktion vor den Kollegen gedeckt und ihn durch seine besonnene Art unbemerkt von allen anderen durch den ersten Schock geführt. Sie hatten niemals ein Wort darüber verloren, doch es hatte das Band ihrer Partnerschaft gefestigt und im Laufe der Monate war daraus eine tiefe Freundschaft gewachsen.

Noch einmal ließ Brandon seinen Blick durch den Raum schweifen. Was war hier vorgefallen?

„Können Sie mir einige Fragen beantworten?", erkundigte er sich, während er versuchte, ihre körperliche und seelische Verfassung zu analysieren. Er ahnte, dass die Frau einem Zusammenbruch nahe war und sie ihre letzten Kraftreserven mobilisierte, um sich eben dies nicht anmerken zu lassen. Ohne Gedächtnis in einem fremden Raum eingesperrt zu sein und mit dem Blut eines anderen Menschen am Körper aufzuwachen, war ein höllischer Albtraum. Es war mehr als die meisten Menschen würden ertragen können.

Es widerstrebte Brandon, die Frau länger an diesem Ort zu halten. Doch er wusste, wie wichtig die ersten Informationen sein konnten. Sie enthielten in der Regel unverfälschte Emotionen, die noch nicht vom Faktor Zeit gefärbt waren.

„Ich ... ich möchte duschen."

Flehende Augen sahen ihn an und Brandon musste angestrengt schlucken. Niemals zuvor hatte ihn ein Blick derart in die Mitte seines Herzens getroffen.

Verständnisvoll nickte er. „Das kann ich verstehen und ich verspreche Ihnen, es kurz zu machen. Aber einige Antworten brauche ich leider direkt hier vor Ort."

In diesem Moment brachte er es nicht übers Herz der Frau zu sagen, dass es noch eine ganze Weile dauern würde, bis sie duschen konnte. Zuerst würden die Spuren an ihrem Körper gesichert werden müssen. Er mochte sich nicht vorstellen, wie sie sich dabei fühlen würde.

Fremde Augen und Hände würden über ihre Haut gleiten und Proben des getrockneten Bluts abnehmen. Die Kollegen würden die Blutspuren intensiv begutachten und festhalten, in welcher Richtung sie mit welchem Druck aufgetragen worden waren. Sie würden mit einer mikroskopischen Lichtlupe darüber gehen, um Rillen und Spuren sichtbar zu machen, die mit bloßem Augen nicht zu erkennen waren, weil sie herausfinden mussten, womit das Blut aufgetragen worden war. Hatte derjenige einen Schwamm benutzt? Eine Bürste? Oder hatte er eventuell sogar seine Hände dafür genommen?

Brandon spürte, wie sein männlicher Beschützerinstinkt sich dagegen aufbäumte. Er wollte die Frau davor bewahren. Er hasste die Vorstellung, dass sie den Kollegen hilflos ausgeliefert sein würde, egal wie einfühlsam diese dabei vorgingen.

Oh Mann! Wann hatte er, was diese Prozedur betraf, jemals mehr als einen mitleidigen Gedanken an ein Opfer verschwendet?, durchfuhr es Brandon. Bislang war es für ihn nicht mehr und nicht weniger als eine notwendige Maßnahme zur Beschaffung hilfreicher Informationen gewesen. Es waren wissenschaftliche

Methoden, die ihnen im steten Kampf gegen das Verbrechen halfen und die ihnen manchmal sogar den entscheidenden Vorteil sicherten. Moderne Forensik war unzweifelhaft und ohne jede Ausnahme ein Gewinn. Warum sah er also plötzlich eine Schattenseite, die er bisher noch nie wahrgenommen hatte? Entschieden schob er den Gedanken zur Seite.

„Erzählen Sie mir, was passiert ist“, forderte er die hübsche Unbekannte mit weicher Stimme auf.

„Ich ... ich weiß es nicht“, stammelte sie, wobei ihre dunkelblauen Augen ihn mit einer solch tiefen Verzweiflung anblickten, dass Brandon ihr spontan eine Hand aufs Knie legte.

Er hatte das Gefühl, dass sie in diesem Augenblick den Körperkontakt mehr brauchte als alles andere und er war froh, dass sie die Decke um sich gezogen hatte. Unmöglich hätte er direkt ihre Haut berühren können.

Aufmunternd lächelte er sie an. „Machen Sie sich darüber im Moment keine Gedanken. Das überlassen wir den Ärzten. Sagen Sie mir einfach, was das Erste ist, woran Sie sich erinnern, bevor Sie mich angerufen haben?“

„Ich bin aufgewacht“, antwortete sie, ohne zu zögern. „Das ist das Erste, was ich weiß.“

„Hier?“, hakte Brandon nach.

„Dort drüben in der Ecke.“ Ihr Blick wanderte hinüber zu der entsprechenden Stelle.

„Sind Sie sofort wach gewesen oder sind Sie mehrere Male aufgewacht und immer wieder weggedöst?“

„Nein, ich war sofort hellwach. Sie überlegen, ob ich irgendwelche Drogen bekommen habe, nicht wahr?“

„Ja!“, bestätigte Brandon nickend. „Ich denke, wir können davon ausgehen, dass man Ihnen etwas gegeben hat. Die Frage ist nur, was es gewesen ist. War Ihnen schlecht? Hatten Sie ein pelziges Gefühl im Mund?“

„Nein“, schüttelte sie den Kopf. „Keines von beidem.“

„Kopfschmerzen?“

„Zu jenem Zeitpunkt nicht.“

„Aber jetzt?“ Fürsorglich musterte er das Gesicht der jungen Frau noch einmal.

Sie war blass und ihre Lippen wirkten blutleer, aber das war in der aktuellen Situation nicht anders zu erwarten. Ihre eben noch dunkelblauen Augen wirkten im Moment jedoch eher gräulich.

Sie zuckte mit den Achseln. „Es ist okay."

Brandon vermutete, dass sie nicht ganz die Wahrheit sagte. Allerdings gab es im Moment auch nichts, womit er ihr diesbezüglich helfen konnte. Er wusste, dass sie zunächst eine unverfälschte Blutprobe von ihr haben mussten, die frei von weiteren Medikamenten war.

Die Heftigkeit des Bedauerns, die er darüber empfand, ihr nicht helfen zu können, überraschte ihn. Aber auch diese Emotion verdrängte er sofort. „Sie sind also aufgewacht. Wissen Sie, wie lange es ungefähr her ist?"

„Nicht genau, nein. Das Deckenlicht war eingeschaltet und von draußen kam kein Licht herein. Das macht es schwierig. Wie spät ist es?"

„Halb zwölf am Mittag."

Brandon sah, wie sie angestrengt grübelte und fügte hinzu: „Freitag, der 21. Oktober."

„Danke!", erwiderte sie und kehrte sofort zu seiner Frage zurück. „Ich weiß nicht, wie viel Zeit vergangen ist, bis ich das Telefon bemerkt habe. Vielleicht zehn Minuten, vielleicht eine halbe Stunde. Keine Ahnung. Ich habe plötzlich das ganze Blut an mir gesehen und bin aufgesprungen. Dann habe ich das Blut auf dem Boden realisiert und bemerkt, dass ich mitten drin stehe. Ich glaube, ich bin panisch durch den ganzen Raum gelaufen. Es tut mir leid, wenn ich die Spuren verwischt habe. Das wollte ich nicht."

Ihre Augen flehten ihn förmlich an, ihr zu glauben und überrascht stellte Brandon fest, dass er eben dies uneingeschränkt tat. Nein, diese Frau war keine Schauspielerin. Obwohl Brandon wusste, dass es die Arbeit der Spurensicherung erschweren würde, kam er nicht umhin sie zu besänftigen. „Machen Sie sich keine Sorgen. Die Kollegen sondieren Ihre Spuren heraus. Wo haben Sie das Telefon gefunden?"

„Es lag neben der Tür. Ich habe es allerdings erst später bemerkt. Zuerst habe ich versucht, die Tür zu öffnen, aber sie war verschlossen. Dann bin ich zu den Fenstern gelaufen und anschließend zurück zur Tür, um nach Hilfe zu rufen. Irgendwann habe ich mich auf den Boden gesetzt oder vielmehr auf das Handy. Ich weiß nicht, warum es mir nicht vorher ins Auge gefallen ist. Es muss schließlich die ganze Zeit dort gelegen haben."

„In Extremsituationen arbeitet das menschliche Gehirn nach eigenen Gesetzen. Es fokussiert und schließt dabei alles andere aus. Ihr Fokus war auf Flucht eingestellt. Daher haben Sie das Telefon zuvor nicht bemerkt“, erklärte Brandon verständnisvoll. „Lag die Visitenkarte ebenfalls bei dem Handy?“

„Sie fiel heraus, als ich es aufgeklappt habe.“

Brandon zog sich ein Paar Handschuhe über und nahm das Gerät in die Hand. Es war ein einfaches Wegwerfhandy, das es an jeder Ecke zu kaufen gab. Nachdenklich drehte er die Visitenkarte in seiner Hand hin und her. Es war seine Karte. Daran gab es keinen Zweifel. Doch wo kam sie her?

Er steckte sie unter die Abdeckung des Telefons, erhob sich und ging hinüber zur Tür. „Ist dies die Stelle an der Sie das Telefon gefunden haben?“

„Ein klein wenig weiter rechts. Ja, genau.“

Brandon legte das Telefon für die Spurensicherung an den entsprechenden Ort. Dann sah er zu der jungen Frau, die immer noch zusammengekauert auf dem Boden saß, hinüber.

„Warum haben Sie nicht den Notruf gewählt?“, erkundigte er sich mit ernster Stimme.

Verständnislos sah sie ihn an. „Den Notruf?“

„Ja. Jedes Kind lernt, dass man in Notfällen zuerst die neun-eins-eins wählt. Warum also haben Sie eine unbekannte Nummer angerufen? Eine Nummer, die sie ebenso gut zu der Person hätte führen können, die für all dies hier verantwortlich ist.“

Aufmerksam beobachtete Brandon die Reaktion der Frau und einen Moment lang starrte sie ihn einfach nur regungslos an. Dann schossen ihr die Tränen in die Augen.

„Ich weiß es nicht. Wahrscheinlich weil mir die Nummer nicht eingefallen ist. Ich kenne sie nicht“, flüsterte sie und in ihrem Gesicht stand hoffnungsloses Entsetzen.

Himmel!, durchfuhr es Brandon. Zum ersten Mal wurde ihm das ganze Ausmaß ihrer Situation bewusst. Es war nicht nur ein Name, der ihr fehlte, sondern ein ganzer Kanon von Erinnerungen. Während er sich mit ihr unterhalten hatte, hatte er ihren Gedächtnisverlust fast vergessen. Sie hatte alle Begrifflichkeiten gekannt, hatte gewusst, was ein Mobiltelefon war, ja, sie hatte sogar daran gedacht, dass sie Spuren verwischt haben könnte. Wie konnte es sein, dass sie sich an all diese Dinge erinnerte, aber die

Fähigkeit, den Notruf abzusetzen, der einem von Kindesbeinen an eingetrichtert wurde, verloren hatte?

Ihre Tränen trafen ihn wie tiefe Messerschnitte. Dies war eine weitere neue Erfahrung für Brandon. Natürlich hatten ihn in der Vergangenheit weibliche Tränen berührt, doch sie hatten ihn niemals getroffen. Er hatte Mitleid empfunden, aber keinen Schmerz. Doch diese echte Verzweiflung war etwas anderes.

Intuitiv kehrte er zu der Frau zurück und legte ihr tröstend eine Hand auf die Schulter. Am liebsten hätte er sie dicht an sich herangezogen. Doch das war vollkommen unmöglich. Daher begnügte er sich mit dem minimalen Kontakt.

„Wir werden dieses ganze Chaos auseinandersortieren", versprach er mit heiserer Stimme.

Tapfer lächelte die Frau ihn an. „Ja. Bestimmt!"

Liebend gern hätte Brandon ihr versichert, dass alles wieder gut werden würde und sie in kürzester Zeit ihr Gedächtnis wieder hatte, doch das konnte er nicht versprechen. Dafür hatte er zu wenig Ahnung von Neurologie und Brandon Bucciarelli gab grundsätzlich keine Versprechen, von denen er nicht hundert Prozent sicher war, dass er sie würde halten können.

„Die Sanitäter sind da", verkündete Rafael, der in diesem Moment zurückkehrte.

„Sanitäter?" Fragend sah die Frau zwischen den beiden Agenten hin und her.

„Sie müssen in ein Krankenhaus", erklärte Rafael. „Abgesehen davon, dass wir die Ursachen für Ihren Gedächtnisschwund herausfinden müssen, müssen wir sichergehen, dass Sie nicht noch weitere körperliche Verletzungen haben."

„Ich möchte nicht ins Krankenhaus. Ich möchte nach Hause", wehrte sie ab und schüttelte heftig den Kopf. Es war eine normale Reaktion, die Rafael und Brandon gewohnt waren, von Opfern zu hören.

„Wo ist Ihr Zuhause?", hakte Brandon geduldig nach, wobei er sie offen ansah.

Sofort verdunkelten sich ihre Augen und schließlich seufzte sie. „Ich weiß es nicht."

„Gehen Sie einen Schritt nach dem anderen", riet Brandon verständnisvoll. „Zuerst einmal lassen Sie dieses Gebäude hinter sich. Dann lassen Sie sich untersuchen und anschließend sehen wir weiter."

Es schien, als dachte sie einen Moment darüber nach und als sich ihr Gesichtsausdruck änderte, wusste Brandon, dass sie sich in ihr Schicksal ergeben hatte. Sie würde in die Klinik fahren.

„Kann ich wenigstens duschen?“, fragte sie hoffnungsvoll, nachdem sie sich erhoben hatte.

Brandon schluckte. Er hasste es, die Frau, nach allem was sie durchgemacht hatte, über den weiteren Verlauf aufzuklären. Aber es half nichts. Er konnte ihr die Prozedur nicht ersparen.

„Sobald wir Ihren Körper fotografiert haben“, versprach er in der sanftesten Stimme, die er aufbringen konnte.

Augenblicklich zog sie die Decke noch fester um sich und wich einen Schritt zurück. Dabei hielt sie die Enden vor ihrem Körper so fest zusammen, dass ihre Fingerknöchel weiß hervortraten.

„Fotografieren? Warum wollen Sie meinen Körper fotografieren?“ Ihre Stimme klang einige Nuancen höher als zuvor.

„Ihr Körper wurde mit Blut eingerieben und wir können davon ausgehen, dass derjenige, der es getan hat, einen Grund dafür hatte. Diesen müssen wir herausfinden und wir brauchen Fotos für eine schlüssige Beweisaufnahme.“ Brandon schluckte noch einmal. „Außerdem brauchen wir ein Foto des Smileys auf Ihrem Bauch.“

„Sie wollen mich von oben bis unten ablichten?“ Wild schüttelte die Frau ihren Kopf.

„Die Bilder wird eine erfahrene Fotografin machen. Kein Mann wird dabei anwesend sein“, versuchte Brandon die Situation abzumildern.

„Aber Sie werden diese Bilder alle immer und immer wieder ansehen. Sie werden sie herumzeigen. In der Staatsanwaltschaft, einem Richter, vielleicht Geschworenen. Nein!“

Einem spontanen Gefühl nachgebend trat Brandon vor sie und ergriff ihre Schultern.

„Scht!“, beruhigte er sie, wobei er ihr tief in die Augen sah.

Die Panik in ihrem Blick traf ihn bis ins Mark und er musste schlucken, um den Frosch, der plötzlich in seinem Hals saß, loszuwerden. „Glauben Sie mir, ich kann Sie verstehen. Wir alle können Sie verstehen. Aber noch wissen wir nicht, was hier passiert ist. Wir wissen nicht einmal, von wem das Blut stammt. Doch der Menge nach zu urteilen, hat es in der vergangenen Nacht mindestens ein Todesopfer gegeben und der Mörder muss dafür seine gerechte Strafe erhalten, oder sehen Sie das anders?“

Für einige Sekunden schloss die Frau ihre Augen und Brandon wartete geduldig. Als sie die Lider wieder öffnete, nickte sie schließlich. „In Ordnung. Aber dann gehe ich duschen."

Lächelnd ließ Brandon seine Hände sinken. „Einverstanden."

„Mia wartet draußen auf Sie", erklärte Rafael. „Kommen Sie, ich begleite Sie hinaus und mache Sie miteinander bekannt."

Brandon wartete, bis die beiden durch die Tür verschwunden waren, dann ging er zu der großen Blutlache hinüber. Er musste sich ablenken. Unmöglich konnte er darüber nachdenken, welchen emotionalen Stress diese unbekannte Schönheit in den nächsten Stunden würde ertragen müssen. Schließlich gab es nichts, was er dagegen tun konnte und es würde ihn nur belasten. Mit Nachdruck rief er sich noch einmal ins Bewusstsein, dass sie eine Fremde war. Ein Opfer. Wenn er ihr helfen wollte, musste er sie mit einer professionellen Distanz sehen. Alle anderen Gefühle waren fehl am Platz.

Aufmerksam musterte Brandon daher den Boden. Abgesehen von den Fußabdrücken der Frau gab es im Raum eine Menge blutverschmierter Stellen und roter Spritzer. An einer Stelle jedoch stand das Blut regelrecht auf dem Boden. Die Gerinnung hatte begonnen, war aber noch immer nicht vollständig abgeschlossen. Brandon hatte zwar nur rudimentäre medizinische Grundkenntnisse, doch er wusste, dass sich das Blut längst nicht mehr in einem flüssigen Zustand hätte befinden dürfen. Offenbar hatte jemand die Gerinnung durch Zugabe eines Gerinnungshemmers verzögert. Warum?

Überlegend neigte er den Kopf zur Seite. Dann kniff er plötzlich die Augen zusammen. Was war das? Lag dort etwas in dem Blut oder täuschte er sich? Neugierig ging er in die Hocke. Nein, er hatte sich nicht geirrt. Dort lag tatsächlich ein kleiner Gegenstand. Ein Amulett oder etwas Ähnliches.

Mit einem Mal schlug Brandons Herz schneller und seine Hand zitterte, als er aus einer Tasche einen Kugelschreiber herauszog. Er brauchte drei Anläufe, bis er den Kettenanhänger mithilfe der Stiftspitze geangelt hatte. Ungläubig hielt er ihn ins Licht. Es war eine flache silberne Spirale.

Kalter Schweiß brach aus Brandons Körper und lief ihm den Rücken hinunter. Das konnte nicht sein. Das durfte nicht sein. Das war nicht möglich. In seinen Ohren rauschte es und Übelkeit stieg in ihm auf.

„Ist alles in Ordnung, Brandon?“, erkundigte sich Rafael besorgt, der in diesem Moment neben ihn trat. Offenbar war ihm Brandons unnatürlich steife Haltung nicht entgangen.

„Sicher“, gab Brandon zurück, aber seine Stimme klang tonlos.

„Komm, wir setzen uns einen Moment“, schlug Rafael vor und Brandon folgte seinem Partner zu der Stelle, an der er sich noch vor wenigen Minuten mit ihrer Jane Doe unterhalten hatte.

„Was hast du da?“, wollte Rafael wissen.

„Ein Amulett. Ich habe es in der Blutlache gefunden.“ Unschlüssig drehte Brandon den Stift zwischen seinen Fingern, bis sein Partner ihm eine kleine durchsichtige Tüte offen entgegenhielt. Seufzend ließ er das Amulett hineingleiten.

„Denkst du, es gehört unserer blonden Schönheit?“

„Ich habe keine Ahnung“, erwiderte Brandon, während er einen weiteren Schweißausbruch an seinem Rücken spürte.

Lüg nicht. Du weißt, dass es nicht von ihr stammt, mahnte ihn eine innere Stimme und geflissentlich fügte er hinzu: „Aber ich glaube es nicht.“

Wo immer

ÜBER DEN AUTOR

Geboren in den USA, lebt **Jessica Westin** heute mit ihrem Mann und ihren beiden Söhnen im Südwesten Deutschlands. Neben ihrer Familie sind ihre beiden großen Leidenschaften Bücher und Reisen. Beides hat sie zu ihrem Beruf gemacht. Noch immer fliegt sie einmal im Monat für eine große deutsche Airline als Flugbegleiterin um die Welt. An allen anderen Tagen erweckt sie in ihren romantischen Krimis die wunderbaren Charaktere ihrer Fantasie für ihre Leser zum Leben.

BÜCHER VON JESSICA WESTIN

Black Panther Operations

Black Panther Operations: **Skye**
Black Panther Operations: **Ash**
Black Panther Operations: **Blue** (November 2017)

FBI: Houston

FBI: Houston: **Wann immer**
FBI: Houston: **Wer immer**
FBI: Houston: **Wo immer**
FBI: Houston: **Wie immer**
FBI: Houston: **Was immer**

FBI: Chicao

Chicago Heat: **Spiel auf Herz und Tod**
Chicago Heat: **Kein Reiz ist ohne Risiko**
FBI: Chicago: **Liebe mit und ohne Leidenschaft**
FBI: Chicago: **Stumme Verbindungen**

Contact Jessica

jessica@jessicawestin.com

http://jessicawestin.de

http://www.facebook.com/jesswestin/

IMPRESSUM

Jessica Westin
c/o Scheer UB
Höhenweg 17a
66130 Saarbrücken

mailto: jessica@jessicawestin.com

Printed in Poland
by Amazon Fulfillment
Poland Sp. z o.o., Wrocław

77240385R00183